KB232178

감자의
사랑니

감자의 사랑니

초판 1쇄 찍은 날 § 2005년 12월 16일
초판 1쇄 펴낸 날 § 2005년 12월 26일

지은이 § 정유하
펴낸이 § 서경석

편집장 § 문혜영
편집책임 § 이종민
편집 § 한지윤

펴낸곳 § 도서출판 청어람
등록번호 § 제1081-1-89호
등록일자 § 1999. 5. 31
어람번호 § 제5-0072호

주소 § 경기도 부천시 원미구 심곡1동 350-1 남성B/D 3F (우) 420-011
전화 § 032-656-4452 팩스 § 032-656-4453
http://www.chungeoram.com
E-mail § eoram99@chollian.net

ⓒ 정유하, 2005

ISBN 89-5831-894-5 03810

감자의 사랑니

정유하 지음

도서출판 청어람

프 롤 로 그

벗꽃이 흐드러지게 핀 가로수 길을 버스 한 대가 지나치고 있었다. 그 평화로운 겉모습과는 별개로 내부는 전쟁터와 다를 바 없었으니…….

"으윽!"

흔들거리는 버스 손잡이를 잡은 여자의 입에서 짜증 가득한 감탄사가 흘러나왔다. 젠장, 콩나물이 빼곡히 들어찬 시루도 이보다 더 빡빡할 순 없을 것이다.

시큼한 땀 냄새를 풍기는 고등학생 머슴애들 틈에서 버스의 움직임에 따라 이리 치이고 저리 치이는 통에 모처럼 빼입은 정장이 엉망으로 구겨지고 있었다.

‘망할 놈의 만원 버스!’

겉보기에는 조신하기 이를 데 없는 모습으로 여자는 연신 손목시계를 들여다보며 속으로 욕설을 중얼거려 댔다. 정확히 아홉 시 십 분 전이었다.

아홉 시 정각이면 어김없이 중앙 현관에서 두루뭉술한 체구와 어울리지 않는 날카로운 눈빛을 빛내고 있을 황수창 교장선생님을 떠올리자 그녀의 몸이 절로 부르르 떨렸다.

‘미쳤다, 감자영. 너 정말 네 무덤을 네가 팠다, 팠어.’

집 근처에 지천으로 깔린 학교를 두고, 지하철에서 내려 버스를 갈아타고도 한 시간이나 걸리는 이 학교를 선택한 것은 그녀 본인의 의지에 의해서였다. 이유는 단 하나였다. 오랜 짝사랑을 향한 끊지 못할 지독한 미련.

생각이 거기까지 이르자, 조금 전까지 찌푸려 있던 그녀의 이마가 스르륵 펴졌다. 곧 있으면 자신이 내릴 버스 정류소의 안내 멘트가 나올 것이다. 즉 조신하기 짝이 없는 감 선생의 겉보기 등급을 여느 때처럼, 아니, 여느 때보다 더욱 철저히 유지해야 하는 것이다.

혹시나 하는 희망과 간절한 바람이 부디 이루어졌으면 하고 바랐다. 삐이 하는 소리와 함께 문이 열리고 시커먼 학생들에의해 떠밀리듯 내리면서도 자영은 주위를 두리번거리는 것을 잊지 않았다. 그녀의 집요한 레이더에 길 건너편의 삼층 건물이 눈에 띄었다. 그 가운데 마치 돋보기로 확대되듯 떠오른 간판

하나…… 그 이름도 설레는 '사랑니치과'!

'으흐흐.'

음흉한 웃음을 애써 감추며 자영은 뛰다시피 육교를 올랐다. 커다란 하이힐이 뒤축에서 헐떡거리고 있었지만, 발가락에 힘을 주어 그것을 잡아끌며 그녀는 걸음을 더욱더 재촉했다. 마음은 치과를 향해 달려가고 있었지만, 고상하기 짝이 없는 고 닥터의 핸섬한 마스크 위로 황 교장의 포효하는 살찐 얼굴이 떠오르자 자영을 더 이상 머뭇거릴 수 없었다. 지금은 오랜 짝사랑을 떠올리는 것보다도 목구멍의 때를 벗겨주는 직장에 어찌하면 더 빨리 도착할 수 있을 것인지를 모색하는 것이 더 중요했다.

두다다닥!

아쉬움으로 삼층 건물을 힐끔거리며 육교를 내려오던 그녀의 시야에 대문을 열고 나오는 훤칠한 두 남자와 한 아이의 모습이 포착되었다. 멋진 이성에 대한 단순한 호기심으로 고정되었던 눈빛에 점차 놀라움이 떠올랐다. 그들 중 한 사람의 미소가 자영의 가슴에 익숙한 떨림을 안겨주었던 것이다.

고상원.

앞서 얼핏 밝혔듯 오며 가며 만날 수 있다는 이유 하나만으로 이 학교를 지망하게 만든 그 단 하나의 이유, 빌어먹게도 멋진 고 닥터.

그를 잠시라도 만날 수 있었으면 하는 간절한 바람을 가지고 버스에서 내렸지만, 하필 똥 마려운 강아지마냥 버둥거리고 있는 이 순간 마주친 것이 마냥 반갑지만은 않았다. 비록 간단한 인사만 하고 지나치더라도, 좀 더 우아한 모습을 보여주고 싶었는데.

게다가 그는 그마저도 기회를 주지 않은 채 곁의 남자와 담소를 나누며 코너를 돌아 사라지려 하고 있었다.

"아, 안 돼!"

잠시나마 망설이고 있던 자영의 마음이 조급해졌다. 때를 맞추어 그의 앞에 짜잔 하고 등장하기 위해 걸음을 재촉하느라 발에 힘을 주는 것을 잠시 잊어버렸다. 그러자 기다렸다는 듯 훌러덩 하고 칙칙하기 짝이 없는 색의 하이힐이 벗겨져 듣기에도 참으로 민망한 소리를 내며 계단 저 아래로 굴러 떨어지는 것이 아닌가. 허걱!

핑, 텅, 텅, 쿵.

망연자실.

그녀가 공들인 작전은 고지를 몇 걸음 앞둔 채 실패로 돌아갔다. 자영의 얼굴이 잘 익은 홍시마냥 붉어졌다. 한쪽은 맨발, 한쪽은 하이힐을 신은 채 비틀거리고 있는 그녀를 보고 킥킥거리며 지나가는 고등학생들의 시선쯤은 문제도 아니었다. 일시에 그녀에게로 쏠린 상원의 어이없다는 듯한 눈빛, 그것이 자영의 목을 졸라대고 있었다.

"자영아?"

그의 물음 앞에서 그녀는 애써 태연한 척 씨익 웃음을 지어

 감자의 사랑니

보였다. 잠시 생각을 모아보던 자영은 한쪽 발에 걸린 나머지 신발마저 휘리릭 벗어 허공으로 던져 버리곤 맨발로 육교 계단을 당당하게, 아니, 뻔뻔하게 내려갔다.

"아, 오랜만에 굽 높은 신발을 신었더니 발바닥이 아프길래……."

궁색하기 짝이 없는 변명을 늘어놓으며 자영은 보도블록 위에 놓인 헌 구두를 내려다보았다. 서로 다른 타이밍으로 던져진 그것들은 신기하게도 마치 약속이나 한 것처럼 나란히 놓여져 있었다.

"맨발로 걷는 거 좋아하거든."

또다시 배시시 웃으며 자영은 신발을 집어 들었다. 어지간히도 당황한 듯 그녀를 멍하니 내려다보고 있는 상원과 달리, 곁의 남자는 고개를 비낀 채로 이상야릇한 헛기침만 해대고 있었다. 뿐만 아니었다. 상원과 낯선 남자 사이에 서 있던 아이는 얄밉도록 낄낄거리고 있었다. 하지만 차마 그 두 존재에게까지 관심을 둘 여유를 찾지 못한 자영은 상원에게 시선을 고정한 채로 더듬더듬 한마디를 내뱉었다.

"늦어서…… 그만 가볼게."

"그래. 그런데 너 괜찮은 거니?"

"그럼, 아무 문제 없어. 아주 좋아."

다분히 걱정스럽다는 상원의 물음에 자영은 고개를 내저으며 강한 부정을 표시했다. 그리고 왼손에 신발 두 짝을 나란히 들고서 돌아서자마자 그녀는 바람을 가르듯 달리기 시작했다.

젠장, 재수 옴 붙은 날이다. 이제 앞으로 상원의 얼굴을 어떻게 보아야 할지 생각만으로도 가슴이 답답했다. 귓가에 낮은 웃음소리가 들린 것 같았지만 그녀는 결코 뒤를 돌아보지 않았다.

숨이 턱에 닿을 정도로 교문까지 질주를 했건만 결국 감자영, 그녀는 오늘도 지각을 하고 말았다. 지각을 하는 것이야 워낙 다반사였기에 교장선생님의 꾸지람 앞에서 그녀는 진심으로 뉘우치는 표정을 짓는 데 능숙했다. 하지만 우울한 눈빛만은 어쩔 수 없는 일. 그것은 상원에게 볼썽사나운 모습을 보였다는 사실 하나, 오로지 그 때문이었다.

그녀의 입술 사이로 절망에 찬 한숨이 터져 나왔다.

아, 정말이지 잔인한 하루의 시작이었다.

'도대체' 로 시작해서 '왕년' 당신의 모범적인 교사 생활이 좌라락 읊어지고 결국은 여느 때처럼 '두고 보자' 로 끝을 맺는 황수창 교장선생님의 설교를 다 듣고 난 후 교실로 향하는 자영의 발걸음에는 기운이 없었다.

'어서 빨리 학교 근처로 집을 옮기든지 해야지 원……'

완벽하진 못해도 나름대로 싫은 소리 한 번 듣지 않고 살아온 인생이 최근 한 달 동안 와르르 무너지고 있었다. 여전히 눈앞에서 가물거리고 있는 교장선생님의 얼굴 위로 놀라움 가득했던 상원의 눈빛이 떠올라 자영을 홀로 도리질 치게 만들었다.

“악몽이야, 악몽.”

“야, 지각대장! 뭐가 악몽이란 거야?”

갑작스레 나타난 귀에 익은 목소리의 주인공은 소세희 선생이었다. 발령 동기에다가 지난번 학교에서 동거동락한 것도 모자라 이번에 같은 학교, 같은 학년, 바로 옆 반에 배정을 받은 절친한 친구 소세희, 그녀의 얼굴에 한심함이 드러나 있었다. 혀를 끌끌 차던 세희는 팔짱을 끼며 턱짓으로 자영의 교실인 6학년 2반을 가리켰다.

“야, 너희 반에 전학 왔어. 조금 전까지 계속 복도에 서 있길래 내가 교실로 들여보냈다. 근데 말이다.”

갑작스레 눈을 빛내며 다가서는 세희의 태도에 움찔 놀라며 자영은 한 걸음 뒤로 물러났다.

“왜, 왜 이래?”

“전학 온 애 데리고 온 보호자 말인데, 정말 죽이더라. 열세 살 난 아이 아버지로는 도저히 보이지 않던데. 삼촌쯤 되려나? 흐흐흐. 알지?”

“뭘 알아!”

똑같이 외롭게 늙어가는 처지에 만날 지 것만 챙기려고 그러냐.

안 그래도 기분이 극도로 나빠 있던 자영은 심술 섞인 콧방귀를 세희를 향해 강력하게 내뿜어준 후 그대로 드르륵 문을 열고 교실로 들어갔다. 그녀의 등장에 우당탕, 지이익 일대 소란이 일어났다. 눈 깜짝할 사이에 책걸상과 아이들이 자리를 찾아갔다.

"안녕하세요!"

각기 다른 표정과 생김의 서른두 개의 얼굴이 그들의 담임을 향해 합창하듯 인사를 건넸다. 애써 웃음을 머금은 자영 역시 의례적인 인사말을 돌렸다.

"안녕. 좋은 아침이지?"

"근데 선생님, 왜 이렇게 늦었어요?"

순진무구 부반장 광수의 물음에 자영의 눈꼬리가 금방 샐쭉 해졌다. 그러자 반 아이들의 시선이 동시에 '눈치없는 녀석' 이 라는 빛을 띠며 광수를 향해 쏟아졌다.

"선생님! 누가 전학 왔어요!"

마치 분위기를 쇄신하려는 듯 명랑쾌활한 성격의 반장 수림 이 손을 번쩍 들며 말했다.

아차차.

그제야 세희의 말을 떠올린 자영은 어제까지만 해도 빈자리 였던 곳을 턱 하니 안방처럼 차지하고 앉아 있는, 한눈에도 예 사롭지 않은 분위기를 풍기고 있는 녀석을 향해 시선을 두었다. 의자를 뒤로 기울여 건들건들대고 있는 사내놈은 까무잡잡한 피부에 날카로운 얼굴 선과 반항적인 눈빛을 가지고 있었다. 그 것이 왜인지 누군가를 닮은 듯 느껴졌지만 자영은 당장의 괘씸 함으로 인해 더 이상 생각을 잇지 못했다.

어쭈, 저 녀석 봐라.

"전학생, 이리 나오렴."

웃음으로 성질을 눌러 참은 그녀를 향해 아이는 귀찮다는 기색이 역력한 한숨을 내쉰 후 자리에서 일어나 앞으로 걸어나왔다. 160㎝인 그녀의 키를 훌쩍 넘긴 녀석이 위협적으로 다가오자, 자영은 슬금 옆으로 비켜서고야 말았다.

"친구들이랑 인사 안 했지? 네 소개부터 해야지."

팔짱을 끼며 교직 경력 육 년 차의 다분히 권위적인 목소리를 내보았지만 씨알도 먹히지 않은 듯 놈은 담담했다. 아니, 외려 그녀를 보는 눈빛에 재밌어 죽겠다는 기색이 어려 있어서 기분이 묘하게 나빠지기까지 하였다.

'젠장. 이놈 완전 문제덩어리 아냐, 이거?'

아이는 순간 떠오른다 싶었던 미소를 싹 지워내며 자영에게서 돌아서서 친구들을 바라보았다. 당당한 자세로 교탁을 짚고 선 전학생은 이마를 살짝 덮은 앞머리를 입 바람으로 그럴듯하게 불어 올린 후 입술을 열었다.

"반갑다. 난 '하진'이라고 한다. 잘 지내보자."

'뭐, 뭐야. 이 머리에 피도 안 마른 녀석에게서 느껴지는 엄청난 무게감은.'

인정하고 싶지 않지만 그것은 분명 그녀가 좋아하는 로맨스 소설의 남자 주인공에게서나 찾아볼 수 있는 카.리.스.마. 바로 그것이었다. 그녀는 할 말을 잃은 채 입만 헤 벌리고 있었다.

들어가란 말도 없었는데 자리로 저벅저벅 걸어가 버리는 녀석에게로 자영의 어이없는 시선과 더불어 반 아이들의 놀라움 어린 웅성거림이 따라붙었다. 남녀를 불문하고 다분히 경외하는 눈빛이 하진이라는 놈에게로 향하고 있었다.

교실에 이는 일대 술렁임을 날카로운 눈빛으로, 그러나 부질없이 노려보며 자영은 홀로 생각에 잠겨들었다.

기분 나쁘게도 낯익은 얼굴, 게다가 귀에 익은 이름이었다.

'하진…… 하진이라. 내가 저 비스무리한 이름을 어디서 들었더라.'

어렴풋이 그녀의 기억 속으로 까무잡잡한 얼굴 하나가 떠올랐다 사라졌다. 자영은 못 볼 것을 본 것마냥 고개를 내저으며, 주변의 친구들과 새로 등장한 놈에 대한 이야기를 나누느라 정신이 없는 아이들에게로 시선을 두었다.

"잘들 들었지요? 진이랑 앞으로 친하게 지내도록 하고, 읽기 책 펴보세요."

교탁으로 고개를 내려뜨리려 했지만, 그녀의 생각은 여전히 아주 먼 곳을 헤매고 있었다.

책을 꺼내 드는 소리와 책장을 넘기는 소리가 어렴풋이 들려왔다.

"오늘은 둘째 마당……."

말을 끝내기도 전에 귓가를 파고드는 신경을 긁는 듯한 음성에 자영의 손길과 눈길이 굳어졌다.

“하찬이라고 한다.”

헛! 설마…… 설마……!

당혹감으로 인해 자영은 자신을 향해 쏟아지는 반 아이들의 의아한 시선에도 아랑곳없이, 진이 앉은 자리 쪽을 다급하게 바라보았다. 눈을 내리깔며 책을 설렁설렁 넘겨보고 있던 녀석은 그녀의 눈빛을 느낀 듯 슬쩍 고개를 들었다가 귀찮다는 듯 턱을 괴며 얼굴을 홱 돌려 버렸다. 불안감으로 인해 식은땀이 주르륵 등줄기를 타고 흘러내렸다.

“선생님, 68쪽 맞죠?”

제일 앞에 앉은 도현의 음성을 듣고서야 자영은 과거를 헤매고 있던 정신을 붙잡을 수 있었다.

“어? 어, 그래.”

‘그래, 아닐 것이다. 설마! 감자영! 우리나라 땅이 네 손바닥만한 것 같지? 아니다? 생각보다 넓고, 사람도 많다고.’

스스로에게 위로 아닌 위로를 해대며 1교시 수업을 가까스로 마친 자영은 자리에서 노트를 챙긴 후, 동학년 회의가 있을 연구실로 발걸음을 옮겼다. 앞문을 막 나서려는데 스치는 음성 하나가 그녀를 숨이 멎을 지경으로까지 몰아넣었다.

“아까 좋은 구경했어요, 감자 선생님. 특이한 취미가 있으시더라구요.”

뭐, 뭐시라?

커다랗게 확대된 눈동자로 자영은 자신을 앞질러 나가는 하진이란 녀석의 뒤통수를 노려보았다. 이놈들이 복도에 왁스 대신 아교를 발라놓은 것인지 발바닥이 붙은 듯 꼼짝도 할 수가 없었다.

'구경거리라 함은 설마, 육교에서 그 일을? 그럼 상원 오빠 옆에 있던 꼬마가 저 녀석? 게다가 뭐? 감.자. 선.생.이라고라? 저 썩을 놈을 그냥! 콱!'

그러나 이미 남학생 화장실 쪽으로 모습을 횅하니 감추어 버린 진이었다. 놈의 목덜미라도 잡아채려는 듯 뻗어지던 자영의 손이 허무하게도 제자리를 찾아갔다.

그녀의 입술 사이로 1교시 시작 전과 같은 중얼거림이 흘러나왔다.

"악몽이야, 악몽. 젠…… 아니, 된장, 고추장, 간장…… 으흐흐."

자신에게로 집중되는 아이들의 시선을 느낀 자영은 시원하게 욕설조차 내뱉지 못하고 그렇게 엉뚱한 말과 미소로 얼버무려야 했다. 그녀의 황당무계한 미소에 호기심 어린 눈빛이 되어 뭔가를 묻고 싶은 듯 다가서는 여학생들에게, 아무것도 아니라는 듯 손을 내저으며 자영은 연구실을 향해 후닥닥 걷기 시작했다.

그러나 그날의 일쯤은 악몽이라 하기엔 너무도 조촐한, 작은 시작일 뿐이라는 것을 그때의 자영은 몰랐다.

 감자의 사랑니

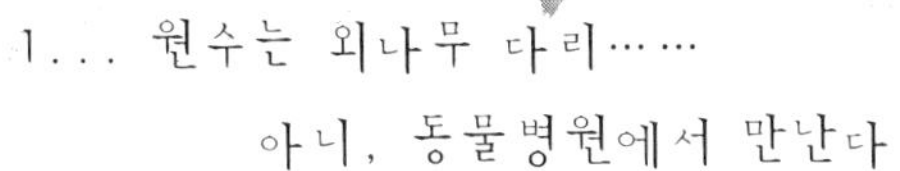

감자영 그녀는 철저히 '성선설'을 믿으며 살아왔다.

초등 교사라는 직업을 갖기 이전부터 그랬다. 그러나 그런 그녀의 신념을 완전히 비켜가는 인간이 세상에 딱 하나—한 명이라는 표현도 쓰기 아깝다—있었으니 바로 그놈이 십육 년 전의 그 하찮은 녀석 '하찬'이다.

하지만 이젠 성악설의 대표 주자가 두 명으로 늘었다. 젠장.

묘하게도 닮은 얼굴로 그녀의 신경을 벅벅 긁고 있는 '하진'이란 새끼 악마—놈이 전학 온 다음날부터 그녀 나름대로 정한 별명, 아니, 암호다—의 자리를 노려보며 자영은 홀로 중얼거렸다.

'으…… 착하디착한 나 감자영의 성격을 그토록 잔혹하게 테

스트하다니!'

그녀의 머리 속에 전학 온 지 일주일 동안 하진이 저지른 기행(?)들이 주르륵 떠올랐다.

놈은 학습에 필요한 준비물을 절대 챙겨오지 않음은 기본이요, 제출한 시험지는 완전 백지에, 수업 시간엔 쓰러져 자기 일쑤인 참으로 대담한 녀석이었다. 거기다 친구 관계도 원만하냐 하면 그것도 아니었다.

오죽하면 반에서 가장 착하다고 소문난 지은이가 울며불며 그녀에게 통사정을 했을까.

"선생님, 저 짝 바꿔주시면 안 돼요? 하진 너무 무서워요. 모둠원들이랑 협동도 안 하구요. 얘기 조금만 걸면 가운뎃손가락 들면서 '즐'이라고 욕해요."

어이없긴 했지만, 애써 성질을 눌러 참고서 지은을 잘 타일러 돌려보낸 자영은 다음날이 오기만을 별렀다. 그런데 마치 그녀의 활활 타오르는 정복욕(?)을 알고 있었던 것처럼 진은 학교에 나타나지 않았다. 세상에나. 전학 온 후 오 일을 가방만 메고 왔다 갔다 하더니, 결국 토요일인 오늘은 결석을 한 것이다.

우지끈!

갑작스런 파열음에 놀라 자신의 오른손을 내려다보니, 가냘프기 짝이 없는 엄지와 검지손가락 사이에서 연필이 두 동강으로 쪼개져 있는 것이 아닌가.

자영은 누가 볼세라—빈 교실이라 혼자임이 당연함에도 불구하고―그것을 얼른 발 아래 쓰레기통으로 던져 넣었다. 자신의 포악한 본성이 드러나게 만든 녀석을 속으로 씹어대면서.

손바닥을 탈탈 털어낸 그녀는 책상 서랍을 열어 맨 위에 고이 놓여 있는 종이 한 장을 집어 들었다. 그것은 진에게 회유와 엄포를 반복하여 전학 오 일 만에 겨우 받아낸 가정환경 조사서였다.

자영의 날카로운 시선이 부모님 성함이 적힌 란으로 곧장 내리꽂혔다.

〈아버지 : (하 윤), 어머니 : (　　)〉

'하윤' 이라는 이름이 자꾸만 떠올리게 만드는 기분 나쁜 놈의 영상을 밀어둔 채 자영은 어머니의 성함이 적혀 있지 않다는 것에 깊은 한숨을 내쉬었다. 마음이 묵직해져 왔다.

'녀석, 상처가 있었구나.'

그녀는 시선을 들어 찬 공기가 감도는 진의 자리를 훑었다. 그곳에 쓰여진 대로 집 전화와 휴대폰 번호를 눌러보았으나 모두 결번이었다. 게다가 전학 온 지 며칠 안 된 녀석이었기에 반 아이들 중 누구도 집을 알지 못했다.

또다시 한숨이 새어나왔다. 설마 주소까지 거짓으로 쓴 건 아닐 테지. 그녀의 손가락이 '서울특별시……' 라고 적힌 란을 짚어나갔다. 그러다 너무도 익숙한 번지수에 자영은 눈을 크게 뜨며 마치 종이를 뚫고 들어갈 기세로 고개를 푹 처박았다.

'뭐, 뭐야! 369번지 삼층?!'

설마 잘못 본 것인가 싶어서 그녀는 다시 한 번 찬찬히 한 글자씩 되짚어보았다. 분명했다. 상원과 관련된 일이라면 하나도 빼먹지 않고 줄줄 외우다시피 하는 자영이었기에 확신할 수 있었다. 분명 그것은 '사랑니치과'의 주소와 일치했다.

불길하면서도 의아했다. 또한 상원과 관련되어서는 사소한 일에도 설레는 가슴을 억누를 수가 없었다. 거기다 하진 이놈을 잡아서 학교로 데려와야 한다는 담임으로서의 의지까지 불끈불끈 솟아나 자영을 자리에서 돌고래처럼 솟아오르도록 만들었다.

가방을 메고 교실을 나선 그녀는 적막감이 감도는 복도를 둘러보았다. 이미 모두들 퇴근한 시간이라 학교는 고요하기 짝이 없었다. 그도 그럴 것이 화창한 토요일 오후였던 것이다. 이런 날 학교에 짱 박혀 있는 사람은 그녀같이 약속없는 외로운 영혼뿐이었다.

발걸음도 요란하게 계단을 내려가던 자영은 불현듯 떠오른 생각으로 손목시계를 들여다보았다. 이런, 진의 일로 흥분해서 잠시 잊고 있었다. 오늘이 그녀가 고대하고도 고대하던 '이사의 날'이라는 것을. 다음주부터는 지긋지긋한 지각도, 교장선생님의 잔소리도 안녕이다.

'근데 진이네 들렀다가 가면 늦지 않을까?'

걱정이 살짝 밀려왔다. 그러나 일에는 우선순위가 있는 법.

자영은 온갖 물건들로 가득 찬 핸드백을 열어 가까스로 휴대폰을 찾아냈다. 그리고 팔팔 포장이사의 번호를 눌렀다.

"저기, 오늘 오후 세 시에 이사하기로 한 사람인데요, 시간을 좀 늦추면 안 될까요?"

[아니, 그게 무슨 말이에요! 우리가 그쪽 일만 하는 게 아니지 않소!]

쩌렁쩌렁한 아저씨의 목소리가 귀청을 웅웅거리며 파고들었다.

'아니, 이 아저씨가 정말! 다짜고짜 화부터 내면 어쩌란 말야!'

휴대폰을 귓가에서 떼어낸 자영은 잔뜩 부라린 눈으로 액정 화면을 노려보았다. 화가 폭발하려는 순간, 중앙 현관문을 열고 선 경비 아저씨 때문에 그녀는 눈인사를 건넨 후 가까스로 부드러운 목소리를 냈다.

"사장님, 제 말씀 좀 들어보시라구요. 직장에 갑작스런 일이 생겨서 그래요. 부득이한 사정 때문이라는데 그쪽에서 조금 이해해 주실 수도 있는 거잖아요."

[아, 몰라요, 몰라. 우린 오늘 같은 주말이 제일 바쁘다구요. 예정대로 세 시 되면 갈 테니까 그리 아슈.]

"여, 여보……."

말을 더 이을 수 없게 전화는 뚝 끊겨져 버렸다.

욕이라도 실컷 퍼붓고 싶은데, 경비 아저씨의 사람 좋은 웃음
이 그녀를 붙잡아 끌었다.

"아이고, 감 선생님. 주말인데 퇴근이 늦으시네요?"

"네? 아, 네."

어색한 웃음을 띤 채 자영은 신발을 꺼내어 신은 후, 중앙 현
관문을 열려 했다. 하지만 침묵을 잠시라도 깨어줄 동지를 만난
것이 반가운 듯 아저씨는 쉽사리 그녀를 놓아줄 생각을 하지 않
았다.

"선생님, 앞으로 평일 저녁에는 너무 늦게까지 남아 계시지
마세요. 아무리 순찰을 돌아도 말이지요, 학교 뒤 주차장에 어
찌나 요상한 것들이 많은지 이 늙은이가 민망해서 눈 뜨고는 못
볼 장면들을 연출해 대고 있다니까요."

아마 불량 중고등학생 무리들을 말씀하시는 것이리라. 자영
은 고개를 끄덕이며 말했다.

"네. 늘 고생이 많으세요."

"아니요. 뭐, 내가 좋아서 하는 일인데요. 정년 후에 집에서
놀면 뭐 합니까. 이리 나와 소일거리라도 하면서 몸을 움직여야
지요."

"네."

차마 말을 끊지 못해 계속 서 있던 그녀의 난처한 표정을 눈
치채기라도 한 듯이 아저씨는 얼른 달려와 문을 열어주었다. 당
황한 자영은 문과 아저씨 사이로 빠져나가며 고개를 좌우로 흔

들었다.

"이러시지 않아도 돼요."

"어차피 문도 잠가야 하니까요. 괜찮아요. 바쁘실 텐데, 어서 가보세요."

"네. 그럼 주말 잘 보내세요."

빠른 걸음으로 교문을 향하던 자영이 우연히 뒤를 돌아보았을 때, 아저씨는 여전히 현관 앞에서 그녀를 지켜보고 계셨다. 심지어 그녀의 시선을 받아주면서 손을 흔들어주시기까지 하셨다. 그에 답하듯 웃음을 돌려준 자영은 다시 한 번 고개를 숙여 보인 후 교문을 나왔다.

정확히 말하면 그녀의 큰아버지뻘은 되실 분인데, 그저 아저씨라 부르는 게 민망하긴 했지만 학교에서 통용되는 일상적인 호칭이었기에 어쩔 수가 없었다. 태어나 한 번도 큰아버지라는 이름을 불러본 적은 없었지만, 만약 그런 분이 계셨다면 저 경비 아저씨와 같았을 거라는 상상을 해보았다. 그래서 여력이 되면 저분께 잘해 드리려 노력했다. 우유가 남거나 여분의 음료수가 생기면 퇴근길에 언제나 숙직실로 가져다 드렸다. 그리고 잠시잠깐 넋두리를 들어드리곤 했는데, 그것이 아마도 고마우셨던 모양이다.

내리막길을 걸어 큰길로 향하는 자영의 입가에 슬그머니 미소가 어렸다. 외로운 사람은 자신과 같은 사람을 잘 알아보는 법이다. 그녀의 마음속으로 '정'이라는 감정이 스며들어 지독한 황량함을 조금씩 희석시켜 주고 있었다.

생각에 잠겨 걷느라 어느새 자신이 큰길이 보이는 사거리에 이르렀다는 사실도 깨닫지 못한 채 자영은 버릇대로 육교 앞에 있는 버스 정류소로 발걸음을 터벅터벅 옮겨놓았다.

그렇게 얼마쯤을 걸었을까. 그녀는 평소와 다른 자신의 목적지를 기억해 내고는 머리를 콩콩 쥐어박으며 뒤돌아섰다.

'으이구, 이 바보.'

뛰다시피 걷는 동안 내내 매무새를 가다듬으며 자영은 '사랑니치과'가 위치한 삼층 건물 앞에 이르렀다. 그 간판을 올려다보는 것만으로도 그녀의 입가에 절로 흐뭇한 미소가 그려졌다.

"저리 좀 비켜주세요."

멍한 시선으로 고개를 빼고 있던 그녀는 뒤에서 들려온 목소리에 놀라 길가 쪽으로 물러섰다. 묵직한 간판을 들고 옮기는 인부들을 훑어보며 자영은 그제야 한복집이 있던 일층이 한창 리모델링 중인 것을 발견했다. 늘상 이층 치과에만 관심을 두었던 탓에 아래층에서 뭔 일이 벌어지고 있는지도 여태껏 몰랐던 것이다. 기우뚱거리며 매달리고 있는 간판에 쓰여진 글자를 자영의 두 눈이 훑어 내렸다.

하하동물병원?

푸핫, 거 이름 한번 더럽게 유치하네.

갑작스레 치미는 호기심으로 자영은 투명한 유리벽에 둘러싸인 내부를 기웃거렸다. 아직 물건들이 제대로 들어오지 않아 황량한 공간의 가운데, 두 남자가 열심히 이야기를 나누고 있었다. 아니, 정확히 말하면 등을 보이고 선 젊은 남자—잘은 모르지만 젊어 보였다—가 나이 든 남자에게 뭔가를 손으로 가리키며 설명 중이었다.

젊은 남자에게서 뿜어져 나오는 오로라가 그녀가 서 있는 바깥에까지 느껴졌다. 자영의 시선이 저도 모르는 사이 그에게로 고정되어 움직일 줄을 몰랐다.

낡은 청바지와 줄무늬 셔츠 차림의 남자는 언뜻 보아도 그녀와는 다른 부류, 즉 비정상적이게도 길쭉길쭉한 팔등신 체형이었다. 게다가 머리칼은 옷깃을 덮을 정도로 길었고, 돌려진 옆얼굴을 통해 거무스름한 피부가 드러나 보였다.

점수를 매기듯 그를 꼼꼼히 훑어보고 있던 자영의 고개가 탈락을 알리는 신호로서 좌우로 저어졌다.

'넌 삼진 아—웃이다.'

이제 하나만 더 채우면 계란 한 판이 되는 나이라지만 감자영 그녀에게도 나름대로 이성에 대한 명확한 기준이 있었다. 그런데 저 낯선 남자는 그녀의 잣대에 맞는 것이 하나도 없었다.

첫째, 지나치게 얼굴이 작고, 키가 큰 남자는 사절이다. 왜냐고? 간단하다. 내 남자랑 사진을 찍을 때마다 얼굴 사이즈 조절하느라 뒤로 물러나야만 하는 비애를 겪기는 싫다.

둘째, 치렁치렁 머리를 늘어뜨리고 다니는 남자는 밥맛이다. 우습게도 7, 80년대 청년기를 지내보지도 않았으면서, 왠지 장

발을 보면 촌스러운 느낌이 든다. '베이베'라는 기름기 흐르는 애칭을 남발하며 도끼빗으로 그 머리칼을 셔츠 깃 뒤로 막 넘길 것 같은 엄청나게 부담스러운 상상이 피어오른다.

셋째, 피부가 검은 남자는 절대, 네버 싫다. 선입견 같지만 왠지 선진국형 인간같이 느껴지지 않는다. 고상원 닥터의 백옥 같은 피부는 절대 모방 불가겠지만, 어쨌든 '그놈, 희네'라는 첫인상은 줘야 한다.

이러이러한 나름대로의 이유로 저 남자는 노 땡큐다. 물론 저 남자도 그녀를 노 땡큐로 생각하겠지만 말이다.

그런데 생각은 생각일 뿐 왜 이렇게 눈길을 거두기가 어려울까. 반대 극에 이끌리는 자석처럼 그녀의 시선이 남자의 움직임에 따라 흔들리고 있었다.

'야, 감자영. 정신 차려라잉. 너 지금 상원 오빠 병원 앞이라구. 어디서 딴 짓이냐, 딴 짓이.'

스스로에게 강력한 경고를 내뱉은 자영은 그대로 돌아서 검은색 철제 대문 앞으로 성큼성큼 걸어갔다. 애써 이성을 차리려는 그녀의 눈빛이 그곳의 번지수를 훑어 내렸다.

369번지.

교실에서 몇 번이고 확인한 그 주소와 정확히 일치했다. 마음은 다행이다 싶으면서도, 눈길은 요상하게도 자꾸만 '그 남자'가 있는 공간으로 뻗어가려 했다. 자신이 더 주책맞은 짓을 벌이기 전에 자영은 얼른 진의 집으로 짐작되는 그곳의 벨을 눌렀다.

처음엔 조심스레 손가락을 가져갔으나, 내부에서 대답할 기미가 보이지 않자 그녀의 표정도, 동작도 차츰 격해졌다. 스스로가 듣기에도 귀에 거슬릴 만큼 잦은 빈도로 벨이 울려댔다. 그럼에도 불구하고 여전히 저쪽은 침묵이었다.

"뭐야? 아무도 없는 거야?"

조금 뒤로 물러선 그녀는 고개를 들어 삼층 창문을 올려다보았다. 강렬한 햇살로 인해, 또한 허탈함으로 인해 자영의 눈매가 찌푸려졌다. 하얗게 변한 시야에 순간 아무것도 들어오지 않았다.

젠장. 깊은 한숨을 내쉰 자영은 피로한 눈을 비비며 돌아섰다. 그리고 한 걸음이나 발을 내디뎠을까.

"아악!"

단단하지만 따스한 뭔가에 정통으로 코를 박은 그녀는 눈물을 찔끔거리며 정체 모를 물체를 올려다보았다. 그러다 마주친 불쾌감이 잔뜩 어린 새카만 눈동자로 인해, 자영은 자신의 코를 뭉개 버리다시피 한 것이 물건이 아닌 사람임을 알 수 있었다.

그러나 남자는 사과에 사 자도 모르는 듯 멍청하게 서 있기만 하는 것이 아닌가. 지독하게 무례한 남자를 자영은 찌푸린 눈길로 노려보았다. 그러다 허름한 청바지와 줄무늬 셔츠를 차례로 훑어 내리는 동안 그녀의 머리 속이 개어갔다. 그는 다름 아닌 조금 전까지 유리창을 통해 그녀의 탐색을 받고 있던 장본인이었던 것이다.

　　호기심이 자영의 고개를 쳐들도록 만들었다. 그러나 기대감은 보기 좋게 엇나갔다. 그녀의 희미한 미소를 깡그리 무시하는 듯, 멋지게—우습지만 그런 생각이 들었다—햇살에 그을린 남자의 얼굴에는 어떤 표정도 떠올라 있지 않았다. 그는 아래로 내리깐 시선을 그대로 옮겨 그녀의 곁을 스쳐 지나려 하였다.

　　그제야 자영의 머리 속 이성의 전구에 불이 번쩍 들어왔다. 그녀는 종종걸음을 치다시피 하여 남자의 앞을 막아섰다. 엄청난 키 차이로 인해 주눅이 들었지만 자영은 더욱 고개를 치켜들며 남자의 살벌하도록 차가운 눈빛을 마주했다.

　　"이봐요! 당신은 미안합니다라는 말도 몰라요? 영어로는 익스 큐즈 미! 일본어로는 스미 마셍!"

　　순간 까만 유리알 같은 눈동자 속에 번뜩임이 일었다. 그러나 그는 천천히 팔짱을 끼며 그녀를 여전히 거만한 눈길로 내려다보기만 할 뿐 별다른 반응을 보이지 않았다.

　　"이것 보세요! 한국 사람 아니에요? 피부 색깔 보니까 동남아 사람 같기도 하네. 태국? 말레이시아? 아님 베트남? 뭐냐구요. 젠장, 정말 못 알아듣는 거야, 뭐야?"

　　결국은 혼잣말로 결말을 짓고 마는 그녀였다. 당황하여 붉어진 얼굴로 머리를 긁적이던 자영은 뒤통수를 때리고 지나가는 듯한 한마디에 고개를 번쩍 쳐들었다. 조금 전보다 더 새빨개진 낯빛은 놀라움보다도 더 큰 불쾌감 때문이었다.

　　"거참, 더럽게 시끄럽네."

잔뜩 확대된 눈동자로 그녀는 거짓말처럼 다시 꾹 다물린 상대의 모양 좋은 입술을 바라보았다.

"뭐라구요? 방금 뭐라고 했어요?"

떨림을 억누른 그녀의 되물음에 마지못한 듯 입을 떼는 남자였다. 이번엔 똑똑하게 그의 하는 양을 지켜보고 듣는 자영의 두 손이 부들부들 떨렸다.

"시끄럽다고 했어."

"야!"

안 그래도 소프라노인 그녀의 음성이 흥분으로 인해 날카로운 칼날같이 터져 나왔다. 그의 짙은 눈매가 가늘어졌다. 은근히 '나 선생이야'라는 티를 팍팍 풍기는 자영의 훈계가 이어졌다.

"너 나 언제 봤다고 반말이야, 반말이! 그리고 잘못했으면 사과를 하는 게 문화시민으로서 당연한 의무 아냐?"

"지랄! 그러는 그쪽은? 문화시민이 길거리에서 소리 지르냐."

자영의 입이 위아래로 쩍 벌어졌다.

이것이 정녕 저 반듯한 얼굴에서 흘러나온 대꾸가 맞단 말이냐. 믿을 수가 없었다. 이런 상황에서 뭐라고 세게 맞대응할 수 없는 자신이 참으로 바보스럽게 느껴졌다.

"지, 지랄?"

기껏해야 되묻는 게 다였다. 그러나 남자는 그녀를 한심하다는 빛이 그득한 눈동자로 내려다볼 뿐이었다. 그녀가 끝갈 데

없이 흥분해 있음에도 침착하기 짝이 없는 상대의 태도가 자영을 묘하게 자극했다.

"사과해!"

그냥 조용히 물러날 수도 있었지만, 도저히 그녀의 자존심이 용서치 않았다. 기어코 저 싸가지없는 입에서 사과를 듣고 말리라 다짐하며 자영은 남자를 잡아 죽일 듯 노려보았다.

"사과하라구!"

그러나 커다란 몸집의 사내는 꿈쩍도 하지 않았다. 터질 듯 화가 치밀어 오르다 못해 이젠 차츰 불안해졌다.

"자영아?"

오~ 마치 암흑 속에 내리쬐는 한줄기 햇살과 같은, 지옥의 구렁텅이에 빠진 그녀에게 던져진 생명의 동아줄과도 같은 이 음성은 굳이 보지 않아도 알 수 있는 자의 것이었다. 그토록 오랜 세월이 지났건만 여전히 설렘을 선사하는 오직 한 사람, 그 남자 고상원.

붉으락푸르락하던 자영의 얼굴이 일시에 정화되며 선량하고 밝은 웃음이 떠올랐다. 그러나 그것은 그의 곁에 선 너무도 아름다운 여자를 보는 순간 쉽사리 걷혀갈 부질없는 성질의 것이었다.

"오빠, 언니, 안녕하세요."

쓸쓸함이 담긴 인사에도 유란의 천사 같은 얼굴에는 여느 때와 같은 환한 웃음이 피어올랐다.

"자영이 일찍 퇴근했구나. 그래, 근데 찬이랑 둘이 아는 사이였어?"

뭐, 뭐시라? 내 귀가 잘못된 것일까. 어찌 재수없는 '찬'이라는 이름이 들려온단 말인가.

절대절명의 위기감을 느낀 자영은 손가락으로 귀를 후벼 판 후, 애원하는 듯한 눈빛을 상원에게로 돌렸다. 그러나 그녀와 싸가지없는 놈을 번갈아 바라본 그에게서 흘러나온 말은 더한 청천벽력이었다.

"그리고 보니까 둘이 초등학교 동창이지 않아? 자영아, 너 찬이 몰라? 하찬."

허거걱!

사실이란 말인가. 그럼 지금 내 앞에 이 왕싸가지가 그 하찮은 녀석이라고?!

엄청난 깨달음으로 인해 무릎에 완전히 힘이 풀려 버렸다. 자리에 스르륵 주저앉으려던 자영의 팔을 단단한 손이 붙잡아주었다. 따스한 체온과는 정반대로 냉랭한 비웃음이 감도는 음성이 귓가를 파고들었다.

"이게 몇 년 만이냐. 후훗, 반갑다…… 감.자."

악몽의 시작을 알리는 '감자'라는 단 두 글자가 그녀의 귓가를 윙윙 맴돌았다. 놈 특유의 억양으로 저 끔찍한 별명을 불러 젖힐 때마다 얼마나 몸서리를 쳤었던가. 다시는 겪고 싶지 않았던 고통이 자영을 급습해 왔다.

비겁하다 해도 어쩔 수 없었다. 그저 떠오르는 생각은 하나, 도망가야 한다는 것뿐이었다. 저놈한테서, 이 엿 같은 상황에서 벗어나야 한다는 일념으로 자영은 몸을 홱 돌려 미친 듯이 뛰기 시작했다. 혹시라도 하찬이 지옥의 사신처럼 쫓아와 자신의 뒷덜미를 잡아챌까 두려웠다.

가히 기록적인 속도로 버스 정류장에 이른 그녀는 불안으로 희번덕거리는 눈동자를 좌우로 굴려댔다. 다행히도 마치 구세주처럼 시야 속으로 익숙한 번호의 버스가 들어오고 있었다.

"감사합니다! 하느님, 부처님, 단군 할아버지."

주위 사람들의 이상야릇한 시선에도 불구하고 홀로 구시렁거리며 자영은 두 손을 맞잡았다. 급하게 버스에 올라 자리에 털썩 몸을 기대자마자 그녀에게서 깊디깊은 안도의 한숨이 터져 나왔다. 지끈거리는 머리를 차창에 기댄 자영은 스르륵 눈을 감았다. 잠시 모든 생각을 멈추고 쉬고 싶었다. 하지만 놈과의 예기치 못한 만남은 그녀가 과거의 기억을 떠올릴 수밖에 없는 강력한 동기를 제공해 주었다. 자영의 생각이 십육 년 전으로 거슬러 오르고 있었다.

초등학교 4, 5, 6학년 내내 반장 감투를 썼던 것에 대해 지나고 생각해 보건대, 이유는 단 하나였다. 다른 친구들보다 우렁찬 목청. 반장의 절대 조건이었다.

"야! 조용히 해—!"

선생님께서 잠시 복도로 나간 사이, 자영은 어김없이 웅성거리기 시작하는 반 아이들을 훑어보며 소리를 질러댔다. 뒤를 돌아보고 떠들어대던, 교실 여기저기를 왔다 갔다 하던 아이들이 스르륵 하던 행동들을 멈추었다. 자영의 입가에 의기양양한 미소가 어렸다. 선생님들 사이에서조차 통용되는 '리틀 선생님'이라는 그녀의 별명이 위력을 발휘하는 순간이었다.

그러나 아이들의 무리 중에서도 유난히 고고함을 견지하고 있는 여학생이 있었으니, 바로 부반장 민희였다. 그녀와는 판이하게 다른 성격의 소유자로서, 반의 양대 세력을 형성하고 있는 한 축이었다. 그녀의 명령 따윈 전혀 아랑곳하지 않는다는 듯 책장만 무심하게 넘기고 있는 민희를 자영은 잠시 노려보았다.

그때 앞문이 드르륵 열리며 담임선생님이 들어오셨다. 교탁 앞까지 걸어온 선생님은 여전히 열린 문을 돌아보며 약간 목청을 높였다.

"들어와."

그러자 삐죽삐죽 사내 녀석 하나가 교실로 발을 내디뎠다. 새카만 얼굴에 훌쩍 키가 큰 그놈은 아이들을 외면한 채 심지어 선생님에게서조차 떨어져 섰다. 처음엔 전학생의 부끄러움 정도로 여겼다. 하지만 자세히 살펴보니 그게 아니었다. 외려 귀찮다는 기색이 역력한 표정이 드러나 보여, 자영의 신경을 거슬리게 했다.

선생님의 손짓에 아이는 교탁으로 와서 서더니, 무뚝뚝하게 자기소개를 마쳤다.

"내 이름은 찬이다, 하찬."

어떤 머뭇거림도 없었고, 더 이상의 말도 없었다. 잘 지내보자느니 친하게 지내고 싶다느니의 뒷말이 따르는 게 보통인데. 참 시건방진 녀석이라고 생각하며 자영은 불길한 눈초리로 자신의 옆 자리를 바라보았다.

여학생 중 가장 키가 큰 자신의 처지가 이렇듯 원망스러울 수가 없었다(초등학교 땐 키가 컸다. 아마도 그때 다 자란 모양이다). 아니나 다를까, 선생님의 폭탄 같은 한마디가 투하되었다.

"자영이 옆 자리가 비었네. 저리로 가서 앉으렴. 반장은 찬이가 우리 반에 잘 적응할 수 있도록 많이 도와주고."

"네."

떨떠름한 대답을 하는 와중, 놈은 벌써 곁으로 와 앉았다. 소리없이 빠른 녀석이었다. 가방을 책상 위에 던지다시피 하는 짝에게 자영은 별로 내키진 않았지만 먼저 말을 건넸다.

"난 감자영이라고 해. 어디서 전학 왔니?"

왠지 기분 나쁜 미소를 머금은 녀석은 의자에 등을 기댄 채 어떤 대답도 없이 주위를 둘러보기만 했다.

"다음 수업은 사회거든?"

자영의 목소리가 올라가는 것에도 아랑곳하지 않은 채 찬은 귀를 후벼 파며 그녀를 무시했다. 뭐라고 대꾸해 주고 싶었지만 곧 시작될 수업이 자영의 앞을 막아섰다. 치밀어 오르는 화로 인해 목구멍이 간질거렸다.

"자, 그럼 모둠별로 이 주제에 대해 의견을 나누고, 모둠장이 발표를 해볼까요?"

선생님의 한마디에 아이들의 머리가 여섯 명씩 맞대어졌다. 모두들 나름대로 의논을 하느라 정신이 없는 가운데 분위기를 흐리는 미꾸라지 같은 놈이 한 마리 있었으니, 바로 조금 전 등장을 한 하찬이라는 녀석이었다. 무임승차를 용납하지 못하는 깐깐꼼꼼한 모둠장 자영의 찌르는 듯한 눈빛이 찬에게로 쏠렸다.

"너 활동에 참여 안 할 거야?"

"자영아, 그냥 놔둬. 우리끼리 하자."

조용한 은주의 만류에도 불구하고, 자영은 물러설 수가 없었다.

"너 때문에 우리 모둠 태도 점수 깎인단 말이야!"

"그래서?"

이 자리에 앉고서 처음 내뱉은 말, 처음 그녀를 바라보는 눈초리에는 비아냥거림이 가득했다. 으, 정말 재수 옴 붙었다. 어디서 저런 게 굴러들었단 말인가.

"자, 발표 내용 정리하세요."

뭐라고 톡 쏘아주고 싶었지만, 선생님의 이어지는 말이 자영의 일탈 행동을 막아주었다. 지금은 놈과 대적하는 일보다 모둠 활동을 마무리 짓는 일이 더 중요했기에 그녀는 이글거리는 시선을 겨우 책으로 돌릴 수 있었다.

그러나 발표 시간은 곧 닥쳐왔고, 결국 그들 모둠은 선생님의 화난 목소리에 직면해야 했다.

"아니, 7모둠은 토의를 한 거니, 안 한 거니? 모둠장?"

고개를 숙인 자영의 얼굴이 붉어졌다. 그런데 옆을 힐끗 보니, 놈의 입술 끝이 올라가고 있는 것이 아닌가.

'밉살맞은 자식. 이 모든 게 제 놈 때문인데, 웃고 있다니.'

그들 모둠으로 인해 수업 분위기가 공포스럽게 변해 버리고, 선생님의 일장연설이 이어지는 것에 반 아이들의 원망스런 눈초리는 자영을 향해 와르르 쏟아졌다. 억울한 마음은 금할 길 없었고, 터질 듯한 화는 더 이상 삼킬 수가 없었다.

쉬는 시간이 되어 선생님이 교실에서 나가시자마자 자영은 조용히, 그러나 단호히 하찬을 향해 돌아섰다.

"너 때문이잖아!"

건들건들 자리에 앉아 있던 놈의 시선이 자영을 향해 힐끗 돌려졌다. 불쾌감이 온몸을 번져 갔다.

"야!"

자영의 찌르는 듯한 음성이 천장까지 치솟았다가 교실 전체로 퍼져 가자 일순 그 공간에 침묵이 감돌았다.

"너 귀먹었냐! 내 말 안 들려!"

다시 한 번 쩌렁쩌렁 그녀의 음성이 이어졌다. 그러자 더 이상은 견디기 힘들다는 듯 찬은 주머니에 손을 찔러 넣은 채로 자리에서 벌떡 일어났다. 그리고 황야의 무법자라도 되는 양 젠체하는 태도로 돌아서 교실을 나가려는 것이 아닌가.

"야! 이 씨팔 새꺄!"

평소 욕하는 걸 즐기지 않는 자영으로서는 엄청난 살의(?)의 표현이었다. 그와 동시에 돌아선 찬의 어깨가 단단하게 굳어지는 것이 보였다. 숨죽인 반 아이들의 무리를 배경으로 놈은 비스듬히 고개를 돌려 그녀를 노려보았다. 번뜩이는 눈동자에 기죽지 말아야지 생각하면서도, 자영은 침을 꼴깍 삼키며 찬의 반응을 기다렸다.

곧 흘러나온 놈의 어조는 생각 외로 침착했다. 아니, 외려 재미있다는 기색까지 서려 있었다.

"너무 흥분하지 마라."

충고인지 배려인지 알 수 없는 찬의 한마디에 자영의 눈동자에 숨길 수 없는 당혹감이 서렸다. 알 수 없는 놈의 눈빛에 불안감이 들었다.

하지만 그것도 잠시…… 이내 이어진 말은 그녀의 미간을 와르르 구겨놓았으며, 반 아이들의 숨을 틔워놓았고, 반 전체를 폭소의 도가니로 몰아넣었다.

"불탄 감자 되겠다. 스스로를 아껴야지, 감자."

"푸하하하!"

아이들의 웃음소리가 그녀의 신경을 북북 긁고 지나갔다. 자영의 성질을 잘 알기에 누구도 건드리지 못한 부분을 전학 온

지 한 시간도 안 된 놈이 꾹꾹 눌러대고 있는 것이다. 순식간에 자신을 웃음거리로 전락시켜 버린 하찬이라는 자식에 대한 분노로 자영의 속내에서 무언가가 퍽 하고 폭발하는 것이 느껴졌다. 그녀의 억눌려진 입술 사이로 날이 선 고함이 터져 나왔다.

"야아!"

그리고 무조건 돌진이었다. 머리를 앞으로 내민 채 놈을 향해 달려간 자영은 오만방자하기 짝이 없는 그 턱을 딱 소리가 나도록 박아버렸다. 주위에서 헛 하고 숨을 들이키는 소리가 마치 합창이라도 하듯 들려왔다.

그녀의 기습에 조금 전까지 당당하게 서 있던 찬은 옅은 신음을 흘리며 주저앉아 턱을 감싸 쥐었다. 놈의 얼굴에 고통의 빛이 그득 번져 갔다. 그것이 자영의 가슴에 일말의 만족감을 안겨주었다.

"이깟 공격도 못 피하는 하.찮.은. 자식 같으니라고."

말이 끝나기가 무섭게 홱 들려진 찬의 얼굴은 더 이상 그럴 수 없을 정도로 일그러져 있었다. 통쾌한 표정으로 상대를 노려보아 준 자영은 자신에게로 쏟아지는 경외감 어린 눈빛들을 하나하나 받아내며 그 자리를 벗어났다.

돌아선 그녀의 입매는 승리의 브이 자 모양으로 치켜올라 가 있었다.

그걸로 모든 상황이 종료되었다고 생각했던 자신이 십육 년이 지난 지금에서야 새삼 어리석게 느껴져 자영은 고개를 내저었다. 아니, 더 이상은 그놈에 관련된 일 따위는 생각하고 싶지 않아서이기도 했다.

포장이사를 하긴 했지만, 세부적인 것은 그녀의 마음에 들게끔 정리를 해야 했다. 그로 인해 모처럼의 일요일임에도 불구하고 새벽같이—그녀에게 있어서 일요일의 새벽은 오전 열 시까지다—일어난 자영은 그냥 처박히다시피 책꽂이에 꽂힌 책들을 꺼내 정돈하는 일에 다시금 몰두했다. 아니, 몰두하는 척이라도 해야 했다.

하지만 너무도 갑작스런 하찬과의 만남은 그녀의 뇌리 속에서 좀처럼 놈의 영상을 지워내지 못하게 만들었다. 자영은 도망치듯 그곳을 벗어나 버린 자신의 뒷모습으로 향했을 찬의 눈빛을 상상하며 부르르 몸을 떨었다.

"젠장, 네놈이 무서워서 그랬는 줄 알면 오산이다. 너라는 놈 얼굴은 일 분, 아니, 일 초도 보기 싫어. 내 시간이 아깝다구. 똥이 더러워서 피하지 무서워서 피하는 거 봤냐."

혼자서 이런저런 변명을 구시렁거리던 자영은 청명한 벨소리에 놀라 벌떡 몸을 일으켰다. 좁디좁은 부엌 겸 거실을 가로질러 나간 그녀는 인터폰을 들지 않고 밖을 향해 큰 소리로 물었다.

"누구세요?"

"누구긴 누구야. 또 올 사람 있어?"

친구의 등장을 예감하고 있던 자영의 입매에 미소가 그려졌

다. 잠금 장치를 풀어내자마자 그 사이로 튕겨 나오듯 은주가
들어섰다. 아무나 소화할 수 없는 하늘하늘한 롱스커트에 감싸
인 기다란 다리의 윤곽을 저도 모르게 훑으며 자영은 친구가 들
어올 수 있도록 한 켠으로 물러섰다. 하루 이틀 보는 사이도 아
니면서 은주의 탁월한 패션감각과 타고난 몸매에는 감탄을 금
할 길이 없다.

"누리야!"

은주가 손을 내밀며 몸을 굽히자마자 문 앞에서 풍성한 꼬리
를 흔들어대고 있던 페키니즈종 누리가 그 품으로 풀썩 뛰어들
었다. 애완견치고는 제법 커다란 덩치의 녀석이 안기자 휘청거
리면서도 은주는 만면에 웃음을 감추지 못했다.

"하하. 녀석, 오랜만이라 반가운 모양이다."

"누리가 널 유독 좋아하잖니. 솔직히 애 주인이 난지 넌지 헷
갈릴 정도라니까."

퉁퉁거리면서 자영은 수북이 쌓인 책을 한 뭉치 집어 들었다.
장갑을 낀 손으로 차근차근 그것을 들어 올려 책꽂이에 놓던 자
영은, 연신 들려오는 까르르거리는 웃음소리에 인상을 그어대
다가 마침내 참지 못하고 소란의 근원지를 노려보았다.

"야, 너 왜 왔어? 도와줄 마음 없음 가라, 방해되니까."

"아…… 너 들으면 무지 좋아할 소식이 있는데."

모처럼 장난을 친 후라 그런지 헥헥거리고 있는 누리를 두고
은주는 그녀의 곁으로 다가와 쭈그리고 앉았다. 그리고 그녀를

향해 책을 하나씩 건네주기 시작하는 친구를 향해 자영은 마지 못해 물었다.

"뭔데?"

크기와 종류에 상관없이 설렁설렁 책을 넘겨주는 은주를 피 해 자영은 한숨을 쉬었다. 그러나 곧 들려온 한마디는 그녀가 현재의 문제 따위는 금세 잊어버릴 수 있도록 만들어주었다.

"나 취직했어."

"뭐? 정말? 어디? 야, 정말 잘됐다, 잘됐어."

전문대 졸업 후 어렵게 구한 직장을 상사와의 마찰로 인해 그 만두어 버린 은주는 벌써 일 년이 넘도록 백수 생활을 해오고 있었다. 그나마 친구는 집안 사정이 좋은 편이라 애견 미용학원 에 다니며 자격증을 취득할 수 있었고, 드디어 일자리를 구한 모양이다. 워낙에 동물을 좋아하는 은주인지라 애견 미용사로 서 자질이 있어 보였는데, 참 잘되었다 싶었다.

"게다가 네 집이랑도 가까워. 바로 요 앞이더라구. 이제 자주 놀러오면 되겠다."

"응?"

웃고 있던 자영의 입매가 그대로 굳어졌다. 은주가 건네주는 책을 아무렇게나 던지듯 놓아둔 그녀는 움직이고 있는 친구의 입술을 멍하니 바라보았다.

"하하동물병원이라고, 새로 생긴 데거든? 다음 주면 개업할 거래. 그때부터 출근하라더라."

은주는 또다시 책을 건네주었지만 자영은 받을 수가 없었다.

그녀의 머리 속으로 하하동물병원이라는 간판과 그 내부에선 남자의 뒷모습, 그리고 비웃음 가득한 하찬의 얼굴이 차례로 떠올랐다. 격한 고개 저음으로 인해 그것이 사라지자 자영은 은주에게 겨우 시선을 맞출 수 있었다.

"동물병원 부설이라서 규모는 작지만, 그래도 열심히 해보려고. 미용실장 말이 거기 병원 원장이 아직 솔로라더라. 아직 얼굴은 못 봤지만, 엄청난 킹카라는 소문도 있고. 히히."

반짝이고 있는 친구의 눈망울을 보는 자영의 얼굴에 깊은 절망감이 스며들었다.

'헛물 그만 켜라, 이것아.'

"거기 말고 다른 데 알아봐."

그녀의 매몰찬 대답에 설렘 가득했던 은주의 표정이 싸늘하게 변해갔다. 친구는 팔짱을 끼며 그녀에게서 물러나 소파에 앉았다.

"왜? 이유가 뭔데?"

"거긴 절! 대! 안 돼."

"야, 이 망할 것아. 백수 친구가 드디어 취직을 했다는데, 다짜고짜 나가지 말라니. 도대체 뭔 일이냐고!"

"원장이 킹카든 킹콩이든 거긴 안 돼. 그 하하동물병원인지 호호동물병원인지에서 오늘 내가 누굴 봤는지 아냐?"

울분이 치밀어 올라 덜덜 떨리는 그녀의 음성에 은주는 눈을 휘둥그레 뜨며 그저 고개만 내젓고 있었다.

"그 새끼! 내 인생에 한 페이지, 아니, 한 줄이라도 기록되어 있는 것이 끔찍하게도 싫은 놈!"

"뭐? 설마……?"

짐작 어린 은주의 물음에 자영은 입술을 깨물며 마지못해 대답했다.

"으. 이름도 얘기하기 싫다. 그래, 그놈."

"설마, 하찬? 정말 하찬이었어?"

초등학교 동창인 은주는 그놈의 존재를 익히 잘 알고 있었다. 게다가 견원지간인 자영과 찬의 관계까지. 대답을 하는 자영의 미간은 손바닥에서 짜부러진 종잇장마냥 구겨져 있었다.

"그래, 그렇게 끔찍한 어투로 '감자' 라고 불러댈 인간이 세상에 또 누가 있겠어?"

"이야~ 정말 대단한 인연이다. 이토록 오랜 시간이 지나서 또 만날 줄이야. 우습게도 말야, 이상하게 반갑다는 생각부터 든다? 개랑 얘기 한번 제대로 한 적 없는데."

은주의 반응은 자영의 들끓는 화에 기름을 들이붓는 격이었다. 그녀는 먼지가 묻은 목장갑을 벗어 던지며 싱글거리는 친구를 노려보았다.

"뭐? 반가워? 그 인간이? 너 걔가 나한테 어떻게 했는지 다 잊은 거야?"

"야, 그거야 뭐, 한참 어릴 때 얘기 아니니. 뭘 아직까지 가슴에 담아두고 그러냐."

"듣기 싫어! 지금 누구 앞에서 누구 편을 드는 거야! 그럴 거면 가!"

"야, 감자영. 왜 화를 내고 그래."

두 사람 사이의 목청이 높아지자 두려움을 느낀 듯 주인의 품으로 파고드는 누리를 자영은 안아 들었다. 화를 삭이지 못한 그녀는 은주를 그곳에 내버려 둔 채 아직 정리가 덜 끝난 침실로 들어가 버렸다. 누리와 함께 이불을 뒤집어쓰고 누워 있던 그녀의 귓가에 문 열리는 소리에 이어 가라앉은 은주의 음성이 들려왔다.

"네가 하찬한테 어떤 악감정을 가지고 있는지 알아. 하지만…… 나 그 병원 나갈 거다. 네가 뭐라 그래도 어쩔 수 없어. 우린 이제 어린아이가 아니잖아. 스물아홉이나 먹은 어른이라구."

'나쁜 년. 저건 친구도 아냐.'

씩씩거리면서도 울분을 참아내던 자영은 옅은 한숨에 이어 탁 하고 문이 닫히는 소리에 시트를 홱 걷어붙였다. 갑작스레 공기 중에 노출된 것에 놀란 듯 커다란 눈을 끔뻑이는 누리를 쓰다듬으며 자영은 홀로 중얼거렸다.

"어떻게 잊어? 어떻게…… 절대 못 잊어."

그녀의 얼굴 위로 서슬 퍼런 결연함이 퍼져 갔다. 그러자 그 기세에 눌린 듯 누리는 귀를 잔뜩 늘어뜨린 채 그녀의 품으로 파고들었다.

　연속 이틀째 결석이다.
　자영은 출석부를 탁 소리가 나도록 덮어놓으며, 자리에서 일어났다. 마침 앞문을 열고 들어서던 세희의 시선이 그녀의 어두운 얼굴로 향했다.
　"어? 벌써 퇴근하려고? 약속있어? 오늘 같이 영화나 보러 가자고 말하러 왔더니. 공짜 표가 생겼거든."
　"난 안 되겠다. 다른 사람이랑 가라. 이 녀석…… 또 학교 안 나왔어."
　"걔? 전학 온?"
　짧게 고개를 끄덕이며 세희를 외면한 자영의 귓가에 끌끌 혀를 차는 소리가 들려왔다.
　"멀쩡하게 생긴 놈이 왜 그런다니. 알았다. 그럼 다른 사람을 물색해 봐야겠네."
　"영화 잘 보고, 소감이나 말해 줘."
　닫히는 문틈으로 손을 흔드는 친구를 미소로 배웅한 자영은 곧 문단속을 끝내고 계단을 내려갔다. 신발장을 향해 걸어가던 그녀는 손에 들린 종이 가방을 내려다보고는 아차차 하는 깨달음의 소리를 내며 중앙 현관 오른쪽에 위치한 숙직실로 다가갔다.
　여느 때처럼 침묵이 아니라 도란도란 들려오는 말소리에 자영의 시선이 문 앞에 나란히 놓인 두 개의 실내화를 향했다.

"그랬군요. 그래서?"

"어쩔 수가 없었지."

익숙한 두 가지 음성에 자영의 고개가 의구심으로 번쩍 들려졌다. 저도 모르게 좀 더 가까이 그곳으로 다가가려던 자영은 갑자기 열리는 문소리에 놀라 되레 후닥닥 몇 걸음 물러나고 말았다.

"감 선생님, 여기서 뭐 하는 겁니까?"

놀라 숨을 멈추었지만, 자신이 그러고 있다는 사실조차 몰랐다. 잠시 후 호흡 곤란으로 인해 거칠게 한숨을 토해낼 때까지.

그도 그럴 것이 숙직실의 문을 열고 나온 이는 다름 아닌 황수창 교장선생님이었던 것이다. 부른 배를 지탱하려는 듯 뒷짐을 지고 선 교장선생님의 뒤로 경비 아저씨의 반가운 섞인 얼굴이 언뜻언뜻 드러나 보였다.

"저기, 아저씨께 뭘 좀 전해 드리려고요."

"으흠. 퇴근하는 길입니까?"

"네, 교장선생님."

"오늘은 어째 아홉 시 정각에 감 선생님 얼굴이 중앙 현관에서 안 보입디다? 앞으로도 쭈욱 오늘만 같이 하세요."

기어들어 가는 목소리로 '네'라는 대답을 겨우 한 자영은 교장선생님이 교장실로 들어가자마자 그 방향을 향해 냘름 혀를 내밀어준 후, 경비 아저씨에게 종이 가방을 내밀었다.

“이거 드세요. 인삼 드링크예요.”

“에구, 번번이 이걸 어쩌나.”

“부담 가지시지 않아도 된다고 말씀드렸잖아요. 그럼 오늘도 고생하시구요.”

자영은 더 이상 상대방의 말이 길어지기 전에 얼른 몸을 돌려 학교를 빠져나왔다. 손목시계를 들여다보는 그녀의 마음은 빨리 움직이는 시곗바늘보다도 더 바빴다. 그도 그럴 것이 오늘부터 서예학원에 나가기로 한 차였던 것이다. 진의 집에서 조금이라도 시간을 지체했다가는 저녁도 못 먹고 곧장 학원에 가야 할지도 몰랐다.

“에구, 감자영. 너한테 안 어울리게 뭔 서예냐, 서예가.”

큭큭 웃음이 섞인 세희의 말이 떠올랐다.

‘두고 봐라, 소세희. 내가 나중에 교직원 기능대회에 나가 서예로 1등급을 받게 되는 날이 곧 올 거다. 네가 날 고수로 인정하게 될 날이 올 거라고.’

두 주먹을 불끈 쥐고 성큼성큼 걸음을 옮기던 자영은 자신이 어느새 진의 집 대문 앞에 서 있음을 깨달았다. 삼층을 올려다보니 불이 켜진 창이 하나도 없었다. 실망감을 억누르며 자영은 혹시나 하는 마음으로 벨을 눌러보았다. 역시나 응답이 없었다.

어떻게 해야 하나 입술을 깨물며 생각에 잠겨 있던 자영은 아직 개업을 하지 않아 어둡고 고요한 동물병원을 지나 이층 치과로 걸음을 옮겼다. 삼층에 사는 사람에 관해 혹시 상원은 알고 있지 않을까 싶은 막연한 기대만으로. 아니, 사실은 고 닥터의 얼굴을 보고 싶다는 열망도 한몫했지만.

딸랑.

방울 소리와 함께 치과의 문을 열고 들어선 자영은 자신을 소닭 보듯 하는 간호사를 지나쳐 상원의 진료실로 들어가려 했다. 하지만 다분히 신경질적인 음성이 그녀의 뒷덜미를 잡아끌었다.

"고 선생님 지금 진료 중이시거든요?"

그녀보다 서너 살은 어린 간호사의 공격적인 태도에 자영은 한숨을 쉬며 환자들이 대기 중인 소파를 향해 돌아섰다. 상원을 흠모한다는 이유로 이렇듯 핍박받는 것이 분하기 짝이 없었다. 그의 옆 자리를 차지하고 있는 유란은 저렇듯 당연히 인정해 주면서, 왜 난 혼자만 바라보는 것도 눈치를 받아야 할까.

오늘따라 유난히 치과에는 환자가 없었다. 홀로 자리에 앉아 상원의 진료가 끝나기만을 기다리던 자영은 화장실이 위치한 곳에서 걸어나오는 기다란 실루엣의 남자를 발견하고는 깊은 숨을 들이켜야만 했다.

"자주 본다, 감자?"

손 닦은 휴지를 쓰레기통에 던져 놓으며 찬이 건넨 말에 간호사들의 킥킥거리는 웃음소리가 들려왔다. 이제 저 무리들에게 그녀가 감자라는 호칭으로 통용될 것은 보지 않아도 자명한 일이었다. 오우, 마이 갓.

자영은 자신의 곁에 털썩 앉는 찬에게서 몸을 돌려 문이 닫힌 진료실을 향해 SOS의 눈길을 보냈다. 열려라, 참깨. 열려라. 그러나 주문이 맞지 않는 듯 그것은 여전히 꿈쩍도 하지 않았다.

"어젠 왜 도망갔냐?"

'것도 모르냐. 네 꼴도 보기 싫으니까 그랬지, 이 멍충아.'

"넌 어떻게 하나도 변한 게 없다?"

무슨 뜻인지 모를, 물음인지 단정인지조차 모를 말을 내뱉는 찬이었다. 자영은 구겨진 얼굴을 숨기며 속으로 또다시 중얼거렸다.

'넌 참 많이 변했다, 하찬. 내가 몰라볼 정도였으니까. 내가 어떻게 저 원수 놈을 몰라볼 수가 있었을까. 젠장. 심지어는 넋을 놓고 잘 빠진─헛, 잘 빠지긴 뭘 잘 빠져. 망할─뒷모습을 바라보고 있기까지 했잖아.'

인정하고 싶지 않았지만 사실이었다. 지금 이 순간도 곁에 앉은 녀석에게서 풍겨오는 상큼한 향이 자영의 심기를 어지럽히고 있었다. 정말 젠장맞을 조화였다.

스스로를 통제하지 못한 채 그렇게 얼마간을 휘청거리고 있던 자영의 귓가에 반갑기 짝이 없는 음성이 들려왔다.

"어, 자영이 왔구나?"

순백색의 가운보다 더욱 환한 미소를 머금은 이가 대기실로 나오는 순간, 사방이 환해지는 듯한 느낌이었다. 자리에서 벌떡 일어난 자영은 반색을 하며 상원을 맞았다.

"오빠, 이제 진료 끝났어요?"

"어? 무슨 진료? 들어오다가 문에 붙은 안내문 못 봤어? 오늘은 삼십 분 일찍 병원 문 닫을 거야."

혁 하는 감탄사를 애써 들이킨 자영은 그의 뒤를 따라 진료실에서 나오는 유란의 그림자를 보며 상황을 대충 짐작할 수 있었다. 그녀의 샐쭉한 눈초리가 나란히 앉은 한 간호사와 윤 간호사를 향했다. 조금 전까지 찬의 앞에서 안절부절못하는 그녀를 희희낙락하며 지켜보고 있던 간호사들은 이제 약속이라도 한 듯 차트에 고개를 처박고 있었다.

'오호, 그래. 이제 대놓고 방해 공작을 펼치시겠다?'

"오늘이 유란이 누나 생일이라고 했지?"

갑작스런 찬의 질문이 그녀의 머리 위에서 터져 나왔다. 후끈하는 숨결이 뒷목을 간질이는 듯한 느낌에 자영은 진저리를 치며 그 자리에서 후다닥 비켜섰다. 그러면서도 그녀의 시선은 유란을 향하는 상원의 다정한 눈빛을 놓치지 않았다. 자영의 얼굴이 금세 침울하게 물들어갔다.

"오붓한 시간 보내세요~!"

염장을 지르는 듯 입을 모아 합창을 하는 간호사들이었다. 가라앉았던 그녀의 얼굴이 팍 구겨졌다.

"그런데 자영이 웬일이니? 또 사랑니가 아픈 건 아닐 테고?

지난번에 보니까 충치도 없었는데?”

마치 아이를 대하는 듯한 말투에 짜증이 확 치밀어 올라 자영은 그만 목소리를 높이고 말았다.

“이 아플 때 외엔 여기 오면 안 돼요? 오빠는 진료 받을 때 이외에는 만나면 안 되냐구요!”

그녀의 기분이 상했음을 느낀 것인지, 상원의 팔을 부여잡으며 고개를 젓는 유란의 동작이 시야에 크게 들어왔다. 하지만 그것은 자영의 마음을 풀어주기는커녕 더욱 불쾌하게 만들 뿐이었다.

“나도 바빠요. 쓸데없이 언니랑 오빠 시간 방해하러 온 거 아니니까 안심해요.”

“자영아, 너 그거 오해야.”

당황한 듯 붉어진 유란의 얼굴을 빤히 들여다보기만 하던 자영은 다시 상원을 향해 무뚝뚝한 음성을 돌렸다.

“혹시 삼층에 사는 사람들에 대해 아는 거 있어요?”

뜻밖이라는 듯 크게 떠진 상원의 눈동자가 그녀를 비켜나 뒤쪽을 향했다. 그것은 유란도 마찬가지였다.

설마 하던 일이 현실로 벌어지는 것인가 싶어서 아찔한 현기증마저 일었지만, 자영은 가까스로 그들의 시선이 꽂히고 있는 방향으로 돌아설 수 있었다. 가장된 태연한 표정 아래 그저 이 자리를 뛰쳐나가고 싶은 마음을 가까스로 숨긴 그녀는 팔짱을 낀 채 묵묵하게 서 있는 찬을 올려다보았다.

"삼층엔 무슨 볼일이지?"

예나 지금이나 안하무인격의 저 말투, 저 표정은 변함이 없다. 그렇기에 찬과 마주하는 동안은 싫어도, 감자영 선생이 아닌 6학년 4반 반장 자영이 되어버리고 만다. 그녀는 다분히 심술궂은 어조로 대답했다.

"나도 오고 싶지 않았지만, 어쩔 수 없었어. 우리 반 아이 일이니까."

십육 년 만에 초등학교 시절 원수를 만나 그녀가 처음 한 말이었다. 찬의 짙은 눈썹이 휘어져 올라갔다.

"우리 반 아이? 설마, 네가?"

"그러는 넌…… 진이랑은 무슨 관계야?"

하지만 대답 대신 새까만 눈동자로 그녀를 노려보기만 하는 찬이었다. 한 번 너 재촉을 하려는 찰나, 뒤에서 상원이 친절하게도 참견을 해왔다.

"찬인…… 진이 삼촌이야. 그리고."

자영은 숨을 훅 하고 들이켰다.

하윤, 하찬, 하진.

비슷한 이름일 뿐이라고 여겼다. 아니, 바랐다. 그런데 지금 드디어 상원의 입을 통해 사실이 확인되고 말았다. 절망감으로 인해 들끓는 이마에 손을 올려놓으려던 자영의 귓가를 더욱 놀라운 사실이 적셔 들어왔다.

"난 찬이의 외삼촌이지."

그녀의 온몸에서 힘이 쭈욱 빠져나갔다. 자리에서 보기 흉하게 비틀거리려는 자신을 자영은 추스르기 위해 버둥거렸다. 그런 그녀의 어깨를 단단한 손이 붙잡아주었다. 고개를 돌린 순간 그것은 왼쪽 손목으로 내려와 강한 힘으로 그녀를 끌어당겼다.

"나가서 얘기하자."

거부할 새도 없었다. 그리고 상원에게 뭐라고 인사를 건넬 새도 없었다. 거의 짐짝처럼 끌려서 병원을 나온 자영은 찬의 보폭에 맞추기 위해 미친 듯이 계단을 뛰어내려 가야만 했다. 가파른 그곳에서 발버둥을 쳐봤자 생명의 위협만 느끼게 되리라는 것을 잘 알기에 자영은 치밀어 오르는 화를 겨우 눌러 참았다가, 안전한 인도로 내려서는 순간 그의 손을 홱 하니 뿌리치며 버럭 소리를 내질렀다.

"이게 무슨 짓이야!"

그녀의 격한 반응에 흐트러진 앞머리를 쓸어 넘기며 찬은 깊은 한숨을 내쉬었다.

"길에서 소리 지르는 게 아주 취미인가 보군."

"야!"

"그만 해. 나 귀 안 먹었다."

"귀는 안 먹었는지 몰라도, 어쨌든 말귀를 못 알아먹잖아!"

그러자 그만두자는 듯 찬은 혼잣말로 욕설을 중얼거리며 주머니에 손을 찔러 넣은 채 그녀를 비켜섰다. 거리로 어둠이 깔리고 있었다. 대로를 지나는 차량들의 헤드라이트 빛이 자영의 뺨과 찬의 등을 간간이 비춰들고 있었다.

잠시 후, 퉁명스럽지만 감정이 서려 있지 않은 음성이 들려왔다.

"어쨌든 현재 진이의 보호자는 나야. 네가 진이 문제로 찾아온 거라면 우린 얘기를 해야 하는 게 맞잖아. 아닌가?"

녀석의 논리적인 반박 앞에서 자영은 그저 어금니를 지그시 깨물 따름이었다. 어느새 돌아선 찬은 그녀를 지나쳐 대문을 향해 성큼성큼 걸어갔다. 열쇠로 그것을 연 그는 피곤하다는 기색이 역력한 얼굴로 그녀를 기다리고 서 있었다. 그러나 자영은 쉽사리 발을 뗄 수가 없었다.

"할 말이 없다면…… 뭐, 그냥 가고."

어깨를 으쓱하며 말을 내뱉은 찬은 안으로 몸을 밀어 넣더니, 기차없이 문을 닫으려 하였다. 그러자 담임으로서의 책임감이 순간 발동한 자영은 손을 번쩍 쳐들며 날렵하게 몸을 날렸다.

"자, 잠깐만!"

가까스로 문이 닫히기 전 그 사이로 파고든 그녀의 어깨로 둔중한 통증이 느껴졌다.

'나쁜 놈의 자식. 그렇다고 그렇게 사정없이 세게 문을 미냐. 아구, 아파라.'

그녀는 앞서 계단을 올라가고 있는 찬의 너른 등을 올려다보며 숨죽여 욕설을 퍼부어댔다. 설마 그런 말들을 들은 것은 아닐 텐데, 현관문을 연 그는 그녀에게 들어오라는 일언반구없이

면전에서 문을 쾅 닫아버렸다.

'으이구. 그래, 제 버릇 개 주냐.'

참을 인 자를 수십 번 그린 자영은 이곳까지 온 목적을 다시 한 번 자신에게 상기시키며 분노로 떨리는 손으로 문을 열었다.

생각 외로 깔끔한 아파트형의 집 구조가 한눈에 들어오자 그녀의 입술 사이로 절로 감탄사가 흘러나왔다. 자신의 작은 원룸에 비하면 정말 비교체험 극과 극이 아닐 수 없었다. .

전체적으로 원색과 흰색이 조화를 이룬 집 안의 인테리어는 심플하면서도 세련된 느낌을 주었다. 고급스런 가전제품과 너른 거실의 전경을 하나하나 둘러보며 자영은 더듬더듬 짙푸른 빛 천으로 감싸인 소파에 앉았다. 집주인이 제안하기도 전에.

탁.

날카로운 마찰음에 놀라 탁자를 내려다보니, 유리잔 안에서 주스가 위태롭게 흔들리고 있었다. 비록 따스하진 못해도 이런 식의 음료 대접은 기대도 하지 않았기에, 찬을 보는 자영의 눈빛에 놀라움이 잠시 어렸다 사라졌다.

"진이는?"

그녀의 옆쪽으로 보조의자를 당겨 앉는 찬을 외면하며 자영은 흠흠 헛기침을 한 후 물었다. 숨조차 제대로 쉴 수 없을 정도로 어색한 이 분위기를 누그러뜨리고 싶은 탓에 말이 급하게 나왔다.

"아마 학원 갔을 거다."

"아마? 확실하진 않다는 거네?"

"말꼬리 잡지 말고, 본론부터 얘기해라."

그의 눈가에 주름이 지는 것을 보며 자영은 세월의 무상함을 새삼 느꼈다. 더 이상 그녀가 초등학생이 아니듯 찬도 그런 것이다. 하지만 세월이 가도 변하지 않는 것이 있었으니, 그건 바로 그를 향한 이 불타는 적개심이었다.

생각이 거기까지 이르자 또다시 말투가 퉁명스러워졌다.

"진이가 말도 없이 이틀째 결석이야. 게다가 학교 생활에 충실하지도 않고."

"무슨 소리지? 결석이라니? 매일 아침 학교 간다고 나간 녀석인데."

"진이가 적어서 제출한 집 전화도, 부모님 휴대폰도 모두 결번이라고 나오잖아. 그래서 내가 직접 찾아온 거야, 여기."

자영은 핸드백에서 접힌 가정환경 조사서 종이를 꺼내 펴 들었다. 탁자 위로 그것을 내밀자마자 찬이 성급한 손길로 받아 들었다. 글자를 읽어 내려가는 동안 그의 얼굴이 차츰 굳어지고 있었다. 비틀린 입술 사이로 진을 향한 것임에 분명한 욕설이 튀어나왔다.

"이 새끼."

찬의 손 안에서 누런 종잇장이 바스락 구겨졌다. 그녀가 말릴 겨를도 없이 그것은 공처럼 바스러져 거실 건너편으로 던져졌다.

“야, 하찬! 그걸 버리면 어떻게 해! 나 이거 가져가야 한단 말이야!”

“씹. 지금 저깟 종잇조각이 문제냐! 이 자식, 오늘 내 손에 잡히면 반쯤 죽여놓을 거다.”

“헛, 너 미쳤어? 지금 그게 질풍노도의 시기를 겪고 있을지도 모를 조카한테 할 소리니?”

저 망할 놈의 성질은 변함이 없다. 평소엔 무뚝뚝하기 짝이 없다가도 화가 났다 하면 물불 안 가리는 저 미친 소 같은 성질머리 누가 좀 안 가져가나.

“머리에 피도 안 마른 새끼가.”

그의 중얼거림에 자영은 입술을 삐죽이며 또 다른 중얼거림으로 대응했다.

“그 삼촌에 그 조카지 뭘. 개구리 올챙이 적 생각 못한다더니 따악~ 그 짝이네.”

정면을 향해 있던 그의 시선이 자영에게로 홱 돌려졌다. 그 속에서 이글거리는 불길은 밀폐된 공간 속에서 그녀에게 낯선 두려움을 안겨주었다. 소파에 등을 딱 붙어 앉은 자영은 가까이 오면 죽어, 라는 빛을 선연히 띠려 노력하며 찬을 노려보았다.

그러나 그것은 괜한 우려일 뿐이었다. 가까이 다가오기는커녕 되레 팔짱을 끼며 방어적인 자세를 취한 그는 냉랭한 어조로 쏘아붙었다.

“이거 완전 불량 감자 아냐.”

"뭐? 부, 불량 감자?"

아, 뒷골이야. 저게 또 듣기 싫은 저 별명―변태 같은 별명―을 불러 제끼다니.

"그래. 너 진이 담임 맞지?"

갑작스런 질문에 자영은 그저 고개를 끄덕였다. 너무도 당연한 물음이었기에 망설일 필요가 없었다. 그리고 날아온 찬의 한마디는 자영에게 뒤통수를 강타한 듯한 충격을 안겨주었다.

"네가 날 싫어하는 건 알겠는데, 내 조카한테까지 그러진 마라."

"어? 야, 난 그런 뜻이 아니었는데."

"할 말 끝났지? 그럼 그만 가라. 진이는 내가 내일 잘 챙겨서 학교 보낼 테니까."

일어나 닫힌 방문을 향해 다가가는 찬을 보고 있노라니, 자영은 억울하다는 생각을 멈출 수가 없었다. 그녀는 그를 쫓아가 벽과 같은 등을 두 주먹으로 툭 하고 내려쳤다.

헉 하고 숨을 들이키는 소리에 이어 찬이 자라처럼 목을 움츠리며 뒤를 돌아보았다. 찌푸린 눈가에 맺힌 고통스런 감정이 자영에게 일말의 만족감을 안겨주었다.

"뭐야, 걱정되어서 여기까지 찾아온 사람한테 그 태도는! 그리고 조금 전 말은…… 삼촌이라는 사람이 조카한테 너무 살벌하게 구니까, 내가 그런 소릴 한 거잖아!"

"이게 진짜! 야…… 너 아직 그 손버릇 못 고쳤냐?"

“왜? 아파? 근데 어쩌니? 이거 가지곤 어림도 없는데. 너 같
은 놈은 더 맞아봐야 해.”

그녀를 아는 모든 이들이 ‘신무기’라고까지 일컫는 맨주먹을
자영은 찬의 가슴 위로 마구 휘둘러 댔다. 그러나 쓰는 에너지
에 비해 효과는 영 제로인 듯싶었다. 보통 사람들 같으면 기겁
을 하고 얼른 도망갔을 텐데, 그는 눈도 깜빡하지 않으며 그녀
의 현란한 움직임을 주시하고 있었던 것이다.

마침내 커다란 두 손이 그녀의 손목을 휘어잡았다. 자영은 그
손아귀에서 빠져나가려 그물에 걸린 물고기마냥 파닥거려 댔
다. 그 반동으로 두 사람의 몸이 동시에 거실 바닥으로 쿵 하고
쓰러져 뒹굴었다. 순식간에 무거운 남자의 몸 아래 깔리게 된
자영은 그것이 주는 무게감보다도 뜨겁고도 생경한 체온으로
인해 가쁜 숨을 몰아쉬었다.

“비켜.”

아무리 뻔뻔한 처자라지만, 코앞에 놓여진 남자의 얼굴을 왠
지 똑바로 바라볼 수가 없었다. 만약 눈가의 화장이 번져 있으
면, 입술가에 뭔가 묻어 있으면 어쩌나 하는 생각에 묘하게 신
경이 쓰였다.

“먼저 시작한 건 너니까, 빠져나오는 것도 네 몫이다.”

얄밉도록 능청스런 찬의 반응에 자영의 온몸이 꼿꼿이 굳어
버렸다. 아마 저놈의 속엔 능구렁이가 아마 몇 십, 아니, 몇 백
마리는 들어앉아 있을 거다.

"야, 성희롱으로 고소하기 전에 얼른 비키라고!"

"웃기시네. 내가 뭔 짓을 했냐, 성희롱이게."

"하! 찬!"

"너 그 나이 먹도록 성희롱이 뭔지도 모르냐. 하긴 초딩 때부터 멍청한 구석이 있긴 했지. 후훗."

웃음을 끝으로 음흉하게 다가오는 찬을 본 자영은 고개를 비켜내며 눈을 꼭 감아버렸다.

"셋 세기 전에 비켜. 안 그럼 소리 지를 거야! 하나, 둘……."

"진짜 성희롱이 뭔지 가르쳐 줄까?"

"셋. 아악~!"

비명 소리를 듣고 달려온 것인지 기막힌 타이밍으로 문이 벌컥 열리는 소리가 들렸다. 그러자 찬은 그녀에게서 다급히 몸을 굴려 옆으로 누웠다. 그 덕에 비로소 숨을 자유롭게 내쉴 수 있게 된 자영은 바로 누운 채 고개만 들어 문간을 바라보았다. 그리고 맞대면한 이들을 보고 있노라니 아, 정말이지 울고 싶어졌다.

놀라서 입만 벌렸다 다물었다 하고 있는 남자와 곁에서 볼을 붉히고 있는 여자는 지금 이 상황을 가장 보여주고 싶지 않는 그와 그녀, 상원과 유란이었던 것이다.

찬과의 사이에 아무 일이 없었음에도 저도 모르게 시선을 내려 매무새를 살핀 자영은 후닥닥 몸을 일으켰다. 두 손을 비틀어 쥐며 자영은 그들에게로, 아니, 상원에게로 조금씩 다가섰다. 그녀에게서 간절한 변명이 흘러나왔다.

“오빠, 저기 그게 아니라……”

“둘이 파티 한다더니, 집엔 왜 올라왔어?”

그녀의 말을 단칼에 끊어낸 것은 어깨에 올라온 팔이었다. 그리고 능청스런 웃음과 함께 흘러나온, 마치 상원의 등장이 하던 작업에 엄청난 방해가 되었다는 듯한 저 말투였다. 너무도 어이가 없어 자영은 멍하니 찬을 바라보다가, 억울함이 깃든 표정으로 상원에게 고개를 설레설레 저어 보였다. 그러나 상원의 시선은 찬에게 고정되어 있을 뿐 그녀를 살펴주지 않았다.

“어, 아침에 지갑을 놓고 나갔지 뭐니.”

당혹감에 고개조차 들지 못하고 그녀의 곁을 스쳐 방으로 들어간 상원은 몇 초 지나지 않아 물건을 챙겨 가지고 나왔다. 유란과 함께 어색하게 돌아서려던 상원은 애써 미소를 지으며 그녀에게 괜찮다는 손짓을 해 보였다.

“나 신경 쓰지 말고 놀다 가, 아무래도 늦을 것 같으니까.”

“네?”

높은 목소리로 되묻는 그녀에게 손을 흔들어 보인 상원은 열린 문틈으로 황급히 사라졌다. 자영은 어깨에 올려진 찬의 팔을 거칠게 밀어내며 맨발로 그의 뒤를 쫓으려 했다. 이건 오해라고, 엄청난 모함이라고 소리치려 했다. 하지만 몇 걸음 내디디기도 전에 뒤에서 들려온 비웃음 가득한 한마디가 그녀를 더는 움직일 수 없게 했다.

“너 고 닥터 좋아하지?”

상원에 대한 감정으로 흐트러진 표정을 하찬에게 보여주고 싶지 않았다. 차마 뒤로 돌아서지 못한 채 자영은 입술을 깨물었다.

“정말인가 보네. 훗.”

비웃음.

남의 감정을 저토록 하찮게 취급하는 하찮은 놈의 자식. 차오르는 눈물을 눈을 깜빡여 겨우 털어낸 자영은 들끓는 분노를 참지 못하고 그를 향해 돌아섰다.

“왜 그랬어!”

“뭘?”

“왜 우리가 뭐…… 뭐라도 한 것처럼 그랬냐고!”

열에 못 이겨 고함을 지르는 그녀와 달리 찬의 눈빛은 차가웠다.

“너 하는 짓이 우습잖아.”

“뭐?”

“헛물켜지 마. 촌스러운 감자랑 고상한 고 닥터랑 어울린다고 생각해?”

주먹 쥔 손이 부르르 떨렸다. 힘이 들어갈 대로 들어간 손바닥을 들어 자영은 그대로 얄미운 놈의 얼굴을 올려붙였다.

짝 하는 파열음이 내부 공기를 갈랐다. 제법 얼얼한지 입 안에서 혀로 볼을 밀어내며 찬은 돌려졌던 고개를 천천히 바로 했다.

"정말 싫어."

자영은 저도 모르게 속에서만 꿈틀거리던 말을 내뱉고 말았다. 시작은 어려웠지만 다음을 잇긴 쉬웠다.

"너 따위는 다시는 보고 싶지 않아."

또다시 눈물이 흐르려고 하자, 자영은 더는 참지 못하고 그곳을 박차고 나왔다. 집을 나오자마자 찬에게 마음을 들켜 버린 데서 오는 수치심, 자신을 쓰레기마냥 무시한 놈의 비열함이 걷잡을 수 없을 정도로 커져 그녀를 집어삼켜 버렸다. 그녀의 눈에서 옷자락으로 닦을 수도 없을 정도로 눈물이 흘러내렸다.

초등학교 때 그들 사이에 있었던 불유쾌한 일들을 떠올려 보건대 감자가 그다지 그를 보고 싶어하지 않는 것은, 기억하고 싶지도 않은 것은 어쩌면 당연한 일인지도 몰랐다. 하지만 어제 길가에서 마주친 그녀의 무심한 시선을 보는 순간, 섭섭한 마음은 어쩔 수 없었다. 그래서 외면해 버리고 말았다. 안 그러면 혼자 반가워 어쩔 줄 모르는 속내가 드러나 버릴 것 같았다. 결과적으로는 그게 그녀에게 또다시 안 좋은 인상을 주고 말았지만.

관계의 악순환.

그들이 만나기만 하면 매사가 이런 식이니, 자영이 상원을 좋아하는 것을 탓할 수도 없는 노릇이었다. 하지만 그녀가 상원 앞에서 병든 닭처럼 비실거리는 모양을 보면 참을 수가 없어진다. 초등학교 6학년 이후로 자신의 곁을 지켜준 상원을 의지하여, 사랑한다고 생각하는 것은 이해해야 한다고 생각하면서도 그녀의 눈빛이 여전히 상원을 향하는 것을 보니 배알이 뒤틀리는 기분이었다. 그래서 또다시 상처를 주고 말았다.

"젠장."

세월이 지나면 달라질 줄 알았는데, 한 번 굳어진 관계의 틀은 깨어지기가 참 힘들다는 것을 찬은 깨달았다.

"삼촌, 뭐 해? 거실에 혼자 서서?"

언제 들어온 것인지 가방을 멘 진이 그를 물끄러미 바라보고 있었다. 과거의 생각을 멈춘 찬은 머쓱하게 머리를 긁적이다가, 번뜩 진의 무단결석을 부르짖는 자영이 떠올라 짐짓 무서운 어조를 냈다.

"하진, 너 여기 앉아봐."

그제야 진은 그가 모든 것을 알고 있다는 것을 눈치챈 듯 슬금슬금 게걸음을 걸었다. 하지만 그것이 도망갈 기세임을 모를 찬이 아니었다. 조카에게로 성큼 다가선 그는 뒷목을 붙잡아 소파 옆 자리에 단단히 붙들어놓았다.

"너, 왜 학교 땡땡이쳤어? 도대체 뭐가 불만이야? 서울로 전학까지 왔으면 더 잘해야지!"

"삼촌이 그런 말 할 자격이나 있어? 할머니 말이, 삼촌도 초등학교 때 할머니 말 안 듣고 무지하게 반항해서 잠깐 서울로 전학 왔던 적 있다면서? 나도 다 알아."

눈물이 그렁그렁해서는 따지고 드는 진의 말에 찬은 뭐라고 설명을 하려다 그만두었다. 어떻게 말할 수 있을까. 사실 진이네 할머니는 우리 형제들에게 새어머니라고. 오랜 암 투병 끝에 친어머니가 세상을 등지고 일 년도 못 되어 들어온 그녀를 그땐 용납할 수가 없어 그렇게 반항을 했던 것이라고. 그 역시 친모를 잃은 아픔을 겪어보았기에, 아이의 상처가 얼마나 깊고 오래 갈지 모르는 바 아니었다.

스르르 진의 옷깃을 놓아준 찬은 뼈마디가 제법 굵어진 손을 어루만져 주었다.

"삼촌은 그랬던 거 후회하지 않아."

미친 듯이 반항하는 그를 아버지가 새어머니의 어머니, 즉 새 외할머니댁이 있는 서울로 반강제로 전학시키지 않았다면……아마 만나지 못했을지도 모른다. 눈앞을 스르르 스치고 지나간 얼굴은 다시는 그를 보고 싶지 않다며 조금 전 소리치고 뛰쳐나간 그 얼굴이었다.

"너도 후회하지 않을 만큼만 해. 학교 빼먹는 건, 나중에 후회할 일이야. 너, 커서 훌륭한 사람 되고 싶지? 훌륭한 사람들은 전부 성실했어. 학교 땡땡이치고 그러지 않았단 말이야."

그 후로도 청산유수로 이어지는 말을 하면서 찬은 스스로에게 놀랐다. 그도 어른이긴 어른인 모양이다. 이렇듯 훈계성 짙은 말을 줄줄 늘어놓다니. 그 와중에도 조금 전 눈물에 젖은 자영이 얼굴이 가끔 떠올라 그의 양심을 찔러댔다.

아무래도…… 사과를 해야 할 것 같았다.

얼굴에 다가드는 축축하고 뜨뜻한 느낌은 분명 누리의 분홍
빛 혀일 것이다. 자영은 그만 하라는 제스처로 손을 내저으며
눈꺼풀을 들어 올리려 했다. 그러나 웬걸. 묵직한 그것은 제대
로 움직여 주지 않았다. 온몸을 파고드는 불길함으로 그녀는 이
불을 걷어붙이며 자리에서 벌떡 일어났다.

"안 돼. 절대 안 된다고."

안간힘을 다한 끝에 겨우 발치 부근에의 시야만을 확보한 자
영은 비틀비틀 욕실로 걸음을 옮겼다. 문고리를 더듬더듬 돌려
거울 앞에 선 그녀는 희미한 형체나마 눈두덩이가 퉁퉁 부어오
른 끔찍한 형상의 여자를 볼 수 있었다.

하찬의 저주일까. 정말 울퉁불퉁 감자처럼 변해 버린 몰골은
눈 뜨고 봐줄 수가 없을 정도였다.

"아악, 난 몰라! 이래 가지고 어떻게 학교를 가!"

거의 흐느끼다시피 하며 수도꼭지를 냉수 쪽으로 확 젖힌 자
영은 콸콸 쏟아져 나오기 시작하는 물줄기에 손을 가져갔다. 두
손 가득 물을 떠 눈가로 가져오기를 수십 번 반복하고 나서야
그녀는 그나마 조금은 나아진 자신을 마주 대할 수 있게 되었
다.

힘없는 걸음걸이로 부엌으로 나온 자영은 시계를 흘끔 바라
보았다. 지금부터 부지런히 준비를 한다면 충분히 늦지 않을 수
있는 시간이었다.

떨떠름하게나마 만족한 미소를 지은 그녀는 명확하지 않은 시야에 의지한 채 냉장고 문을 열려 했다. 그러나 순간 발바닥에 다가든 미끈하고 축축한 이물질은 냉장실의 손잡이에 손가락이 닿기 전에 그녀의 엉덩이가 바닥에 먼저 추돌하도록 만들고 말았다.

"아야야! 뭐야!"

날카로운 비명에 놀란 듯 누리는 소파 뒤로 화다닥 달려가 작은 몸을 숨겨 버렸고, 자영은 홀로 분을 삭이며 그 미확인 물체로 상체를 기울였다. 화가 나 벌게졌던 그녀의 얼굴에 당혹스러움이 어렸다. 맑은 점액 위에 동동 뜬 그것은 분명 누리의 밥인 사료였다. 최근 들어 심심찮게 발견하게 되는 누리의 토사물. 당혹스러움을 넘어서 걱정이 밀려들었다.

"누리야~!"

콧소리를 섞어 개를 부르며 자영은 좁은 거실로 종종걸음을 치며 달려갔다. 눈치를 살피고 있던 누리는 그녀의 부름에 꼬리를 흔들며 금세 안겨들었다.

"왜 그래? 또 속이 안 좋은 거야?"

누리의 구토는 일주일 넘게 계속되고 있었다. 노환으로 인해 이빨이 없어 잇몸으로 물에 불린 사료를 먹긴 하지만 언제나 먹성과 소화력만큼은 좋았던 누리였는데. 근심으로 자영의 이마가 구겨졌다.

"병원에 데려가 봐야 하나?"

이사를 한 터라 전에 다니던 병원까지 가긴 무리였다.

그렇다면 이 동네에 동물병원이…… 헛! 안 돼, 거기만은.

자영의 눈동자가 터질 듯 확대되며, 목덜미에 핏줄이 투둑 불거졌다. 누리를 더욱 단단하게 안으며 그녀는 마치 그곳에 하하동물병원이 있기라도 한 듯 애꿎은 벽을 노려보았다.

"분명 또 다른 곳이 있을 거야. 그래. 미안하지만 누리야, 조금만 참으렴. 언니가 금방 낫게 해줄게."

끄응.

품 안에서 길게 앓는 소리를 내는 누리를 쓰다듬으며 자영은 홀로 중얼거렸다.

피어 있는 동안 아름답긴 하지만, 벚꽃은 참으로 생명이 짧다. 후두둑 떨어져 보도를 물들인 분홍빛 꽃잎을 밟으며 출근하는 길, 자영은 생각했다. 그러다 바로 맞은편의 동물병원, 아니, 치과가 위치한 건물이 보이자 그녀는 애써 외면하려 노력했다. 어제의 일만 생각하면 피가 거꾸로 돌고 머리털이 쭈뼛쭈뼛 서는 기분이었으나, 그녀는 자신의 주변으로 등교하고 있는 아이들에게 입가에 경련이 일 정도로 미소를 지어 보이며 성질을 눌러 참을 수밖에 없었다.

애초의 목적대로 진의 부모님에 대해 좀 더 알아보았어야 했지만 찬의 도발은 그녀를 그곳에서 도망치게 만들고 말았다. 게다가 그것도 모자라 상원에게 말도 안 되는 오해를 사게 한 것은 물론 그녀를 비참하게 깎아 내리는 발언까지 서슴지 않다니!

더는 생각하고 싶지도 않아 자영은 가방을 든 손에 힘을 주며 성큼성큼 걸음을 옮겼다. 그러면서도 한편으로는 기운없이 누워 있던 누리의 모습이 떠올라 마음이 편치 않았다.

오르막의 끝자락에 교문이 보이기 시작할 때 즈음 휴대폰이 울렸다. 아이들의 시선이 자신에게로 집중되자 자영은 얼른 가방의 지퍼를 열어 그것을 꺼내 들었다.

발신번호는…… 은주였다. 지난 토요일에 찾아와 찬의 병원으로의 출근 선언을 하고 가버린 의리없는 친구 년. 액정 화면을 한동안 바라보고 있던 자영은 마지못해 폴더를 열었다.

"웬일이냐?"

[어, 오늘 시간있으면 보자구.]

"왜?"

[으이구, 기집애. 아직 삐쳐 있어? 나 오늘부터 출근하잖니. 우리 병원 개업하는 날이니까 놀러와.]

'다음 주라고 하더니, 그게 오늘이었냐. 그리고 뭐, 뭐? 우. 리. 병. 원.? 진짜 웃~긴다, 성은주. 망할 년. 내가 거길 왜 가!'

속으로는 온갖 욕설을 중얼거리면서도 차마 주변의 눈 때문에 입을 떼지 못하던 자영은 중앙 현관 주변에서 맴돌고 있는 교장선생님의 실루엣을 발견한 순간 단 한 마디를 내뱉고 휘릭 폴더를 닫아버렸다.

"나 오늘 바빠!"

어이없이 전화기를 노려볼 은주의 모습이 그려졌지만 어쩔 수 없었다. 예전의, 어제의 찬의 소행을 생각하면 다시는 그 자식의 반경 1km 이내로도 다가가고 싶지 않았다. 험악한 표정을 짓고 있던 자영은 커다랗게 확대된 교장선생님의 얼굴을 보며 억지웃음을 머금어야 했다.

"일찍 나오셨네요?"

"일찍은요. 아홉 시 십 분 전인데요."

이크, 언제 시간이 그렇게까지 흐른 거지.

이번엔 좀 더 비굴 모드를 섞어 웃음을 흘린 자영은 후닥닥 교장선생님의 곁을 가로질러 이층에 위치한 교실로 향했다. 다급한 걸음으로 계단을 내려오고 있던 세희와 마주친 그녀는 손을 흔들며 인사를 건넸다. 그러자 평소와 달리 반색을 하며 그녀의 팔을 붙드는 세희였다.

"야, 상담실로 가봐. 복도에 한참 서 계시길래, 내가 거기서 기다리시라고 했어."

왠지 음흉함이 깃든 목소리에 자영은 친구를 아래위로 훑어 보며 물었다.

"무슨 말이야? 누구?"

"접때 그 보호자 말야, 전학생 삼촌."

"어? 엉?!"

누구지, 라고 잠시 생각을 해보던 자영의 머리 속에 번뜩 깨달음이 번져 갔다. 그러자 우지끈 두개골을 누군가가 두 손으로 잡아 누르는 듯한 통증이 밀려들었다.

젠장, 정말 다시는 보고 싶지 않았는데.

그래도 어쩔 수 없는 담임으로서의 소명을 주지한 자영은 일층에 위치한 상담실을 향해 몸을 돌리며 작게 중얼거렸다.

"그래, 진.짜. 고맙다."

"야야, 같이 가. 나 교무실 가야 한단 말야."

뒷덜미를 잡아채다시피 하는 세희와 나란히 걷는 자영의 눈동자에는 이미 초점이 없었다. 그러니 들뜬 듯 젊은 보호자의 이야기를 이어가는 친구의 목소리가 들릴 리 만무했다. 만약 들렸더라도 여느 멋진 남자를 보았을 때처럼 절대 맞장구를 쳐주진 않았을 테지만 말이다.

복도 중간쯤에서 세희와 헤어진 자영은 상담실의 문 앞에서 호흡을 깊이 들이쉬었다 내쉬었다를 반복했다. 절대 냉철한 교사 본분의 모습을 지키리라 다짐했다. 그녀의 손끝이 문에 닿으려는데 마침 그것이 열리며 거대한 실루엣이 앞을 덜컥 막아섰다.

"엄마야."

너무 갑자기라 놀란 마음에 자영은 엄마를 찾고 말았다. 그러나 다음 순간 상대가 다름 아닌 찬임을 알아본 그녀는 척추를 꼿꼿이 세우며 아무 일도 없었다는 듯한 표정으로 그를 비켜 안으로 들어섰다.

기다리다 지쳐 가려 했던 모양이지? 쳇, 조금만 더 늦게 오는 건데 그랬네.

그래도 나가려 했으니 그냥 가라, 제발 가라, 라고 자영은 속으로 빌었다. 하지만 그녀의 기대와 달리 찬의 발자국 소리는 다시 가까워졌다. 실망스런 표정을 감출 수 없는 그녀의 뒤로 문 닫히는 소리가 들렸다.

자영은 소파에 오롯이 앉아 있는 진의 맞은편에 자리를 잡았다. 애써 아닌 척하지만 그녀를 보는 아이의 눈빛에 약간의 겁이 묻어 있음을 알 수 있었다. 그녀는 아이의 곁에 앉는 찬의 존재를 깡그리 무시하며, 오로지 진에게만 시선을 고정시켰다.

"진이 오래간만이네?"

고개를 숙인 진은 미동도 없이 앉아 있을 뿐이다. 아이가 주눅들지 않도록 자영은 최대한 부드러운 음성으로 물었다.

"그동인 왜 학교 안 나왔니?"

"그냥 혼자 이리저리 다녔나 봐."

엉뚱한 곳에서 툭 튀어나오는 대답에 자영의 미간이 찌푸려졌다. 그녀는 지그시 눈을 감았다가 뜨며 찬을 향해 거만한 몸짓으로 고개를 돌렸다.

'으이구, 저 웬수. 여기가 어디라고 반말 찍찍이야.'

"진이랑 단둘이서 얘기하고 싶은데, 잠시 나가 계시겠어요?"

그녀의 지극히 공적인 어조에 찬의 짙은 눈썹 한쪽이 휘어졌다 제자리를 찾았다. 그녀를 빤히 바라보는 그의 반응에 가슴이 들썩이던 것도 잠시, 찬은 아무 말도 없이 상담실을 나갔다.

왠지 신경이 쓰이는 녀석의 뒷모습에서 겨우 시선을 떼어낸 자영은 진을 곧바로 응시했다.

"학교 다니기 싫니? 재미없어?"

묵묵부답이었다. 이 녀석, 마음의 문을 닫아걸기로 작심을 했나 보다.

"진아, 선생님이랑 말하기 싫어?"

이렇게 되면 보통 고개를 저어주는 게 보통 아이들의 반응이었음에도 불구하고, 진은 역시 대꾸가 없었다. 자영은 애써 한숨을 눌러 참았다. 지금 당장은 강요하지 않기로 했다.

'욕심내지 말자. 천천히, 릴렉스.'

"그래. 그럼 진이가 말하고 싶을 때 해. 하지만 좋든 싫든 학교는 꼭 나와야 해. 그것만 약속하면 교실로 들어가도 좋아."

그녀의 간절한 어조와 눈빛에 마음을 고쳐먹은 것일까, 아니면 순간의 위기를 모면하기 위한 궁여지책일까. 절대 움직여지지 않을 것 같았던 진의 고개가 아래위로 끄덕여졌다. 일자로 다물어졌던 자영의 입술 양끝이 슬쩍 들려졌다.

"1교시 영어야. 전담 선생님께서 왜 늦었냐고 하시면 선생님이랑 데이트했다고 해."

아이답지 않게 너무도 심각한 진의 표정을 누그러뜨려 주고 싶어 건넨 농에도 아이는 웃지 않았다. 그저 슬쩍 고개를 숙여 보인 후 그 공간을 도망치듯 벗어날 뿐이었다.

우선은 믿어보기로 했다. 믿어주고 싶었다.

지끈거리는 머리를 손으로 누르고 있던 자영은 코끝으로 다가드는 남자의 향기에 고개를 쳐들었다. 주머니에 손을 찔러 넣은 채로 우뚝 서 있던 찬은 그녀의 시선을 받자마자 기다렸다는 듯 자리에 앉았다.

한시도 보고 싶지 않은 얼굴이지만, 그가 진의 보호자 자격으로서 온 것이니만큼 피할 수만은 없었다. 자영은 무뚝뚝한 어조로 어제 하지 못했던 말의 서두를 열었다.

"진이 말야, 가정환경 조사서엔 아버지 성함이 적혀 있던데, 어제는 네가 보호자라고 했잖아. 어떻게 된 거야?"

그녀의 단도직입적인 물음에 찬의 얼굴이 서서히 굳는 것이 느껴졌다.

'네까짓 게 알아서 뭐 해!' 또는 '선생이면 선생이지, 남의 가정사에 웬 침견이냐' 등의 아주 극악무도한 대답을 예상해 보며 자영은 메마른 목구멍 저편으로 침을 삼켰다.

"윤이 형은 아주…… 아주 바쁜 사람이야. 넌 이해 못하겠지만."

이만하면 아주 괜찮았다. 자영은 혹여라도 찬이 변덕을 부리기 전에 얼른 다음 물음을 덧붙였다.

"그래서 한가한 네가 진이를 맡아 키우는 거니?"

"그뿐만은 아냐. 인천에서는 아이가 더 이상 견디질 못했어. 온통 제 어머니와의 기억뿐이니까."

"진이 부모님, 이혼하신 거 아녔어?"

“아니, 사고였어. 형수는…… 작년에 세상을 떠났다.”

가슴이 먹먹하게 아파왔다. 똑같은 상처. 그것은 그녀에게 다가와 커다란 아픔으로 번져 갔다.

“그랬구나. 몰랐어.”

어린 나이에 너무도 깊은 슬픔을 알아버린 진이가 안쓰러웠다. 충분히 이해할 수 있었다. 하지만 한편으론 그렇다고 해서 저토록 마음을 닫고 지낼 리는 없는데, 라는 의구심이 밀려들었다. 그것은 찬의 얼굴에 드러난 묵직한 감정을 통해 뭔가가 더 있다는 확신으로 이어졌다. 하지만 자영은 더 이상 물을 수가 없었다. 상처를 헤집는 결과를 낳긴 싫었다.

“불쌍한 녀석이야. 외로운 녀석이다.”

마치 중얼거림과도 같은 찬의 말에 자영은 휘둥그레진 눈빛으로 그를 바라보았다. 고개를 들어 그녀를 보는 그의 눈빛은 마치 낚싯바늘처럼 날카로웠다. 자신이 마치 그것에 걸려 파닥대는 물고기가 된 것 같았다. 자영은 너무도 진지한 녀석의 낯선 모습에 그저 마른 목구멍으로 침을 삼킬 뿐이었다. 게다가 계속해서 이어진 말은 아예 그녀를 경악하게 만들었다.

“진이, 잘 부탁해.”

그녀의 당황한 눈동자 위로 짙은 감정을 담은 찬의 시선이 내려앉았다. 잘못 보지 않았다면 그것은 분명 조카를 향한 깊은 사랑이었다.

눈앞의 남자가 너무도 낯설게 느껴졌다. 그녀가 알아왔던 하찬이 아닌 것만 같았다. 감자영의 원수 하찬은 절대! 결코! 남에게 아쉬운 소리를 하지 않고, 굽히고 들어오는 법이라고는 없는 독불장군이었는데.

"또 무슨 일 있으면 연락해."

멍하니 앉아 있던 자영은 탁자 위로 내밀어지는 깔끔한 디자인의 명함을 물끄러미 내려다보았다. 살짝 떨리는 손가락으로 그것을 집어 들었다.

〈하하동물병원 / 원장 하찬 / ☎ 02)***―****.〉

글자를 읽어 내려가는 그녀의 눈동자는 더 이상 확대될 수 없을 정도로 확대되어 마치 밖으로 눈자위가 흘러내릴 것만 같았다.

'설마 했는데 놈이 은주가 취직한 동물병원의 그 킹카 원장이었단 말야?'

이건 말도 안 된다고, 운명의 장난치곤 너무 심하다고 생각하며 자영은 입술을 깨물었다. 그냥 동물병원 공사 책임자나 카운터 보는 사람이겠거니 치부했던, 아니, 치부하려 노력했던 자신을 하찬이 마구 비웃고 있는 것 같아 시선을 들 수조차 없었다.

대답을 기다리고 있는 듯 앉아 있는 찬을 향해 자영은 마지못해 고개를 끄덕여 주었다. 놀란 가슴을 애써 억누르며. 하여튼 찬이 그녀의 앞에 있는 순간엔 잠시라도 방심을 할 수가 없다.

놈은 그녀가 제일 싫어하는 100m 장애물 달리기와 같은 존재다.

"간다, 감자."

미간을 찌푸린 채 생각에 잠겨 있던 자영은 하마터면 들고 있던 명함을 구길 뻔했다. 역시 방심은 금물이다. 일어서는 순간 그녀를 도발하는 놈을 보라. 하찬이라는 이름에 조금, 아주 조금 플러스되려던 점수가 다시 바닥으로 곤두박질치고 말았다.

"야!"

벌떡 몸을 일으킨 자영은 문을 열려는 찬의 뒤에다 대고 고함을 질렀다. 의아하다는 그의 눈빛이 그녀를 향했다.

"그렇게 부르지 마! 나 네 조카 담임이다! 잊었어?"

협박 비슷한 경고의 카드를 꺼내 들었지만 역시 하찬에겐 먹히지 않았다. 그는 한쪽 입가를 기울여 웃으며 고개를 갸웃거렸다.

"감자한테 감자라고 하는데 왜? 오늘은 완전 특산품 감자 같다. 눈두덩이에 특수 분장했냐?"

"뭐, 뭐?"

그의 뒤를 따르려던 자영은 갑자기 뒤를 돌아본 찬이 던진 한마디에 놀라 우뚝 멈춰 서고 말았다.

"어젠 미안했다."

콰쾅!

문 닫히는 소리가 마치 베토벤의 운명 교향곡 앞부분처럼 웅장하게 들렸다. 정신이 받은 충격 때문일까. 정말 의외였다. 저 놈이 사과라는 걸 할 줄 알다니.

놀라 뒤로 흠칫 물러났던 자영은 닫힌 문을 열어젖히며 복도로 나갔다. 교무실을 지나가면서 놈은 뒤도 돌아보지 않은 채, 마치 그녀가 그곳에 있을 것을 아는 것처럼 손을 흔들어대고 있었다.

뭐라고 대꾸를 해주고 싶은데 벽에 걸린 교무실, 교장실이라는 팻말이 그녀의 목구멍을 콱 막아버렸다. 소리를 지를 수도, 뒤쫓아갈 수도 없었다. 지금은 그저 이렇게 보낼 수밖에. 그녀의 입술 사이로 감자라 부른 것에 대한 분노와 알 수 없는 사과에 대한 궁금증의 괴성—괴성이라기보다 신음에 가깝겠다—이 흘러나왔다.

두꺼운 전화번호부를 몇 번이고 뒤적이느라 이젠 팔꿈치부터 손목, 그리고 손가락에 이르기까지 경련이 일 지경이었다.

퇴근 후 집에 온 자영은 또다시 누리의 토사물과 마주하게 되었고, 아무래도 병원에 데려가야겠다는 결심을 굳혔다. 하지만 찬의 병원으로는 가고 싶지 않았기에, 그녀는 어찌 보면 무식하게 말도 안 되는 고집으로 벌써 한 시간 넘게 전화번호부를 들여다보고 있는 것이다. 결국 인내심에 완전 구멍이 나버렸다. 자영은 그것을 소리나게 탁 덮으며 소파 발치로 던져 버렸다.

"젠장, 무슨 놈의 동네에 동물병원 하나가 없냐."

혹시 찬이 심술을 부려 모두 문을 닫게 만들어 버린 건 아닌지 엉뚱한 생각마저 해보는 자영이었다.

팔짱을 낀 채 궁리에 궁리를 해보던 그녀는 자신의 곁에 누워 있던 누리가 몸을 벌떡 일으켜 바닥으로 뛰어내려 가는 것에 놀라 사고를 멈추었다. 개는 등을 움찔거리며 또다시 저녁때 먹었던 사료를 게워내기 시작했다. 마음이 조급해졌다. 더 이상 쓸데없는 자존심을 내세워선 안 될 것 같았다.

"미안, 누리야. 언니가 생각이 짧았어."

울먹거리며 강아지를 안아 든 자영은 무작정 현관을 나서려 했다. 하지만 벽에 붙은 거울을 통해 구겨진 트레이닝복과 누워 뒹구느라 마구 헝클어진 머리칼을 맞대면한 순간 그녀의 발에 브레이크가 걸렸다. 급하긴 해도 최소한의 사람의 행색은 갖추어야지. 방으로 들어간 그녀는 금세 옷을 갈아입고 모자를 눌러썼다. 외출할 것을 알고는 기뻐 날뛰는 누리를 다시 안으며 자영은 집을 나왔다.

계단을 내려와 자신의 집이 있는 삼층 건물 입구에 서서 자영은 건너편의 동물병원을 잠시 바라보았다. 크고 작은 화환으로 병원 앞 보도는 발 디딜 틈이 없었다. 게다가 유리를 통해 흘깃 보니 강아지를 안은 사람들로 인해 내부도 무척이나 붐비고 있었다. 못마땅함으로 입술을 삐죽거리며 자영은 횡단보도를 건넜다. 출입문을 열자 쩌렁쩌렁한—최소한 본인의 귀에는 그렇게 들렸다—도어 벨소리가 귓전을 파고들었다. 데스크 뒤에 앉아

있던 수의간호사들로 보이는 여자들이 반갑게 인사를 건네어왔
다.

"어서 오세요. 무슨 일로 오셨나요?"

"강아지가 자꾸 사료를 게워내서요."

증상을 설명한 후, 회원 가입을 위해 간호사에게 주소와 전화
번호, 강아지 이름을 불러준 자영은 카드를 받아 들고 소파에
앉았다. 그녀의 시선이 꼼꼼하게 내부를 훑었다.

하얀색과 연두색으로 꾸며진 인테리어는 제법 그럴싸했다.
강아지들이 뛰어놀 수 있도록 실내는 충분히 넓었고, 애견용품
들도 굉장히 다양하게 구비되어 있었다. 인정하고 싶지 않았지
만 찬은 꽤 괜찮게 시작을 한 것 같았다.

그녀는 팔 안에서 움찔거리는 누리의 움직임에 고개를 내려
뜨렸다. 그러자 발치 아래 돌아다니고 있는 시추 두 마리와 소
파에 떡하니 누워 있던 커다란 코카 스파니엘 등 대기 중인 환
견(?)들의 모습이 차례로 들어왔다. 버라이어티한 견공들의 기
세에 누리는 기도 못 펴고 그녀의 품으로만 파고들고 있었다.

"어, 자영이 왔구나? 기집애. 이렇게 올 거면서 뭘 그렇게
빼?"

그녀의 목소리를 언제 어떻게 들었는지, 투명한 비닐 앞치마
를 두른 은주가 '호호미용실'이라고 쓰인 반대편 공간에서 걸어
나왔다. 언제나 친구를 보자마자 달려들던 누리는 은주의 품에
서 낯선 개의 향기를 느낀 듯 오늘은 꼼짝도 하지 않았다.

"뭐야? 누리 어디 아픈 거야?"

"아프니까 왔지."

퉁명스런 대꾸밖에 해줄 수 없는 자신이 참 못나게 느껴졌지만, 본디 그렇게 생겨먹은 성질머리는 어쩔 수가 없었다.

"은주 씨~!"

미용실 저편에서 들려오는 하이 톤의 음성에 그녀를 섭섭하다는 듯 바라보고 있던 은주가 몸을 돌려 금세 사라졌다. 자영은 왠지 자신이 잘못한 것 같아 기분이 찜찜했다. 은주가 일하는 모습도 볼 겸 미용실 쪽으로 가보아야 할까 말까를 망설이던 자영은 간호사의 목소리에 그대로 진료실로 몸을 돌렸다.

"누리 데리고 들어가세요."

문을 열고 들어가자 진료대 건너편에서 노트북을 만지작거리고 있는 하늘색 가운을 입은 찬의 옆모습이 먼저 들어왔다. 참 자주도 본다고 생각하며 자영은 놈의 관심이 그들에게로 기울기를 기다렸다. 하지만 작정을 한 것인지 찬은 좀처럼 말을 하지도, 고개를 돌리지도 않았다. 어쩔 수 없이 자영은 그렇게 선 채로 진료실을 훑어보았다. 뒤편으로 각종 기계가 즐비한 검사실이 보이고 왼쪽 편엔 의학서적들이 가지런히 꽂힌 책장이 있었으며 반대쪽 벽엔 의사 면허증이 걸려 있었다. 전체적으로 그냥 단조로운 느낌이었다. 종잡을 수 없는 특이한 성격의 주인과는 그다지 닮은 구석이 없는 방이었다.

"무슨 일로……."

의자를 돌리며 그녀를 마주 본 찬의 말이 중간에서 딱 끊겼다. 표정으로 보아 누리의 주인이 감자영 그녀인 줄 정말 몰랐던 모양이다. 어지간히도 놀란 듯 그는 개와 그녀를 번갈아 바라보며 좀처럼 말을 잇지 못했다.

"얘가 얼마 전부터 먹은 걸 계속 다 토해내. 그렇다고 아주 아픈 것 같진 않아. 움직이는 건 예전하고 변함없거든."

자신의 할 말만을 후닥닥 내뱉어 버린 자영은 찬의 대답을 기다렸다. 그녀의 눈빛이 그의 목에 걸린 청진기와 의사 가운에 새겨진 '하찬'이라는 글자를 훑어 내렸다.

'젠장, 저렇게 앉아 있으니까 저놈 정말 의사 같잖아.'

"음, 체온부터 재어봐야겠다."

체온계를 꺼내기 위해 고개를 숙이자 찬의 앞머리가 반듯한 이마 위로 보기 좋게 흘러내렸다. 그는 그것을 입 바람을 다시금 불어 올리며 진료대 위에서 발버둥을 치고 있는 누리의 주둥이 부근을 두 손으로 잡았다.

"누리, 안녕? 어디가 아픈지 어디 한번 볼까?"

'웩, 웬 닭살? 너 정말 얼굴이 몇 개냐, 하찬.'

버둥거리는 누리의 뒷몸을 잡은 채로 자영은 속으로 구시렁거렸다. 그러나 겉으로 보기에 그녀는 찬이 세심하게 항문에서 체온계를 빼내어 살펴보는 모양을 진지하기 짝이 없게 응시하고 있는 듯 보였다.

"열이 높네?"

"그래?"

처음 보는 찬의 모습을 향했던 그녀의 탐색은 심각한 그의 어조에 멈추어졌다. 두려움으로 가슴이 두근 반 세근 반 뛰었다. 그녀의 마음을 아는지 모르는지 찬은 무심한 표정으로 누리의 머리를 쓸어준 후 두 손을 깍지 낀 채 묵묵히 말했다.

"혈액검사를 해봐야 할 것 같은데?"

그의 눈빛 속에서 어떤 감정을 읽어내려 했지만 쉽지가 않았다. 자영의 마음속에 누리에 대한 온전한 걱정만이 가득 들어찼다. ˙

"혈액검사? 그건 왜 하는 건데?"

"백혈구 수치를 좀 보려고. 만약 비정상적으로 수치가 높다면 몸 어딘가에 이상이 생겼단 뜻이겠지. 어쨌든 그건 나중에 알아볼 일이고 우선은 검사부터 해야 해."

그녀에게 있어 하찬이라는 존재는 언제나 우습고 하찮은 놈이었다. 그런데 지금 이 병원, 이 진료실 안에서 그는 그녀의 유일한 희망이었다. 저도 모르게 그에게 의지를 하고 있는 자신이 느껴졌으나 그것이 자존심 상한다거나 기분 나쁘지 않았다. 누리가 다시 건강해질 수만 있다면.

"시간이 좀 걸릴 거야. 나가서 기다리든지, 아니면 볼일 보고 와. 여덟 시까진 있을 테니까."

"기다릴게."

그녀는 피를 뽑기 위해 주사기를 꺼내 드는 찬을 보며 그대로 물러났다. 누리의 약한 목덜미 또는 다리에 바늘이 들어가는 모양은 도저히 보고 있을 수가 없을 것 같았다.

문을 닫기 전 길게 낑 소리를 내뱉는 누리를 자영은 안쓰럽게 바라보다가 찬과 눈이 마주친 다음에야 가까스로 진료실을 나올 수 있었다.

연노란 빛 인조가죽 소파에 앉아 자영은 실내를 오가는 동물들과 사람들을 멍하니 지켜보았다. 부모님이 불의의 사고로 모두 돌아가셨던 그해, 상원이 그녀에게 만들어준 새로운 식구…… 그것이 바로 누리였다. 엊그제 같은 일인데, 벌써 구 년이라는 세월이 흘러버렸다.

'우리 누리…… 그때 솜털이 보송보송한 새끼 강아지였는데, 이젠 이빨도 다 빠지고 병원까지 다녀야 하는 할미개가 되었구나.'

생각하니 너무 서글퍼서 눈시울이 뜨거워져 왔다. 눈물을 참으려 괜히 자리에서 벌떡 일어난 자영은 은주가 있을 미용실로 발을 들여놓았다. 투명한 유리 문을 통해 마스크를 쓴 채 미용대 위에 꼿꼿이 선 푸들에게로 고개를 숙이고 있는 친구의 모습이 보였다. 뭔가에 몰두해 있는 은주가 오늘따라 멋있게 느껴졌다. 작업에 방해가 될 것 같아 차마 부르지 못하고 그저 서 있기만 하던 자영을 은주가 먼저 발견했다.

잠깐만이라는 눈짓을 보낸 은주는 강아지의 털을 털어내고 목욕까지 마친 후에야 앞치마를 벗고 나왔다. 그동안 전시된 애

견용품들을 훑어보고 있던 터라 자영은 별달리 지루함을 느낄
겨를도 없었다.

"원장님이 뭐라셔?"

하찬이라는 이름이 아닌 원장님이라는 호칭을 깍듯이 부르는
은주를, 나란히 소파에 앉으면서 자영은 놀라움 어린 시선으로
훑어보았다.

"너, 참 넉살도 좋다?"

"뭐가?"

"어떻게 원장님이라는 말이 그렇게 술술 나오냐."

"여긴 직장이니까. 게다가 원장님은 날 기억도 못하는 것 같
더라고. 그래서 말 안 했어. 괜히 초등학교 동창이라고 밝혀서
뭐 하겠나 싶어서. 덕 보려고 그런다고 생각할 수도 있잖아?"

자영의 눈썹이 위로 들어 올려졌다. 같은 모둠이었던 은주도
기억 못하는 놈이 어떻게 상원과 유란의 말만 듣고, 그녀에게
대뜸 '감자, 안녕'이라고 말할 수 있었는지 의아했다. 그러나 같
은 질문을 또 내뱉는 은주로 인해 자영은 더 이상 그에 관한 생
각을 잇지 못했다.

"원장님이 뭐라셔?"

"응, 검사를 해봐야 알 것 같대."

자영은 찬이 했던 말들을 은주에게 간단히 들려주었다. 밝았
던 친구의 눈빛이 점점 어두워졌다.

"토요일 날 너네 집 갔을 땐 아무 말도 안 하더니?"

“그냥 조금만 그러다 말 줄 알았지 뭐.”

“별다른 문제는 없어야 할 텐데.”

은주의 말에 짧게 고개를 끄덕인 자영은 벽에 즐비한 강아지용 간식이며 사료들을 멍하니 바라보았다. 재고할 틈도 없이 말이 새어나왔다.

“그러고 보니 우리 누리 이빨이 없어서 저런 거 못 먹인지도 한참이네.”

그녀의 손등 위로 은주의 체온이 겹쳐졌다.

“야, 왜 이렇게 처져 있어? 평소의 씩씩하다 못해 전투적인 감자영은 어디로 갔냐.”

“쳇, 나라고 뭐 만날 기운 넘쳐야 하니?”

“그럼! 넌 감자영이잖아. 게다가 여긴 네가 끔찍이도 싫어하는 하찬의 영역 안이라고. 그런 기운 없는 표정 따윈 좀 걷어라.”

소리를 낮춰 무슨 역모라도 꾀하는 듯한 은주의 어조에 자영은 피식 웃고 말았다. 그러나 친구의 경고성 짙은 말이 그녀에게 일말의 기운을 안겨주었음은 부정할 수 없었다. 하찬에게 지고 싶지 않다는 묵혀져 있던 경쟁, 아니, 투쟁 의식이 그녀 안에서 또다시 불붙고 있었다. 십육 년 전 그때처럼.

자영이 한 방에 찬을 K.O시켜 버린 그날 이후, 잠시나마 찬을 향했던 반 친구들의 경외감 어린 눈빛은 금세 다시 그녀에게로 집중되었다. 물론 그녀의 머리에 의한 희생자 딱 한 명만 빼고.

턱에 남은 푸르뎅뎅한 패배의 흔적을 가리려는 듯 거대한 반창고를 붙인 놈의 얼굴을 흘끔거릴 때마다 자영은 만족감에 웃음이 절로 나왔다. 둘은 어떤 얘기도 하지 않으며 서로를 철저히 무시했다. 암묵적인 휴전? 뭐, 그런 느낌이었다.

가끔 친구들과 하하호호 이야기를 나눌 때나 조용히 수업에 집중을 하고 있을 때 뒤통수에 서늘하고 기분 나쁜 기운이 다가들긴 했으나 자영은 기분 탓이라고 여겼다. 하지만 그것은 곧 악몽 같은 현실로 나타났다.

전반기 장학지도를 앞두고—교사가 되고 나서야 그게 장학지도인 줄 알았다. 그땐 그저 장학사가 오는 날 정도로만 여겼다—온 학교는 몇 날 며칠간을 교실과 특별실 청소에 매달렸다. 그것만 해도 충분한 스트레스였을 터인데 그녀가 반장으로 있는 6학년 4반은 장학지도 지정 수업 반으로 선정되어 담임선생님의 신경은 날카로워질 대로 날카로워진 상태였다. 여느 때 같으면 난장판이었을 교실은 비장함마저 감돌았다. 그것은 장학지도의 날 극대화를 이루었다.

자영은 선생님 말씀에 따라 그날만큼은 평소보다 외모에 신경을 썼다. 아껴두었던 새 원피스를 꺼내 입었고, 4학년 때 이후로 처음 엄마에게 머리 손질을 부탁하여 긴 머리칼을 가지런히 땋아 내렸다.

"오늘 잘해."

한껏 꾸민 그녀의 외모에 대해 아첨을 하느라 바쁜 다른 여자 아이들과는 달리, 곁을 스쳐 지나며 부반장 민희는 그 한 마디만을 남겼다. 의미심장한 미소와 함께. 의외였다. 언제나 민희는 그녀에게서 멀리 있었던 것이다. 어머니들끼리 잘 아는 사이이니 그들도 잘 지낼 수 있을 법한데, 그녀가 다가서기 전에 민희는 몇 걸음 물러나 버렸다. 그래서 그들 사이는 더욱 소원해졌다.

그런데 민희가 격려성의 말을 하다니. 의아한 것도 잠시, 그 후 연구수업 준비로 인해 정신이 없어 민희에 대해 신경을 쓰지 못했다.

수업은 2교시였다. 1교시에는 담임선생님과 여러 가지 약속을 정하고, 사전 시뮬레이션을 간단하게 마친 후 율동과 노래 등을 배웠다. 마침내 종이 치는 순간 자영의 가슴은 콩닥거리면서 뛰기 시작했다.

"자, 모두 책 70쪽을 펴보세요."

선생님의 말씀이 끝나자마자 아이들이 일사분란하게 움직였다. 자영은 아침에 미리 챙겨두었던 사회 책을 찾아 책상 서랍으로 손을 밀어 넣었다. 더듬더듬. 그러나 그녀의 손끝에는 아무것도 만져지지 않았다. 당혹스러움으로 인해 온몸의 체온이 몇 도는 상승한 것처럼 더워졌다. 그녀는 몰려들기 시작하는 선생님들과 뒤에 자리를 잡는 장학사들을 흘끔거리며 고개를 숙여 서랍을 들여다보았다. 참으로 어이없게도 그곳은 텅 비어 있었다.

"자, 그럼 오늘은 무엇을 공부할 것인지 누가 한번 말해 볼까요?"

선생님의 눈빛이 자영을 향해 있었다. 애초 학습 문제 찾기는 반장인 자영이 하기로 약속이 되어 있었던 것이다. 그러나 당황할 대로 당황한 상태의 그녀는 도저히 일어설 수도 없었고, 입이 떨어지지도 않았다. 아이들의 의아한 시선이 자영에게 일시에 다가들었고, 선생님들의 작은 웅성거림이 이어졌다.

잠시 흔들리던 담임선생님의 눈빛은 자영의 반대 방향에서 불쑥 들려진 팔을 향해 반색을 하며 돌려졌다. 부반장인 민희였다. 그 아이는 이 보이지 않는 작은 소동 중에도 지극히 당당하고 자신만만한 태도를 견지하고 있었다.

그 후 수업이 어떻게 진행되었는지는 도통 기억이 나지 않는다. 다만 사십 분 동안 내내 '죽고 싶다', '울고 싶다'는 생각을 한 것밖에는. 자영은 종이 치고 선생님들이 모두 교실에서 나가자마자 자리에 엎어져 버렸다. 달래주는 은주의 목소리와 손길이 느껴졌지만 위로가 되지 않았다. 똑 부러지는 감자영 일생에 이런 치욕은 다시없을 것 같았다.

"엉엉엉."

계속되는 그녀의 통곡 소리에 반 아이들은 할 말을 잃은 듯했다. 그 고요함의 사이로 짜증난다는 한마디가 불쑥 끼어들었다.

"젠장, 아침부터 재수없게시리. 누가 죽었냐!"

한참을 자기 연민에 빠져 있던 자영은 옆에서 들려오는 재수 없는 음성에 일시에 눈물을 멈추었다. 놀랍게도 놈의 정 떨어지는 한마디에 울음이 뚝 그쳐졌다. 젖은 얼굴을 손등으로 쓰윽 닦아내며 자영은 몸을 일으켜 찬을 노려보았다.

"너 뭐라 그랬어?"

"재수없다 그랬다! 왜!"

경멸 어린 찬의 대꾸에 자영은 눈을 가늘게 뜨며 원수보다 못한 짝을 노려보았다.

"이 새끼, 네가 그랬지? 응? 그래, 너밖에 없어. 너야. 맞지?"

"야, 불량감자. 너 미쳤냐?"

"미친 건 너잖아! 어떻게 이렇게 비열한 짓을 해? 나한테 유감있음 정식으로 재대결을 신청하지, 왜 책을 훔치냐고!"

그녀의 파상 공격에 찬의 얼굴 가득 아연실색한 표정이 떠올랐다. 그것을 자신의 죄를 인정하는 반응으로 받아들인 자영은 책상 위에 놓인 놈의 필통을 집어 들었다. 그리고는 자리에서 일어나 그것을 발 아래 던져 놓았다.

"이건 네가 한 짓에 대한 복수야!"

반 아이들의 놀라움 섞인 비명 가운데 자영은 한 발로 있는 힘껏 플라스틱 필통을 밟아버렸다. 그것을 필두로 그녀는 미친 듯이 두 발로 번갈아 그것을 찌그러뜨리기 시작했다. 찬을 향한 폭발할 듯한 증오는 그 행동이 잘못되었다는 인식조차 자영이

할 수 없도록 만들었다.

　잠시 후 그녀는 씩씩거리며 찬에게로 고개를 돌렸다. 그러나 마주한 놈의 표정은 예상을 깨는 것이었다. 찬은 화를 내지도, 어떤 반응을 보이지도 않았다. 다만 한심하다는 듯 그녀를 바라보더니 고개를 내저으며 그대로 교실을 나가 버리는 것이었다. 그의 뒷모습에 죽일 듯한 시선을 고정하고 있던 그녀는 급우들의 눈길을 느끼고 천천히 주위를 둘러보았다.

　"뭘 봐!"

　그러자 모두들 후닥닥 제자리를 찾아갔고, 자영은 털썩 의자에 앉아버렸다. 그녀의 시야에 나무 바닥 위에 흐트러진 플라스틱 조각과 부러진 연필들이 들어왔다. 그러자 자신이 저지른 만행(?)에 갑자기 참을 수 없을 정도의 부끄러움이 밀려들었다. 그것은 조금 전 찬의 표정을 떠올리며 점점 더 커져만 갔다. 후련하다기보다 기분이 더러웠다. 똥이라도 밟은 듯이. 후회라는 놈이 살짝 고개를 쳐들려고 했다. 그런 스스로를 다잡으려 자영은 고개를 내저었다.

　갑작스레 어깨를 치는 손길을 느낀 자영은 번쩍 고개를 들었다. 그때와 똑같이 무표정하지만 훨씬 성숙한 얼굴이 그곳에 있었다.

　"무슨 생각을 하느라 그렇게 불러도 못 들어?"

　찬의 물음에 자영은 당황한 빛을 숨기지 못했다. 그것은 그들의 주변을 둘러싼 사람들의 킥킥거림으로 인해 더욱 두드러지고 말았다. 듣지 않아도 오디오요, 보지 않아도 비디오였다. 분명 그녀의 변명을 부른 거다. 나쁜 놈의 새끼. 아예 전 동네에 광고를 때려라, 때려. 감~ 자~ 하고.

"검사 끝났어?"

뭐라고 받아쳐 주고 싶었지만 자신의 사회적인 지위와 체면을 주지시키며 자영은 속을 가라앉혔다. 그러고 보면 '오 초 폭발 감자영' 성질 참 많이 죽었다.

"그래, 들어와."

찬의 뒤를 따르는 그녀의 얼굴을 보며 데스크 뒤의 수의간호사들이 킥킥거려 댔다. 으이구, 이젠 치과도 모자라 동물병원에서까지 웃음거리로 전락하다니. 모든 게 다 저놈 때문이다! 등 뒤에서 문이 닫히는 순간, 뭐라고 한마디 확 내쏘려던 자영은 진료대 위에서 그녀에게로 풀썩 뛰어오르는 누리로 인해 아무 말도 하지 못했다.

"혈액검사 결과 백혈구 수치가 지나치게 높아. 아무래도 몸 어딘가에 염증이 생긴 것 같은데……."

잘은 볼 줄 모르지만 찬이 내민 종이에서 비정상적으로 한쪽으로 치우친 선 하나가 눈에 들어왔다. 낑낑대는 누리를 반복적으로 쓸어주는 동작을 통해 자영은 강아지뿐 아니라 자신 또한 진정시키려 노력했다.

"누리, 지금껏 혹시 한 번이라도 새끼를 낳은 적이 있어?"

"아니, 없는데?"

“음…… 그럼 자궁에 염증이 생겼을 가능성이 높아.”

차근차근 이어지는 찬의 설명에 자영은 온 신경을 집중시켰다. 그의 말에 의하면 출산의 경험이 없을수록 자궁에 염증이 생길 확률이 높다고 했다. 제 기능을 활용치 않는 건 외려 몸에 좋지 않다며 찬은 그녀에게 은근한 질책의 눈빛을 보냈다.

죄책감이 밀려들었다. 사실 발정이 나도 교배를 붙이지 않은 이유는 단 하나, 누리를 잠시라도 곁에서 떼어놓고 싶지 않은 그녀 자신의 이기심 때문이었다. 혼자이고 싶지 않았다. 누리는 지난 구 년간 그녀에게 유일한 가족이었으니까.

“그럼 어떻게 해야 하는데?”

“수술해야지. 자궁을 들어내야 해.”

순간 숨이 멈추는 줄 알았다. 자궁 적출. 말만 들어도 공포심이 화락 밀려들었다.

“꼬, 꼭 해야 해?”

“말이라고 해?”

한심스럽다는 찬의 받아침에 화를 낼 정신도 없었다. 안쓰러움만으로 자영은 진료대 위에 뒷다리를 올려놓고 있던 누리를 품 안에 와락 안아 들었다.

“언제 할 건데?”

“오늘 저녁엔 수술 일정이 이미 잡혀 있고, 음…… 내일 저녁.”

“뭐?”

내일까지 학교 발전관 정리를 끝내놓기로 황 교장선생님과 철석같이 약속했던 것을 떠올리며 자영은 눈살을 찌푸렸다. 그녀가 맡은 업무이기에 어쩔 수 없었다. 모레 있을 운영위원회 전까지는 모든 준비를 마쳐 놓아야 했다.

"내일 저녁엔 내가 좀 곤란한데?"

"자꾸 미루면 누리한테 좋지 않아."

"그럼, 어쩌지."

그녀의 중얼거림을 들은 것인지 찬이 잠시 후 건넨 제안은 반갑기 그지없는 것이었다.

"출근길에 잠시 들러서 누리 맡기고 가. 수술하기 전까지 여기 호텔에 두면 되니까."

"정말? 그래도 돼?"

"훗, 네가 호텔비 낼 텐데 안 되는 게 어딨어."

난 또. 쳇.

반색을 하던 자영의 표정의 차갑게 식어갔다. 대수술을 앞둔 환견(?)한테 그 정도는 서비스로 해줄 수도 있는 거지! 쪼잔하긴!

"알았어. 그렇게 할게. 그럼 오늘은 이만 가도 되지?"

짧은 고갯짓과 더불어 찬은 매몰차게도 금방 노트북 앞으로 홱 돌아앉아 버렸다. 뭐, 바라지도 않지만 잘 가라는 둥 누리 잘 보살피라는 둥 한마디는 해줄 수 있는 것 아닌가. 왕싸가지.

그에 지고 싶지 않은 못 말릴 투쟁심으로 자영은 낡은 셔츠 자락을 채찍처럼 휘두르며 돌아섰다. 누리의 고개가 공기 중으로 휘릭 꺾이는 것이 느껴져 미안했지만, 그녀는 보란 듯이 문을 세게 닫으며 대기실로 발을 들여놓았다.

그냥 진료비 계산을 마치고 병원을 나가려던 자영은 번뜩 은주를 떠올렸다. 그녀는 데스크 뒤에 선 수의간호사들에게 잠시 손바닥을 들어 기다려 달라는 신호를 보낸 후, 미용실 쪽으로 걸어갔다. 유리를 통해 안을 힐끔거려 보니 뒷정리가 한창이었다. 그 와중에 새파란 신참인 은주를 차마 불러낼 수가 없었다.

'에이, 모르겠다. 전화로 얘기하면 되겠지.'

간호사에게 이런저런 주의사항을 전해 들은 후 자영은 문을 열고 밖으로 나왔다. 발을 한 걸음 떼어놓는 순간, 잠시 잊고 있던 찬을 향한 괘씸함이 새삼 치밀어 올랐다. 그녀의 상체가 확 돌려졌다. 하하동물병원이라는 간판을 자영은 45도 각도로 고개를 틀어 올려 노려보았다.

'아무래도 좋아지지 않는 세상에 단 하나뿐인 인간, 바로 저 놈 하찬이다! 으~ 원수는 외나무다리에서 만난다더니 왜 하필 난 우리 누리가 다닐 동물병원에서 마주친 거냐고!'

그렇게 한동안 신세를 한탄해 보던 자영은 바깥 공기를 쐬자 그제야 안도를 한 듯 축 늘어져 있는 누리에게로 신경을 집중시켰다. 시덥잖은―찬에 관련된 것은 모두 다 그녀에게 이런 의미다―감정에 빠져 일시적으로 누리의 상태를 배려하지 못한 자신을 책망하며 자영은 집으로 향하는 발걸음을 빨리했다.

긴 머리가 삐죽삐죽 삐친 찬의 뒷모습을 멍하니 바라보던 자영은 그만 피식 웃고 말았다.

출근 전 누리를 데려다 주기 위해 동물병원에 들렀던 차였다. 아직 병원 문을 열지 않았을 거라는 생각은 하지도 못하고…… 어쩔 수 없이 삼층의 벨을 눌러 찬을 불러내야 했다. 뜻밖에도 녀석은 일 분도 안 되어서 열쇠를 짤랑이며 그녀 앞에 나타났다. 아직 잠이 덜 깬 후줄근한, 그러나 묘하게도 마음을 설레게 만드는 헝클어진 모습으로.

"뭐, 이렇게 일찍 출근을 하냐? ……새삼스럽게."

앞 문장까진 좋았다 이거다. 그런데 마지막에 덧붙인 그의 말에 자영의 성질이 톡 불거졌다. 그녀는 문을 열고 선 찬을 가차 없이 밀치며 누리를 안은 채 내부로 들어섰다. 우욱 하는 신음 소리에 이어 짧은 욕설이 뒤편에서 들려왔다. 실내에 불이 켜지고, 찬이 그녀의 앞으로 와서 섰다.

"누리 이리 줘."

제대로 잠겨지지 않아 벌어진 셔츠 깃을 통해 찬의 맨가슴이 드러나 보였다. 적당히 파인 골짜기, 잘 그을린 살갗이 오르락내리락하고 있는 모양을 멍하니 바라보던 그녀는 자신의 말도 안 되는 행각에 흠칫 놀라며 고개를 홱 돌렸다.

콩닥콩닥.

금방 전력질주를 하고 난 사람처럼 그녀의 심장이 들썩여 댔다.

"야, 감자! 뭐 하냐? 이리 달라니까."

그가 뭐라고 불렀는지 지금은 신경 쓰이지도 않는다.

당혹감으로 시선 둘 곳을 몰라 우왕좌왕하던 그녀는 결국 고개를 숙인 채 누리를 건네야 했다. 그의 손가락이 자신의 손가락에 닿는 순간 자영은 홱 손을 빼내며 물러났다. 녀석의 체취도, 체온도 가까이에서 느끼고 싶지 않았다.

"나중에 올게."

돌아서던 그녀는 머리를 스치는 생각에 다시 몸을 틀었다.

"진이는? 진이 학교 갔어?"

"응, 아마도."

대수롭지 않게 대답을 한 찬은 누리를 울타리 안으로 집어넣고 있었다. 낯선 곳이 두려운 듯 눈알을 불안하게 굴리고 있는 누리를 자영은 입소리로 달래준 후, 태연자약한 찬을 노려보았다.

"야, 넌 보호자라면서 무슨 책임감이 그렇게 없냐?"

"갔을 거야. 알아듣게 타일렀으니까."

"만약이라는 것도 있다고. 한동안은 네가 학교까지 좀 데리고 다니지."

"젠장, 잔소리 좀 그만 해라. 귀 아프다."

귀청을 후벼 파는 척하며 찬은 그녀를 비켜나 먼저 출입문으로 다가갔다. 하지만 자영은 그 황량한 공간에 누리를 두고 나오고 싶지 않았다. 발걸음이 떨어지지 않았다.

"안 나올 거야?"

문 앞에서 찬이 소리치고 있었다. 자영은 한층 더 높은 음성으로 응수했다.

"여기 누리 혼자 두고 어떻게 가!"

"진짜 골고루 하네. 곧 간호사들 출근할 거야. 누리 걱정 말고, 네 걱정이나 하시지."

비꼬는 듯한 찬의 말이 끝나기가 무섭게 자영은 벽에 걸린 시계를 눈으로 더듬었다.

허거걱! 여덟 시 오십 분? 언제 시간이 이렇게 지나가 버린 것이지?

“그, 그럼 누리 잘 부탁해. 무슨 일 있음 연락…….”

말을 하다 말고 자영은 찬이 자신의 연락처를 모른다는 것을 깨달았다. 그녀는 백을 거의 털다시피 뒤적여 볼펜과 수첩을 꺼내 들었다. 날린 글씨로 숫자 열 자리를 적어준 그녀는 그것을 찬의 가슴팍에 탁 하고 붙이듯 건네주었다.

“연락해.”

어서 돌아서야 했건만, 그 와중에도 자영은 누리에게 작별 인사를 건네는 것을 잊지 않았다. 그리고 가방을 본격적으로 고쳐 멘 그녀는 후닥닥 걸음을 옮겨놓았다. 뒤에서 뭐라고 작게 구시렁거리는 찬의 음성이 들려왔으나 그녀의 신경은 중앙 현관에서 시간을 재고 있을 교장선생님에게로 온통 집중된 탓에 돌아보고 윽박지를 여력이 없었다.

오르막을 숨을 헐떡이며 달리면서도 자영은 드문드문 보이는 아이들을 능숙하게 피해갔다. 교문으로 돌진해 들어가려던 그녀의 시야에 기분 나쁘게도 익숙한 건들건들하고 호리호리한 실루엣 하나가 확 꽂혔다. 십육 년 전의 그 하찮은 녀석과 너무 닮은 뒷모습. 진이었다.

‘저런 망할 놈을 봤나. 지금이 몇 신데 여유만만 유유자적이야!’

약간, 아주 약간 달음질의 속력을 줄인 자영은 주머니에 푹 찔러 넣어진 녀석의 왼쪽 손목을 낚아챈 후 무작정 이끌기 시작했다.

"이씨! 뭐예요!"

불만에 가득 찬 음성이 들려오자 자영은 새우 눈을 뜨며 놈을 돌아보았다. 뜀박질의 속도를 줄이지 않았음은 물론이다.

"시끄러! 이 녀석아! 지금이 몇 시냐! 응?"

"칫, 그러는 감자 선생님은."

"그 입 다물라~!"

그 후 놈이 뭐라고 구시렁거리든 간에 못 들은 척하며 자영은 고개를 정면으로 돌렸다. 그녀의 간절한 눈빛이 학교 정면에 걸린 커다란 시계를 바라보았다. 가히 놀라운 성과였다. 아홉 시 오 분 전.

만족감으로 인해 입술이 커다란 호를 그리며 휘어졌다.

거의 던지다시피 진을 동편 현관 입구에 밀어 넣은 자영은 매무새를 가다듬으며 중앙으로 걸음을 옮겼다. 뒤에서 얼핏 '씨X' 라는 말이 들린 것 같았지만 그에 대한 계산은 나중으로 미루고 그녀는 허벅지 사이에 불이 나도록 빨리 다리를 움직여 댔다. 짙은 색 면바지를 입은 것이 다행이었다. 타이트한 정장 치마보다 훨씬 빨리 걸을 수 있었기에.

"아이고! 감 선생님, 이제 오십니까!"

올라간 셔츠 자락을 정리하고 있던 자영은 우렁찬 목소리에 놀라 부르르 떨며 고개를 들었다. 사색이 되었던 그녀의 얼굴이 상대의 존재를 확인하는 순간 거짓말처럼 본디 색깔을 되찾았다.

“아, 아저씨. 이제 퇴근하세요?”

경비 아저씨의 저 주름진 웃는 얼굴이 이토록 반가울 수가 없었다. 인사를 하면서도 자영의 날랜 시선은 주변을 살피는 것을 잊지 않았다. 다행히 중앙 현관은 여느 때와 달리 고요하기만 했다. 이 틈에 얼른 교실로 몸을 숨겨야지 하는데 들려오는 걱정 가득한 한마디.

“선생님, 오늘도 늦게까지 남아 계실 겁니까?”

“아, 네. 발전관 정리를 해야 해서요.”

“일기예보에 오늘 비가 온다고 하던데, 우산은 가져오셨어요?”

“아, 네.”

미치겠다, 미치겠어. 제가 지금은 우산 따위에 신경을 쓸 여력이 없다구요, 아저씨.

실내화를 갈아 신은 자영은 대충 고개만 주억거리며 아저씨의 말을 받아주는 척했다. 그러는 와중 드디어! 결단코 일어나지 않았으면 하고 바랐던 일이 터지고야 말았다. 영화에서 악역이 등장할 절묘한 타이밍이 있는 것처럼 현실에서 역시 마찬가지다. 그 타이밍을 너무도 잘 알고 있는 황 교장선생님은 그녀 인생의 영~원한 악역 전문배우다. 으이구!

“감 선생!”

‘님’이라는 존칭을 빼고 부른다는 것은 극도로 기분이 저조하다는 뜻이다. 자영은 경비 아저씨를 향해 원망 어린 눈초리를 던지며 목줄 채인 강아지마냥 교장선생님을 향해 축 처진 어깨를 하고 다가섰다.

"네."

"소 선생님 말에 의하면, 학교 근처로 이사를 했다고 하더니…… 아닙니까?"

으이구, 소세희. 정말 이 웬수를 어떻게 갚냐. 응?

다물린 입술 안에서 어금니를 으드득 갈며 자영은 으흐흑 억지웃음을 지어 보였다.

"그게, 저기…… 병원에 좀 들렀다 오느라구요."

그러자 상대의 두툼한 눈꺼풀 아래 가려진 눈동자에 놀라움의 빛이 어렸다. 미심쩍다는 기색과 함께.

"어디 아픕니까?"

"아, 아뇨. 제가 아니라……."

차마 용기가 서지 않았다.

그녀와 거의 같은 눈높이의 교장선생님의 시선을 피해 고개를 내려뜨리자, 부푼 복부가 오르락내리락하는 것이 눈에 들어왔다. 그 움직임의 속도가 점차 빨라진다 싶더니 그녀의 정수리로 뜨거운 입김이 내쏘아졌다.

"말을 해보세요! 말을!"

"강아지가 많이 아파서요. 수술을 해야 해서……."

슬그머니 고개를 들자 아니나 다를까 마치 그녀를 미친 사람처럼 바라보는 교장선생님의 눈길이 느껴졌다. 가슴에서 뭔가가 울컥 치밀어 올랐으나, 지난 구 년 동안 그녀는 '개는 개일 뿐이다'를 외치는 사람들에 익숙했기에 참아낼 수 있었다.

"내참, 황당해서. 감 선생, 도대체 정신이 있는 사람이오, 없는 사람이오? 고작 개 때문에 학교를 늦어요? 만약 자습시간에 선생이 없는 동안 아이들이 사고라도 당하면 그건 어쩔 거요? 선생을 기다리고 있는 삼십 명이 넘는 아이들을 생각해 보란 말이오!"

맞잡고 있던 두 주먹이 부르르 떨렸다.

저한테는 그냥 강아지가 아니라 동생이고, 유일한 가족이란 말이에요!

그녀의 성질이 폭발 직전에 이르렀을 무렵 갑작스레 뒤에서 들려오는 조용한 말소리에 두 사람의 시선이 동시에 경비 아저씨를 향했다.

"교장선생님, 그만 하시지요. 이러다 감 선생님 수업까지 늦으시겠습니다."

"아니, 혀……."

당황한 얼굴이 되어 뭐라고 대꾸하려던 황 교장은 그녀의 의아한 눈길 앞에서 두꺼운 입술을 다물어 버렸다. 못마땅한 듯 굵은 목에서 '에헴' 하는 헛기침 소리가 흘러나왔다.

"그만 가보세요."

정말 놀라운 일이 아닐 수 없었다. 평소 '황고집'으로도 통용되는 교장이 경비 아저씨의 한마디에 순식간에 물러나다니. 방금 눈으로 보고서도 믿을 수가 없었다. 자영은 마치 성난 오골계마냥 뒤뚱뒤뚱 교장실로 사라지는 교장선생님의 뒷모습을 한참 동안 지켜보다가, 경비 아저씨를 향해 돌아섰다. 그녀의 온몸이 절로 경의를 표하려 아우성을 치고 있었다.

"정말 대단하세요."

감탄의 기색을 숨기지 못하며 내뱉은 그녀의 말에 경비 아저씨의 얼굴에 환한 미소가 맺혔다. 점퍼 차림만 아니라면 황 교장보다 훨씬 더 교장선생님 같은 인자한 표정이었다.

"뭐, 별것 아닌데요. 그런데 개를 무척 좋아하시나 봅니다?"

"네."

정 줄 곳이 누리밖에 없거든요. 아침에 날 배웅해 주고, 저녁에 날 맞아주는 유일한 가족이거든요. 그런데 구 년간 그렇게 동거동락해 온 녀석이 아프다네요.

누리를 생각하니 걱정스럽고 괜스레 미안해져 눈시울이 화끈 달아올랐다. 자영은 그 모습을 감추려 시선을 옆으로 비켜냈다.

"내가 왜 처음부터 감 선생님한테 무조건적으로 정이 갔는지 이제 알겠습니다."

열심히 눈을 깜빡여 눈물을 거둬낸 자영은, 아저씨의 알 수 없는 중얼거림에 어느새 되묻고 있는 자신을 발견했다.

"네?"

"선생님은 내가 아는 어떤 녀석이랑 참 많이 닮았어요."

쓸쓸함이 배인 음성이었다. '그게 누군데요?' 라고 자영이 물으려던 찰나 쿵쿵쿵 복도를 울리는 발소리에 이어 이층 계단의 입구에 세희가 모습을 드러냈다. 죽은 쥐라도 본 표정으로.

"야! 아니, 감자영 선생님!"

대뜸 고함을 지르던 세희는 그녀 앞에 선 경비 아저씨를 발견하고는 얼른 호칭을 고쳐 불렀다. 어서 가보라는 아저씨의 손짓을 뒤로하고 자영은 뛰다시피 계단을 오르며 물었다.

"야, 좀 일찍 일찍 다녀라."

세희의 훈계가 시작되려 하자 자영은 얼른 말을 막았다.

"왜 그래? 무슨 일 있어?"

"야, 너네 반 정민이 코뼈가 잘못됐나 봐. 보건실에서 응급처치를 받긴 했는데, 계속 피가 나서 지금 누워 있어. 집에 전화해 봐야 할 것 같은데?"

"뭐? 정민이가?"

'교내 싸움짱이라는 녀석이 웬 코피?' 라고 생각한 순간, 자영의 머리 속 가득 불길함의 연기가 모락모락 피어올랐다. 세희에게 묻지 않아도 그 이유가 대충 짐작이 갔다. 화가 난 그녀의 입술이 앙 다물어졌다.

"싸웠구나."

"응. 애들 말로는 그 킹카 삼촌 둔 전학생이 그랬대."

하진, 이 망할 놈의 새끼! 조금 전에 들어간 녀석이 그 몇 분을 못 참고 싸움질을 해?

아이들의 본보기가 되어야 한다는 신념으로 늘 사뿐사뿐 걸으려 노력했으나, 지금은 도저히 그럴 수가 없다. 쿵쾅쿵쾅 발걸음도 요란하게 복도를 가로지른 자영은 그야말로 문짝이 부서져라 거세게 교실 앞문을 열어젖혔다.

조용하게 앉은 아이들의 한가운데 훌쩍이고 있는 지은이와 장승처럼 선 진이가 보였다. 자영의 번뜩이는 시선이 곧장 반듯하기 짝이 없는 진의 얼굴로 가서 꽂혔다.

"도대체 이게 무슨 일이야!"

"선생님, 진이가 정민이 때려서 코피 나게 만들구요. 지은이 방울토마토도 다 뽑아놨대요."

언제나 반 아이들의 일에 해결사를 자청하고 나서지만 실상은 일러바치기 명수인 광수의 상황 설명이었다. 그럼에도 불구하고 표정 하나 흐트러지지 않는 진을 보는 자영의 눈매가 더욱 매서워졌다.

"하진! 사실이니?"

당돌하게 그녀의 눈빛을 마주할 뿐 놈의 다물어진 입은 좀처럼 열릴 기미가 보이질 않았다. 속에서 부글부글 끓어오르던 화가 터질 지경에까지 이르렀지만, 자영은 지난 칠 년의 교직 경력 동안 아마 수억 번은 그렸을 참을 인(忍) 자를 한획한획 정성 들여 가슴에 새겨 넣으며 성질을 죽였다.

"진이는 상담실로 내려오고, 너희들은 읽기 책 펴서 오늘 배울 부분 낱말 뜻 찾고 있어."

"선생님, 떠드는 애들 이름 적어요?"

　문을 닫고 나가려는 그녀의 뒤에서 상황 파악 못하는 광수의 물음이 들려왔다. 아이들과 자영의 '으이구!'라는 시선이 동시에 부반장을 향해 쏠렸다. 자영은 잇새로 겨우 '아니'라는 짧은 대답을 남기고 복도로 나섰다. 뒤에서 진의 인기척이 느껴졌지만 그녀는 뒤돌아보지 않았다.

　그들이 잠시 후 상담실의 소파에 마주 앉을 때까지.

　"정민이랑 싸웠니?"

　"아뇨."

　"안 싸웠어? 그럼 지은이가 기르던 식물…… 망가뜨린 것도 네가 아냐?"

　"네."

　"하찬!"

　헉! 이런 초보적인 실수를…… 가쁜 숨을 들이킨 자영은 부리나케 말을 고쳤다.

　"아니, 하진!"

　진의 눈빛에서 약간의 일렁임을 느낀 것 같았지만, 무시하고 자영은 근엄한 목소리를 내기 위해 노력했다.

　"너! 사실대로 말 안 할 거야?"

　하지만 결과는 근엄하다기보다 날카로운 윽박지름밖에 되지 않았다. 그녀가 혼자 뜨끔해하고 있을 때 진의 퉁명스러운 대답이 들려왔다.

　"어차피 선생님은 제 말 안 믿잖아요."

"뭐, 뭐?"

"선생님도, 애들도 제 말은 안 믿어요."

쓸쓸함이 감도는 놈의 표정 위로 예전의 필통을 부서뜨리는 그녀를 바라보던 찬의 눈빛이 겹쳐져 떠올랐다. 오랜 세월의 간격을 두었음에도 그것은 묘하게 비슷한 느낌을 주었다. 그러고 보면 그때도 어떤 근거도 없이 자신이 찬을 무조건 몰아붙였다는 생각이 들었다. 지금 진이에게처럼. 십육 년이 지난 지금 이 순간 너무도 갑작스레 그 깨달음이 밀려와 자영의 가슴이 철렁 내려앉았다.

깊은 숨을 들이킨 그녀는 조금 누그러진 눈동자로 진을 응시했다.

"네가 진실을 이야기한다면 선생님은 믿어. 믿을 거야, 진아."

그러나 강력 접착제로 붙여진 듯 진의 작은 입술은 열릴 생각을 하지 않았다. 기대감이 어렸던 자영의 눈빛이 시들해지며, 한숨이 비집고 나왔다.

언제쯤 저 아이의 마음의 문을 열 수 있을까. 마구 두드리면 더 도망가 버릴 것 같고, 그냥 기다리긴 내가 너무 힘들다. 나 스스로 선택한 거지만 선생이라는 이 직업…… 참 해도 해도 힘들다. 익숙해질 날이 올 것 같지 않다.

각자의 생각에 잠긴 자영과 진의 사이로 침묵이라는 강이 하염없이 흐르기 시작했다.

결국 모든 사실은 보건실에 누웠다가 교실로 돌아온 정민의 입을 통해 밝혀졌다.

좁혀지는 그녀의 포위망을 견디지 못하고 아이는 쭈뼛쭈뼛 사실 방울토마토를 부러뜨린 건 자신이며, 진은 그것을 목격하고 말리려다 주먹이 빗맞아 코를 스친 것이라고 사건의 경위를 털어놓았다. 순간 다른 아이들의 말만 듣고 진을 의심한 자영은 미안함에 어쩔 줄을 몰랐고, 그것은 진의 짝인 지은도 마찬가지였다.

자영과 지은은 진심으로 진에게 사과를 건넸다. 아이는 아무렇지도 않다는 듯 어깨를 으쓱하고 말았지만, 그 속내에 또 하나의 생채기가 생겼음을 자영은 알 수 있었다. 그래서 마음이 편치 않았다. 하지만 그 사건을 계기로 전학 온 첫날부터 짝에 대한 거부반응을 일으키던 지은의 태도에 변화가 생긴 것이 유일한 성과였다.

참으로 버라이어티한 하루를 보낸 자영은 아이들을 모두 집으로 보낸 후 트레이닝복으로 갈아입었다. 올해 그녀의 업무는 교직 경력 육 년 만에 처음 맡아보는 발전관 담당. 자신에게 주어진 그 업무를 수행하기 위해 일층 구석에 위치한 발전관으로 내려갔다. 단지 특별실이 하나 남는다는 이유만으로, 황수창 교장선생님 당신이 재임 기간 동안 특별한 업적을 남길 요량으로 만들어진 별 쓸모도 없는 공간이었다.

자영은 엉망으로 흐트러진 책자들과 먼지 쌓인 바닥을 내려 다보며 한숨을 내쉬었다. 오늘 안에 다 정리할 수 있을지 의문 이었다. 하지만 어찌 되었든 누리에게 빨리 가보기 위해서는 두 팔을 걷어붙이고 얼른, 막 해치워야 한다. 누리를 생각하자 하 루 종일 아이들과 씨름을 하느라 기운이 빠졌던 몸에 새로운 기 가 보충되어졌다.

자영은 그야말로 미친 듯이 책을 정리하고, 청소기를 돌리고, 걸레질을 해댔다. 발전관이 점차 그 이름에 걸맞게 변모되어 갈 무렵, 그녀의 위가 거세게 요동을 쳐댔다.

꾸르륵.

벽에 걸린 커다란 시계가 어느새 여덟 시를 알리고 있었다. 또다시 누리에 대한 걱정이 슬며시 밀려들었다. 트레이닝복의 주머니를 뒤적여 보았으나, 가볍기 짝이 없었다. 냉장고 수준인 이놈의 휴대폰은 찾으면 늘상 없다.

불평을 늘어놓던 자영은 자신이 가방을 통째로 연구실 옷장 안에 넣어두었다는 깨달음을 얻고는 슬며시 출입문을 열어보았 다. 칠흑 같은 어둠에 감싸인 학교는 언제나 음산하기 짝이 없 다. 그녀는 보기보다 겁이 많았다. 꽁지 빠진 새마냥 자영은 문 을 닫고 다시 안으로 들어섰다.

그러자 갑자기 와락 피곤함이 밀려들었다. 배가 고파서인지, 집중력이 떨어져서인지 모르겠지만. 자영은 마룻바닥에 스르륵 주저앉았다. 청소를 하느라 열어둔 창을 통해 차가운 밤 공기가 밀려들어 와 그녀의 땀을 식혀주었다.

세워진 무릎 사이에 턱을 묻고 있던 자영의 귓가에 쏴아아 하는 소리가 들려왔다. 이어서 여간해서는 맡기 힘든 젖은 흙냄새가 그녀의 후각을 자극했다.

비가 오는 모양이다. 봄비다.

"일기예보에 오늘 비가 온다고 하던데, 우산은 가져 오셨어요?"

경비 아저씨의 말이 확대되어 떠올랐다.

젠장, 그땐 그저 '네, 네' 거리고 말았지만 사실 그녀는 우산을 가져오지 않았다. 물론 지금은 숙직실에 아저씨가 계시니—오후 다섯 시면 출근을 하시니 말이다—우산을 빌릴 수야 있다. 하지만 복도 저 끝에 있는 그곳까지 가기가 무서운 자영이었다.

이럴 때 어울리는 우리 속담 한마디.

구더기 무서워 장 못 담근다.

아~ 바보 감자영. 어두운 걸 왜 이렇게 무서워하는 거냐고! 이젠 어떻게 여기서 나갈 거냐고! 못살아. 내가 정말 나 때문에 못살아.

녀석.

찬의 동정 어린 시선은 늙은 몸을 꼿꼿이 세운 채로 유리 문

밖만 쳐다보고 있는 누리를 향하고 있었다. 개는 아침부터 하루 종일 저 자세 그대로 잠도 자지 않고, 아무것도 먹지 않고 있다. 아마도 주인을 찾는 것이겠지. 누리 때문인지 그의 시선도 오늘 따라 너무 자주 바깥 풍경을 향했다. 스스로가 생각하기에도 심하다 싶을 정도로.

"원장님, 퇴근 안 하세요?"

눈웃음을 배어 문 김 간호사의 물음에 찬의 눈빛에 초점이 돌아왔다. 억지웃음으로 애써 당혹스러운 기색을 지워낸 찬은 간단명료하게 대답했다.

"먼저 가세요. 오늘 수술이 잡혀 있습니다."

"맞다. 내 정신 좀 봐. 저 페키니즈 자궁 적출 수술이죠?"

"네."

찬은 그 대답을 끝으로 노트북을 둔 책상으로 의자를 돌려 앉아버렸다.

그와 비슷한 연배인 김 간호사는 싹싹하고 착하긴 했지만, 가끔 너무 말이 많다. 꼭 그에게 말을 걸 기회만 엿보는 사람 같다.

"그럼, 내일 뵐게요."

그의 외면에도 김 간호사는 전혀 굴하는 기색 없이 명랑하게 인사를 건넨다. 짧은 고갯짓으로 대답을 대신한 찬은 여자의 발소리가 멀어져 가자 다시 출입문으로 고개를 돌렸다. 간호사와 미용사들이 삼삼오오 무리를 지어 병원을 빠져나가고 있었다.

그들을 비켜 어둠에 잠긴 거리를 바라보는 그의 눈빛에 조금씩 짜증이 묻어났다. 그것은 벌써 나타났어야 할 사람의 모습이 좀처럼 보이지 않기 때문이었다. 절대 결코 보고 싶어서가 아니라, 수술을 해야 하는데 개 주인이 나타나지 않으니 난감해서였다.

"젠장, 감자. 느려 터졌기는."

찬은 의자를 홱 밀어젖히며 자리에서 기다란 몸을 일으켰다. 대기실로 나간 그는 울타리 안에서 스핑크스와 같은 자세로 외롭게 앉아 있는 누리에게 다가갔다. 개와 눈높이가 맞아지도록 몸을 수그린 찬은 무릎을 팔로 감싸며 중얼거렸다.

"야, 너 나 기억 못하지? 하긴 벌써 구 년 전이니까."

그의 반항기가 전혀 삭아드는 기미가 보이질 않자, 초등학교 졸업 후 아버지는 다시 그를 경기도의 집으로 불러들였다. 그렇게 그는 짧디짧은 서울에서의 생활에 종지부를 찍었다. 가끔 서로를 잡아먹을 듯 싸워댔던 자영의 생각을 하긴 했지만, 전화를 해야겠다거나 만나야겠다거나 그런 데까지는 이르지 않았다. 오가다 명절이나 가족 행사에서 상원을 만나게 되면 그의 입을 통해 자영의 소식을 듣는 것이 다였다. 자영과 상원은 여전히 한동네에 살았고, 그는 너무 멀리 있었다.

그의 기억 속에서 자영은 마녀 같은 짝 감자가 아니라, 작은 동물의 죽음 앞에 진심으로 슬퍼할 줄 아는 작은 소녀로 남아 있었다. 보기보다 가슴이 제법 따뜻한. 찬은 자신이 수의사의 꿈을 키우게 된 결정적인 계기가 된 비 오던 그날과 그날의 자영을 가끔 떠올렸다. 죽은 강아지 앞에 쭈그리고 앉아 있던 소녀의 등을 잊을 수가 없었다.

그렇게 칠 년의 세월이 흘러 대입 시험을 치르고, 면접과 논술고사를 준비하느라 잠시지만 다시 외할머니댁에 올라오게 된 찬은 자영의 부모님이 교통사고로 모두 사망하셨다는 소식을 듣게 되었다. 상원은 장례식에 참석하였지만, 왠지 찬은 쉽사리 자영의 앞에 모습을 드러낼 수가 없었다. 그의 등장을 반기지 않을 그녀임을 예감했기에. 어쩌면 기억조차 하지 못할 수도 있다고 생각했기에.

당시 괜히 싱숭생숭한 마음에 거리를 방황하던 그의 눈길을 사로잡은 건 애견 샵의 한구석에서 똘망똘망한 눈빛을 빛내고 있던 어린 강아지였다. 얼굴, 눈, 코, 입 할 것 없이 동글동글한 놈의 생김이 어쩐지 감자를 생각나게 했다. 그래서 주저없이 손이 갔는지도. 그래서 그날 저녁 상원에게 이놈을 내밀었던 것인지도. 어쩌면 자신에게 수의사의 길을 열어준 자영에 대한 자그마한 마음의 표시였던 건지도…… 모르겠다.

과거의 생각이 끊임없이 이어지려는데 누리의 낑낑거리는 소리에 그는 다시 현실로 돌아올 수 있었다. 찬은 울타리 위로 손을 넣어 누리의 둥글넙적한 머리를 쓰다듬었다. 그러나 녀석은 그에게 시선도 주지 않는다. 아무래도 감자가 올 때까지는 내내 저러고 있을 모양이다. 섭섭하면서도 흐뭇했다. 그는 장난스레 말을 덧붙였다.

"짜아식, 건강하게 오래오래 살아야지. 아프면 어떻게 하냐."

너마저 없으면 감자는 세상에 혼자잖아. 아마 너 혹시라도 잘못되면 바보 같은 감자, 온갖 청승은 다 떨 텐데 그 꼴 어떻게 보라고. 절대 그렇게는 안 돼. 이 하찬이 널 반드시 낫게 해줄게. 그럴 거다.

그 공간 속에 혼자임을 알면서도 찬은 속으로만 중얼거렸다. 그의 성격상 속을 다 터 보이는 말들을 내뱉긴 언제나 쑥스러웠다. 결연한 눈빛으로 찬은 누리를 한참 동안 내려다보았다. 그러다 다리가 저릿해져 와 일어나려는데 갑자기 미용실 쪽에서 들려온 부름은 찬을 보기 흉하게 비틀거리도록 만들었다.

"누리야!"

퍽.

결국 그의 날렵한 히프가 콘크리트 바닥과 충돌을 일으키고 말았다. 하지만 찬은 '윽' 하는 짧은 신음 외에 더 이상의 반응은 드러내지 않았다. 그저 속으로 구시렁거릴 뿐.

젠장, 아프다. 이럴 때는 엉덩이에 쿠션을 달고 다니는 이들이 부럽기 짝이 없다. 감자…… 좋겠다!

"워, 원장님, 괜찮으세요?"

걱정 어린 물음에 엉덩이를 만지작거리던 찬의 움직임이 멎었다. 그는 찌푸린 미간을 펼 생각도 하지 못하고 상대를 찌릿 노려보았다. 있으면 있다고 인기척이라도 해야 할 것 아냐.

“퇴근 안 했습니까?”

긴 머리에 세련된 옷차림을 한 미용사였다. 얼굴은 알 것 같은데, 이름이 통 생각나지 않는다. 이름이나 전화번호 같은 건 죽어도 기억하지 못하는 성향 탓이다.

화사한 미소를 머금은 여자는 손에 들고 있던 밥그릇을 그의 앞으로 쭈욱 내밀며 자랑스레 말했다.

“아, 네. 누리 뭐 먹을 것 좀 챙겨주려구요. 하루 종일 아무것도 안 먹었잖아요. 그래도 수술하려면 체력을 보충해야지요.”

“원래 수술 전에는 공복이어야 합니다.”

“아참. 그렇죠?”

당황한 듯 붉어진 얼굴로 그녀는 밥그릇을 내려뜨리며, 누리에게 미안한 표정을 돌리고 있었다. 여자의 얼굴에서 애틋한 정을 발견한 찬은 궁금증을 참지 못하고 묻고 말았다.

“누리를…… 이전부터 알고 있었어요?”

그러자 커다란 눈동자 속에 곤란한 기색이 떠올랐다. 그것이 더 의아한 찬이었기에 대답을 듣기 전에는 진료실로 들어갈 마음이 없어졌다. 별로 남의 일에 관심을 두지 않는 그로서는 특이한 경우였다.

“사실…… 네, 그래요.”

체념 어린 목소리를 들으며 찬은 한쪽 눈썹을 들어 올렸다. 그 작은 동작에서 더 재촉의 뜻을 읽은 듯 여자는 말을 이었다.

“누리 주인이…… 제 친구예요.”

“친구?”

뭐, 이 여자가 감자 친구라고? 설마. 전~혀 분위기가 딴판인데.

그의 탐색하는 듯한 눈길 앞에서 그녀는 약간 섭섭하다는 듯 말을 이었다.

“정말 기억 안 나…… 요? 성은주. 6학년 때 같은 모둠도 했었는데…… 요.”

갑작스런 은주의 고백에 찬은 생각을 모아보려 했지만, 원래 사람 사귀는 데 별다른 재주가 없을뿐더러 6학년 때 전학을 왔던지라 별로 기억에 남는 친구들이 없었다. 감자만 빼고.

“생각 안 나. 그런데 왜 진작 얘기 안 했지?”

“괜히 초등 동창이랍시고, 취직 부탁하는 것 같잖아…… 요. 게다가 날 기억도 못하는 것 같아서 말 꺼내기가 좀 그랬어…… 요.”

그가 말을 놓았음에도 여전히 어색하게 존대를 하고 있는 은주였지만, 찬은 나서서 고쳐 줄 의향은 없었다. 그가 대구를 않자, 그들 사이에 약간의 침묵이 흘렀다. 찬은 고개를 돌려 벽시계를 바라보았다. 벌써 여덟 시가 넘어서 있었다.

그의 표정이 싸늘하게 굳어졌다.

해도 해도 너무한다, 감자. 도대체 무슨 약속이길래 네 사랑하는 누리도 내팽개치고 이러는 거냐. 설마? 또 치과로 쪼르르 달려간 건 아니겠지?

쓸데없는 상상을 멈추려 고개를 젓던 그의 귓가에 걱정 어린 은주의 음성이 들려왔다.

"이런, 비가 오네? 자영이 오늘 학교에서 늦게까지 일한다고 했는데. 우산이나 가져갔으려나 몰라."

아니나 다를까, 후두둑 떨어지는 빗방울들이 유리에 척척 달라붙고 있었다. 그의 머리 속에 울상을 하고 동동거리는 자영의 얼굴이 선명하게 떠올랐다.

"잠깐 병원 좀 봐줄래?"

시선은 여전히 하늘에 고정한 채로 찬은 은주를 돌아보지도 않고 물었다. 아니, 그것은 거의 통보 형식이었다.

"그, 그래. 그런데 어딜 가려……."

떨떠름한 대답에 이은 물음을 외면한 채 찬은 진료실로 들어갔다. 가운을 아무렇게나 벗어둔 그는 자리 뒤에 놓아두었던 장우산을 집어 들고서 입을 벌리고 은주가 서 있는 대기실로 다시 나왔다.

"어디 가냐니까…… 요?"

미약한 은주의 목소리가 우산을 펼치려던 찬을 가로막았다. 학교가 있는 곳을 힐끔 바라본 그는 문을 닫기 전 짧게 대꾸를 했다.

"감자 주으러."

왜 아저씨는 오늘따라 숙직실에서 꼼짝하지 않으시는 걸까.

평소엔 남아 있는 그녀가 불편할 정도로 순찰을 도시더니.

대충 정리된 발전관 안에서 자영은 똥 마려운 강아지마냥 왔다 갔다 거렸다.

후두둑. 후두둑.

열린 창문을 통해 빗방울이 들이치는 소리였다. 닫아야 했지만 검은색 레이저처럼 어둠이 스며드는 그곳으로는 다가서고 싶지 않았다. 밖에서 뭔가 튀어나와 자신을 잡아끌 것만 같았다.

진.퇴.양.난. 네 글자만 떠올리며 자영은 다시 바닥에 주저앉았다. 어찌나 한숨을 내쉬었던지 교실 바닥이 약간 패인 듯한 착각마저 들었다.

이대로 조금만 더 기다려 볼까 하다가도, 누리 생각만 하면 가슴에 불이 이는 것 같았다. 정말 미치고 팔짝 뛸 노릇이었다. 그렇지만 누굴 탓하겠는가. 교실에서 내려올 때에 복도와 계단에 불도 켜두지 않고, 휴대폰과 소지품을 아무것도 들고 오지 않은 자신의 부주의함을 질책하며 자영은 겨우 어깨를 넘기는 머리칼을 마구 흐트러뜨렸다.

"아~ 젠장. 젠장."

"야!"

고개를 숙인 그녀의 귓가에 갑작스런 부름이 들려왔다. 그 순간, 이미 더할 나위 없이 극대화되어 있던 공포심으로 인해 자영은 커다랗게 비명을 지르며 자리에서 튀듯이 일어나 구석으로 몸을 숨겼다.

"아악!"

"쇼하고 있네."

밀대와 빗자루 틈에 얼굴을 묻은 채 벌벌 떨고 있던 자영은 왠지 익숙한 어조에 젖은 눈동자를 들었다. 재래식 화장실에 앉는 자세로 고개만 돌린 그녀는 열린 창문을 응시했다. 유리를 한장한장 조심스레 훑어보던 자영은 그곳에서 빛나고 있는 눈동자를 발견하고는 다시 몸을 납작하게 엎드리고 말았다.

"엄마야!"

"야, 진짜 감자 같은 짓 계속할래? 나와!"

엉? 가, 감자? 저건 내 별명…… 아니지, 아니지. 저 재수없는 자식 딸랑 혼자만 불러대는 변명이지. 그, 그런데 그 변명이 오늘따라 왜 이렇게 반갑게 들리는 것이냐. 젠장.

흘러내리려는 눈물을 가까스로 막아낸 자영은 자리에서 일어났다. 그토록 무섭게 느껴졌던 밖의 어둠도 찬의 존재 하나로 인해 두렵지 않았다.

아마 저 자식 더러운 성격 때문에 귀신들도 다 도망갔을 거야. 암!

그녀는 자신의 평소 동작보다 몇 배는 빠르게 움직여 찬을 향해 다가섰다. 별로 좋아하지도 않는 녀석이었건만, 전혀 다정하지 않게 그녀를 바라보고 있었건만 지금은 개의치 않을 것이다. 이곳에서 나갈 수만 있다면.

"네, 네가 좀 들어오면 안 돼? 나 짐도 교실에 다 있는데."

약간의 애교 모드로 나가보았지만 역시나 찬은 미친 여자 보 듯 그녀를 위아래로 훑어보며 험한 대꾸를 해댈 뿐이다.

"좋을 말 할 때 그냥 나와."

저 자식은 여튼.

성질 같아서는 똑같이 연발로 쏘아대고 싶지만, 지금은 한시 가 급하고 아쉬운 입장이었기에 참을 수밖에 없었다. 그래, 참 는 것까지는 좋다 이거다. 그런데 자존심 죽이는 소리만큼은 하 기가 참 힘들다. 하나 어쩌겠는가. 누리에게 가기 위해서이니.

"씨이~ 나 어두운 거 싫어해. 무서워한다고."

찬의 짙은 눈썹이 일그러지며, 뭐라고 입술이 벙긋거렸다. 비 웃음을 각오하고 꺼낸 말이었건만 놀랍게도 그는 어떤 대꾸도 하지 않은 채 창문가에서 모습을 감추었다. 미처 부를 사이도 없었다. 찬이 사라진 자리에는 가늘게 바뀐 빗방울만이 떨어지 고 있었다.

혼자 남겨지자마자 또다시 번져 가는 공포심으로 인해 자영 은 창가에서 몸을 홱 돌려 출입문을 향해 후닥닥 달려갔다. 그 녀의 입술이 불안감으로 인해 쉴 새 없이 떨렸다.

설마 나 하는 짓이 재수없다고 그냥 간 건 아니겠지. 그러기 만 해봐. 정말 저 자식 죽여 버릴 거야!

스스로를 향한 피의 맹세가 끝나기가 무섭게 코앞에서 문이 드르륵 열렸다. 실내화를 신은 그녀의 앞에 거대한 그림자가 드리워져 순간 숨이 콱 막혔다.

"지금 교실까지 못 올라가서 이러고 있는 거야?"

참 아이러니하게도 놈의 목소리를 듣는 순간 드는 안도감에 온몸에서 힘이 주르륵 빠져나가 버렸다. 눈동자가 따가워지고 있었다. 생각 같아선 통곡이라도 하고 싶은 심정이었지만, 찬의 앞에서 그 정도로까지 추락하고 싶진 않다는 일념 하나로 자영은 입술을 깨물었다. 그녀의 목구멍 사이에서 작은 대답이 흘러나왔다.

"응."

"뭐? 너 지금 장난하냐? 겨우 이층인데도 못 간단 말야?"

습기를 머금은 머리칼을 홱 쓸어 넘기며 찬이 버럭 화를 내는 것도 자영은 묵과해 냈다. 그가 아닌 누구라도 그녀의 어둠 공포증을 처음 대하고선 다들 어이없어하는 것이 보통이었기에. 하지만 이어진 물음은 그녀의 성질을 부러진 나뭇가지마냥 툭 불거지게 만들었다.

"하여튼 멍청하긴. 네가 아직 초딩이냐?"

"야! 넌 남 일이라고 그렇게 함부로 얘기할 거야? 얼마나 무서웠으면, 다급했으면 너한테 다 부탁을 했겠니? 여기선 나가야겠지, 우리 누리는 아파서 저러고 있지! 내가 얼마나 답답하고 힘들었는지 알기나 해?"

눈물이 핑 돌면서 입가가 주체할 수 없을 정도로 부들부들 떨렸다. 이내 윽박지르는 듯한 찬의 무뚝뚝한 음성이 이어졌다.

"젠장, 알았으니까 울지만 마."

그러자 나오려던 울음이 거짓말처럼 쏙 들어가 버렸다. 그녀가 나오길 기다리는 듯 한쪽으로 비켜선 찬의 앞으로 자영은 주춤주춤 발을 내디뎠다. 이젠 혼자가 아니긴 했지만 어둠이 무서운 건 어쩔 수가 없었다.

"있어봐."

퉁명스러운 찬의 제지 앞에서 자영은 걸음을 멈추었다. 그녀의 손에 우산을 쥐어준 그가 성큼성큼 계단을 올라가는 모양이 그림자의 번뜩임으로 전해졌다.

"야! 어, 어디 가는데?"

혼자 남겨진다는 두려움으로 인해 자영은 바락 소리를 질러 보았지만, 메아리만 들려올 뿐이었다. 발전관의 문턱에 선 채로 찬이 사라진 계단만을 응시하던 그녀는 다시 뒷걸음질을 쳐 발전관 안으로 들어갔다.

그러던 와중 그가 사라진 이층에서가 아니라 중앙 현관 건너편에서 느껴지는 인기척에 자영의 얼굴이 굳어졌다. 그것은 그녀를 향해 직통으로 비춰지는 플래시 불빛으로 인해 일그러지기까지 하였다. 약간 끄는 듯한 저 걸음 소리는 경비 아저씨의 것이 분명하다.

"거기, 감 선생님?"

그리고 저 특유의 억양도.

"네, 아저씨. 저예요, 저. 6학년 2반 감자영이에요."

"아니, 아직 안 갔습니까?"

"일이 좀 있어서요."

예상외의 찬의 등장만 아니었다면, 아저씨의 순찰이 엄청나게 반가웠을 자영이었다. 그런데 지금은 그저 아저씨가 어서 빨리 가주셨으면 했다.

비록 의도한 바는 아니었다 해도, 야밤에 학교에 남아 있다가 외부인을 들였다는 사실이 들통나서 좋을 건 없었다. 게다가 그녀는 유통기한이 지났긴 해도 엄연한 처녀고, 찬은 겉보기엔 멀쩡한 총각이다. 그가 만약 그녀의 소지품을 챙겨 내려오는 것이 아저씨의 눈에 띈다면, 딱 오해하기 좋을 만한 상황이 연출되고 말 것이다. 오늘 아침 상황을 보건대 아저씨는 교장선생님과 상당한 친분이 있는 것 같았는데, 그렇다면 이 일이 교장선생님의 귀에 들어가는 것도 시간문제다. 절망의 구렁텅이에 빠질 순간이 점점 다가오고 있었다. 부디 하찬, 조금만 늦게 와라. 조금만.

그러나 마치 그런 그녀의 기도를 비웃기라도 하듯 가벼운 발소리가 머리 위에서부터 들려오기 시작했다. 제엔장~

아저씨의 주름진 얼굴이 심각하게 변해갔다.

"누가 있습니까?"

"저기, 그게요. 아저씨."

그녀가 상황 설명을 하려는데, 계단을 돌아 내려온 찬의 실루엣이 보였다. 눈짓으로 얼른 다시 올라가라는 신호를 미친 듯이 보냈건만 놈은 아는지 모르는지 커다란 소리로 그녀를 부르는 것이었다.

"자, 감자!"

그리고 포물선을 그리며 휘리릭 날아온 가방은 자영의 품이 아닌 아저씨의 모자를 툭 맞고 복도로 떨어졌다. 소리도 요란하게.

"아악! 야! 너 미쳤어!"

저 또라이 자식! 가방 안에 파우더 다 깨진 거 아냐? 그게 얼마짜린데!

비명을 지르며 몸을 굽혀 가방을 주워 드는 그녀와 달리 아저씨와 찬에게서는 어떤 말소리도 흘러나오지 않았다. 그럼에도 파우더에 신경이 집중되어 있느라 자영은 현실을 인식하지 못했다. 마침내 그것의 무사함이 확인된 후에야 그녀는 가방을 피난 보따리처럼 끌어안은 채 자리에서 일어났다.

자영의 눈앞에 뜻밖의 장면이 펼쳐지고 있었다. 적의 주변을 빙글빙글 도는 맹수처럼 찬과 아저씨는 각기 계단과 복도에서 서로를 탐색하는 중이었다. 그 모양도 모양이었지만 더 놀라운 사실은 그녀의 머리 속에서 전혀 다른 세계에 속해 있던 두 남자가 너무도 닮아 보인다는 것이다.

어둠 공포증과 누리에 대한 걱정 때문에 머리 속 장치들이 이상을 일으켰나.

자영은 거세게 고개를 내저었다. 그러나 이내 들려온 찬의 무

뚝뚝하기 짝이 없는 음성에 그녀의 움직임이 어정쩡하게 멈추
었다.

"안녕하셨어요?"

자영은 마치 로봇처럼 뻣뻣하게 시선을 돌려 경비 아저씨와
찬을 번갈아 바라보았다.

서, 설마 저 두 사람이 아는 사이일 리가 없는데. 그런데 아는
사이가 아닌데 미쳤다고 저 싸가지가 인사를 하겠냔 말이다.

도대체 어떻게 돌아가는 일인지 궁금해 죽을 지경이었다. 어
찌 된 일인지 묻고 싶어 입이 근질거렸지만 자영은 꾹 눌러 참
으며 사태의 추이를 지켜보기로 했다.

"네가 여긴 웬일이냐?"

헛! 저것이 정녕 언제나 정이 흐르다 못해 넘쳤던 경비 아저
씨의 목소리가 맞단 말인가. 어둠 속에서 더욱 음산하게 들리는
그것은 너무 차가워 그녀의 온몸에 소름이 오도독 돋아나도록
만들었다.

얼마간의 침묵 끝에 약속이라도 한 듯 두 사람의 시선이 동시
에 그녀를 향해 쏠렸다. 지금이 자신이 나서야 할 타이밍임을
절감한 자영은 침을 꿀꺽 삼키며 찬의 곁으로 다가갔다.

"저기, 두 분이 어떻게 아는 사이인지 모르겠지만요. 아저씨,
아침에 말씀드렸잖아요. 강아지가 많이 아프다고. 이쪽은 제 강
아지 누리가 입원해 있는 병원 수의사예요. 제가 연락도 없이
늦으니까 무슨 일이 있나 싶어서 학교까지 찾아온 거구요. 그러

니까 괜한 오해……."

"가자."

절대 네버를 강조하기 위해 손까지 격하게 내저으며 말을 맺으려던 찰나였다. 갑자기 손목을 홱 잡아끄는 찬으로 인해 자영은 중앙 현관으로 닭처럼 파닥이며 걸음을 옮겨야 했다.

"뭐, 뭐야! 하찬! 이 자식아! 이거 못 놔! 아저씨! 아저씨!"

끌려가면서도 자영은 간절한 시선으로 뒤를 돌아보았다. 하지만 아저씨는 어둠 속에서 미동도 없이 석상처럼 서 계실 뿐이었다. 이상하게 가슴이 아릿해져 왔다. 제대로 인사도 드리지 못하고 끌려온 것이 마음에 걸렸다.

신발장 앞에 이르자 찬은 6—2라고 적힌 칸에서 그녀의 운동화를 꺼내어 던지다시피 내려놓았다. 여전히 손목은 족쇄처럼 움켜쥔 채로.

"어서 신어."

"야, 너 제정신이니? 갑자기 왜 이래?"

"신으라면 신어! 누리 저렇게 계속 둘 거야?"

그 눈빛과 말투에서 느껴지는 화기에 자영의 가슴이 울렁거렸다. 왠지 평소처럼 막 대할 수 없을 것 같은 분위기였다. 갑작스레 그의 태도가 변해 버린 것은 아마도 경비 아저씨의 등장 때문인 듯싶다. 그러자 그들의 관계가 더욱 궁금해지는 자영이었다.

그러나 우선은 누리에게 가는 것이 중요했기에 그녀는 입을 다물고 신발을 신은 뒤 빗방울이 떨어지는 밖으로 나갔다. 그녀에게서 우산을 건네받은 찬은 그것을 펼치며 이번엔 손목 대신 어깨를 움켜쥐었다. 자영은 헉 하고 놀라움의 감탄사를 들이켰다. 그의 집에서 묘한 자세로 넘어졌던 그날의 일이 지금 모습에 겹쳐져 떠올라 얼굴까지 화끈거렸다.

이놈이, 이게 은근히 느끼한 놈일세. 싸가지에 변태 기질까지 있을 줄이야.

당혹스러움으로 인해 그녀는 그를 차마 똑바로 바라보지 못하고 더듬더듬 경고의 한마디를 내뱉었다.

"야, 소, 손 치워."

"착각은. 누가 너 좋아서 이러냐. 비 맞고 싶지 않으면 그냥 있어."

홀로 난리 부르스였던 모양이다. 괜히 그의 손길을 의식한 자신이 민망해질 정도로 면박을 주는 어조였다. 쿵쾅거리는 심장이 녀석에게 들릴까 봐 겁이 나 좀 떨어져 걷고 싶었지만 찬은 용납하지 않았다. 얄밉게도 굳건한 그의 손길과 옆얼굴을 홱 외면하며 자영은 입술을 삐죽거렸다. 그러면서도 불쑥 치미는 궁금증은 어찌할 수가 없다.

"뭐 좀 물어봐도 돼?"

"아니."

그렇지. 그렇지. 내 저럴 줄 알았지. 그런다고 내가 안 물어볼 것 같냐?

"경비 아저씨랑 어떻게 아는 사이야?"

"야! 물어보지 말랬잖아! 너 그 머리로 어떻게 선생 됐냐?"

그녀의 정수리에다 대고 버럭 소리를 지르는 찬이었다. 놀라 흠칫 몸을 굳히는 자신이 그의 손바닥을 통해 전해졌을 거라고 생각하니 자존심에 쩍쩍 금이 가는 것 같아 불쾌했다.

"그거 말해 주는 게 그렇게 힘든 일이야? 그리고 말인데, 너보고 나 데리러 학교까지 와달라고 한 적 없거든?"

"오호! 그러서?"

그녀의 말이 끝나기가 무섭게 우산이 머리 위에서 휘릭 치워졌다. 핸드백으로 얼른 머리를 가리며 자영은 굵은 빗줄기 사이로 찬의 얄미운 면상을 노려보았다.

"왜, 왜 이래?"

"내가 안 왔으면, 너 딱 그 꼴이었어. 훗, 비라도 맞으면 감자에 묻은 농촌틱한 때가 좀 씻겨 내려가려나?"

"뭐, 뭐? 저게!"

바락 악을 쓰는 그녀를 내버려 두고 찬은 성큼성큼 앞서 걷기 시작했다. 뒤통수라도 한 대 갈겨줄 요량으로 자영은 후닥닥 걸음을 옮겨보긴 했지만, 한마디로 뱁새가 황새를 쫓는 격이었다. 뛸려면 얼마든지 뛸 수도 있었다. 하지만 한 끼라도 굶으면 큰일나는 줄 아는 그녀의 위는 저녁을 거른 터라 지금 굉장히 예민해져 있는 상태였다. 배가 고프다 못해 이젠 아팠다.

그녀의 반응이 시원찮자 재미가 없어진 것인지 찬은 그녀를 몇 번인가 흘끔거리더니 미심쩍은 표정을 지으며 되돌아왔다. 어느덧 가까워진 날카로운 눈매가 그녀의 찌푸려진 미간을 훑어보았다. 머리 위로 우산이 다시금 씌워지는 순간 '이때다' 싶은 생각이 든 자영은 모든 기를 팔꿈치에 집중시켜 그의 복부를 강하게 가격했다.

"어디 아…… 흡!"

하던 말과 숨을 멈춘 찬은 배를 움켜잡은 채 허리를 꺾었지만 다행인지 불행인지 쓰러지진 않았다. 그녀의 입가에 만족스런 미소가 감돌았다.

훗, 고거 쌤통이다. 넌 역시 나한테 안 돼.

대충 아픔을 추스른 듯 갑자기 고개를 쳐든 찬은 온몸을 부들부들 떨며 잇새로 억눌린 말을 내뱉었다.

"어휴! 이걸 그냥."

"그러니까 왜 먼저 시비를 거냐고. 내가 감자라고 부르지 말라고 몇 번을 얘기해? 너야말로 그 머리로 어떻게 수의사가 됐니?"

깊디깊은 한숨이 정수리로 느껴졌다. 그녀를 한동안 그렇게 노려보기만 하던 찬은 자영이 침묵을 지키자 다시 걷기 시작했고 그들 사이의 전투적인 분위기는 소강 상태를 이루었다. 그동안 오늘 낮에 있었던 일을 떠올린 자영은 조심스런 물음을 띠웠다.

"오늘 진이 얼굴 봤어?"

“아니.”

“뭐? 시간이 몇 신데 아직이야?”

“나 퇴근 못하게 한 사람이 누군데?”

그의 퉁명스런 되물음에 자영은 할 말을 잊었다. 맞는 말이었다. 자신이 생각해도 너무 늦은 시간까지 찬을 붙잡아두었던 것 같아 조금 아주 조금 미안해졌다.

“그러게 왜 수술을 저녁에 하는데?”

“낮에는 진료해야지. 의사가 나 말고 없잖아. 당분간 다른 의사 구할 때까진 이렇게라도 해야 해.”

“일하겠다는 사람이 없어?”

어깨를 으쓱거리는 그의 폼으로 보아하니, 그다지 좋은 상황은 아닌 모양이다. 아무래도 같은 서울이라도 변두리와 중심지는 다른 법이니까. 그녀가 이곳의 학교로 전출 신청을 냈을 때 이해할 수 없다는 눈으로 보던 동료 교사들의 눈초리와 하나같이 말리던 목소리들을 자영은 아직도 기억했다. 물론 ‘고상원’이라는 절대절명의 목표로 인해 그때 그녀의 귀엔 누구의 충고도 들어오지 않았지만. 그런데 그녀는 상원 때문에 이 동네로 흘러들어왔다 쳐도, 찬은 무엇 때문에 굳이 여기에 병원을 차렸을까. 자금이 부족해서? 아님 상원과 함께 살기 위해?

그렇게 머리 속에서 열심히 생각을 굴려보던 자영은 또다시 어깨 위로 척하니 올려지는 찬의 손길에 놀라 반사적으로 말을 내뱉고 말았다.

"그럼 지금 병원은 누가 보고 있어?"

"은주."

"어? 은주 기억하고 있었어?"

의외의 대답에 자영은 그만 걸음을 멈추며 되물었다. 찬은 한숨과 함께 어서 가자는 듯 그녀의 어깨를 끌어당겼다. 그에 의해 끌리듯 걸으면서도 자영은 질문을 그치지 않았다.

"은주는 네가 저를 기억 못하는 것 같다고 했었는데, 아니었어?"

왠지 주춤하는 것 같았지만, 대답을 하는 찬의 음성은 당당했다.

"내가 바보냐, 기억을 못하게."

"여튼, 특이해. 그럼 처음부터 인사라도 하든지."

그를 흘겨보며 쉴 새 없이 자영은 구시렁거렸다. 얼마간은 입술을 꾹 다문 채 걷기만 하던 찬은 희미한 욕설과 함께 그녀를 획 돌아보았다.

"야! 그 입 좀 가만히 못 놔두냐?"

"그럼 입 놔뒀다 뭐에 쓰라고? 어디 박물관에 기증이라도 할까? 삼십 년 가까이 묵은 노처녀 입술이요, 그러면서."

어이없다는 듯 눈동자를 굴린 찬은 완전히 체념한 얼굴로 그 후 오로지 정면으로만 시선을 두었다. 절로 그들 사이에 침묵이 감돌았다. 들리는 건 우산을 때리는 빗소리뿐이었다.

모처럼 그녀는 내리는 비를 느긋하게 감상하며 걸었다. 자영은 오래전부터 비를 싫어했다. 비 오는 날은 나가서 놀 수도 없을뿐더러 조심성없는 성격 탓에 첨벙첨벙 걸음을 걸으면 바짓단이 흠뻑 젖고 말기 때문에 엄마에게 혼난 기억이 부지기수였다. 그러자 밀려든 부모님에 관한 기억들로 그녀의 얼굴이 흐려졌다. 구 년이나 지났는데도 부모님의 부재를 깨달을 때마다 가슴을 후벼 파는 상처는 여전히 시리다. 전혀 아물지 않은 것처럼. 갑자기 고요해진 그녀가 신경 쓰였던 듯 흘끔 돌아본 찬의 눈동자도 차츰 가라앉아 갔다.

늦은 시간이라 은주를 먼저 집으로 보낸 뒤 자영은 홀로 대기실에 앉아 수술이 성공적으로 끝나기를 기원했다. 초조함으로 인해 시선이 내내 닫힌 문을 향했지만, 그것은 통 열릴 기미가 보이지 않았다.

마침내 자리에서 일어난 자영은 자리를 한참 동안 서성였다. 하루 종일 격무(?)에 시달린 몸이 아우성을 쳐댔지만 가만히 앉아 있을 수만은 없었다.

"자영이니?"

출입문이 스윽 밀리는 소리에 이어 들려온, 여느 때 같았으면 심장이 한번 들렸다 떨어졌을 법한 이 음성의 주인공은…… 놀랍게도 방금 샤워를 한 듯 깔끔한 모습의 상원이었다.

"오, 오빠."

"이 시간에 여기서 뭐 해? 설마 누리가 아픈 거니?"

걱정을 고스란히 드러낸 눈빛으로 그녀 앞에 선 상원을 올려다보노라니 갑자기 누군가에게 의지하고픈 충동이 마구마구 생겨났다. 이래서 그의 앞에서 언제나 자영은 어린아이처럼 굴고 마는 모양이다.

"네, 지금 수술하고 있어요. 오빠, 설마 우리 누리 잘못되는 건 아니겠죠?"

"그런 말 마. 저래 뵈도 찬이 저 녀석 수의대에서 아주 우수한 학생이었어. 믿어보자."

그녀의 옆에 앉아 덥석 그녀의 손을 잡고 토닥여 주는, 반대 손으로는 어깨를 쓰다듬어 주는 상원이었다. 그는 의식하지 못한 그런 사소한 행동들에 그녀의 가슴이 터질 듯 질주를 해댔다. 지난 세월 동안 그의 앞에서만 유독 정상 박동을 하지 못하는 심장을 자영은 원망할 뿐이었다. 이제 곧 다른 여자의 남자가 될 사람인데 미련을 끊어내야 함을 알면서도 쉽지가 않았다. 그는 그녀의 사랑이기 이전에 학창 시절의 우상이며, 부모님의 죽음 이후에는 세상에서 의지한 유일한 사람이었으니까.

초등학교 6학년 때 은주에게 질질 끌려가다시피, 아니, 사실은 맛있는 간식을 많이 준다는 말에 혹해서 간 교회는 참 지루했었다. 배를 채우는 소기의 목적을 달성한 후 목사님의 설교를 들으며 연신 하품을 해대던 그녀의 시야에 유난히 하얀 얼굴의 까까머리 남학생이 들어온 건 아마 운명이었을 거다.

조금 전까지 지루함이 뚝뚝 떨어지던 자영의 얼굴 근육이 헤

풀어지도록 만든 이, 그가 바로 상원이었다. 그녀의 경외감 어린 시선을 마주한 상원은 너무도 고상하게, 친절하게도 웃어주었다. 얼굴보다 더욱 하얀 이를 드러내며. 그때부터였다, 자영이 상원을 마음에 담기 시작한 것은.

벌써 십육 년 전의 만남이지만, 수도 없이 되새겨 이젠 너덜너덜하기까지 한 기억이지만 떠올릴 때마다 행복했다. 빙긋 미소를 짓고 있던 자영은 계속되는 현실의 침묵을 인식하고 생각을 그쯤에서 멈추었다. 자신이 대화를 이끌지 않으면 그 침묵은 거의 계속 이어진다는 것을 잘 알고 있기에. 자영은 애써 밝은 음성으로 물었다.

"찬이 보러 왔어요?"

"어, 지나던 길에 불이 켜져 있길래."

아마도 유란을 집에 데려다 주고 오던 길이었겠지.

생각이 여기까지 이르자 자영의 생기 넘치던 표정이 마치 바람 빠진 풍선처럼 사그라들었다. 유란보다 자신이 먼저 그를 만났고, 그와의 추억도 훨씬 많은데…… 왜 그는 유란을 사랑하는 것일까. 그것은 아마 유란의 조건 때문일 것이라 치부해 보아도 유란의 천사 같은 성품을 아는 자영으로서는 통 명쾌한 기분이 들지 않는다.

이렇게 유란에게 밀릴 때마다 자영은 늘 그에게 자신과의 추억 얘기를 늘어놓게 된다. 일종의 '고상원 세뇌 교육'이라고나 할까.

“예전에 말예요, 우리 부모님 돌아가셨을 때…… 오빠가 누리를 내게 안겨주면서 뭐라 그랬는지 알아요?”

“글쎄, 워낙에 오래된 일이라서.”

미안한 듯 배시시 웃고 마는 그의 반응은 너무 익숙해서 이젠 섭섭하지도 않다. 자영은 그에게 잡힌 손을 내려다보며 지금도 귓전을 생생하게 울리는 그 어조 그대로 뇌까렸다.

“네게 가족이 되어줄 거야. 네게 새로운 세상이 되어줄 거야.”

“음…… 내가 그랬었나?”

그녀가 다시 일어날 수 있는 계기가 되어준 말들이었는데. 혹시나 했지만 역시나 그는 기억하지 못하고 있었다. 지금이라도 상원에게 각인시켜 주고 싶은 마음에 자영은 몇 번이고 고개를 끄덕였다. 그렇게 잠시 옛 기억에 사로잡혀 있던 그녀의 옆으로 문이 열리는 소리와 함께 환한 빛이 쏟아져 들어왔다.

지쳐 보이는 찬의 얼굴에서 그의 품에 나무토막처럼 안긴 누리에게로 시선을 내려뜨린 자영은 상원의 손을 뿌리치며 자리에서 벌떡 일어났다. 불안함으로 인해 대기실을 가로지르는 그녀의 걸음은 거의 뜀박질에 가까웠다.

바로 찬의 코앞에 머리를 디민 자영은 죽은 듯 누워 있는 누리에게로 차마 손을 뻗지 못했다. 그런 그녀의 손목에 찬의 차가운 체온이 느껴졌다.

“괜찮아.”

그녀의 손을 누리에게로 이끌어주며 내뱉은 그의 한마디는 뜻밖에도 따스했다. 손가락 끝에 이상스럽게도 딱딱한 누리의 몸이 느껴지자 잠시 움츠러들었던 자영은 다시금 용기를 내어 개의 머리를 쓰다듬어 주었다.

"몸이 딱딱해."

"마취에서 깨어나려면 시간이 좀 걸려."

"그렇구나. 그런데 수술은 잘됐어? 우리 누리 많이 아파한 건 아니지?"

"수술은 잘됐어. 누리 나이가 많아서 걱정했는데, 잘 견디더라. 원래 자궁은 볼펜 굵기 정도인데, 누리 건 염증이 너무 많이 생겨서 내 엄지손가락만해져 있었어. 원한다면 보여줄까?"

"아니, 됐어."

굳이 확인까지 할 필요는 없었다. 참을성있게 설명하는 찬의 태도는 믿음 가는 수의사의 그것이었으니. 그제야 안도의 한숨을 내쉬며 자영이 비켜서자 찬은 누리를 대기실 한구석에 세워진 울타리 안에 가만히 내려놓았다. 쿠션 위에서 조금씩 몸을 움직이고 있는 누리를 두 사람은 나란히 서서 지켜보았다.

"잘 끝났다니 다행이구나."

잠시 잊고 있었던 상원의 존재가 그들 사이를 파고들었다. 환한 미소와 함께 그를 돌아보는 자영과 달리 찬의 미간에 새겨져 있던 주름은 더욱 깊어졌다.

"언제 왔어?"

반색을 하는 자영을 애써 외면하며 찬은 퉁명스러운 물음을 던졌다. 감자와 함께 있는 이 순간 가장 반갑지 않은 존재가 있다면 바로 외삼촌이었다. 그나마 화기애애해지려던 분위기가 상원의 등장으로 인해 확 깨지는 것 같았다. 이러니 그 이름도 고상하기 짝이 없는 저놈의 고 닥터를 내가 좋아할 수가 없는 거다!

"조금 전에."

"진이는 왔어? 저녁은 챙겨줬고? 오늘은 외삼촌이 식사 당번이잖아."

"물론이지."

젠장, 언제나 빈틈을 허용치 않는 저 꼼꼼하다 못해 깐깐한 성격이 정말 싫다. 못마땅함으로 인해 찬은 고개를 돌려 상원을 외면했다. 그러자 헤벌쭉 웃고 있는 자영이 눈에 띄었고, 그것은 그의 성질이 폭발하게 만드는 도화선이 되었다.

"바닥에 침 떨어지기 전에 그 입 좀 다무시지. 뭐, 바닥 청소 좀 해주고 싶다면 계속 그러고 있든지."

잘 익은 사과, 아니, 불탄 고구마처럼 자영의 얼굴이 붉어지고 있었다. 그것을 대놓고 무시하는 척하기 위해 찬은 가운 주머니에 손을 찔러 넣으며 발로 바닥을 툭툭 건드렸다. 조금씩 격해지는 자영의 숨결이 느껴졌으나 찬은 지극히도 사무적인 어조로 말을 뱉었다.

"오늘은 누리 여기 두고 가. 아직 움직이기는 힘들 거야. 그리고 내일부터는 퇴원해서 통원 치료 받으면 돼."

자신이 할 말을 마친 찬은 여전히 자리에 멀거니 선 자영과 상원을 번갈아 노려보았다. 외삼촌 앞에서 어쩔 줄 몰라 하며 몸을 배배 꼬아대는 감자도, 더럽게 고상한 척하는 상원도 그의 시야에서 그만 사라져 주었으면 했다.

"병원 문 닫아야 하거든? 그만들 가줘."

말이 끝나기가 무섭게 마치 기다렸다는 듯 자영은 상원과 나란히 병원을 나섰다. 물론 그전에 감자는 예의 그 이글거리는 눈동자로 그를 잡아 죽일 듯 한번 째려보아 주는 것도, 누리를 안타까운 눈길로 바라보는 것도 잊지 않았다.

찬은 마치 오누이처럼 다정한 자영과 상원의 뒷모습에서 시선을 비켜내려 노력하다가 마침내 포기해 버렸다. 유리벽 저편으로 그들이 완전히 사라지고 나자 그는 누리에게로 고개를 기울였다. 여전히 의식을 찾지 못하는 개를 한참 동안 바라보던 찬은 오늘은 아무래도 병원에서 새우잠을 자야 할 것 같다는 생각을 하며 대기실 소파에 피로한 몸을 묻었다.

자영은 누리에 대한 걱정 때문에 제대로 잠을 이루지 못했다. 그것이 야기시킨 결과는 눈 밑에 선명하게 드러난 끔찍한 다크 서클. 버릇대로 칫솔에 치약을 듬뿍 짜며 자영은 구시렁거렸다.

"젠장, 하찮은 녀석. 또 한마디 하겠네."

가장 먼저 머리를 스치는 생각이었다. 그러다 보니 어젯밤 찬과 경비 아저씨의 이상한 만남이 뒤를 이어 떠올랐다.

정말 닮았단 말야. 아무래도 부자지간 같은데…… 그놈은 왜 이실직고를 하지 않는 걸까? 설마 부끄러워서?

만약 정말 그런 거라면 정말 하찬 그놈은 되어먹지 못한 놈의 자식이다. 요즘 직업에 귀천이 어디 있다고 아버지를 깡그리 무시하냔 말이다. 역시 놈은 좋아할래야 좋아할 수가 없다.

이가 마치 찬이라도 되는 양 칫솔로 벅벅 문질러 닦던 자영은 갑자기 턱 부근에서 느껴지는 통증에 눈살을 찌푸렸다. 아마도 오른쪽 잇몸 저 구석에서 조금씩 머리를 드러내고 있던 사랑니 때문인 듯하다. 썩은 건 아니지만 아프니 어쩌겠는가. 요놈 덕택에 조만간 치과 출입을 할 수밖에. 그렇게라도 상원을 볼 수 있다고 생각하니 기분이 절로 좋아졌다. 콧노래를 부르며 준비를 마친 자영은 모처럼 늦지 않게 집을 나섰다. 아침에 누리를 보고 출근을 해야겠다는 일념하에.

그러나 그녀가 간과한 점이 있었으니, 병원이 아직 진료를 시작하지 않았다는 것이었다. 그것을 동물병원의 유리 문 앞에 가서야 깨닫는 그녀였다. 어제 아침에도 삼층의 벨을 눌러 찬을 불러 내린 경험이 있음에도.

"바보 감자영."

어쩔 수 없이 밖에서라도 누리를 보기 위해 자영은 두 손으로 머리 위에서 햇빛 가리개를 만든 후 유리에 코를 박고 안을 열심히 살폈다. 이리저리 고개를 틀어대던 그녀는 마침내 울타리 안에 반듯한 자세로 앉아 있는 누리를 발견했다. 반가움과 안도감의 감정을 주체하지 못하고 자영은 큰 소리를 지르며 두 주먹으로 문을 쾅쾅 두드려 댔다.

"누리야!"

부름을 듣자마자 자리에서 벌떡 일어난 누리의 눈동자가 그녀에게로 고정되었다. 이렇게 멀리 서 있는데도 주인을 알아보고 꼬리를 흔드는 녀석이 대견해 견딜 수가 없었다. 울타리 안에서 안절부절못하는 누리만큼이나 자영 역시 안타까움으로 발을 동동 굴렀다. 시야가 눈물로 자꾸 흐려지려 했다. 도저히 참을 수 없어 삼층 대문으로 달려가려던 자영의 감각 레이더가 삐삐 소리를 내며 정지 신호를 보냈다. 본능에 충실한 그녀가 고개를 휙 돌리자 믿을 수 없게도 유리벽 저편에서 부스스한 머리를 한 그놈이 보였다. 생전 그렇게 누군가가 반가웠던 적이 없었다. 그를 알고 나서 그가 지금처럼 멋있어 보인 적도 없었다.

자영은 위로 팔을 뻗어 문의 잠금 장치를 풀어주는 찬의 턱선을 거의 경외감이 깃든 눈길로 바라보았다. 문이 열리고 그가 시큰둥한 표정으로 돌아설 때까지.

여느 때였다면 자신을 개무시하는 그의 행동에 화가 부글부글 끓어올랐겠지만 지금은 그럴 수가 없다. 외려 고마운 마음이 와락 밀려들어 자영은 누리에게로 몸을 기울이고 있는 찬의 등에다 대고 최대한 부드러운 어조로 물음을 던졌다.

"여기서 잤어? 누리 때문에?"

"경과가 좋아. 퇴근길에 데려가도 되겠어. 그때 약도 조제해 줄게."

그녀에게 누리를 안겨주며 찬은 무뚝뚝하게 의사로서의 소견만 제시할 뿐이었다. 누리의 복부에 생긴 기다란 수술 자국을 살핀 후, 수고했다며 개를 쓰다듬어 주던 자영의 입매가 그의 대답에 굳어졌다.

또 무시네. 여튼 잘 대해줄 수가 없는 놈이다. 그래, 네가 그런다고 내가 뭐 아쉽냐. 좋아, 좋다고. 눈에는 눈, 이에는 이지.

"알았어. 진료비는 얼마야?"

"어차피 통원 치료도 받아야 하니까, 나중에 얘기하자."

여느 손님을 대하듯 전혀 거리낌없는 표정이다. 그는 그녀의 품에서 다시 누리를 안아 든 후 울타리 안에 넣어주었다. 자영은 자신을 올려다보는 개의 까만 눈동자를 한동안 응시하다가 곁에 팔짱을 낀 채 선 찬에게 마지못한 한마디를 던졌다.

"고마워."

그러자 그는 너무도 당연하다는 듯 고개를 끄덕하더니 가만히 그녀의 얼굴을 바라보기만 했다. 최소한 '뭐 당연히 내가 할 일인데' 라든지 '이 정도 가지고 뭘' 이라는 예의상의 말이라도 해야 하는 게 아닌가. 속에서 못마땅한 기운이 불쑥불쑥 치밀어 올랐으나 자영은 하루를 시작하는 아침부터 기분을 망치지 말자고 자신을 다잡았다. 그녀는 억지 미소를 지으며 돌아섰다.

"그만 갈게."

“멍든 감자는 인기없어.”

와르르.

고이 쌓아 올리고 있던 인내심의 탑이 그 소리도 요란하게 무너졌다. 어째 조용히 넘어가나 싶었다. 자영은 찬과 더불어 다크 서클을 감추기 위해 눈 밑에 듬뿍 찍어 발랐던 파운데이션 회사를 싸잡아 욕하며 몸을 홱 틀었다.

“야! 이 싸가지없는 새…….”

그녀의 말이 채 끝나기도 전에 갑자기 도어벨 소리가 청명하게 실내를 울렸다.

“어머. 원장님, 일찍 나오셨네요?”

소름 끼치도록 간드러지는 목소리의 주인공은 지난번에 보았던 늙은 간호사였다. 자영은 눈을 하트 모양으로 만들며 찬에게 다가드는 여자로 인해 거의 밀쳐지듯 물러서야 했다. 손님인 그녀는 보이지도 않는 건지, 수의간호사의 시선은 오직 찬에게만 고정되어 있었다. 어이없는 눈빛으로 여자를 위아래로 훑어보며 자영은 입술을 삐죽거렸다.

웃기는 여자다. 저게 지금 출근한 사람의 모습으로 보이냐. 엉망으로 헝클어진 머리에 구겨진 셔츠, 후줄근한 청바지. 한마디로 폐인의 몰골 아니냐고. 그런데…… 솔직히 저놈 은근히 저런 모습이 잘 어울린다. 음…… 뭐, 뭐냐. 감자영, 너 미쳤구나. 돌았다, 아주.

자신의 머리를 거의 쥐어뜯다시피 한 자영은 그곳을 후닥닥 뛰쳐나왔다. 커다랗게 비웃음을 흘리는 찬의 얼굴이, 그의 음성이 자꾸만 떠올라 그녀는 도저히 걸음의 속도를 멈출 수가 없었다. 덕분에 아주 오랜만에, 지각을 면하기는 했지만 말이다.

주사를 맞고, 약을 먹은 누리는 점차 본래의 모습을 되찾아갔다. 그에 따라 자영의 심리도 차츰 안정되어 갔다. 마치 예전에 한동안 여행을 가셨던 부모님이 집으로 돌아오셨을 때처럼 마음이 포근했다. 현관문을 열면 반겨주는 이가 있다는 것이 그런 느낌을 주는 모양이다.

게다가 우려와 달리 찬은 진료 시간에 그녀를 다른 손님과 다를 바 없이 대했고, 누리에겐 더할 나위 없이 다정한 치료자가 되어주었다. 누가 저런 모습을 보고 저 인간이 왕싸가지 싸이코 변태인 줄 알까. 움, 변태는 아닌가?

봄기운이 물씬 묻어나는 노랑 원피스 차림의 자영은—오늘 신경 좀 썼다—누리의 뒷다리에 주사를 놓은 후 돌아서 노트북에 진료 상황을 기록하는 찬을 물끄러미 바라보다가 고개를 내저었다. 참 무심한 놈이다. 언제나 그녀의 옷차림의 변화에 민감한 반응을 보이는 상원과 찬은 달라도 너무 달랐다.

"이제 병원 그만 와도 돼."

언제나처럼 '그만 나가봐'가 아닌 말에 자영의 시선이 번쩍 들려졌다. 이제 돈과 시간을 절약할 수 있을 뿐 아니라 누리의 건강을 확신할 수 있게 되었음에도 이상스레 그다지 반갑지가 않았다.

"완전히 다 나은 거야?"

"살찌지 않게 사료 조절만 잘하면 돼. 살이 찌면 또 병이 오니까."

고개를 끄덕이던 자영은 노트북에서 시선을 떼고 자신을 빤히 바라보는 찬의 눈빛에 놀라 그만 바보처럼 말을 더듬고 말았다.

"왜, 왜 그래?"

"이번 주 토요일 날 시간 비워놔."

흡. 갑자기 얼굴에 있는 구멍이란 구멍은 다 막혀 버린 것 같다. 한동안 자신도 모르게 숨을 참고 있던 그녀는 몇 번의 노력 끝에 터질 듯 푸아 하고 이산화탄소를 배출해 냈다. 방금 100m 달리기를 하고 난 것처럼 숨을 헐떡이면서도 그녀는 마치 하찬이라는 창을 막기 위한 방패처럼 누리를 품에 안아 들었다.

"뭐라고?"

잘못 들은 게 아닌가 했다. 그가 자신에게 저런 말을 할 하등의 이유가 없었기 때문이다.

"명색이 초등 동창 사이에 진료비를 받긴 그렇잖아. 점심이나 같이 하자."

아, 그런 말이었구나. 자영은 안도해서인지 실망감 때문인지 모를 한숨을 내쉰 후, 조금은 평정심을 찾은 얼굴로 물었다. 짠순이 감자영의 기질이 발휘되는 순간이었다.

"진료비가 얼만데?"

“이십오만 원.”

재빨리 머리 속으로 계산기를 두드려 댄 자영은 회심의 미소를 지워내며 못 이기는 척 대꾸했다.

“약속이 하나 있긴 한데, 취소하지 뭐. 좋아.”

별로 같이 밥 먹고 싶은 인물이 아니긴 하지만, 이십오만 원보다 이득 보는 장사라면 그 정도 시간 죽이기쯤이야 상관없었다. 그것이 바로 감자영의 인생철학이었다. 스무 살 때부터 스스로 아르바이트를 해 등록금과 생활비를 충당하며 살아오다 보니 돈 굳히기가 습관이 되어버렸다.

“그럼 한 시까지 학교로 데리러 갈게.”

“뭐?”

놀라서 펄쩍 뛰는 자영을 보면서도 찬은 눈 하나 깜빡하지 않았다. 그는 조금 전 그녀에 대해 자신이 간파한 사실이 정확한지를 시험해 볼 겸 은근한 물음을 던졌다.

“그럼, 그냥 진료비 내고 가든지.”

그러자 동글동글한 눈매 안에서 커다란 눈동자가 흔들린다. 빙고. 찬은 보일 듯 말 듯 승리의 미소를 머금었다. 내키지 않은 기색이 역력한 그녀의 음성이 들려왔다.

“그렇게 해, 그럼.”

“토요일 날 보자.”

그는 이제 한동안은 못 보게 될 누리의 머리를 쓰다듬어 준 후 의자를 돌렸다. 바닥이 꺼질 듯한 한숨에 이어 문이 닫히자마자 찬은 의자의 등받이에 편안하게 머리를 기댔다.

좋아하지는 않을 줄 알았지만, 저렇듯 내키지 않는 표정을 드러낼 건 또 뭐란 말인가. 그래도 어쩔 수 없는 일이다. 감자가 상처 입고 빌빌대는 꼴은 정말 보기 싫다. 그것이 다름 아닌 고 닥터 때문이라면 더 더욱.

며칠 전 상원과의 대화를 떠올리는 찬의 미간이 절로 찌푸려졌다.

딸기잼을 바른 빵을 진에게 넘겨준 후, 자신의 몫으로 땅콩버터를 빵에 열심히 펴 바르고 있던 찬의 손이 공중에서 뚝 멈추었다. 그는 거의 던지듯 빵을 접시에 내려놓으며 상원을 노려보았다.

"뭐?"

"그냥 그 편이 좋을 것 같다고 생각했어. 유란이도, 나도."

"아무리 가족들끼리 식사만 하는 자리라 해도 약혼식은 약혼식이야. 너무 갑자기잖아."

그의 언성이 높아지자 조용히 의자를 빼고 일어나는 진의 기척이 느껴졌다. 방으로 들어가는 조카를 흘끔 돌아본 찬은 다시 상원에게로 시선을 두었다. 진이가 있는 자리에서는 하기 힘든 이야기였으므로 차라리 잘되었다 싶었다.

"지금도 늦었다. 날짜 잡히는 대로 결혼해서 같이 유학 갈 생각이야."

그가 입을 뻥긋하는 순간 이미 상원은 말을 내뱉고 있었다. 오늘따라 유독 동작이 빠른 고 닥터다. 찬의 짙은 눈썹이 급한 각도를 만들며 일그러졌다.

“그럼 감자, 아니, 자영이는?”

묻고 싶지 않았던, 물어서 안 된다고 생각했던 말이다. 하지만 앞으로 수도 없이 상처 입을 감자를 생각하면 못할 것도 없었다.

“자영이가 왜?”

정말 아무것도 모른다는 듯 태연하게 물을 들이키는 저 얼굴을 확 긁어놓고 싶다. 잔뜩 힘이 들어간 찬의 주먹이 식탁 아래서 부르르 떨렸다.

“걔가 어떤 마음으로 외삼촌 보는지 몰라? 그 눈 한 번도 들여다본 적 없어?”

그의 억눌린 물음에 평온하기 짝이 없던 상원의 선 고운 얼굴이 서서히 굳어졌다. 그러나 흘러나온 음성은 평소처럼 단조로웠다.

“자영이가 뭐라고 물었는지 알아?”

딱히 대답을 요한 물음이 아니었기에 찬은 상원의 입술만 그 자세 그대로 지켜볼 뿐이었다.

“그 앤 내가 누리를 건넸을 때 했던 말을 고스란히 기억하고 있었어 ‘네게 가족이 되어줄 거야. 네게 새로운 세상이 되어줄 거야 ……’”

질책하는 듯한 상원의 눈빛보다도 그 말을 오랫동안 품어왔을 자영을 생각하니 가슴이 턱 하니 막히는 것 같았다.

"기억하지, 하찬? 그건 다름 아닌 네가 내게 누리를 안겨주면서 했던 말이니까."

확인 사살까지 거치는 상원이었다. 찬의 입가에 비틀린 웃음이 지어졌다.

"지금, 자영이의 마음이 외삼촌에게 기운 건 본인 탓이 아니란 책임 회피를 하려는 건가. 비겁하게?"

"그때부터였어."

"웃기지 마. 초등학교 때부터 자영이 마음엔 외삼촌뿐이었다고."

"그래서 넌 그저 숨어서 자영일 지켜보기만 했니?"

실로 처음 대하는 상원의 날카로운 면모였다. 외삼촌과의 말싸움에서 한 번도 진 적이 없는 그였는데, 지금은 할 말이 딱히 떠오르지 않는다. 입술에서부터 시작된 건조 현상이 혀뿌리 깊은 곳까지 서서히 번져 가고 있었다.

"책임을 회피하는 건 너야. 비겁한 것도 너고."

그의 심장을 다 꿰뚫어보는 듯한 눈빛이었다. 가까스로 그는 말을 내뱉었다. 이대로 멍하니 있을 수만은 없었다.

"늘 자영의 곁에 있었던 건 삼촌이잖아."

"내가 원해서가 아냐. 네가 원하지 않아도 어머니와 내 곁을 떠나야 했던 것처럼. 너 사실, 경기도로 다시 전학 가는 거 싫어했잖아. 아마, 자영이 때문이었겠지. 그렇지?"

상원이 이렇듯 직접적으로 그의 마음을 물어온 적은 지금껏 없었다. 오늘따라 너무도 논리정연하고, 냉랭한 태도를 견지하고 있는 고 닥터로 인해 굉장히 당황스러운 찬이었다.

"먼저 나간다."

멍해 있는 그를 완전히 스쳐 지나가기 전에 상원은 잠시 뒤를 돌아보며 말을 이었다.

"토요일 약혼식에 자영이도 초대할 거야."

현관문이 닫히는 소리에 찬은 의자에 털썩 몸을 기대앉았다.

초등학교 시절, 자신에겐 늘 살벌한 눈빛을 내쏘아대던 자영이 상원의 앞에서는 한없이 부드러워질 수 있는 것을 보면서 섭섭하면서도 무작정 미워했었다.

상원만을 보는 그녀와 그녀의 시선을 독차지하는 상원을……. 그러나 그 후, 갑작스런 그녀 부모님의 죽음 이후 기쁠 때나 슬플 때나 상원을 찾고 의지하는 그녀를 보면서 찬은 상원을 생각하는 자영의 마음이 얼마나 깊은지 결국 인정할 수밖에 없었다. 자영에게 있어 상원이 얼마나 대단한 존재인지 깨달을 수밖에 없었다.

외삼촌과 자영을 엮어 생각하면 이상하게 불쾌한 기분이 들면서도, 그는 막연히 그들이 잘되었으면 하고 바랐다. 그런데 감자의 온리유 상원이 약혼을 하고 결혼을 한단다.

"젠장."

어쨌든 그의 힘으로 막을 수 없는 일이라면 조금이라도 여파가 작게 남았으면 싶었다. 그의 시야에 십육 년 전 길가에서 죽은 개 앞에 쭈그리고 앉아 울고 있던 소녀의 모습이, 그리고 구년 전 부모님의 영정 앞에서 오열하던 처녀의 모습이 차례로 떠올랐다. 다시는 그렇게 퉁퉁 부은 감자의 모습은 보고 싶지 않다. 그때 느꼈던 가슴 저림은 평생 다시 느끼고 싶지 않다.

탁자를 주먹으로 내려친 그는 거칠게 의자를 뒤로 빼며 자리에서 일어났다.

찬과의 약속이 있는 토요일.

그에게 별로 신경 써 꾸민 듯한 인상은 주고 싶지 않아 자영은 평소와 같은 복장으로 출근을 했다. 헐렁한 바지와 티셔츠, 그리고 운동화.

"감 선생, 오늘 화장 잘 먹었네? 어디 가?"

헛, 그렇게 티가 나나.

자영은 부장선생님의 대한민국 아줌마다운 아침 인사에 손바닥으로 얼른 얼굴을 감쌌다. 젠장, 평소보다 조금, 아주 조금 진한 립스틱에 속눈썹에 힘 좀 더 준 것뿐인데. 절대 신경 쓴 거 아니란 말이지.

평소 같으면 웃으며 받아넘겼을 아주 기분 좋은 말이었건만 자영은 대충 대답을 얼버무린 후 도망치듯 교실로 들어와 버렸다. 1교시는 컴퓨터 전담 시간이라 아이들은 이미 컴퓨터실로 간 후였다. 느긋한 마음으로 하루 일과를 시작하려던 그녀는 갑자기 울리는 휴대폰의 진동 소리에 놀라 액정 화면을 들여다보았다.

순간 온몸에서 힘이 쭈욱 빠져나가 자영은 거의 쓰러지다시피 의자에 앉고 말았다. 냉동창고보다 더 썰렁한 휴대폰이 울린 것만 해도 놀라운데, 더 놀라운 사실은 발신인이 상원이라는 사실이었다. 그녀는 한껏 심호흡을 한 후 전화를 받았다.

"오빠."

[수업 중이지? 통화 괜찮아?]

"네, 괜찮아요."

가슴이 두근 반 세근 반 뛰었지만 자영은 겨우 자신을 추스르며 대답할 수 있었다.

[오늘 나한테 시간 좀 내줄 수 있을까?]

손에 힘이 빠져 하마터면 그대로 슬라이드를 내려 버릴 뻔했다. 그랬다면 아마 스스로가 자신을 용서할 수 없었겠지. 초등 선생 전화 받다 자살하다 뭐 이런 기사가 신문에 실렸을 수도 있다. 제정신을 차리려 고개를 내저은 자영은 너무 좋아하는 인상을 남기지 않으려 일부러 무덤덤한 목소리를 냈다.

"무슨 일인데요?"

[와보면 알아. 두 시까지 프리미엄호텔 지하 일층 양식당이다.]

"오, 오빠."

그녀의 부름에도 불구하고 전화는 뚝 끊겨 버렸다. 잠시잠깐 '그가 왜?' 라는 의구심이 깃들었으나 그녀의 들뜬 마음에 찬물을 끼얹을 수는 없었다. 자영의 머리 속은 벌써부터 하교 후 집으로 가 상원과의 만남을 위해 만반의 준비를 할 계획들로 가득 들어차고 있었다. 간간이 찬과의 약속을 떠올리는 돌연변이 뇌세포들이 있긴 했지만, 그것은 곧 수많은 상원 옹호 세력에 의해 짓눌려지고 말았다.

점심시간, 찬은 짬을 내어 삼층에 들렀다. 이미 진과 상원은 가족 모임이 있는 장소로 출발한 듯 집은 비어 있었다. 갑자기 못 견디게 갑갑함을 느낀 그는 셔츠의 단추를 풀어내며 곧장 욕실로 직행했다. 간단하게나마 샤워를 마친 후 찬은 머리를 털며 방으로 들어와 옷장을 열어보았다. 약혼식에 참석하지 않을 테니 정장을 할 필요는 없지만, 자영과의 만남에 은근히 신경이 쓰였다. 손이 절로 가장 최근에 산 셔츠와 바지로 갔다.

그리고 집을 나서기 전 찬은 책상 서랍을 열어 차 키를 챙겼다. 병원을 개업한 후 차를 쓸 일이 그다지 없어 고이 모셔두었던 터였다. 현관문을 잠그고 계단으로 발을 내디디던 찰나 휴대폰의 벨이 울렸다. 오후엔 진료 손님을 받지 말라 일러두고 나왔기에 병원이면 받지 않으리라 생각했다. 전화를 받으면 병원으로 다시 들어가 봐야 하고, 그럼 자영과의 약속을 지키지 못하는 불상사가 생길 수도 있으니.

그런데 막상 바지 뒤춤에서 꺼내 든 폰에서 깜빡이고 있는 이름은 뜻밖에도 '감자'였다. 그녀가 번호를 날리듯 적은 종이쪽지를 건네던 그날 아침, 이미 단축 다이얼로 저장해 두었었다. 그런데 그 이름이 액정 화면에 찍힌 것은 처음이었다. 묘하게 심장이 두근거렸다.

"네."

찬은 마치 자영의 번호임을 모르는 듯 태연하게 대답했다. 곧 그의 기대를 저버리지 않는, 왁자지껄한 소음을 배경으로 한 자영의 높다란 음성이 들려왔다.

[나야.]

"감자? 오 분 내에 도착해. 나와 있어."

계단을 뛰다시피 내려가 차에 시동을 건 찬은 운전석의 문을 열며 전화를 그대로 끊으려 했다. 하지만 다급한 자영의 부름은 그의 걸음을 우뚝 멈추게 만들고 말았다.

[야! 하찬! 잠깐만!]

그는 미세하게 열린 문을 다시 닫으며 차에 기대어 자영의 다음 말을 기다렸다.

[오늘 너랑 점심 먹기로 한 거…… 다음으로 미루면 안 될까?]

"뭐?"

황당함이 그의 목소리에 고스란히 묻어났다. 팅기듯 몸을 일으켜 세운 찬은 마치 자영이 눈앞에 있는 것처럼 이글거리는 눈동자로 허공을 응시했다. 그의 입에서 단호한 거절의 답변이 흘러나왔다.

"안 돼, 절대."

[미안해. 갑자기 중요한 약속이 생겼어. 다음에 조금 더 비싼 걸로 사줄게.]

"나랑 한 약속이 먼저 아닌가?"

[그건 그렇지만…….]

그녀가 망설이는 틈을 타 찬은 얼른 말을 덧붙였다.

"내가 싫다면 그쪽과의 약속을 미뤄야지."

[정말정말 미안한데. 나 지금 이미 출발했거든?]

"젠장맞을. 감자!"

불길했다, 굉장히.

[다음에 해, 다음에.]

뭐라고 대꾸할 겨를도 없이 통화는 일방적으로 종료되었다. 그녀에 의해.

서둘러 운전석에 앉아 기어를 넣고 핸들을 돌리면서 찬은 자영에게로 다시 통화를 시도해 보았으나 전원이 꺼져 있다는 기계음만 연이어 들려올 뿐이었다. 그의 입술 사이에서 절로 질펀한 욕설이 흘러나왔다.

자영이 자신과의 약속을 아무렇지도 않게 저버리게 만든 상대가 누군지 짐작이 되었다. 그걸 아는 이상 이대로 가만히 있을 수는 없었다. 자존심보다 먼저인 게 있었다. 액셀러레이터를 길게 밟은 찬은 큰 도로로 차의 머리를 밀어 넣었다. 룸미러에 비친 그의 표정에는 전운과도 같은 결연함이 감돌고 있었다.

남산 프리미엄호텔 앞에 택시가 이르자 자영은 오랜만에 입어 어색하기 짝이 없는 스커트 자락을 정리하며 내려섰다. 그리고 택시가 자리를 뜨고도 그녀는 이십층에 가까워 보이는 호텔의 번쩍이는 외관을 올려다보느라 움직이지 못했다.

"캬아~ 역시 특1급은 확실히 다르네."

감탄사를 주절거리며 자영은 로비로 힐을 신은 발을 더듬더듬 옮겨놓았다. 이곳까지 오는 동안 자신을 붙잡고 놔주지 않았던 설렘은 어디론가 사라져 가고, 대신 너무도 큰 호텔의 규모에 괜히 주눅이 들었다. 감자영, 정신 차리자. 이 정도에 뭘 쫄고 그래.

스스로에게 파이팅을 외친 자영은 로비를 이리저리 둘러보다 지하로 내려가는 계단의 입구를 발견했다. 마치 계단이 사라지기라도 할 것 같은 조급증이 들어 그녀는 그곳으로 종종걸음을 쳤다. 그전에 번쩍이는 엘리베이터 문에 자신의 매무새를 살피는 것도 잊지 않았다.

하늘거리는 플레어 스커트와 물방울 무늬 블라우스는 그녀가 가장 아끼는 옷이었다. 비싸기도 하거니와, 입었을 때 배와 엉덩이가 이루는 불균형한 S자 라인이 보완되는 장점이 있기 때문에.

자신감을 가지고 계단을 내려간 그녀의 눈앞에 'AOP' 이라는 양식당 간판이 드러나 보였다. 심호흡을 하려던 차에 자동문이 제멋대로 입을 열어 그녀를 환영했다. 그 바람에 어쩔 수 없이 자영은 잽싸게 안으로 들어갔다. 그녀가 상원을 찾아 멀뚱거리기 전, 친절하게도 기품있어 보이는 직원 한 명이 먼저 다가왔다.

"일행이 있으십니까?"

"네. 저기 고상원 씨라고…… 예약되어 있나요?"

그가 왜 이런 복잡하고 불편한 곳에서 만나자고 했는지 또다시 의아해졌다. 집 근처에도 밥 한 끼 먹을 만한 식당들은 많은데. 영자네 감자탕도 괜찮고. 김밥낙원도 좋구만. 쩝.

"네. 이리로 오시겠어요?"

직원을 따르던 자영은 나 돈 좀 들였소 티를 팍팍 내는 실내 인테리어를 단순한 호기심으로 살펴보았다. 간간이 담소를 나누며 음식을 먹고 있는 손님들이 보였다. 또다시 주눅이 들려는 것을 그녀는 그들의 모습을 애써 외면하며 밀어냈다.

"여깁니다."

직원은 커다란 문을 가리키며 친절하게 웃어 보이고 있었다. 떨떠름하게나마 고개를 끄덕이던 자영은 문이 열리고 자신이 밀쳐지듯 방 안으로 들어섰음을 갑자기 직면한 수많은 눈동자들로 인해 알게 되었다. 등 뒤로 식은땀이 주르륵 흘러내렸다.

이게 뭐야? 나, 잘못 온 거 아냐? 이 고상원이 그 고상원이 아닌 게 아니냐고!

"자영이 왔구나."

당혹감으로 다짜고짜 몸을 홱 돌려 나가려던 자영의 뒤통수에 부드러운 음성이 다가들었다. 그것은 분명 어느 누구도 아닌 그녀의 고 닥터, 상원의 것이었다.

"오빠!"

반가움이 와락 밀려들어 그녀는 어린아이처럼 그를 부르며 돌아서고 말았다. 하지만 그녀의 미소는 그의 팔짱을 끼고 선 여자의 모습에 화락 날아가 버렸다. 게다가 그들의 예사롭지 않은 복장이란. 턱시도와 드레스를 각각 차려입은 상원과 유란의 앞에서 자영은 순간 백조 앞에 미운 오리새끼가 되어버린 듯한 기분을 맛보았다.

"찾느라 고생했지? 너랑 함께 가자고 그랬는데, 상원 씨가 아직 학교 마치려면 멀었다고 해서 우리끼리 먼저 왔어."

언제나처럼 남을 지나치게 배려하는 저 표정도, 목소리도 싫다. 유란의 모든 것이 자영에겐 가식으로만 느껴졌다.

"누구니?"

갑작스레 상원의 뒤로 다가온 키가 크고 당당해 보이는, 한마디로 여장부 스타일의 중년 부인에게 자영은 예의상의 목례를 해 보였다. 상대가 누구인지도 모른 채.

"누나, 내가 말했었지? 자영이라고."

"아, 널 무척이나 따른다는 그 동생?"

입맛이 참 씁쓸하다. 자영은 다시 한 번 더 고개를 숙이며 평

소와는 달리 조용하다 못해 풀이 죽은 음성으로 자신을 소개했
다.

"안녕하세요. 감자영입니다."

"상원이 통해서 얘기 많이 들었어요. 나는 상원이 누나 고상
희예요."

그렇다면 이분이 하찬의 어머니로구나. 그런데 도무지 초등
학교 6학년 손자를 둔 할머니로는 보이지 않는다. 할머니는 무
슨, 그냥 엄마라고 해도 믿겠구만. 그녀가 감탄 어린 눈길로 상
희를 훑고 있을 때 등에 가벼운 손길이 느껴졌다. 그것이 유란
임을 알자마자 자영은 본능적으로 등을 세우며 상대에게서 멀
어졌다.

"언니, 자영이 자리 좀 마련해 주세요."

"아, 내 정신 좀 봐. 이리로 와요."

서른 살 초반의 유란이 최소 오십대 후반은 될—도저히 그렇게
보이지 않지만—상희에게 언니라고 부르는 것이 어색하게 들렸
다. 상희를 따라가던 자영이 뒤를 흘끔 돌아보자, 상원과 유란
이 테이블 사이를 누비며 인사를 하는 모습이 들어왔다. 도대체
이런 가족모임 자리에 그가 왜 자신을 부른 것인지 의아했다.
그리고 그들은 왜 저렇게 마치 신혼부부 같은 모습으로 함께 서
있는 것인지 불쾌했다.

"여기예요."

부름에 고개를 돌린 자영은 상희가 서 있는 테이블로 다가갔

다. 그리고 몸에 밴 습관대로 깍듯하게 테이블에 앉은 이들을 향해 인사를 해 보였다.

"안녕하세요? 처음 뵙겠습니다. 감자영이라고 합니다."

미소와 함께 고개를 든 그녀는 그곳에서 예기치 못한, 그러나 익숙한 얼굴 둘을 보았다. 바로 찬의 아버지라고 짐작은 했었던 학교 경비 아저씨와 하진이었다. 자영의 입가가 스르륵 굳어졌다.

"여긴 상원이 자형, 그러니까 내 남편 하지만 씨, 그리고 옆엔 손자 진이."

평소와 달리 쫙 빼입은 그들을 보고 있노라니 마치 다른 차원의 세계에 떨어진 것 같은 낯선 기분이 들었다.

"감자 선생님이 여긴 웬일이에요?"

진이에게서 평소처럼 버릇없는 말이 튀어나오지 않았다면 눈물이 와락 쏟아졌을지도 모를 일이다. 우습게도 반가움을 느끼며 자영은 진에게 씨익 미소를 머금어주었다. 아이의 작은 얼굴이 찌푸려지는 것을 보면서는 심지어 만족감마저 들었다.

"이 녀석, 선생님한테 그 말버릇이 뭐냐!"

갑작스런 지만의 불호령으로 화들짝 놀라 있던 차에, 갑자기 덥석 손을 부여잡는 낯선 손길에 자영은 그만 자리에서 벌떡 뛰어 오를 뻔하였다.

"어머나, 우리 진이 담임 선생님이셨구나~ 워낙 못난 할미가 되다 보니 진이를 통 챙기지 못했는데. 어때요, 학교 생활은?"

‘어떻게 할까?’ 라는 협박성의 눈빛으로 진을 찌릿 째려보던 자영은 의자를 빼며 자신을 자리에 앉히는 찬의 어머니에게로 다시 시선을 두어야 했다. 솔직히 ‘에구, 정말이지 버릇없고 제멋대로인 게 제 삼촌이랑 똑~같아요’ 라고 하나도 보태지 않고 말씀드리고 싶었다. 하지만 간절한 상희의 눈빛을 보고 있노라니 도무지 입이 떨어지지 않아 자영은 어색한 웃음과 함께 빙빙 돌려 말을 내뱉고 말았다.

“아직 전학 온 지 얼마 되지 않았지만, 나름대로 잘 적응해 가고 있어요.”

“우리 진이 잘 좀 부탁해요. 제 엄마 세상 떠나고, 제 아비는 병원 일로 워낙 바쁘다 보니…….”

아무래도 구구절절하게 이어질 것 같다는 예감을 하며 입가가 아프도록 미소만을 짓고 있던 자영은 날카로운 소리에 고개를 홱 돌렸다. 그들의 맞은편에서 진이 포크를 접시 위로 집어 던진 후 일어나 씩씩거리고 있었다. 울먹거리면서도 악에 받친 말을 서슴없이 내뱉었다.

“할머니, 그런 말은 왜 해요!”

“이 녀석이! 어디서 되어먹지 못한 행동이냐!”

지만의 커다랗고 주름진 손이 진의 머리를 후려치고 지나갔다.

“할머니도, 할아버지도 다 미워!”

의자를 우당탕 쓰러뜨려 놓고서 식당 밖으로 뛰쳐나가는 아이를 모두 멀거니 지켜만 보고 있었다. 어쩔 수 없이 상희에게서 정중하게 손을 빼낸 자영은 '실례합니다' 라는 말을 중얼거린 후 진의 뒤를 따랐다. 담임으로서의 책임감뿐 아니라 외로운 아이에 대한 동정심이 그녀를 가만히 있을 수 없게 했다.

계단과 화장실 등을 기웃거리던 자영은 식당 왼편에 자리한 휴게실에서 진을 찾아냈다. 아이는 멍한 표정으로 의자에 우두커니 앉아 있었다. 그녀의 구두 굽 소리에 상념에서 빠져나온 듯 눈물을 양복 소매로 쓰윽 닦으며 진은 몸을 휙 돌려 버렸다. 이야기하고 싶지 않다는 무언의 의사 표현이겠지만, 자영은 그대로 아이를 둘 수가 없었다.

그녀는 치맛자락을 모으며 진의 곁에 앉았다.

"진아, 너 엄마 얘기하는 거 싫어?"

역시 대답이 없었다. 이전에 한동안 학교를 나오지 않았던 진이 다시 등교를 했을 때, 상담실에서도 이랬었던 기억이 났다. 누군가와 이야기를 나누는 것이 익숙지 않은 것인지, 아니면 무조건 싫은 것인지 알 수가 없다. 하지만 확신할 수 있는 건 그녀부터 벽을 허물고 다가서면 언젠가는 아이 역시 그녀에게 조금은 마음을 열어주지 않을까 하는 것이었다.

"네 얘기 하는 거 싫으면 내 얘기 좀 들어줄래? 오늘은 네 담임 선생님으로서가 아니라 그냥 삼촌 친구 자영이 누나로 생각하고."

옛 기억을 새삼 끄집어내려니 절로 입가에 씁쓸한 미소가 맺

했다. 세월이 많이 지나긴 했지만 부모님을 떠올리는 건 그녀에
게도 아픔이었다.

"선생님이 스무 살 때 말야, 대학 시험을 치고 교육대학교에
원서를 넣었거든. 논술에, 면접에 정신없이 바빴지. 맨 마지막
으로 전주까지 시험을 치러 내려갔었어 첫째 날은 논술, 둘째
날은 면접이라 어쩔 수 없이 거기서 자고 다음날 서울로 올라가
려고 하는데, 부모님한테서 전화가 걸려온 거야. 지금 너 데리
러 내려가는 중이라고. 내가 버스 타고 전주까지 혼자 갔던 게
아마 마음에 걸리셨던 모양이지. 솔직히 꽤 피곤했었거든? 편안
하게 집까지 갈 수 있으니까 그냥 별생각없이 좋다고 그랬어.
그런데 말야, 아무리 기다려도 부모님이 오시질 않는 거야. 너
무 춥고, 배도 고프고, 막 짜증이 나더라. 물론 걱정도 됐지. 그
렇게 몸이 꽁꽁 얼어서 추위도 느껴지지 않을 때 즈음 휴대폰이
울렸는데…… 난 당연히 엄만 줄 알았거든?"

그때 일을 생각하니 갑자기 목구멍이 콱 막혔다. 따가워지는
눈시울에서 금방이라도 눈물이 쏟아질 것 같아 자영은 차마 뒷
말을 잇지 못했다. 이래서 부모님 애긴 하고 싶지 않았는데. 코
를 훌쩍이던 그녀의 귓가에 믿을 수 없게도 아이의 되물음이 들
려왔다.

"엄마가 아니었어요?"

"응. 병원이래. 교통사고로 두 분 다…… 돌아가셨다고. 믿을
수 없는 말을 하더라. 병원으로 가는 내내 눈물도 안 났어. 현실

이 아니라 꿈이라고 생각했나 봐. 근데 백짓장처럼 하얀 얼굴로 누워 계시는 부모님 곁에서 '엄마, 아빠! 자영이 왔어요. 일어나 봐' 라고 아무리 소리쳐도 꿈쩍도 하지 않는 걸 보니까…… 그제야 눈물이 쏟아졌어. 다시는 저분들의 목소리도, 웃음도 느낄 수 없다고 생각하니까 얼마나 답답하던지. 세상에 나 혼자만 남겨졌다고 생각하니까 얼마나 서글프던지."

자영은 상원과 은주에게조차 털어놓지 못했던 속내의 감정들까지 진에게 전하고 있다는 사실을 믿을 수가 없었다. 하지만 민망하기보다 외려 후련했다. 정말로 그녀를 이해하는 듯한 표정을 지으며 진은 어른스레 고개를 끄덕여 주었다.

"나 그 기분 알아요."

"그래. 네가 왜 엄마 얘기를 하고 싶어하지 않는지 나도 잘 알아."

"그런데 할머니는 아무한테나 그런 얘길 막 하잖아요. 엄마 없어 불쌍하다느니, 잘 좀 대해주라느니."

입술을 내민 채 진은 또다시 흐르려는 눈물을 쓰윽 닦아내며 말했다. 자영은 열세 살짜리 치고 너무 빨리 성숙해 버린 아이의 모습에 가슴이 아팠다.

"그래도 난 진이가 부러운걸? 할아버지, 할머니, 삼촌, 그리고 아빠도 있잖아."

"우리 아빠는 나 안 좋아해요. 만날 환자들 본다고 바쁜걸요 뭘. 보세요. 오늘도 온다고 해놓고선 결국 안 왔어요."

“그건 아마 열심히 돈 벌어서 진이 공부도 시키고, 장가도 보내려고 그러시는 걸 거야.”

“아뇨, 아빠는 나 때문에 엄마가 죽었다고 생각해요.”

고개를 숙인 채 구시렁거리는 진의 한마디에 자영의 심장이 순간 움직임을 멈추었다. 피가 배어나는 옷자락을 들쳐 보았는데, 예상보다 훨씬 깊은 상처를 발견한 기분이었다. 무슨 말을 해야 좋을지 막막했다. 상담자로서의 자신의 능력에 한계를 느낀 자영은, 오늘은 진이의 입이 열리게 만들었다는 것에 만족하기로 했다. 한꺼번에 너무 큰 것을 욕심내지 말자.

“어쩌면 아버지 오셨을지도 모르니까 우리 그만 들어갈까?”

“안 왔을 거예요.”

아무리 말은 그렇게 해도, 되레 그녀보다 먼저 엉덩이를 떼고 일어나는 진이었다. 아닌 척했지만 아버지를 기다리는 기색이 눈동자에 선명하게 드러나 보였다. 자영은 아이다운 순진함에 슬쩍 미소를 짓다가 진의 어깨에 팔을 척하니 올려놓았다. 원래 그녀가 좀 더 작았으나 오늘은 힐을 신어 그나마 높이가 맞았다.

“아직 내 얘기 많이 남았거든? 다음에 또 하자. 그런데 내가 한 세 번 하면, 너도 한 번은 해줘야 해.”

“엄마…… 얘기요?”

나란히 식당을 향해 걸으며 자영이 장난스레 건넨 말에 진의 표정이 심각해졌다. 또다시 아이가 자신에게서 멀어질까 두려워진 그녀는 웃으며 얼른 대답했다.

"힘들면 천천히 해도 돼. 괜찮아."

안심을 한 듯 고개를 끄덕이는 진의 어깨를 다독여 준 자영은 팔을 내렸다. 식당의 자동문 앞에 서기 전에 그녀는 진을 돌아보며 내내 마음에 걸렸던 말을 풀어냈다.

"지난번에 정민이랑 지은이 일…… 오해해서 미안해."

"그때도 미안하다고 하셨잖아요."

쑥스러운 듯 붉어진 얼굴로 진은 시선을 피했다.

"그냥, 그때 지은이도 옆에 있고 그래서 제대로 내 마음을 전하지 못한 것 같아서."

"괜찮아요. 그런 일 한두 번 겪는 것도 아닌데요 뭘."

아무렇지도 않은 듯 대답하는 진의 표정이, 말이 담고 있는 내용에 가슴이 짠해져 왔다. 자영은 아무 말 없이 고개를 끄덕이며 한 걸음 앞으로 다가섰다. 그들 앞에서 문이 저절로 벌어지는 순간 귓전을 울리는 박수 소리에 자영은 멍한 표정으로 눈앞에 펼쳐지는 광경을 응시할 뿐 움직이지 못했다.

테이블의 가운데 나란히 선 상원과 유란, 그들이 사이좋게 커팅 칼을 함께 잡고서 5단 케이크를 둘로 나누고 있었다. 그제야 그들의 뒤로 드리워진 리본 사이로 고개를 내민 글자들이 자영의 눈에 들어왔다.

〈축 약혼. 고상원. 서유란.〉

저렇게 큰 현수막을 아까는 어찌 보지 못했을까.

언젠가는 닥칠 일이라는 예감은 있었지만 이렇듯 갑작스레, 잔인하게 자신을 덮쳐 올 줄은 몰랐다. 자영은 자신의 눈앞에서 세상을 다 얻은 듯 행복한 표정으로 유란을 안고 있는 상원을 바라보며 입술을 질끈 깨물었다. 그가 어떻게 이럴 수 있나 싶었다. 꼭 이런 직접적인 방법을 통하지 않아도 되었을 텐데. '오늘 약혼한다'고 미리 말이라도 해주었다면 이렇게 배신감에 치를 떨진 않았을 텐데. 죽을 만큼 힘들어도 그를 축하해 주고, 잊어보려 노력했을 텐데.

지금 자신을 이렇게 비참하게 만든 저 남자가 십오 년을 훨씬 넘게 알아온 친절한 상원 오빠가 맞는지 의심스러웠다. 오직 그를 향해 비추고 있던 마음의 거울이 산산조각나는 순간이었다.

"선생님, 왜 그래요? 어? 울어요?"

자신을 바라보는 진의 동그란 눈동자에 자영은 눈물을 얼른 거둬들이며 미친 여자처럼 밝게 웃었다.

"어, 눈에 뭐 들어갔나 봐. 화장실 좀 다녀올게. 진이 너 먼저 들어가 앉아 있어."

뭔가 더 묻고 싶어하는 아이를 두고 자영은 뛰듯이 그 자리를 벗어났다. 약혼식장을 나오는 그녀에게 관심을 두는 이는 진과 지만 외에 그 누구도 없었다.

재투성이로 변해 버린 신데렐라처럼 자영은 미친 듯이 나선

형의 계단을 뛰어올라 갔다. 내려올 때와는 달리 왜 이리도 멀고 길게만 느껴지는 것인지. 눈물로 흐려진 시야 탓에 제대로 초점이 맞질 않아 자영은 결국 헛걸음을 내디디고 말았다. 보기 흉하게도 계단 중간에서 넘어지는 바람에 그녀의 긴 스커트가 발에 밟혀 죽 찢어지는 소리가 들렸다. 모서리에 찍힌 정강이에서 깊은 통증이 느껴졌다. 마침 양식당으로 내려가던 사람들의 시선이 눈물 범벅이 된 채 주저앉아 있는 자신에게 꽂히는 것은 보지 않아도 알 수 있었다.

하지만 지금은 아픔도, 부끄러움도 중요치 않았다. 상원의 전화 한 통에 설레어 방방 뛰었던 자신이 너무 바보 같아서, 이제 그를 정말 마음속에서 떠나보내야 할 것 같아서 눈물이 절로 쏟아졌다.

"어흐흑. 어흐흑."

예전부터 그녀는 그랬다. 슬플 때보다 서러울 때 울음을 참을 수가 없었다. 자영은 마치 아이처럼 커다란 소리를 내며 울음을 토해냈다. 사람들이 오가는 발자국 소리는 더 크게 들렸지만 관여하고 싶지 않았다.

"꼴 좋~다."

또다시 환청이다. 왜 난 이럴 때 하찬 그놈이 이 꼴을 보면 뭐라고 할지 신경 쓰이는 걸까. 왜 그놈의 목소리가 지금 들리는 거냐고.

"감자에 줄 긋는다고 수박 되냐? 어울리지도 않게 그 옷은 뭐고 화장은 뭐냐!"

꺼이꺼이 토해내던 울음이 목구멍에 탁 걸려 하마터면 숨이 멎어버릴 뻔했다. 눈물로 젖은 시선을 들자 팔짱을 낀 채 자신을 내려다보고 있는 그 인간의 모습이 너무도 또렷이 보였다. 그제야 조금 전 들려온 말이 자신의 상상에 의한 것이 아니었음을 깨닫는 자영이었다.

"하, 하찬?"

여전히 자리에서 일어날 생각은 하지 못한 채 자영은 찬을 멍하니 바라보기만 했다. 다음 순간 그녀의 손목에 강한 힘이 느껴지고 몸이 마치 장난감처럼 휘청하니 일으켜 세워졌다. 그녀의 얼굴이 그의 가슴에 툭 소리를 내며 부딪쳤다. 어느새 그녀와 같은 높이의 계단으로 내려와 선 것인지, 찬의 흐트러짐없는 숨결이 정수리에 가볍게 와 닿고 있었다.

"다음부터는 이런 옷 입지 마. 이런 데서 주저앉아 울지도 말고. 감자는 감자다울 때 제일 예쁜 거야."

안 그래도 지나치게 접근된 자세 탓에 신경 쓰여 죽을 지경인데, 이 말은 또 뭐냐고. 자영은 여느 때처럼 파르르 떨며 그렇게 부르지 마라느니 그게 무슨 뜻이냐느니 따져 묻지 못했다. 그저 붉어지는 얼굴을 차마 들 수 없어 고개를 숙인 채 입술만 잘근잘근 깨물고 있을 뿐.

"가자."

찬에 의해 이끌리듯 계단을 오르며 자영은 구두 앞 코에 자꾸만 걸리는 찢어진 치맛단을 한 손에 쓸어 담았다. 눈물 자국이 흉하게 남았을 얼굴이 신경 쓰여 좀 닦고 싶었지만 놈은 손을 놓을 생각이 없는 듯했다.

"너 설마…… 오늘 나 보자고 한 이유가 이 약혼식 때문이었니?"

부루퉁한 그녀의 물음을 들은 것인지 못 들은 것인지 찬은 아무 대답도 하지 않았다. 다만 주차장을 향해 성큼성큼 전진해 나갈 뿐이었다. 멀리서 그가 시동을 걸자, 응답을 하듯 부릉거리는 차는 흰색 사륜구동이었다. 찬에 의해 떠밀리다시피 조수석에 태워진 자영은 운전석에 그가 앉음과 동시에 걱정스런 물음을 던졌다.

"어디 가는데?"

아무 말 없이 벨트를 매는 찬을 보며 자영도 덩달아 따라했다. 또다시 무시인가 싶어서 대답을 듣기를 포기하고 시트에 뒷머리를 기대는데 갑자기 들려온 한마디.

"너 실연당했잖아. 그 상처는 필히 알코올로 세척해 줘야지."

처음엔 또 놀리는 건가 싶어 화가 치밀어 올랐다. 하지만 자신을 내려다보며 비록 '픽' 이지만 웃어주는 찬을 보며 자영은 처음으로 그에게 고마움 비슷한 감정을 느꼈다. 약속을 어긴 자신에게 어떤 추궁도 하지 않을 뿐 아니라 타이밍도 적절하게 그곳에 나타나 준 데다, 술까지 사준다고 하니 아, 사준다는 말은 안 했나? 어쨌든 놈이 꽤나 괜찮아 보였다.

"고마워."

진심 어린 말을 내뱉은 후 그녀는 괜히 쑥스러워져 그만 차창으로 고개를 돌리고 말았다. 유리를 통해 퉁퉁 부은 자신의 얼굴이 비쳐 보였다. 그 뒤로 찬의 반듯한 옆모습까지. 하지만 그것도 잠시 이내 행복에 겨운 상원과 유란의 미소가 그 위로 겹쳐져 유리창을 가득 메웠다. 또다시 눈물이 차 오르려는 것을 자영은 코끝을 몇 번이나 찡긋거리며 참아냈다. 그녀는 창밖을 쳐다보는 척하며 커다란 혼잣말을 중얼거렸다.

"날씨 참…… 더럽게 좋다."

그래. 저 녀석 말대로 이제 나다워져야지. 고 닥터 때문에 감자에 줄 긋는 짓도 안 할…… 아니, 어울리지 않는 옷도 안 입을 거고, 고 닥터 때문에 아무 데서나 질질 짜는 짓도 안 할 거다.

망할 놈의 고 닥터. 그래, 잘 먹고 잘살아라. 서유란이랑 무지하게 행복해져라. 내가 다시는 침 못 바르게.

그토록 참으려 했건만 결국 그녀가 짜낸 물방울이 시트 위로 툭 떨어졌다. 스스로는 절대 인정하고 싶지 않은.

등 위에서 쉴 새 없이 꿈틀거리는 몸짓, 목덜미에 다가드는 뜨거운 숨결, 그리고 간간이 그의 귀를 스치고 지나가는 손길…… 그 모든 것은 지금과 같은 상황만 아니라면 더할 나위 없이 그를 만족시켜 주었을 것이다. 하지만!

찬은 '꿍' 하는 소리와 함께 술에 취해 의식을 놓아버린 자영을 다시 한 번 고쳐 업었다. 그의 어깨 옆으로 힘없는 두 팔이 축 늘어졌다.

젠장맞을, 감자! 이럴 거면 술 잘한다고 큰소리나 치지 말든지!

자영의 집이 있는 삼층까지 나 있는 계단을 마치 에베레스트와 같이 힘겹게 오르며 찬은 불과 몇 시간 전의 일을 떠올렸다.

포장마차에 들어가자마자 마치 늘 그래 왔던 것처럼 자영은 자신만만하게 소주 두 병과 안주를 시켰다. 그러더니 그가 미처 말리기도 전에 병나발을 불어대는 것이었다. 감자의 작은 몸에 붙은 작은 간이 갑작스런 알코올의 침투에 배겨날까 순간 걱정되었지만 찬은 얼마간은 그대로 지켜보기로 했다. 비록 일시적이긴 해도 술이 다친 마음을 치유해 주는 약이 되기도 한다는 걸 잘 알기 때문이었다. 그.러.나.

"나아쁜 새끼!"

이제쯤 말려야겠다는 생각을 하며 자리에서 일어나려던 찬을 깜짝 놀라게 만든 큰 음성이, 소주 한 병을 순식간에 비워낸 후 내내 고개를 처박고 있던 자영에게서 터져 나왔다. 다시 의자에 털썩 주저앉은 그는 초점이 흐려진 눈동자를 마주하고서야 그녀가 술에 취해 무의식으로 빠져들고 있음을 깨달았다. 자영의 고개가 마치 살모사처럼 공중에서 위태롭게 흔들리는 모양을 지켜보던 찬은 위기감을 느끼며 팔을 쭈욱 뻗었다. 하지만 그의 손이 받쳐 주기 전에 그녀의 얼굴은 그 소리도 처참하게 탁자 위로 곤두박질치고 말았다.

쿵!

혹시라도 술이 깰까 싶어 한강 고수부지에 차를 대놓고 한참을 기다렸지만 자영은 일어나지 않았다. 그리고 결국 무작정 그러고 있을 수만은 없다는 생각이 들어 찬은 그녀의 집까지 온

터였다. 병원 기록에 남아 있는, 그리고 그녀가 아침마다 날다
람쥐처럼 뛰어나오는 그곳이 어디인지 그는 잘 알고 있었다.

푸른색 현관문이 눈앞에 드러나자 한숨을 돌린 찬은 자신의
팔목에 걸려 있던 자영의 핸드백을 뒤적여 열쇠꾸러미를 찾아
냈다. 가장 크고 견고해 보이는 열쇠를 꽂아 돌리자 문은 손쉽
게 열렸다.

더듬더듬 스위치를 누르며 들어선 그를 알아보는 것인지 누
리는 입구에서 꼬리를 살랑거릴 뿐 짖지 않았다. 그래도 혹시
몰라 찬은 개에게 조용히 하라는 신호를 보낸 후, 거실 겸 부엌
을 지나 방으로 직행했다. 그녀가 깰까 싶어 찬은 조심스레 침
대에 뉘었으나, 그것은 기우였다. 그 와중에도 음냐음냐 소리를
내며 잘만 자는 자영이었다. 도둑이 업어가도 모를 정도로 깊이
잠드는 사람도 있다는 것을 그는 그제야 처음 알았다.

뻗은 개구리처럼 누워 있는 자영을 보고 있노라니 웃음이 절
로 나왔다. 찬은 그녀의 발에 여전히 신겨져 있는 신발을 벗겨
낸 후, 이불을 살짝 덮어주었다. 그에 대한 경계심을 온전히 푼
그녀는 낯설고도 신기했다. 그렇게 한동안 자영은 관찰하듯 지
켜보던 있던 찬은 발치에서 킁킁거리는 소리에 고개를 내려뜨
렸다. 기대를 품은 누리의 동그란 눈이 그를 똑바로 응시하고
있었다. 미소와 함께 그가 침대가에 걸터앉자 기다렸다는 듯 누
리는 무릎 위로 풀쩍 뛰어올라 왔다.

개의 머리를 쓰다듬어 주면서도 찬의 눈길은 자연스레 자영

을 향했다.

많이 아프겠지. 하지만 썩은 부분은 도려내면 돼. 물론 조금 상처가 남겠지만 그건…… 내가 치료해 줄 거다.

차마 소리 내어 표현하지 못한 말들이 여전히 가슴속에서만 맴돌고 있었다. 그 와중에도 누리는 미친 듯이 그의 볼과 손을 핥아댔다. 개의 그런 행동들이 마치 자신에게 용기를 주려는 것처럼 느껴졌다. 찬은 미세하게 떨리는 손가락을 들어 올려 눈물로 메마른 자영의 뺨을 쓸어주었다. 언제나 그를 향해 가시를 세워 보이는 그녀였지만, 살갗은 부드럽고 따스했다.

"잘 자, 감자."

그녀는 싫어하는 별명이지만 심지어 변명이라고까지 하지만 그는 '감자'가 좋았다. 고 닥터도, 그 누구도 아닌 자신만이 부르는 그녀의 애칭이었으니까.

본능이 시키는 대로 찬은 고개를 기울여 자영의 이마에 가만히 입술을 가져갔다. 다른 사람들, 심지어 가족에게조차 제대로 된 애정 표현을 해본 적이 없는 그였기에, 그 사소한 행동은 스스로가 생각해도 놀라운 변화였다. 그리고 더 놀라운 것은 그 순간 무엇보다 만족스러운 기분이 들었다는 것이었다.

'좀 더'라는 욕심이 자신을 더 짓누르기 전에 찬은 누리를 안은 채 몸을 일으켰다. 애써 잠든 그녀의 모습을 외면하며 방을 나가려던 그는 갑자기 문을 잠근 후 열쇠는 어떻게 해야 하나 싶어 다시 돌아섰다. 누리를 내려놓은 채 잠시 생각을 모아보던

찬은 책꽂이와 책상 위를 뒤적여 연습장 같은 노트 한 권을 꺼
내었다. 망설임없이 종이 한 장을 찢어낸 그는 커다랗고 힘있는
글씨체로 짧디짧은 메모를 남겼다.

〈열쇠는 현관 앞 수도 계량기함에 넣어둔다.〉

고개를 들어 종이를 반으로 접던 그의 손길이 뚝 멈추었다.
시야에 확대되어 들어온 컴퓨터 모니터 바로 곁에 세워진 직사
각형의 액자 때문이었다.
환하게 웃고 있는 아이들, 그들은 교복을 입은 상원과 자영이
었다. 아마도 외삼촌의 고등학교 졸업식 때이리라.

"교회에서 되게 웃긴 애를 만났어. 있지, 걘 교회를 나오는 이
유가 간식 때문이라고 스스럼없이 얘기하더라. 감자영이라고
하던데…… 혹시 알아? 너네 학교 다니던데?"

새어머니의 동생이라는 이유만으로 그는 그다지 상원을 좋아
하지 않았었다. 그러나 외할머니도 그렇고, 상원도 그렇고 모두
그를 가족 이상으로 친근하게 대해주었기에 점점 마음의 문을
열어가던 중이었다.
그렇게 서울 생활에 점점 익숙해져 갈 무렵, 저녁 식사를 하
던 중 재밌다는 듯한 웃음을 머금으며 상원이 물었다. 그 해

맑던 얼굴에 깃들어 있던 미소가 너무도 생생하게 다가와 사진 액자 위로 겹쳐졌다. 그 순간 왜 그리 화가 나던지. 당시 느꼈던 원인 모를 배신감이 다시 폭풍처럼 그를 집어삼켰다.

탁.

액자를 들어 책상 위로 엎어놓은 건 다분히 충동적인 행동이었다. 마음이 시키는. 하지만 그럼에도 불구하고 만족스럽지 않았다. 잔뜩 힘이 들어간 그의 손아귀에서 자영에게 남긴 메모가 휴지 조각으로 변해가고 있었다.

연구실에서 나눠 받은 학부모 공개수업 안내장이 책상 위에서 그녀를 노려보고 있었다.

5월은 참으로 잔혹한 달이다. 예전 같으면 스승의 날이다 뭐다 해서 교사들이 해피해지는 달이었는지 몰라도, 요즘은 대접은커녕 십 원 하나라도 받았다가는 매장당하기 십상이니 각별히 언행에 조심해야 했다. 게다가 달 초부터 어린이날 행사에, 달말에는 수학여행에, 그 중간에 학부모 공개수업까지 도무지 숨 돌릴 틈이 없다.

이 행사들이 끝나고는 쉴 수 있냐 하면 그것도 아니었다. 작년 교육계획 설문조사 결과 올해는 6월 초에 운동회를 하도록 결정되었다고 한다(올해 전근 온 그녀로서는 처음 듣는 이야기였다). 이어서 수련회도 있었다.

그러나 실연의 아픔을 달래기 위해서는 바쁘게 지내는 것도 나름대로 좋겠다 싶었다. 그래, 좋게좋게 생각하자고. 아이들에게 안내장을 나누어 준 자영은 은근슬쩍 속내를 드러내는 말을 꼬리표처럼 남겼다.

"공개수업은 모레니까, 부모님들께 잘 전달해 주세요. 음……그리고, 부모님들 바쁘신데 억지로 오라고 부담은 절대 드리지 말고."

한 학기에 두 번인 학부모 공개수업은 교직 경력 칠 년째임에도 여전히 부담스러웠다. 학부모들의 기준을 충족시킬 만한 수업이 어떤 것인지 아직도 감이 잡히지 않았다. 그러다 보니 신경을 쓰게 되고, 부담이 가중되는 것이다.

게다가 그다지 컴퓨터에 재능이 없는 그녀였기에 파워포인트 자료를 만드느라 또 끙끙거려야 할 것을 생각하니 아무리 좋게 생각하려 해도 절로 우울해졌다. 거기 한몫 더하는 건 찬이랑 떡이 되도록 술을 마신 그날 이후 계속되고 있는 턱 부근의 어리한 욱신거림. 그것의 원인이 사랑니 때문이라는 것을 자영은 그간의 경험으로 알 수 있었다.

생각 같아서는 오늘이라도 조퇴를 하고 병원에 가보고 싶을 정도로 통증이 컸지만 당분간은, 어쩌면 꽤 오래 상원을 보고 싶지 않다는 생각 때문에 자영은 치과에 가기를 미뤘다. 뿐만 아니라 이전엔 가끔씩이었던 누리의 캑캑거림의 빈도가 이상스레 커지고 있어 동물병원에도 가보아야 했다. 하지만 찬의 앞에서 엉망으로 취해 쓰러져 버린 그날 이후 자영은 그의 얼굴을 볼 수 있을 것 같지 않았다. 자신이 무슨 실수라도 하지 않았는지 두렵고, 하찬 그 녀석이 또 뭐라 놀려댈지 신경이 쓰인 까닭이었다.

무식하게도 통증을 눌러 참은 채 자영은 그저 공개수업 준비에 매진했다. 평소에는 그냥 교육용 CD에 의존했던 그녀가 직접 파워포인트로 수업 자료를 제작하는 것은 거의 일 년에 몇 번 꼴이었다. 고학년을 하다 보니 방과 후 아이들을 보내고 나면 세 시 삼십 분. 그 후에는 거의 업무와 잡무 처리, 그리고 다음날의 교재 연구를 하고 나면 금방 퇴근 시간이었다. 매 수업의 자료를 직접 제작한다는 것은 그야말로 꿈속에서나 가능한 일이었다.

게다가 워드프로세서 자격증을 가지고 있는 것 이외에는, 컴맹은 아니라도 컴퓨터 활용 능력이 현저히 떨어지는 자영이었다. 그녀는 꼬박 이틀을 자료 제작에 매달렸다. 그렇다고 너무 준비한 티는 안 날 정도로 깔끔하게. 아니, 단순하게인가.

수업 당일은 평소보다 조금 더 신경을 써서 일찍 일어났다. 요즘 들어서는 스스로가 생각하기에도 기특할 정도로 지각을 면하고 있는 자영이었다. 아무래도 그건 상원과 찬의 덕이 아닌가 싶었다. 상원에 대한 생각을 하지 않으려 출근 준비를 서두르게 될 뿐 아니라 혹시라도 등굣길에 찬과 마주칠까 싶어 서둘러 걷게 되었으니까.

공개수업은 3교시였다. 그리고 4교시에는 부모님들과 간단한 협의회가 있을 예정이었다. 오늘 뭔 일이 있는 줄 아는 반 녀석들은 평소보다 붕 떠 있었다. 오직 부모님들이 오시기만 기다리는 듯 1, 2교시 수업에 집중하지 못하는 것이 그녀의 눈에도 보였다.

"그래, 그렇게 해라. 늘 하던 대로 해."

그녀는 굳이 아이들을 조용히 시키지 않았다. 중요한 건 부모님들이 평소 아이들의 학교 생활을 알고 가는 것이라고 생각했기에.

드디어 수업 시작 전, 그녀는 집에서 웹서버에 올려두었던 파워포인트 자료를 컴퓨터에 다운받기 시작했다. 빠른 작업 속도를 자랑하긴 해도, 가끔 사람을 배신하는 경향이 있는 것이 컴퓨터였기에 자영은 두근두근 하는 마음으로 '공개수업.PPT'라는 파일을 클릭했다.

그런데 이게 웬일.

정말정말 혹시나가 역시나였다. 아무것도 화면에 뜨지 않았다! 단순한 작업 정도는 혼자 하긴 해도, 활용 능력은 젬병인 그녀로서는 도대체 무엇 때문인지 알 수가 없었다. 정말 미치고 팔짝 뛸 노릇이었다. 곧 수업 시작 종이 칠 텐데.

얼굴을 타고 땀방울이 주르륵 흘러내리는 것이 느껴졌다. 평소 그다지 더위를 타지 않는 그녀인데, 당혹스러움으로 체온이 급상승을 한 모양이다. 마우스 움직이는 손의 속도와 모니터를 관찰하는 눈동자 돌아가는 속도가 거의 비슷했다. 휘릭휘릭.

그러다 도저히 안 되겠다고 판단한 자영은 고개를 번쩍 쳐들었다. 어디라도, 누구에게라도 SOS를 요청해야 했다. 마우스를 던지다시피 놓고 그녀가 자리에서 일어난 순간, 삐삐 발견경보를 울리며 시야에 들어온 인물이 있었으니 그는 팔짱을 낀 채 교실 뒤 게시판 앞에 서 있던 찬이었다.

흡. 그렇게도 피해왔건만. 그런데 도대체 쟨 여긴 왜 온 거야. 병원 일에 한창이어야 할 시간에.

찬의 등장에 놀라면서도 그녀는 학부모들 중에 가장 먼저 등장한 삼촌을 향하는 진의 자랑스런 눈빛을 보며 잠시 흐뭇했다. 그러다 머리 속을 스치는 생각. 저 녀석, 혹시 컴퓨터에 대해 좀 알려나? 지금은 찬이 자신에 대해 뭐라고 생각하고 있을지 그런 걸 염두에 둘 여유 같은 건 없었다. 오직 이 난국을 얼른 타개해서, 공개수업을 성공적으로 마쳐야 한다는 소명감으로 그녀는 불타오르고 있었다.

아이들의 눈을 피해 자영은 살짝 찬에게 손짓을 해 보였다. 그런 그녀가 이상한 듯 주변을 두리번거리던 그는 자신을 손가락으로 가리키며 '나?' 라는 입 모양으로 물음을 내뱉었다.

으이구, 그래. 빨리빨리 좀 움직이지. 지금 뒤에 저 말고 또 누가 와 있다고!

전산 보조를 불러올 수도 있었지만 시간이 없었다. 답답함과 조급함으로 인해 자영은 저도 모르게 크게 고개를 끄덕이고 말았다. 그러자 아이들을 헤치며 앞으로 성큼성큼 나오는 찬을 그

녀는 유심히 바라보았다. 평소와 달리 줄무늬 정장 차림의 그는
꽤나 멋져 보였다.

헛, 감자영. 너 고 닥터한테 채인 충격이 꽤나 컸구나.

고개를 내저은 자영은 찬에게 자신의 자리를 비켜주었다.

"파일 좀 찾아줘. 왜 안 뜨는 건지 모르겠어. 미안한데, 오 분
내로 완료해 줘야 해. 지금 수업 시작해야 한단 말이야."

그녀의 말이 계속되는 동안 찬은 아무 대꾸 없이 의자에 앉더
니 열심히 마우스를 움직여 댔다. 그의 진지한 모습과 여전히
소식이 없는 모니터를 답답하게 바라보던 자영은 뒷문에 들어
서기 시작하는 어머님들의 모습에 상체를 들었다.

신경 써서 차려입은 정장의 매무새를 바로 하며 자영은 아이
들을 집중시킬 만한 노래와 함께 손 유희를 시작했다. 하찬이
보고 있다는 생각을 하면 엄청 쪽팔리긴 했지만, 상황이 상황인
만큼 어쩔 수 없었다.

"오늘 아침 버스에서 만난 그 애. 날 보고 호박꽃이래……."

만년 공통의 노래. 그녀가 아는 거의 유일한 레크레이션 곡.
'학교 가는 길'을 평소 유치하다며 잘 하지 않으려 했던 아이들
은 오늘따라 신나게 불렀다. 이놈들, 역시 무대 체질이다.

1절로는 모자라 2절까지 불렀지만, 도통 찬에게서는 소식이
없다. 불안감에 시선이 계속 그를 흘끔거렸다. 거의 끝 소절에
이르렀을 때는 또다시 식은땀이 흐르기 시작했다. 그러나 다행
히도 여름날 서늘한 바람처럼 그 땀을 식혀주는, 낮은 음성이

들려왔다.

"복구해 놨어."

무신론자임에도 자영은 순간 '신이시여'를 찾았다. 아니, '찬이시여'를 외쳐야 하는 것인가. 하찬에 의해 구원되었으니 말이다.

노래를 마친 그녀는 애써 교사로서의 위엄과 여유를 잃지 않으며 책상 앞으로 갔다. 당장이라도 후닥닥 뛰어가 확인해 보고 싶은 것을 억누르며.

모니터에 눈에 익은 자료가 보이자, 어찌나 반갑던지. 예스! 속으로 쾌재를 부르며 자영은 수업 종이 침과 동시에 적절하게 수업을 시작했다. 사회 수업이었다. 알리고 싶은 우리나라 문화재에 관련된.

모둠 활동으로 문화재 홍보물을 아이들이 꾸미는 활동이 주류였는데, 자영은 교실을 순시하면서도 애써 뒤로는 시선을 두지 않았다. 가끔 눈을 맞추려는 어머니들께 인사를 하긴 했지만, 뒷문에 거의 기대어 서 있다시피 한 찬은 절대 바라보지 않았다.

부끄럽기도 하고, 면목이 없기도 하고.

젠장, 도대체 어쩌다 저 하찮은 녀석 하찬에게 나 감자영이 이렇게 떳떳하지 못하게 되어버린 거지. 억지로 밝은 미소를 짓고 있는 자영의 이면에는 또 다른 자영이 있었다. 우거지상을 머금고 있는.

그야말로 학교 소식지에 단골로 등장하는 인사말 '신록이 우거지는 계절 5월……'에 잘 어울리는 날이 계속되었다. 사람들의 옷차림은 가벼워졌지만, 자영의 사랑니 통증은 점점 더 가중되었고 누리의 상태도 호전되지 않았다.

그녀도, 누리도 병원에 가봐야 했지만 자영은 고집을 꺾지 않았다. 수학여행 때까지 계속 바쁜 이유도 있었지만, 그냥 차츰 나아지려니 생각했다. 그렇게 어영부영 수학여행이 바로 코앞으로 다가왔다.

불린 사료 그릇에 고개를 처박고 있는 누리를 물끄러미 내려다보며 자영은 깊은 한숨을 내쉬었다.

"그나저나 누리야, 나 수학여행 간 동안 넌 어떻게 하니?"

여태 한 번도 가보지 않은 남도 쪽으로의 여행이라 기대가 되긴 했지만, 아이들처럼 무작정 환호할 수는 없었다. 혼자서는 밥도, 물도 챙겨먹지 못하는 누리를 2박 3일 동안 어떻게 해야 하나 싶은 걱정이 앞설 따름이었다.

제일 먼저 은주가 떠올랐으나, 은주 부모님들의 극심한 개 알레르기를 익히 들어 알고 있는 자영으로서는 선뜻 부탁을 할 수가 없었다. 게다가 다른 친구들은 거의 결혼을 해 아이를 키우고 있었기 때문에 개를 맡아줄 여력이 안 된다는 걸 잘 알고 있었다. 기집애들, 무슨 결혼은 그렇게 빨리들 해가지고. 하긴 나이 서른이 다 되도록 결혼 못한 것도 잘한 건 없지. 휴우.

나오는 한숨을 막지 못하고 토해낸 자영은 여느 때처럼 자신을 배웅해 주는 누리에게 입맞춤을 해준 후 집을 나섰다. 그리고 현관을 나서자 곧 정면으로 보이는 하하동물병원의 간판을 고개를 돌려 외면하며 그녀는 종종걸음으로 교문을 향해 달음질을 치다시피 했다.

교문을 지나 현관으로 가는 진입로를 걷던 자영은 또 한 명의 피하고 싶은 사람을 마주하게 되었다. 그동안 내내 보이지 않던 경비 아저씨, 아니, 찬의 아버지 하지만 씨가 뒷짐을 진 채 화단을 살펴보고 계셨던 것이다.

저도 모르게 걸음을 우뚝 멈춘 자영과 그녀의 인기척에 고개를 돌린 지만의 시선이 부딪쳤다. 그녀는 애써 미소를 지으며 평소와 같은 밝은 인사를 건넸다.

"안녕하세요?"

그러나 지만은 그저 고개만 끄덕할 뿐 인자한 웃음을 머금어주지도, 여타 다른 말을 걸어주지도 않았다. 다시 신경을 화단에만 쏟을 뿐이었다. 괜히 섭섭하기도 하고 무안한 기분이 들어 자영은 서둘러 그 자리를 벗어났다.

경비 아저씨와의 우호적인 관계를 깨어버린 찬에 대한 원망이 새록새록 피어올라 계단을 오르는 자영의 발걸음을 전투적으로 만들었다. 씩씩거림을 겨우 참아내며 교실로 들어서는 그녀를 보자마자 등교를 한 몇몇 아이들이 우당탕 하고 제자리에 앉았다.

'안녕' 이라는 인사를 습관적으로 아이들과 주고받은 자영은 자습 태도가 이게 뭐냐고 한바탕 잔소리를 퍼부으려 했다. 마침 앞문을 똑똑 두드리는 소리만 아니었다면. 고개를 돌린 자영의 시야에 문틈으로 빼꼼이 고개를 내민 세희가 들어왔다. 그녀가 돌아서자마자 또다시 느껴지는 소란스러움을 문을 닫아 차단한 자영은 동료 교사이자 친구인 세희를 마주했다.

"야, 너 왜 말 안 했어?"

다짜고짜 그녀를 구석으로 끌고 가더니 의미를 알 수 없는 물음을 던지는 세희를 향해 자영은 귀찮은 기색을 숨기지 않고 되물었다.

"뭐?"

"너네 반에 그 싸가지없는 전학생의 왕 멋진 삼촌…… 바로 이 밑에 있는 동물병원 수의사라며?"

아이고, 두(頭)야.

자영은 안 그래도 목까지 치밀어 올랐던 짜증의 물결이 자신을 아예 집어삼키는 것을 느꼈다. 그럼에도 불구하고 들뜬 기색이 역력한 세희의 말은 계속 이어졌다.

"어때, 외로움으로 불면의 밤을 지새는 친구 좀 구제해 주는 게?"

"피차 같은 처지 아니냐? 그리고 진심으로 말하는데, 앞으로 내 앞에서 그 인간 얘기 안 꺼내줬으면 고맙겠다!"

결국 참지 못하고 고함을 빽 내지른 자영이 교실로 향하여 뒤로 돌아 자세를 취했을 때 마치 순간 이동을 한 것처럼 스륵 눈앞에 나타난 이는…… 운 나쁘게도 교장선생님이었다.

"감 선생님, 아~주 오랜만이에요. 이걸 반갑다고 해야 하나, 뭐라고 해야 하나?"

지각대장인 그녀의 이른 출근에 대한 놀림이 깃든 한 말씀이었다.

어쩜 저렇게 나랑 같은 마음이실까? 죄송하지만 교장선생님, 저 역시 아주 반갑진 않네요.

일그러지려는 표정을 다잡고 애써 미소를 머금은 자영은 자신의 뒤에서 후닥닥 교실로 들어가는 세희의 움직임을 느끼고 속으로 의리없는 친구에 대한 욕설을 퍼부어댔다.

반장 수림과 부반장 광수의 부탁으로 수학여행 계획을 짤 시간을 마련해 준 자영은 아이들이 임시 학급회의를 나름대로 이끌어가는 모습을 그저 지켜보기만 했다. 안 그래도 수학여행이 다가올수록 학급 분위기가 워낙에 어수선해져, 거의 홀로 수업을 이끌어가다시피 하던 그녀였기에 진이 많이 빠진 상태였다. 그래서 반갑고도 기특한 마음으로 자영은 반장의 제안을 수락했던 것이다.

"그럼 다음은 버스에서 함께 앉을 짝을 정하도록 하겠습니다."

이런 것은 보통은 담임교사가 나서서 하는 것이 관례였으나,

즐거운 마음으로 가야 하는 여행이니만큼 자영은 아이들에게 맡겨두고 싶었다. 수림과 광수의 말이 떨어지기가 무섭게 교실 안은 각자의 짝을 찾는 아이들의 목소리로 들썩거리기 시작했다.

"그럼 정한 사람들은 앞으로 나와 반장에게 말을 해주세요."

손나팔을 한 광수가 큰 소리를 지르자 아이들이 앞으로 하나둘 모여들었다. 그 모양을 흐뭇하게 응시하던 자영은 갑자기 귓가를 파고드는 이질적인 소음에 미간을 찌푸리며 교실 뒤쪽으로 고개를 돌렸다. 그녀의 레이더에 잡힌 것은 마치 영화의 한 장면처럼 서로의 멱살을 잡아 쥔 정민과 진의 모습이었다.

순간 아이들의 시선이 모두 둘에게로 집중되었고, 반 분위기는 남극의 빙하라도 맞은 듯 썰렁하게 가라앉았다. 자리에서 일어난 자영은 조용한 목소리로 그들을 불러들였다.

"진이랑 정민이, 앞으로 나와보렴."

그럼에도 불구하고 둘은 움직이지 않았다. 자존심 때문에 먼저 주먹을 내리고 싶지 않은 모양이었다. 서로 먼저 놓으라는 눈빛으로 상대를 노려보고 있을 뿐이었다.

"그 손 동시에 놓고 얼른 오지 못해!"

그녀의 목소리가 높아졌을 때야 마지못해 상대를 밀치듯 놓은 둘은 앞으로 걸어나왔다. 나오면서도 서로 앞서려고 몸싸움을 해대는 녀석들이었다.

"너희들은 회의 계속하고."

수림과 광수에게 이른 자영은 진과 정민을 데리고 복도로 나갔다. 의논을 하느라 왁자지껄한 교실보다는 조용한 그곳이 낫겠다 싶어서였다.

"무슨 일이야?"

그녀의 물음에 예상한 대로 정민이 억울하다는 듯한 표정으로 먼저 입을 열었다.

"제가 지은이랑 버스에서 같이 앉을 건데요. 진이 저게 괜히 끼어들잖아요."

하마터면 푸핫 하고 웃음을 터뜨릴 뻔했다. 그녀가 보기에 별것도 아닌 일로 그렇게 살벌하게 주먹질을 해댔다고 생각하니 역시 아이들은 아이들이구나 싶었다.

"진아, 사실이니?"

아이는 쭈뼛거리며 대답하지 않았다. 고개를 숙인 녀석의 귀가 붉게 물들고 있었다. 이러다간 오늘 하교 전까지 진에게서 답변을 얻어내기 어렵겠다 싶어진 자영은 결국 차선책을 택했다.

"정민이 너 들어가서 지은이 데리고 나와."

곧 붉어진 얼굴을 한 지은이 정민의 뒤로 모습을 드러냈다. 녀석들의 모습이 너무 귀여워 보여 속으로는 웃고 있었지만, 표정만은 진지하게 자영은 제안했다.

"우리, 정정당당하게 하자. 지은이가 결정하는 대로 따르기. 어때?"

더는 붉어질 수 없을 정도로 지은의 얼굴이 달아오르고 있었다. 그런 아이에게로 자영뿐 아니라 정민과 진의 기대에 찬 시선이 모여들었다.

"전…….."

숨소리 하나 들리지 않는 침묵이 이어졌다. 자영의 인내심이 거의 바닥을 드러냈을 무렵에야 침을 꿀꺽 삼키며 지은은 말을 맺었다.

"그냥 지금 짝이랑 같이 앉을래요."

지은의 대답에 믿을 수 없을 정도로 환해지는 진의 표정 앞에서 자영은 저도 모르게 미소 지었지만, 정민의 울상을 보며 그것을 금세 지워냈다.

"그래. 그럼 둘 다 이의없지?"

"네."

"……네."

진의 무뚝뚝한 대답에 이어 정민에게서도 어쩔 수 없다는 듯한 대답이 나왔다. 그제야 만족스러운 기분이 된 자영은 아이들에게 그만 들어가 보라는 손짓을 했다. 돌아서기 전 진의 눈매에 깃든 웃음기가 그녀의 기분마저 좋아지게 만들었다.

그 후 진과 정민 사이에 별다른 마찰은 없는 듯 보였다. 하지만 그것이 태풍의 눈과 같은 평화로움이었다는 것을 깨닫게 해주는 사건이 일어났다.

수학여행을 이틀 앞둔 어느 날의 체육 시간이었다. 체육복을 갈아입은 자영이 운동장으로 나갔을 때 아이들은 이미 두 줄로 서서 수업에 대기 중이었다. 그 시간에는 운동회를 대비해 반 대표 릴레이 선수를 뽑기 위한 400m 달리기를 하기로 했다.

5월의 햇살은 좋다 못해 따가웠다. 선 캡을 깊숙이 눌러쓴 자영은 여학생들에게 트랙의 곡선 부분에 앉아 있을 것을 지시했다. 고학생이라 달리기 경험이 많긴 했지만, 트랙을 지키지 않고 안쪽으로 뛰는 몇몇 아이들 때문이다.

남학생들부터 달리기를 시작했다. 2조로 나누어 달린 후, 기록면에서 우수한 아이를 뽑을 예정이었다. 운동에 자신이 있는 아이들은 투지에 불타는 표정이었지만, 대다수의 아이들은 이걸 왜 하나 싶은 귀찮다는 기색이 역력한 표정들이었다. 그 결과 1조의 1위보다 2조의 1, 2위의 기록이 더 우수했다. 릴레이 고정 선수인 정민을 2위로 밀어낸 2조의 1위는 뜻밖에도…… 하진이었다. 모두의 예상을 뛰어넘는 결과였다.

아이들의 반응은 반반이었다. 놀라움을 뛰어넘어 경외감 어린 표정을 짓는 아이들이 있는 반면 시샘 어린 눈빛으로 진을 쏘아보는 아이들도 있었다. 자영은 또다시 실망을 겪은 정민의 어깨를 두드려 주었으나 자존심 강한 아이에게는 별다른 위안이 된 것 같지 않았다.

"자, 이제 남학생들이 트랙으로 가서 앉고, 여학생들은 줄 서요."

지친 표정으로 어슬렁어슬렁 트랙을 향해 걸음을 옮기는 남학생 무리들의 가운데 정민이 있었다. 미심쩍은 표정으로 그 아이들을 훑어보던 자영은 자신의 신호를 기다리는 여학생들에게로 시선을 둘 수밖에 없었다. 남학생들이 모두 자리를 잡고 앉자 자영은 호루라기를 불어 출발을 알렸다. 여학생 1조가 다 달린 후 마지막 조인 2조가 출발을 하고 거의 피니쉬 라인을 다 왔을 때였다. 거의 끝부분에서 갑자기 앞으로 엎어지는 학생이 있었다. 기록을 재야 했기에 거의 1위와 2위에게만 신경을 쓰고 있던 탓에 어찌 된 영문인지 제대로 살피지 못한 자영은 당혹스런 표정으로 그 아이에게 달려갔다.

웅성웅성 몰린 아이들의 무리를 뚫고 들어가 보니, 넘어져 울고 있는 아이는 바로 지은이었다. 제법 많은 피가 무릎과 팔에서 피를 흘러내려 체육복을 적시고 있었다. 아이의 눈물을 닦아주며 괜찮다 몇 번이고 을러준 자영은 반장을 불렀다.

"수림아, 지은이 좀 부축해서 보건실로 데려가렴."

수림과 은진이 지은을 데리고 학교 건물로 들어가는 것을 지켜본 후 자영은 매서운 표정으로 남은 아이들을 돌아보았다.

"지은이가 왜 넘어진 거지?"

"선생님, 제가 봤는데요. 진이가 지은이 지나가는데 팔을 내밀어서 발목을 붙잡았어요."

머뭇거리지 않고 앞으로 나서 진을 지목한 아이는 체육부장 선욱이었다. 평소 리더십이 있고, 꽤나 정의감에 불타는 아이라

무시할 수 있는 성질의 말이 아니었다. 자영은 알 수 없는 표정으로 자신을 똑바로 바라보고 있는 진을 돌아보았다. 아이에게 뭐라고 물어야 할지 잠시 망설이던 그녀는 반대편에서 들려온 목소리에 다시 그쪽으로 시선을 두었다.

"아니에요, 선생님. 제가 봤는데 정민이가 그랬어요."

평소 바른 말 하기로 유명한 여학생 인희였다.

누구의 말을 믿어야 좋을까.

햇살 아래 갑자기 눈앞이 하얘지는 현기증이 일었다. 지금 이 상황이 십육 년 전 그날의 상황과 너무도 똑같이 겹쳐져 그녀의 가슴을 짓눌러 왔다. 그때 자신이 경험해야 했던 그 억울한 심정을 과연 여기 선 두 아이 중 누가 느끼고 있을지 몰라 혼란스러웠다.

나란히 선 진과 정민의 얼굴이 초등학생인 자신과 또 다른 여학생의 모습으로 서서히 바뀌어갔다.

정말 답답해 죽을 지경이었다.

운동엔 영 젬병이라 끔찍하기만 한 체육 시간, 뙤약볕 아래 앉아 트랙가를 지키고 있었던 것만 해도 짜증스러웠건만 찬을 넘어뜨린 게 나라니.

자영은 천연덕스러운 얼굴로 선생님 앞에서 거짓말을 하고 있는 민희를 노려보았다. 그녀에겐 언제나 냉랭하기만 했던 부반장은, 놀랍게도 아주 가녀린 표정을 지으며 울먹이고 있었다.

"지난번, 공개수업 때요. 자영이가 책을 잃어버렸는데, 그걸 찬이 탓으로 여기고 아주 화가 났었던 것 같아요."

너무 기가 막혀 코웃음밖에 나지 않았다. 아무리 자신이 찬이 싫다고 해도 잘 달리고 있는 놈의 다리를 걸어 자빠뜨릴 정도로 비열한 짓은 사절이었다. 도대체 민희는 무슨 근거로 저런 말을 술술 잘도 하는 것일까.

자영은 멀리서 그들을 흘끔거리며 소곤대고 있는 아이들을 흘끔 돌아본 후 더 당당하게 고개를 쳐들었다. 나 감자영! 하늘을 우러러 한 점 부끄러움도 없다 이거야!

"자영이, 사실이니?"

엄격한 선생님의 표정 앞에서 자영은 다급한 어조로 커다랗게 대답했다.

"아뇨, 전 아니에요!"

"그럼, 찬이가 책을 가져갔다는 건 확실한 거야?"

"아뇨. 어제 청소 시간에 보니까 분실함에 자영의 책이 있었어요."

그녀도 미처 몰랐던 사실이다. 냉큼 끼어들어 선생님께 고해바치는 민희의 옆얼굴을 자영은 어안이 벙벙한 표정으로 바라보았다.

"확실하니?"

"네, 저랑 같이 본 아이들도 있어요."

눈앞이 깜깜해지는 것 같아 눈꺼풀을 몇 번이고 깜빡이던 자영의 시야 속으로 양호실에 갔다 온 찬이 보였다. 그의 걷어 올린 바지 아래 하얀색 붕대가 드러나 있었다.

"양호 선생님이 괜찮다고 하시던?"

다가가 무릎을 살피며 묻는 선생님을 향해 찬은 그저 고개만 끄덕여 보일 뿐이었다. 다행이라는 듯 한숨을 내쉰 선생님은 다시 물었다.

"혹시 널 넘어뜨린 애가 누군지 기억나진 않니?"

자신이 그런 것도 아닌데, 괜히 심장이 콩닥콩닥 뛰었다. 망할.

기분 나쁜 찬의 눈빛이 그녀에게 잠시 머물렀다. 놈의 입에서 어떤 말이 튀어나올지 몰라 가슴이 조여드는 것 같았다.

"모르겠어요. 아마 제게 감정이 많이 쌓인 애가 그랬겠죠."

은근히 그녀를 염두에 두고 한 말인 것 같아 자영의 온몸이 경직되었다. 분실함에서 책이 발견되었다는 민희의 말에, 찬에 대한 의심을 거둬내려던 그녀의 마음이 다시 확 돌아서 버렸다. 가져갔다가 괜히 계속 가지고 있기가 귀찮아져서 그 안에 집어 넣어 놨을 수도 있는 거니까.

자영과 찬의 시선이 운동장 위로 내리쬐는 햇살만큼이나 뜨겁게 서로에게로 쏘아졌다. 그런 그들을 바라보는 다른 하나의 시선도 더하면 더했지 덜하진 않았다.

"선생님."

치료를 받은 지은을 데리고 나온 수림이 그녀를 부르는 소리에 자영의 의식이 다시 제자리로 돌아왔다. 무릎과 팔을 지혈하고 약을 바른 지은의 어깨를 감싸며 자신의 곁으로 데리고 온 그녀는 어쩔 수 없이 물어야만 했다. 무의식적인 간절함을 느끼며.

"지은아, 도대체 왜 넘어진 거야?"

제발, 정확하게 대답해라. 대답해.

속으로 애원을 해보았으나 들려온 지은의 대답은 그것을 싹둑 잘라 버리게 했다.

"모르겠어요. 누가 잡은 것 같긴 한데 제대로 못 봤어요."

고개를 흔드는 지은의 눈시울이 또다시 붉어지려 하고 있었다. 안타까움으로 깊은 한숨이 절로 흘러나왔다. 마침 수업을 마치는 종이 울려 자영은 다른 아이들을 모두 교실로 들여보내고 진과 정민만 데리고 스탠드로 가 앉았다.

"선생님이 선욱이 말을 믿어야 할까, 인희 말을 믿어야 할까?"

남자 아이들의 표정엔 전혀 변화가 없었다. 아무래도 지금 당장 대답을 듣긴 힘든 일인 듯싶었다.

"지은이가 저만하기에 다행이지, 만약에 크게 다쳤다면 어쩔 뻔했지? 너희 둘 지은이 좋아하는 거 아니었어? 그렇다면 지켜 줘야지 이게 무슨……."

말을 이어가며 정민과 진을 번갈아 바라보던 자영은 정민의

 감자의 사랑니

얼굴이 점점 붉어지고 있다는 것을 깨달았다. 한바탕 훈계를 늘어놓으려던 그녀의 입이 절로 다물어졌다. 듣지 않아도 누가 그랬는지 이젠 알 수 있을 것 같았다. 한층 가라앉은 목소리로 자영은 조금 전의 분위기를 일축했다.

"오늘 일로 깨달은 바가 있겠지. 그리고 다음부터 다신 이런 불상사는 없길 바라. 그만 씻고 교실로 들어가."

고개를 숙여 인사를 소년들은 수돗가를 향해 돌아섰다. 성큼성큼 멀어져 가는 진과 달리 정민은 약간 주춤거리고 있었다. 마침내 흔들리는 눈빛으로 그녀를 돌아보는 아이의 행동에 자영은 작은 안도감을 느꼈다. 홧김에 그랬던 것이지, 결코 악의적인 목적을 품은 것은 아니었다고 이젠 확신할 수 있었다. 그녀는 빙긋 웃으며 진심 어린 충고를 건네주었다.

"단둘이 있을 때 지은이에게 사과하도록 해."

그제야 아이의 위태롭던 눈동자가 조금은 평안하게 바뀌어갔다. 고개를 세차게 끄덕이며 수돗가로 뛰어가는 정민의 모습을 보고 있노라니 과거의 찜찜했던 기억이 정화되는 듯한 기분을 들어 자영의 표정도 덩달아 밝아졌다.

드디어 수학여행 전날, 조금 일찍 퇴근을 해 짐을 싸고 대충 집을 정리한 자영은 미루고 미루어왔던 부탁을 하기 위해 전화기를 들었다. 역시 비빌 언덕은 성은주뿐이었던 것이다.

[오랜만.]

왠지 들뜬 듯 느껴지는 친구의 목소리가 들렸다. 다행이었다, 기분이 좋은 듯해서. 자영은 한결 편안해진 표정으로 소파에 털썩 몸을 기대앉았다.

"전화하기 괜찮아?"

[어, 사실 지금 병원 식구들이랑 회식 중이거든? 나중에 내가 다시 전화할게.]

"으응. 그래, 그럼."

어쩐지 방방 뜨더라니 술이 한잔 들어가서였구나. 자영은 수화기를 한번 찌릿 노려본 후 쿵 소리가 나도록 그것을 내려놓았다.

그리고 꽤 시간이 흘렀지만 벨소리는 들려오지 않았다. 책을 보다가도, 인터넷 서핑을 하다가도, TV를 보며 낄낄대다가도 시선이 시계로 갔기에 그 후로 몇 시간 몇 분이 지났는지까지 그녀는 알 수 있었다. 그럴 수도 있지 했던 이해심은 시간이 갈수록 섭섭함으로, 또 짜증으로 바뀌어갔다.

"나쁜 년, 친구가 모처럼 부탁 좀 한다는데 무시냐. 이씨, 내일 새벽같이 출발을 하려면 일찍 자야 하는데."

도저히 한 가지 일에 집중할 수가 없어 결국 침대에서 뒹구는 편을 택한 그녀의 입에서 불만 섞인 중얼거림이 새어나왔다. 그리고 누워 있노라니 점점 의식이 몽롱해지며 눈꺼풀이 묵직하게 내려앉았다.

하지만 그것도 잠시 이내 매트리스를 울리는 진동 소리에 자영의 고개가 베개 위에서 번쩍 들려졌다. 휴대폰에서 깜빡이고 있는 이름은 목이 빠지게 기다리던 은주였다. 언제 그랬냐는 듯 그녀의 몸에서 잠 기운이 싸악 물러났다.

"어. 이제 마쳤어?"

슬라이드를 열자마자 다급하게 꺼낸 물음을 받는 목소리는 그녀 스스로 자신의 귀를 의심하게 만들었다.

[지금 은주 많이 취해서 집으로 데려다 주는 길이야.]

차라리 자신이 알아듣지 못했으면 했다. 그런데 빌어먹게도 그 음성이 이젠 너무 익숙하다.

[아까 전화했었다며? 취해서 고꾸라지면서도, 내내 너한테 전화해야 한다고 하길래. 무슨 일이지?]

보기보다 술이 센 은주였다. 그런데 취해 의식을 잃었다니 믿을 수가 없었다. 하지만 어쩌겠는가. 보이지 않으니 믿어줄 수밖에.

깊은 절망감으로 인해 자영은 어찌할 방도를 찾지 못하고 동동거렸다. 당장 누리를 맡길 곳부터 찾아야 했다. 물론 가장 편하고 좋은 방법은 찬의 동물병원에 두는 것이었으나, 왠지 먼저 부탁하고 싶지 않았다. 상원의 약혼식 날 이후 왠지 그가 불편해져 버렸다. 자신의 치부를 다 알아버렸다는 생각 때문일까.

[내일 수학 여행 가지?]

그녀가 대답이 없자, 찬이 먼저 물음을 건네왔다. 마치 자신의 머리 속에 들어왔다 나간 사람같이. 놀라워 휘둥그레진 눈으로 휴대폰을 들여다보던 자영은 곧 그가 진의 보호자임을 기억해 내고 바보 같은 안도의 한숨을 내쉬었다.

"응."

[그동안 누리는 어떻게 하기로 했어?]

헉, 이 녀석 진짜 독심술이라도 하나.

자영은 혀를 내두르며 액정 화면에 찬이 들어앉아 있기라도 한 듯 그것을 다시 한 번 바라본 후 귓가에 가만히 휴대폰을 가져갔다. 대답은 우선 보류한 채.

[맡길 데 없으면 누리 우리 병원에 둬.]

놀라우면서도 얼마나 반갑던지. 그녀는 저도 모르게 반색을 하며 소리없는 환호의 액션을 취했다.

[야, 감자.]

그녀에게서 계속 반응이 없자 찬이 예의 그 시건방진 어조로 변명을 불러왔다. 저 변명은 어떻게 들어도 들어도 신경을 긁는 건 변함없다고 생각하며 자영은 퉁명스레 대답했다.

"왜?"

[내일 새벽에 출발한다며? 내가 좀 있다 누리 데리러 갈게.]

"뭐? 지, 지금?"

[한 시간 후.]

짧은 대답과 함께 통화가 종료되자 자영은 펄쩍 침대에서 뛰어올랐다. 그리고 자신이 왜 이러는 것인지 진지하게 생각해 보지도 않은 채 미친 듯이 머리를 빗어 묶고, 가벼운 화장까지 마쳤다. 그 후 누리에게 필요한 물품들을 좀 챙기고, 이리저리 흐트러진 집을 치우다 보니 한 시간이 훌쩍 지나 버렸다.

탁자 위에 널려 있던 잡지들을 서랍에 와르르 집어넣던 와중 벨소리가 울렸다. 머리를 쓸어 넘기며 입구로 나간 그녀는 문을 열기 전 현관 옆의 거울에 자신의 모습을 비춰보았다. 그리고 터져 나온 경악의 비명 소리.

아까 얼굴은 대충 매만지면서도, 정신이 없어 옷은 갈아입지 못했던 것이다. 잠옷 대용의 허름한 트레이닝복 바지의 무릎과 엉덩이는 보기 흉하게 나와 있었고, 윗도리에는 언제 흘렸는지, 무엇인지도 모를 반찬 자국이 보였다.

젠장! 아, 젠장!

갈아입을 것인가 말 것인가로 한참을 고민하며 망설이던 자영은 재촉을 하듯 몇 번이고 들려온 벨소리로 인해 결국 죽상을 쓴 채 현관문을 열 수밖에 없었다.

"왜 이렇게 늦어? 너 큰 거 봤냐?"

들어오자마자 그녀를 위아래로 훑어보며 한다는 소리라니.

그런데 성은주는 술에 취해 의식을 잃었다면서, 왜 저놈은 저토록 멀쩡한 거야? 혹시 말술형 인간인가?

자영은 마치 자기 집이라도 되는 양 당당히 그녀를 스쳐 지나 거실로 먼저 들어서는 찬의 등을 잡아 죽일 듯한 눈초리로 노려보았다. 그리고 그를 마치 주인처럼 반기며 안기는 누리 역시.

눈물 없이는 볼 수 없는 그들의 상봉을 지켜보다 못해 자영은 잠깐이라도 자리를 비우는 편을 택했다.

"잠깐만 기다려. 누리 방석이랑 장난감, 사료도 가져가야지."

"필요없어. 병원에 다 있는데 뭘."

"안 돼. 사람도 제 물건 아니면 불편하듯 개도 마찬가지일 거야. 삼 일 동안이나 있을 건데."

그녀의 극성에 그러라는 듯 손바닥을 들어 보이고 마는 찬이었다. 자영은 부엌 한 귀퉁이에 두었던 물건들을 챙겨 들고 와 현관 입구에 두었다. 자신에게로 찬의 신기하다는 눈빛이 따라붙고 있는 것이 느껴졌지만 아는 척하고 싶지 않았다. 하지만 그것은 그녀의 판단 미스였다. 잠시 잊고 있었던 것이다. 하찬이 얼마나 싸가지 없는 인간인지를.

"너 지금 되게 웃긴 거 알아? 아줌마 몸뻬에 웬 청순가련형 화장이냐?"

씩씩거리며 그를 돌아보면서도 자영은 비굴하게 옷에 흘린 반찬 자국을 숨기는 자신을 발견했다. 그 무의식적인 행동을 깨닫고 난 후 팔을 내리고 싶었지만, 그것도 쉽진 않았다.

"가리지 마. 이미 다 봤으니까."

만약 올림픽에 무안 주기 종목이 있었다면 저놈은 아마 세계 챔피언을 몇 번이나 먹고도 남았을 것이다. 자영은 붉어진 얼굴로 입술만 벙긋거릴 뿐 정작 반격다운 반격은 한 번도 하지 못했다.

"내일 일찍 일어나야 하잖아. 화장 깨.끗.이. 지우고 얼른 자라.”

멍하니 있는 그녀에게 전혀 아랑곳없이 찬은 누리를 안고 현관을 나섰다. 그녀가 챙겨준 용품들 역시 깡그리 무시한 채. 그제야 정신이 든 자영은 그것들을 집어 들며 찬을 향해 내밀었다.

“야, 야. 이거 가지고 가.”

“괜한 걱정 말고, 네 걱정이나 해. 내일까지 지각해서 애들한테 욕 듣지 말고.”

으이구, 왜 저 소리 안 나오나 했지. 칫, 그래도 요 근래에는 지각한 적 없다고 뭐.

삐죽거리던 입술을 가까스로 집어넣은 자영은 눈을 내리깔며 말했다.

“호텔비는 수학여행 갔다 와서 챙겨줄게.”

“됐으니까 지난번 못 산 밥이나 배로 사라. 너 그날…… 내가 술값도 낸 거 알지?”

치사한 놈.

고개를 쳐들고 그를 노려보자마자 기다렸다는 듯 찬은 손을 흔들며 누리와 함께 현관 밖으로 사라지려 했다. 당장 다급한 표정으로 바꾼 자영은 신발을 주섬주섬 신으며 외쳤다.

“자, 잠깐만.”

그녀의 부름에 찬이 왜 그러냐는 듯 돌아보았다. 선뜻 입 밖으로 말이 떨어지지 않았다. 그냥 ‘고맙다’ 그 세 글자면 되는데

목이 막힌 듯 나와주지 않았다.

"왜? 고맙다고?"

이런! 자영은 싱긋이 웃으며 먼저 선수를 치는 찬을 향해 경악에 찬 표정을 되돌려 주었다. 상원의 약혼식 날 술친구가 되어준 것도, 공개수업 날 그녀를 위기에서 건져 준 것도, 그리고 오늘 누리를 맡아준 것까지……. 꽤나 신세를 진 것 같아 그냥 넘어가는 게 양심에 찔렸다. 그래서 고맙다는 말이라도 하려 했는데, 역시 안 하길 잘했다. 저 잘난 척하는 꼴 좀 보라지.

괜히 무안해진 자영은 버럭 목소리를 높였다.

"아니, 같이 나가자고! 누리 배웅할 거야!"

"어딜? 지금 몇 신 줄이나 알아?"

오호, 그래도 이 녀석 날 여자로 여기긴 하나 보네. 흐뭇한 미소를 지으며 그를 따르려던 자영은 얼굴을 가차없이 미는 커다란 손바닥으로 인해 비틀거려야 했다.

"있어, 그냥."

"가는 거 보고 들어올래."

"됐어. 그 아줌마 복장으로 어딜 나가. 쪽팔리니까 그냥 있어라."

"야! 하……."

여튼 말을 해도. 미처 말을 끝맺을 새도, 그를 막아설 새도 없이 그녀의 코앞에서 문이 쾅 소리를 내며 닫혔다. 망연자실한 표정으로 자영은 그저 막힌 시야를 바라보고 서 있어야만 했다.

그가 누리를 데리고 사라지고도 한참 동안.

　수학여행 첫날은 고창 선운사와 세계 문화유산으로 지정된 고인돌을 돌아보았다. 동백꽃으로 유명한 선운사였건만, 지금은 보기가 힘들었다. 주민들 말에 의하면 보통 4월 말에 만개를 한다고 했다.

　첫날 버스 안에서 아이들은 기대감으로 인해 활기를 띠었다. 늘 표정이 없던 진이도 가끔 지은과 애기를 나누며 웃는 모습을 보니 자영도 행복해지는 것 같았다. 콘도에서 별다른 사고 없이 하루를 보낸 그들은 다음날, 해남 땅끝마을로 향했다. 밤새 친구들과 수다를 떨다 잠을 설친 탓인지 이제 이동하는 짬짬이 잠을 자는 아이들이 간혹 보였다. 전망대와 주변 명소들을 둘러보고 숙소인 완도 청소년 수련원으로 가는 길, 잠시 MBS 드라마 ‘바다의 왕자’ 세트장에 들렀다. 바닷가에 위치한 거대한 사극 세트장을 보자마자 아이들은 환호성을 질러댔다. 그 모습을 보고 있노라니 새삼 그 드라마에 대한 인기를 실감하게 되는 자영이었다.

　세트장 안에는 거대한 배뿐 아니라 저잣거리 등 신라시대 포구가 고스란히 재현되어 있었다. 평일이라 관람객이 적어 그나마 이동하기가 편했다. 아동들을 인솔해 세트장 안을 관람한 자영은 제법 따가운 봄 햇살을 피하기 위해 그늘에서 잠시 쉬었다. 그동안 아이들은 사진을 찍거나 삼삼오오 무리를 지어 미처 못 본 데를 구경했다. 그 모습을 물끄러미 지켜보던 그녀는 또다시 떠오른 생각에 여전히 침묵을 지키고 있는 휴대폰을 집어 들었다.

누리가 어떻게 하고 있는 걱정이 되어 행여나 찬에게서 연락이 오기를 기다리고 있는 중이었건만 놈에게선 문자 한 통 없었다. 여튼 정이라고는 눈곱만큼도 없는 자식이다.

휴대폰을 던지듯 점퍼 주머니에 넣고 자리에서 일어나자마자, 아이들이 환호성을 지르며 그녀에게로 우르르 몰려드는 것에 놀라 자영은 뒷걸음을 치고 말았다.

"선생님! 저기 이화예요, 이화!"

"어?"

"바다의 왕자 주인공이요!"

동시간대의 트렌디 드라마를 시청하느라 '바다의 왕자'를 한 편도 보지 못한 그녀로서는 아이들이 하는 말을 도통 이해할 수 없었다. 그러나 곧 멀뚱거리는 그녀의 앞으로 수많은 스텝들에 둘러싸인 여인이 모습을 드러내자, 자영은 '아'라는 깨달음의 감탄사를 흘렸다. 신라 귀족의 복장을 한 아름다운 여자는 눈에 익숙한 유명 탤런트였다. 이름은 비록 기억나지 않지만. 아마 극중 이름이 이화인 모양이지.

사인을 받기 위해 아이들이 접근을 하려 했지만, 여자를 둘러싼 사내들에 의해 들러붙는 족족 밀쳐지고 말았다. 그 모습에 혹시 사고라도 당하지 않을까 싶은 불안감이 든 자영은 호루라기를 거세게 불어 아이들에게 모이라는 신호를 보냈다.

비록 썩 내키는 표정은 아니었으나, 아이들은 어쩔 수 없이 그녀의 앞으로 와 섰다.

"애들아, 시간도 다 됐고 이제 차로 가자."

"선생님! 이화한테 사인 좀 받구요!"

"맞아요!"

아이들의 아우성으로 정신이 혼란해진 자영은 다시 한 번 삑 호루라기를 불었다. 그러자 그녀 주위로 침묵이 내려앉았다.

"사인받아서 뭐에 쓰려고? 선생님이 사인 많이 해줄게."

장난스런 말로 살벌한 분위기를 모면해 보려 했지만, 아이들은 별다른 호응을 보이지 않았다. 그저 도살장으로 끌려가는 소마냥 어기적어기적 걸음을 옮길 뿐.

그런데 그들 앞으로 놀랍게도 아까 그렇게 도도하게 걸어가 버리던 탤런트 일행이 다시 돌아오고 있었다. 자영이 우뚝 걸음을 멈추자, 그녀의 뒤로 줄줄이 따라오던 아이들이 몇십 중의 추돌 사고를 일으켰다.

"이씨, 뭐야!"

뒤에서 들려오는 불만 섞인 목소리도 자영의 신경을 잡아끌진 못했다. 그저 그녀의 앞에서 사람의 물살을 헤치고 걸어나오는 여자에게 시선이 고정되어 있을 뿐. 환한 미소를 머금은 이름 모를 탤런트를 자영은 신기루인 양 쳐다보았다.

"안녕, 나 기억 못하겠어?"

이 여자가 지금 날 놀리는 건가. 그런데 나 같은 평민을 놀려서 뭐에 쓸려고?

별의별 생각들이 머리 속을 뒤죽박죽으로 만드는 가운데, 다시 립스틱이 예쁘게 발린 여자의 입술이 움직였다.

"자영이 아니니?"

헛, 내 이름이다.

혹시 잘못 들은 것인가 싶어서 손가락 하나로 귓구멍을 후벼 판 후 자영은 상대를 위아래로 훑어보았다.

"날 알아요?"

"나 민희야. 방민희. 모르겠어?"

그녀가 아는 민희라면…… 흔한 이름이긴 하나, 단 한 명뿐이다. 초등학교 6학년 때 부반장이었던 그 평범하기 짝이 없던 외모의 친구. 도저히 눈앞의 이 화려한 미모의 여자와 동일 인물이라고 볼 수 없는.

"우리 6학년 4반이었잖아. 넌 반장, 난 부반장."

왠지 말이 길어질 것 같았다. 침을 꿀꺽 삼킨 자영은 우선 아이들에게 차로 가 있을 것을 지시했다. 물론 호기심에 쉽사리 멀어지려 들진 않았지만 어쨌든 그녀의 협박 아닌 협박에 아이들은 조금씩 걸음을 옮기고 있었다. 그제야 자영은 동그래진 눈으로 자신을 민희라 주장하는 여인을 돌아보았다.

"정말 민희야? 그 방민희?"

그다지 친하지 않았을 뿐 아니라, 좋은 기억보다 나쁜 기억

몇 가지로 남아 있는 친구였지만 십육 년이라는 세월이 지나 이렇게 우연히 만나니 조금은 반가웠다. 자영은 자신들을 빙 둘러싸고 있는 보디가드들에 아랑곳없이 민희의 손을 덥석 부여잡았다.

"네가 탤런트였다니, 난 정말 몰랐어."

"그래, 몰라봤을 거야. 내가 봐도 나 정말 많이 변했으니까."

자영은 민희의 오뚝한 콧날과 선이 진한 쌍꺼풀, 그리고 갸름한 턱 선을 유심히 지켜보았다. 아무리 세월이 지났다 한들 그 얼굴이 어떻게 이렇게 달라질 수 있나 싶었다. 연예인들이 성형을 많이 한다고들 하더니 민희도 그런 게 아닌가 싶은 의혹, 아니, 확신이 들었다.

그녀의 생각을 아는지 모르는지 민희는 밝게 웃으며 말을 이어갔다.

"나도 네가 선생님이 될 줄은 몰랐어."

"그래? 하긴 내가 좀 범생 스타일은 아니었지."

웃으며 말을 받던 자영은 갑자기 울리는 벨소리에 놀라 주머니를 뒤적였다. 액정 화면에서 깜빡이고 있는 이름은 지금까지 내내 기다렸지만 아무런 연락도 없던 그놈 하찬이었다. 참 타이밍도 기가 막히게 잘 맞춘다. 미간을 찌푸리던 자영은 받아보라는 눈빛을 보내고 있는 민희에게 미안하다는 눈짓을 한 후 슬라이드를 열었다.

"응, 누리는 잘 있어?"

[잘 있으니까 괜히 걱정하지 마. 이제 전화 안 할 거니까, 무
소식이 희소식이라고 생각하고.]

"그래. 어쨌든 잘 부탁……."

[뚝. 띠띠띠.]

말 끝나기도 전에 끊어내는 데는 찬을 당할 자가 없다. 굳은
표정을 짓던 자영은 자신을 유심히 지켜보고 있는 민희에게 태
연한 웃음을 지으며 겨우 혼자서 말을 맺었다.

"……해. 그래. 또 연락해."

정상적으로 통화를 마친 것처럼 고개를 떨구며 폰을 스르륵
주머니로 넣던 자영에게 민희의 물음이 날아들었다.

"누군지 물어도 돼?"

"그래, 너도 알겠다. 하찬이라고 우리 초등학교 동창."

힐끔 민희의 눈치를 살피며 대답을 한 자영은 곱게 화장을 한
얼굴이 일순 굳어지는 것을 발견했다. 하지만 이내 환한 미소가
그 예쁜 눈매에 어리는 것을 보며 자영은 민희가 아마 너무 갑
자기라 놀라서 그랬다고 여겼다.

"걔랑 연락하고 지내?"

"아, 그냥 어쩌다 보니 한동네 살게 되어가지고……."

상세한 설명까지 덧붙이고 싶지 않았다. 그녀의 말에 민희는
카메라 앞에서 의식적으로 짓는 듯한 웃음을 배어 물더니, 자신
의 뒤에 서 있던 키 큰 여자를 돌아보았다. 그녀의 고갯짓 한 번
에 여자는 팔에 걸치고 있던 핸드백을 건네주었다. 세련된 동작

으로 그것을 받아 든 민희는 금제 케이스에서 명함 한 장을 꺼내 내밀었다.

"내 개인 연락처야."

한눈에도 평범하지 않은 디자인의 명함에 찍힌 이름은 방민희가 아닌 방서라였다. 그제야 방서라라는 유명 탤런트의 이혼 소식을 얼마 전 인터넷 뉴스에서 접했음을 기억해 내는 자영이었다. 워낙 요즘은 연예인도 많은 까닭에 얼굴과 이름이 매치가 안 되는 경우가 많았는데, 민희도 그런 경우 중 하나라고 볼 수 있었다.

"명함 멋지다아~ 홋, 영광인데? 톱 탤런트 방서라의 개인 연락처도 받고."

"그런 말 마. 네 연락처도 알려줄래?"

자영이 넉살을 떠는 사이, 민희는 휴대폰을 꺼내 이미 번호를 입력할 준비를 마치고 있었다. 괜히 무안해진 그녀는 숫자를 하나하나 불러주며 민희가 자신의 이름을 입력하는 모양을 지켜보았다.

"연락할게."

"그래."

우아하게 손을 흔들어 보이며 사라지는 민희의, 아니, 서라의 뒤를 남자들이 마치 자석에 이끌리는 철가루처럼 스르륵 따랐다. 그 모습을 멍하니 지켜보던 자영은 그들이 모두 시야에서 사라지자 번뜩 정신을 차렸다.

뒤에서 자신을 부르는 부장선생님의 높다 못해 앙칼진 목소리가 들려오고 있음을 그제야 깨닫는 자영이었다.

"감 선생니~임!"

뒤통수를 울리고 지나가는 그 목소리에 감전이라도 된 듯 몸을 부르르 떨며 자영은 즉시 돌아섰다. 그리고 자신을 노려보고 있는 수많은 눈동자들을 발견한 순간, 그것이 내뿜는 엄청난 위험 에너지에 기겁을 하며 허둥지둥 뛰기 시작했다. '네에' 라는 답변을 뒤로한 채.

현실로 돌아가는 그 순간, 조금 전 자신에게 일어났던 일들이 환상처럼 느껴졌다.

2박 3일이 마치 22박 23일처럼 허전했다.

찬은 그것을 단지 조카 진이가 없어서라 여겼다. 유란과의 유학 준비로 바쁜 상원은 늦게 귀가하기 일쑤였기에 저녁 시간에는 거의 그 혼자였던 것이다. 그러다 보니 퇴근 시간이 지나도 서둘러 삼층으로 올라가고 싶지 않았다. 간단히 저녁을 시켜 먹고 누리와 함께 소파에서 선잠을 자는 것이 더 좋았다. 비록 짧은 시간이긴 했지만 누리라는 강아지는 그에게도 위안이 되어 주고 있었다.

컴퓨터 모니터를 보며 진료 기록을 정리하고 있던 찬의 귓가를 누리의 기침 소리가 파고들었다.

캑캑.

천식 증세를 보이는 누리를 엑스레이 촬영해 본 결과, 개의 증세는 꽤나 심각했다. 지속적인 치료뿐 아니라 식단을 조절해 다이어트를 해야 할 정도로. 사진 안에서 누리의 기도는 정상보다 많이 찌그러져 있었다.

자영이 없는 동안 찬은 다이어트 사료를 먹이고 주사를 놓으며 쭈욱 누리의 상태를 지켜보았다. 하지만 단기간에 호전될 성질의 병이 아니었기에 그저 안타까울 뿐이었다. 자영이 알고 걱정할 것을 생각하면 그의 마음도 편하지 않았다.

"휴우."

한숨을 내쉰 찬은 열린 진료실 문을 통해 울타리 안에 앉아 있는 누리를 잠시 바라보다 자리에서 일어났다. 토요일 오후라서일 뿐만 아니라 진이가 수학여행에서 돌아오는 날이라, 조금 일찍 진료를 마무리 지은 덕에 병원 내부는 한적했다. 가운을 벗어 옷걸이에 걸쳐 놓은 찬은 구겨진 셔츠의 깃을 바로 했다. 그와 동시에 도어벨이 청명한 소리를 내며 울렸다.

"삼촌!"

그 호칭으로 그를 부를 이는 진이밖에 없었다. 책상을 돌아 나온 찬은 모처럼 밝은 표정을 짓고 있는 진의 머리를 거세게 쓸어주었다.

"재미있었어?"

"응."

"뭐, 뭐 봤는데?"

이미 수학여행 안내장을 통해 대충의 스케줄을 확인했음에
도, 괜히 진의 입으로 듣고 싶어지는 찬이었다.

"그냥 절이랑 고인돌이랑 세트장이랑 보고, 올라오는 길에 놀
이동산에도 들렀어."

"친구들이랑은? 잘 지냈고?"

그의 물음에 진의 얼굴에 잠시 쑥스러움이 어린 것 같았다.
아이는 그저 혼자 웃더니 명확한 대답을 피했다. 그 얼굴에서
자신의 옛날 모습을 읽어낸 찬은 더 이상 묻지 않았다. 그저 진
의 어깨를 두드려 줄 뿐.

"그래. 올라가서 좀 씻어. 삼촌이 맛있는 거…… 음, 시켜줄
게."

"알았어. 그런데 삼촌, 저 강아지 어디가 아파서 왔어? 멀쩡
해 보이는데. 설마 또 버려진 애야?"

돌아서려던 진이 누리를 가리키며 물어왔다. 형의 아들이지
만 가끔 자신과 너무 닮은 행동을 하는 진이를 보면 찬은 놀라
곤 했다. 바로 지금처럼. 사람에게는 아니더라도 유독 동물에
대한 강한 동정심을 드러내곤 할 때.

"아냐. 누리는 감자, 아니, 너네 선생님 개다."

"그래? 아, 수학여행 때문에 선생님이 맡긴 거구나? 그런데
아마 감자 선생님 좀 늦을걸? 선생님들끼리 회식 갔거든."

말을 마친 진은 길게 하품을 하고 눈을 비비더니 병원을 나갔
다. 눈살을 찌푸리며 찬은 책상 위에 놓인 휴대폰을 들여다보았

다. 힘들게 불어놓은 풍선이 펑 하니 터진 것처럼 허탈한 기분이었다. 그제야 지난 2박 3일이 허전했던 이유 중 아주아주 일부분이긴 했지만, 그 속에 자영도 있었음을 찬은 인정하고야 말았다.

여독이 쌓여 피곤하긴 했지만 동학년 회식에 빠질 수는 없는 노릇이었다.

식사가 채 끝나기도 전에 교장선생님을 비롯한 여러 선생님과 부어라 마셔라를 한참 동안 하다 보니 시간이 훌쩍 흘러버렸다. 자정을 넘어섰을 무렵에야 교장선생님이 그만 자리를 뜰 것을 제안했고, 2차를 갈 사람들을 제외한 나머지들은 귀가를 할 수 있었다. 무거운 가방을 들고 뛰면서 자영은 술 냄새가 나는지 안 나는지 한 손으로 입을 가려 숨을 내뱉어보았다.

헉.

절로 눈살을 찌푸린 그녀는 가방을 뒤적여 반 동강이 남아 있었던 껌을 찾아 씹었다. 겨우 서너 잔밖에 마시지 않았는데, 무슨 소주를 뒤집어쓴 양 독한 냄새가 진동을 했던 것이다. 이 늦은 시간에 누리를 찾으러 왔다고 하면 찬이 안 좋은 얼굴을 할 것이 자명한데, 거기다 술까지 마신 걸 알면 아마 자신을 잡아먹으려 들 것이 분명했기에 미리 조심해 두는 것이 좋았다.

동물병원의 앞에 이른 자영은 당연히 불이 꺼져 있을 것이라 여기고 휴대폰을 꺼내 들었다. 찬의 번호를 찾아 누르려던 자영은 진료실에서 희미하게 새어나오고 있는 불빛에 놀라 종료 버튼을 누르고 말았다.

그리고 더 놀라운 사실은 출입문이 잠겨 있지 않았다는 것이었다. 스륵 손쉽게 문이 밀리자 안으로 들어간 자영은 진료실에서 들려오는 은은한 음악 소리와 찬의 낮은 음색을 따라 발걸음을 옮겼다.

"누리야, 우리 감자 오면 뭐 해달라고 그럴까? 이렇게 오랫동안 기다리게 하는데……."

진료대 건너편에서 누리를 품에 안은 채 중얼거리고 있는 찬에게 차마 다가서지 못한 채 자영은 그대로 지켜보기만 했다. 이 시간까지 퇴근도 않은 채 누리를 보고 있는 그의 행동은 전혀 뜻밖이었다. 놀랍고도 고마웠다.

"감자한테 어떻게 얘길 할까? 누리가 아프다고, 아무래도 병원에 또 다녀야 할 것 같다고. 응?"

찬의 이어진 말에 너무 놀란 나머지 자영은 크게 침을 삼켰다. 그 바람에 씹고 있던 껌이 목구멍 저편으로 꿀꺽 밀려 내려갔다.

"컥!"

일순 숨을 쉴 수 없어 그녀는 가방을 떨어뜨리며 비틀거렸다. 동시에 누리를 안은 채 자리에서 일어난 찬의 날카로운 눈길이 문간에 선 자영을 향했다.

"뭐야? 언제 왔어?"

리모컨을 들어 오디오의 전원을 끄며 그는 그녀의 눈길을 외면했다. 자영은 아픈 목구멍을 문지르며 성큼 진료실 안으로 들어섰다. 지금은 그에게 고맙다는 말을 할 겨를도, 자신에게서 나는 술 냄새에 신경 쓸 겨를도 없었다.

"누리가 아프다니? 어디가?"

"왔으면 왔다고 하지 왜 엿듣냐?"

"빨리 말해!"

도저히 참을 수 없어진 자영은 고함을 빽 내질렀다. 제 주인이 왔음에도 찬의 품에 안락하게 안겨 있는 누리의 모습도 그녀의 화를 돋우는 데 일조를 했다.

"천식이야. 나이도 너무 많고, 비만도 심해서…… 아무래도 지속적인 치료가 필요할 것 같아."

"천식? 그럼 캑캑대던 것이?"

"그래, 보통 성질 급한 애들이 잘 걸리지."

몸속에 돌기 시작하는 알코올 때문일까. 무거워지는 마음만큼이나 찬에게서 누리를 받아 드는 자영의 눈시울 역시 무거워졌다. 그것은 그녀가 차마 추스르기 전에 바닥으로 두둑 떨어졌다. 누리를 안은 탓에 손이 자유롭지 못한 관계로 자영은 고개를 흔들어 그것을 털어냈다.

"술 마셨냐?"

부담스럽게도 가까이 다가서는 찬에게서 물러난 자영은 입을 다문 채 숨을 참았다. 바보처럼 고개를 설레설레 내저으며.

“엇, 웬 바퀴벌레지?”

갑자기 그녀의 발 아래로 고개를 내려뜨린 찬이 아무렇지도 않게 내뱉은 말에 자영은 비명을 지르며 후닥닥 대기실로 달음질을 쳤다.

“어디? 어딨어? 잡았어?”

“술 마셨네 뭐. 한악취 하네.”

느긋하게 스위치를 눌러 불을 켠 찬은 그녀를 따라 대기실로 나왔다. 그제야 그가 자신을 시험하기 위해 거짓말했음을 깨달은 자영은 누리를 울타리 안의 방석 위에 내려놓은 채 잠시 숨을 골랐다. 야심한 시각, 동네 사람들이 그녀의 목소리에 놀라 잠을 깨게 만드는 불상사는 없었으면 싶어서였다.

젖은 눈시울을 소매로 쓰윽 닦아낸 그녀는 팔짱을 낀 채 찬을 향해 고개를 쳐들며 따졌다.

“그래, 마셨다 왜? 마셨으면 왜?”

“아주 들어부었냐?”

“미쳤어? 소주 다섯 잔이 치사량인데.”

“홋, 다섯 병이 아니고?”

술이 사람을 용감하게 해준다는 건 정말 맞는 말이다. 자영은 늘 머리 속에서만 생각했던 일을 망설임없이 시행했다. 즉 초등학생이었던 그때처럼 얄미운 표정을 짓고 있는 놈을 향해 코뿔소처럼 돌격해 턱을 받아버리는 것! 하지만 그녀가 간과한 것이 있었으니, 찬은 더 이상 초등학생이 아니라는 점이다. 그는 너무 쉽게 그녀의 머리를 한 손으로 잡아버렸다. 고장난 나사못마냥 자신이 그 자리에서 헛된 움직임만 계속해 대고 있다는 것을 자영은 한참 후에야 깨달았다. 뚝 하고 멈춰 선 그녀는 찬에게서 머리를 털어내며 떨떠름하게 물러났다. 그러고 보면 술은 사람을 용감하게도 만들지만 바보로도 만드는 것 같다.

괜히 무안해진 그녀는 상황을 모면하기 위해 얼른 화제를 바꿨다.

"내가 여행 가서 누굴 만났는지 알아?"

별 관심 없다는 듯 그저 어깨만 으쓱한 찬은 구석에 놓인 대걸레로 바닥을 괜히 문지르고 있었다. 그러나 취기 때문인지, 무시하는 기색이 역력한 그의 그런 모습도 오늘은 별로 신경에 거슬리지 않는다.

"방민희 기억해? 6학년 때 우리 반 부반장이었잖아."

"그랬나? 음, 그랬나 보지."

"대답이 뭐 그러냐? 너 사실 기억 못하는 거지? 지난번에 은주도 기억하고 있었다더니, 걔 말에 의하면 그게 아니던걸? 칫, 잘난 척하더니."

그가 자신을 데리러 학교로 와준 그날은 어찌나 당당하던지 '아, 기억하고 있었구나!' 라고 넘어갔는데, 나중에 은주의 말을 들어보니 찬이 자신을 기억하지 못하더라는 것이었다. 그러고 보면 지금도 역시 그럴 가능성이 아주 높았다. 아니, 거의 확실했다. 찬의 얼굴이 불그스름해지는 것을 만족스럽게 바라보며 자영은 하던 말을 계속 이었다.

"너 그럼 탤런트 방서라가 민희라는 거…… 알고 있었어?"

"관심없어."

괜히 짜증이다.

자영은 깨끗하기만 한 바닥을 더 세게 문지르는 찬을 찌릿 노려보았다. 저 자식 왕싸가지인 줄은 알고 있었지만, 결벽증까지 있는 줄은 몰랐다. 그 모습을 외면하며 자영은 홀로 중얼거리듯 말을 내뱉었다.

"뭐, 사실 나도 몰랐어. 알았어도 먼저 찾고 싶은 친구도 아닐 뿐더러."

시간이 갈수록 술기운은 옅어지기는커녕 점점 더 혈관 속으로 퍼져 가 온몸을 나른하게 만들고 있었다. 자영은 곁의 소파에 쓰러지다시피 앉으며 정수리를 손가락으로 꾹꾹 눌렀다. 그때 그녀의 귓가를 마치 총알처럼 파고드는 날카로운 한 음절의 말.

"왜?"

전혀 관심없는 척하더니 이런 예기치 못한 타이밍에 묻는 건 또 뭐람.

자영은 흐릿해진 시선을 들어 대걸레의 긴 막대에 두 손을 걸친 채 자신을 바라보고 있는 찬을 향했다.

"그냥…… 별로 친하지 않았으니까."

일축을 하는 듯한 그녀의 대답에 찬은 짧게 고개를 끄덕이고 말았다. 그 모습을 물끄러미 보고 있노라니 하찬, 그리고 방민희와 어우러진 예전의 기억이 떠올라 자영의 심기를 어지럽혔다. 지금껏 아무런 의심 없이 그를 미워하고 싫어했던 과거의 편린들을 갑자기 확인하고 싶어졌다.

"너 그때 말야. 정말 네가 그랬던 거야?"

들릴 듯 말 듯 작은 그녀의 물음에 손등 위에 괴고 있던 턱을 치워내며 찬은 자세를 바로 했다. 안 그래도 고집스런 턱이 더욱 굳어지는 것에 약간 주춤거렸지만, 이왕 질문을 꺼낸 이상 대답을 꼭 듣고야 말리라 다짐을 하는 자영이었다.

"공개수업 하던 날, 내 책 숨긴 거…… 너였냐고."

"그럼 넌? 체육 시간에 내 다리 걸어서 넘어뜨린 거…… 너였냐?"

"아니!"

십육 년 동안 억눌려 왔기 때문일까. 그와 그녀에게서 거의 동시에 격한 대답이 터져 나왔다.

"그럼 왜 아니라고 변명이라도 하지 않았어?"

여전히 미심쩍은 눈길을 거두지 않으며 자영이 먼저 물었다. 그러자 곁에 놓인 의자를 끌어다 앉은 찬은 담담하게 대답했다.

"네가 워낙에 강경했잖아. 내 필통까지 부숴 버리고."

"그, 그랬었나? 아…… 그런데 말야. 나도 정말 억울해. 네 다리 건 거 정말 나 아니라고. 민희가 뭘 보고 선생님께 일렀는지 모르지만 그때 무지하게 황당했었어."

"그래? 걔가 민희였나?"

"응."

그들 사이에 잠시 침묵이 흘렀다. 짧은 대화였지만, 십육 년 동안 가슴속에 뭉쳐져 있던 응어리가 조금은 풀어지는 듯한 기분이었다.

왠지 이 상황이 엄청 유치하기도 하고, 괜히 쑥스럽기도 하여 자영은 피식 웃음을 터뜨리고 말았다. 그 잔재로 입가에 미소를 머금은 채 그녀는 다시 물었다.

"우리 그 이후로 서로 정말 많이도 갈궜잖아? 기억나?"

"물론."

"그렇게 서로 싫어라 했는데, 선생님은 1학기 내내 짝도 안 바꿔주시고. 그땐 얼마나 학교 가기가 끔찍했던지."

"내가 그렇게 싫었냐?"

"응."

그때 당시를 회상하자 단호한 대답이 절로 흘러나왔다. 그러자 찬은 벌떡 자리에서 일어나더니 유리벽 밖을 바라보고 섰다. 왠지 심각하기까지 한 그의 옆모습을 훔쳐보던 자영은 괜히 어색해진 분위기를 무마하고자 헛기침을 해보았으나 찬은 꿈쩍도 하지 않았다. 그저 계속 어둠이 깔린 거리를 향해 석상처럼 서 있을 뿐.

한참 동안 이야기가 오가지 않자 그나마 남아 있던 의식으로 안간힘을 다해 억누르고 있던 졸음이 와르르 쏟아졌다. 참을 수 없을 정도로 그것은 한꺼번에 그녀를 덮쳤다. 소파에 기대어 있던 자영의 몸이 한쪽으로 침몰해 가며 한 자락 남아 있던 의식조차 멀어졌을 때야 찬의 한마디가 흘러나왔다.

"난 그래도 네가 싫지 않았는데. 내가 바보인 거냐?"

그랬냐는 이해조의 말은 아니더라도 최소한의 대답이라도 있을 줄 알았다. 그러나 용기를 내어 꺼낸 말이 허공에서 홀로 맴돌기만 하자, 짙은 실망감을 느끼며 찬은 어깨를 내려뜨렸다. 그리고 몇 초 동안 아무렇지도 않은 표정을 만들어내고 돌아선 그는 소파에서 잠이 든 자영의 모습을 보고서야 깊은 안도감을 느꼈다. 그제야 숨을 제대로 내쉴 수 있었다.

"아무 데서나 잘도 자네. 감자는 감자다."

한심스레, 그러나 밉지 않은 눈길로 자영을 내려다보며 찬은 중얼거렸다.

그러다 추운 듯 그녀가 몸을 공벌레처럼 웅크리자 그는 진료실에 딸린 작은 방에서 모포를 챙겨 나왔다. 대기실의 불을 끄고, 문을 제대로 잠근 후 찬은 자영의 곁으로 돌아와 바닥에 무릎을 꿇고 앉았다. 그는 그녀의 작은 어깨에 모포를 꼼꼼히 덮어준 후, 하얗고 통통한 뺨 위에 흐트러진 검은 머리칼을 귀 뒤로 쓸어 넘겨주었다. 그.러.나.

"으응."

갑자기 팔을 휘저으며 돌아눕는 자영으로 인해 무릎걸음으로 휘청휘청 뒤로 물러나던 찬은 기어이 엉덩방아를 찧고 말았다.

"젠장."

꼬리뼈에 극심한 통증을 느낀 그는 세상 모르고 잠이 든 자영에게 원망스런 눈길을 보내며 손으로 내내 그 부근을 문질러 댔다. 그러면서도 다시 그녀의 곁으로 다가온 찬은 맨바닥에 털썩 주저앉아 소파 위로 팔베개를 한 채 가녀린 등을 하염없이 바라보았다.

그래, 조금만 이렇게 있자. 조금만 있다가 데려다 줘도 늦진 않을 거야.

하지만 잠 귀신 감자에게서 몽롱한 기운이 전염된 것일까. 얼마 지나지 않아 현실을 잊은 채 그 역시 깊은 수면 속으로 빠져들고 말았다. 참으로 오래간만에 찬은 전투적인 꿈이 없는 평화로운 숙면을 취할 수 있었다.

아구, 허리야~ 왜 이렇게 불편한 것이야~

내내 뒤척여 대면서도 도저히 눈꺼풀을 들어 올릴 수가 없어 끝까지 자고 보는 자영이었다. 그러나 조금 전부터 가슴 부근에서 요상하게 움직이고 있는 물체까지는 무시하기가 힘이 든다. 그것은 마치 솜털처럼 그녀의 살갗을 간질이고 있었다.

짜증스럽고 힘겹게 눈을 뜬 자영은 자신의 눈앞에서 벌어져 있는 상황에 놀라 비명과 함께 몸을 벌떡 일으켰다. 이곳은 동물병원, 소파 옆에서 잠든 이는 찬, 게다가 가슴을 만지작거리고 있는 것은 다름 아닌 이 자식의 손이라는 것을 인지하는 순간 머리 속이 번쩍 깨이는 것 같았다.

"꺄아~!"

높다란 고함 소리에 정신이 드는 듯─아니, 정신이 드는 척하는 것일 수도 있다─찬은 거의 감긴 눈을 들어 그녀에게로 초점을 맞추려 노력했다.

"이 변태 자식! 감히 어디다 손을 대는 거야!"

자영은 앞뒤 잴 겨를도 없이 조금 전까지 자신이 베고 누웠던 쿠션의 모서리로 찬의 정수리를 찍어 쳤다. 잠이 덜 깬 데다가 갑작스런 가격으로 놀란 탓인지 바닥에 퍽 엎어진 그가 고개를 몇 번이고 흔들어대는 모양이 고소했다. 그 모습에서 눈을 떼지 않으며 자영은 애써 굳은 표정으로 모포를 밀쳐 내고 자리에서 일어났다.

"잠깐이라도 너에 대한 경계심을 풀었던 내가 바보다."

그녀는 조금 전 잠에서 깬 사람답지 않게도 씩씩한 걸음으로 찬의 곁을 스쳐 지나가 누리를 울타리 밖으로 안아 들었다. 그리고 한쪽 어깨에 배낭을 걸쳐 멘 자영은 그에게서 홱 돌아섰다.

"갈게."

하지만 커다란 손이 어깨가 부서져라 잡아 세우는 것을 느낀 그녀는 화등잔만하게 커진 눈으로 찬을 돌아보아야 했다. 이 자식 축지법이라도 익히는 건가? 언제 일어서서 언제 다가온 거야?

"이 씹! 아닌 밤중에 홍두깨라고. 감자, 너 지금 도대체 무슨 소리야!"

자유로운 한 손으로는 맞은 부위를 연신 문지르며 그는 험상궂은 표정을 짓고 있었다.

금방 자고 일어나 멋대로 헝클어진 머리칼과 꺼칠한 얼굴이 낯설지가 않다. 벌써 세 번째다, 막 잠에서 깬 찬을 보는 것이. 왠지 쑥스러운 생각이 들었다. 그대로 단추가 서너 개나 풀린 셔츠 앞자락을 노려보고 있는 것도. '네가 내 가슴 만졌잖아!' 라고 대답하는 것도.

게다가 유리벽을 통해 새어 들어오는 훤한 빛과 거리를 오가는 자동차와 사람들의 모습에 불안해지기까지 하였다. 만약 그녀를 아는 어떤 사람이 길을 가다 이렇게 이른 새벽에 부스스한 몰골을 한 노처녀 감 선생이 남자와 함께 있는 이 장면을 본다면. 그것도 상대가 바로 학교 앞 동물병원 수의사라면. 소문은 발로도 모자라, 날개까지 달고 이 동네 전역으로 삽시간에 퍼져 나갈 것은 자명한 일이었다.

생각이 거기까지 이르자 더는 머뭇거릴 겨를이 없었다. 자영은 찬의 손을 홱 밀쳐 내며 입구를 향해 돌아섰다.

"혼자서 잘 생각해 보셔. 난 바빠서 이만."

"감자 굴러가는 소리 하고 있네. 야! 너 지금 수 쓰는 거지? 지난번 치료비랑 호텔비 대신 밥 사기로 한 거 무마하려고 쇼하는 거 아냐?"

“뭐, 뭐야!”

하마터면 누리를 안고 있다는 것도 잊은 채 그대로 찬을 향해 돌진할 뻔했다. 하지만 그의 시선이 마치 ‘네 품에 뭐가 있는지를 기억해’ 라는 듯 아래로 떨어지자 자영은 움찔 움직임을 멈추었다. 대신 잠시 머뭇거리던 그녀는 빽 하고 고함을 내질렀다.

“참내…… 아니꼽고 더러워서 쏜다, 싸. 나도 넉넉하게는 아니지만 돈 번다고. 사람을 꼭 그렇게 치사빤스하게 만들어야겠냐?”

“진작 그렇게 나올 것이지.”

그녀의 대답에 만족한 듯 미소를 머금은 찬은 태연하게 기지개를 켜며 정수기를 향해 걸어가 버렸다. 종이컵에 물을 받아 삼키는 내내 그의 목젖이 유연한 움직임을 하는 것을 저도 모르게 멍하니 지켜보던 자영은 휴지통에 컵을 홱 던져 놓은 찬이 고개를 돌리자 얼른 다른 곳을 바라보는 척했다.

“뭐야, 아직도 안 갔냐?”

“쳇. 가, 갈 거다. 지금 가잖아!”

그녀는 찬을 향해 퉁퉁 부은 표정을 지어 보이고는 누리와 함께 병원을 나섰다. 왠지 모르게 부끄러워 잽싸게 그곳을 나오느라 그녀는 자신의 뒷모습을 보며 미소 짓고 있는 찬을 보지 못했다.

오늘이 주말이라 정말 다행이다.

여독이 풀리지 않은 상태에서 소파에서 쭈그리고 잠을 잔 탓인지 몸이 너무 피로했다. 누가 떠민다 해도 침대에서 꼼짝도 할 수 없을 정도로. 완전히 의식을 잃고 수면으로 빠져들었던 자영은 늦은 오후가 되어서야 자리에서 일어났다. 그러고 나서 보니 휴대폰에서 깜빡이고 있는 메시지는 하찮은 놈에게서 온 것이었다.

〈약속 잊지 마.〉

"으~"

슬라이드를 획 내린 자영은 휴대폰을 던지듯 침대에 놓고서 바닥에 내려섰다. 샤워를 하고 대충 준비를 마친 자영은 청바지와 원피스 중에서 한참을 고민하다가 결국 후자를 선택했다. 출근할 때도 일주일에 한두 번은 입어주는 복장인데, 찬과 만날 때만 안 된다는 법은 없으니까. 그렇게 스스로의 행동을 정당화하며 정성스레 아이섀도우를 바르던 자영은 또다시 욱신거리는 잇몸의 통증에 그만 손길을 내려뜨리고 말았다.

여행 기간 동안 잠시 잊고 있던 말썽 많은 사랑니였다. 아픔을 인식하자 치과가, 그리고 상원의 얼굴이 이어서 떠올랐다. 치과를 가야 했지만 상원의 얼굴을 볼 엄두가 나지 않아 내내 괜찮다는 주문만 외워댔었다. 그런데 아무래도 이젠 참을 수 있는 최고점에 다다른 것 같다.

결심을 굳힌 자영은 화장대 위에 놓여 있던 휴대폰을 들어 찬의 메시지에 대한 회신 버튼을 눌렀다.

<나 치과 들렀다가 누리 데리고 병원으로 갈게.>

핸드백의 내용을 정리하던 그녀의 귓가에 이내 기대치 않았던 띠링 메시지 수신음이 들려왔다.

<괜찮겠어?>

경계심 가득했던 눈초리가 점점 멍하게 변해갔다. 도대체 그네 글자를 몇 번이나 읽은 것인지 모르겠다. 설마 하니 하찬…… 지금 네가 날 걱정해 주는 거냐? 하지만 뭐로부터? 이의 통증? 아님 설마, 설마 고 닥터?

궁금해진 자영은 서둘러 답을 띄우려 했다. 하지만 막상 손가락을 움직이려니 어떻게 말을 꺼내야 좋을지 알 수가 없었다. 결국 자영은 단조로운 두 글자를 적어 보내고 말았다.

<당근.>

휴대폰을 진동 모드로 바꾼 후 백에 넣은 자영이 자리에서 일어나자, 곁에 누워 있던 누리도 따라 몸을 일으켰다. 주인의 외

출을 알아채고 열렬히 자신도 데려가 주길 원하는 눈길을 보내
는 개의 머리를 그녀는 몸을 숙여 쓰다듬어 주었다.

"우선 썩은 내 이부터 치료하고."

썩은 내 정신도.

상원과의 만남이 두렵긴 했지만 언제까지나 피하고 싶진 않
았다. 아픔을 참고 있는 자신이 우매하게 느껴졌고, 그렇다고
해서 다른 병원을 찾기는 자존심이 상했다. 자신에게 그렇게 잔
혹하게 굴었던 상원이니만큼, 그에게 보란 듯이 보여주고 싶었
다. 고상원 따위가 약혼을 하든 말든 감자영은 언제나처럼 씩씩
하다고.

전투적인 걸음걸이로 길을 건너 인도로 내려선 자영은 동물
병원의 유리벽을 통해 연푸른빛 가운을 입은 찬의 환한 미소를
보았다. 그는 손님인 것 같은 남자와 대기실 한가운데 서서 대
화를 나누고 있었다. 그 생기 넘치는 모습을 넋을 놓고 바라보
던 자영은 그가 자신을 발견하기 전에 얼른 치과로 가는 계단을
올랐다.

그녀의 들어섬에 평소처럼 반기는 기색이 아닌 간호사들에게
자영은 당당하게 사랑니를 치료받으러 왔음을 알렸다. 그녀 외
에도 환자가 서너 명 있었기에 잡지를 뒤적이며 얼마간을 기다
려야 했다. 실상 활자라고는 눈에 들어오지 않아 사진만 대충
눈으로 훑고 있었지만.

"감자양!"

너무 놀라 책을 떨어뜨리다시피 하며 자영은 차트를 들고 있는 간호사의 입매를 '너 미쳤냐'는 눈초리로 노려보았다.

"……씨, 이리로 들어오세요."

뭐야. 감자양이 아니라 감자영이라고 불렀던 거야? 젠장, 하찬 그 녀석 때문에 이제 환청까지 들리네.

구시렁거리며 진료실을 향해 걷던 자영은 자신의 뒤에서 킥킥거리고 있는 간호사들의 존재를 다행이도(?) 눈치채지 못했다.

의자에 편한 자세로 누워 자영은 떨리는 마음을 추슬렀다. 그것이 앞으로 다가올 공포의 치료 때문인지, 눈앞에 나타날 허여멀건 얼굴의 닥터 때문인지 정확한 원인도 파악할 수 없었다.

"어디가 안 좋은가요?"

생각에 잠겨 있는 사이 어느 틈에 자리에 앉은 상원이 상냥하지만 지극히 객관적인 어조로 묻고 있었다. 왠지 눈물이 핑 돌 것 같았지만 자영은 어금니를 깨물고 참으며 대답했다.

"사랑니가 아파서요."

"얼마나 됐죠?"

"한…… 한 달쯤이요."

"음…… 우선은 지금 잇몸이 많이 부어 있으니까 치료부터 받고, 언제 발치할지 정하도록 합시다."

잇몸 치료를 받는 동안 상원도, 자영도 묵묵부답이었다. 진료실 안에는 어색한 침묵만 감돌았다.

"됐습니다. 약 처방해 줄 테니 드시고, 월요일에 또 오세요."

진료에 관련된 이야기만 늘어놓은 상원은 손을 씻기 위해 돌아섰다. 찜찜한 기분으로 일어난 자영이 진료실을 나가려 했을 때, 예기치 못했던 부름이 등 뒤에서 들려왔다.

"잠깐만."

잘못 들은 건 아닌가 싶어서 자영은 차마 뒤돌아보지도 못하고 어정쩡한 자세로 서 있었다. 그들 사이의 미묘한 분위기를 감지한 듯 간호사가 그녀를 스쳐 지나 문을 닫고 진료실을 나가 버리자, 다시 상원의 말이 이어졌다.

"미안하다고 말하지는 않을 거다."

얼굴이 화르르 달아올랐다. 마치 그녀의 마음이 어딜 향하고 있었던 것인지 다 알고 있었다는 어투였다. 그렇다면 고상원 넌 정말 나쁜 놈이다. 나아쁜 놈 고상원.

"그런데 네가 아파하는 건 신경 쓰이는구나. 괜찮은 거지?"

알고 있었으면서도 지금껏 그토록 철저히 모른 척해왔던 것이라면 정말이지 실망이다. 지금의 이런 모습은 그녀가 이십여 년간을 경외했던 고상한 고 닥터가 아니다. 얼굴의 열기는 점점 눈가로 치밀어 올라 눈시울이 붉어지도록 만들었다. 화를 참을 수 없어진 자영은 고개를 홱 돌렸다.

"괜찮지! 괜찮고말고! 나 정말 오빠 보는 거 아무렇지도 않거든? 괜히 그런 말로 불편하게 만들지 말아줄래?"

그녀의 공격적인 어조에 황당한 듯 아무 대꾸도 못하고 입술만 벙긋거리고 있는 상원에게 자영은 다시 한 번 쐐기를 박는 말을 던졌다.

"오빠 약혼한다 그러면 내가 죽는다고 난동이라도 부릴 줄 알았어? 여튼 고 닥터, 웃겨."

눈물이 맺힌 눈가와는 반대로 진료실을 나오는 그녀의 걸음은 아주 가벼웠다. 마치 화장실에 커다란 뭔가를 투하하고 나왔을 때와 같이 상쾌한 기분이었다. 스스로도 이해할 수 없을 만큼.

자영이 보낸 '당근'이란 짧은 문자를 몇 번이나 들여다보며, 걱정을 하지 않으려 했지만 쉽지 않았다. 그렇게 헛된 상상으로 시간을 죽이고 있던 찬의 귓가에 구수한 사투리가 들려왔다.

"뭐 하노?"

진료실 입구에 서서 빙긋이 웃음을 머금고 있는 이는 수의대 동창인 대성이었다. 너무 갑작스러운 등장에 놀란 것도 놀란 것이지만 어찌나 반갑던지, 휴대폰을 내려놓은 찬은 자리에서 벌떡 몸을 일으켜 친구를 껴안았다.

"어쩐 일이야, 병원은?"

"더럽어가 때리치아뿟다."

얼마 전까지 압구정의 큰 병원에서 수의사로 일을 하던 대성이었는데. 말하는 표정으로 보아 별로 그 속사정에 대해서는 거론하고 싶어하지 않은 것 같아 찬은 더 이상 묻지 않았다. 마침 진료도 없었기에 그들은 느긋하게 대기실의 소파에 나란히 앉아 이런저런 이야기를 나눌 수 있었다.

"병원 진짜 잘 만들어놨네? 새끼, 느거 아부지가 돈 대주시던가베?"

검은 뿔테 안경을 쓸어 올리며 내부를 둘러보던 대성이 물었다. 대대로 병원을 운영하고 있는 그의 집안에 대해서 알고 있는 몇 안 되는 친구들 중 한 명이 바로 대성이었다. 하지만 대성은 그 어떤 친구들보다 그에게 특별했다.

수의대는 뭔 얼어죽을 수의대냐고 의대에 진학하지 않으면 등록금도 안 대주겠다며 강경책을 쓴 부모님으로 인해 어쩔 수 없이 집을 나와 자취를 했던 찬은, 대학 시절 내내 부산에서 상경을 한 대성과 한방에서 지냈다. 그들은 밤새 술잔을 주고받으며 미래를 이야기하기도 했고, 가끔은 그것이 지나쳐 아침 강의를 빼먹기도 하며 그렇게 캠퍼스 생활을 함께한 동지였다.

"아니, 외할머니가 내 앞으로 남겨주신 유산이 좀 있었어. 훗, 친손자도 아닌 데다 엄청 못되게 굴었는데. 그랬던 나 뭐가 예쁘다고…… 우습지? 그래도 부럽지?"

대성에게만은 뭐든지 편안하게 털어놓을 수 있었다. 찬의 장난스런 물음에 대성은 그를 비스듬하게 흘겨보았다.

"그래, 부럽다, 부러버 죽겠다. 외할머니라 하믄, 상원이 형 어무이 말하나? 그분이 돌아가신나?"

"응, 몇 년 전에."

솔직히 외할머니에 대한 기억은 서울에서 잠시 초등학교를 다녔던 그 몇 개월간밖에 없다. 상원과는 왕래가 있긴 했지만, 몸이 약했던 탓에 외출을 잘 하시지 않은 외할머니는 자주 뵐 기회가 없었던 것이다. 그래서 외할머니의 죽음 앞에서도 그는 비교적 덤덤했다.

"상원이 형도 병원 개업했다면서?"

"응, 바로 이 건물 이층."

"그래? 그 형 못 본 지도 오래됐는데. 온 김에 인사나 하러 들러야 되겠네."

"그러든지."

"와? 니 머시 시큰둥하게 대답이 글노? 옛날부터 니 안 그랬나. 외삼촌이면서 윽수로 경계하고."

"경계하긴 누가."

역시 대성의 말에는 반응도 빠르다. 마치 계집애들처럼 파르르 떨며 부정을 하려던 찬은 쟁반에 차를 받쳐 들고 가까이 다가오는 은주로 인해 입을 꾹 다물었다. 탁자 위에 잔을 내려놓으며 그녀는 밝은 음성으로 물었다.

"새로 온 선생님이신가 봐요? 이제 원장님께서 좀 편해지시겠네요."

"은주 씨, 차 부탁한 적 없어요."

괜히 대성에게 부담을 주고 싶지 않아 찬은 은주의 물음에 대한 대답은 회피했다. 대신 그녀가 미용사로서의 일만 충실히 해

주었으면 하는 바람에서 다른 말을 꺼냈는데, 그것이 스스로가 듣기에도 면박처럼 느껴졌다. 그것은 은주도 마찬가지였던 모양이다. 붉어진 얼굴로 고개를 들지 못하는 초등 동창을 당혹스레 바라보던 찬은 옆구리를 쿡 찌르는 대성으로 인해 흑 하는 아픔의 단말마를 내지르고 말았다.

"재수없는 원장 만나가 고생이 많습니더. 고맙게 잘 마실께예."

반색을 하며 후르륵 녹차를 들이킨 대성은 '아, 뜨거' 라는 괴로움의 한마디를 내뱉으며 잔을 내려놓고 손부채질을 해댔다. 꽤 아프겠지 싶어 통쾌한 반면, 더 보고 있기가 민망했던지 총총걸음으로 사라지는 은주에게 친구가 얼마나 우습게 보였을지 생각하면 조금 불쌍하기도 했다.

"아, 저기……."

손을 내밀며 안타까운 표정을 짓는 대성을 보며 찬은 이 순박한 영혼에게 또다시 사랑이 찾아들었음을 어렴풋이 깨달아갔다. 예전부터 대성은 그랬다. 잠시 동안이라도 누군가를 사랑하지 않으면 못 견디는 것처럼 그렇게 쉴 새 없이 사랑을 찾아다녔다. 비록 그것이 짝사랑이라고 해도.

"근데, 저기 무슨 말이고? 다른 선생님이라니? 니 혼자서는 힘드나?"

찬의 생각을 뚫고 대성의 물음이 들려왔다. 하는 수 없이 그는 사실대로 지금의 어려운 사정을 털어놓았다. 끝까지 이야기를 들은 대성의 얼굴에 조금 섭섭하다는 기색이 번져 갔다.

"니 내 친구 맞나? 와 진작 얘기 안 하노."

"니 바쁜 거 아는데 내가 우째 이런 얘길 하겠노."

대성의 사투리를 흉내 내어 본 찬은 예전 실력이 녹슬지 않았음을 깨닫고 스스로에게 만족한 미소를 지었다. 대학 시절 대성의 말투를 따라 하는 것이 그의 취미 중 하나였던 것이다.

"지랄, 니는 억양이 아니라 캐도. 어쨌든 내 월요일부터 나와도 되나?"

"뭐?"

"와? 내 이래 뵈도 능력있는 수의사다. 씨발, 원장이랑 좀 트러블이 있어서 그랬지. 어제까지 댕기던 동물병원의 다섯 명의 수의사들 중에서도 꽤 인지도 있었다꼬. 받아줄 끼제?"

"월급 많이 못 주는데도 괜찮나?"

"미친…… 내가 그런 거 생각했으면 그 병원 때리치았겠나?"

"뭐, 그럼 나야 좋지."

그 후 대성에게 비어 있는 건너편 진료실을 보여주고 주말 동안 대충 짐 옮길 것을 제안한 뒤 찬은 시계를 바라보았다. 이미 토요일 진료가 끝나갈 시간이었다.

"저녁이나 같이 할래? 오랜만에 한잔 어떻노."

"아, 미안. 월요일에 하자. 오늘은 약속이 있어."

"황금 같은 토요일 저녁에 약속이라꼬? 여자제? 솔직히 말해라."

대성의 다그침에 잠시 머뭇거리던 찬은 열린 진료실 문틈으로 간호사들과 미용사들이 고개를 내밀며 퇴근 인사를 건네자 반가움마저 느끼며 그들을 따라나섰다. 문 앞까지 직원들을 모두 배웅한 찬이 돌아섰을 때 눈에 하트를 그리며 선 대성을 볼 수 있었다.

"진짜 예쁘네."

"누구? 성은주?"

"이름이 은주가? 이름도 예쁘네."

"예쁘긴 하지."

그의 무심한 대꾸에 대성의 숱 많은 눈썹 아래 작은 눈이 번쩍 뜨여지는 듯했다.

"뭐라꼬? 니 설마 자가 가가?"

대꾸할 가치도 없다고 생각하며 돌아서던 찬은 뒷목을 붙잡는 우악스런 손길에 캑캑거리며 자리에서 멈춰야만 했다.

"대답해라, 새끼야."

"아냐, 아니라고. 그냥 초등학교 동창이다. 됐어?"

그의 대답이 끝나기가 무섭게 청명한 벨소리가 실내로 울려 퍼졌다. 대성의 넉넉한 몸집에 가려 들어선 사람을 보지 못한 찬은 고개를 옆으로 쭉 빼며 살폈다. 상대가 꽃무늬 원피스를 입은 자영임을 알아챈 그는 얼른 대성의 손을 치워내며 자세를 바로잡았다. 그녀의 의아한 눈초리가 그와 대성을 번갈아 훑고 있었다.

"무슨 일이야?"

"아, 아냐. 아무것도."

대성의 앞을 얼른 막아선 찬은 자영에게서 누리를 받아 들며 진료실로 들어가자는 눈짓을 보냈다. 하지만 낯선 남자를 향한 눈길을 거둬내지 않으며 그녀는 그에게 되레 물었다.

"이분은 누구셔?"

젠장맞을 감자. 내 말도 때론 좀 들어주면 안 되냐.

"그래, 하찬. 니는 친구한테 여자 친구 분도 소개 안 시키줄 끼가?"

내 저럴 줄 알았다.

그래서 얼른 감자를 진료실로 밀어 넣고, 대성을 보내 버리려 했는데 고집 센 감자가 완전 쫑을 쳐버렸다.

"예? 여, 여자 친구요?"

히스테릭한 목소리로 되묻는 자영을 보며 찬의 기분이 급속도로 저조해졌다.

젠장, 꼭 그렇게 말도 안 된다는 듯 펄펄 뛸 건 뭐냐.

하는 수 없이 찬은 그들 사이에 마치 미팅 자리의 주선자라도 된 듯 서서 소개해 주었다.

"여긴 초등학교 동창 감자영, 그리고 이쪽은 월요일부터 함께 일할 대학 동창 박대성."

특별히 동창이라는 말에 힘을 주자, 송충이 같은 대성의 눈썹이 슬쩍 들려졌다 내려왔다. 설마라는 의구심을 품은 듯.

"대성이 넌 이만 가라. 난 지금 애 좀 봐줘야 하거든."

안은 누리를 보이며 찬은 자영과의 만남이 지극히 공적인 일임을 강조했다. 그제야 대성은 고개를 끄덕이더니 자영에게 인사를 건네며 병원을 나섰다.

"그래라. 그럼…… 자영 씨, 다음에 또 보입시더."

"네, 안녕히 가세요."

손바닥을 들어 안녕을 고한 대성이 사라지자 찬은 누리와 함께 진료실로 들어갔다. 진료대를 두고 마주 서자마자 자영이 기다렸다는 듯 물었다.

"이제 같이 일할 사람 구한 거야?"

"응."

"잘됐네. 그런데 저 사람 총각이야?"

누리를 내려다보던 눈길을 들어 찬은 반짝거리는 자영의 눈빛을 마주했다. 기분이 아주 더러웠다.

"그런 건 왜?"

"아니, 그냥."

얼버무리며 고개를 숙이긴 했으나, 왠지 찬이 자신의 의도를 알아차린 것 같아 불안했다. 자영은 침묵 속에서 누리를 진찰하고 주사를 놓는 찬의 눈치를 보다가 분위기를 무마시키기 위해 가벼운 어조로 물었다.

"뭐, 기분 나쁜 일 있어?"

"진료 중일 때 말 시키지 마."

어이가 없어 떡하니 입을 벌린 채 약을 지으러 조제실로 들어
가 버리는 찬의 등을 자영은 물끄러미 바라보기만 했다.

아주 웃기는 놈이다. 워낙에 심성이 고운 탓에 제 앞가림도
못하면서 솔로 친구들에 대한 걱정으로 한마디 물은 것인데, 뭐
가 저렇게 심통이란 말인가. 세상에 잘난 것은 저랑 저 친구밖
에 없는 줄 아는 모양이다. 칫, 이번에도 텄다, 텄어. 소세희! 미
안하다!

최고급 레스토랑의 현란한 실내를 휘둘러보며 자영은 못마땅
한 기색을 애써 숨기려 들지 않았다.

아무리 자신이 약속을 지키지 않았다 한들 이렇게 삐까뻔쩍
한 데로 데려오면 어쩌겠단 말야. 젠장, 공무원이 돈이 있음 얼
마나 있다고.

괜히 괘씸한 생각에 자영은 태연한 표정으로 아주 능숙하게
주문을 하고 있는 찬을 노려보았다. 그러나 그 살기가 느껴지지
않는 것인지 내내 메뉴판만 들여다보던 그는 아주 우아한 고갯
짓으로 그녀에게 묻는 듯한 눈길을 던질 뿐이었다.

"넌 뭐 할래?"

"어? 어…… 난 별로 배 안 고픈데. 그냥 주스나 한 잔 마시
지 뭐."

"그래? 그래라, 그럼."

헉! 몇 번 권유라도 해보는 게 예의 아니냐, 이 싸가지없는 엑

스야.

씽긋 웃으며 냅킨을 펼치는 찬이 알아채지 못하도록 자영은 뿌드득 이를 갈았다. 그러다 자신의 정신 건강을 생각하며 심호흡 몇 번으로 어렵사리 화를 가라앉히고 마는 그녀였다.

곧 찬이 주문한 음식이 줄줄이 나오기 시작하자 자영은 조심스레 침을 삼키며 먹고 싶어 죽겠다는 듯한 인상을 주지 않기 위해 노력했다. 에피타이저까지는 그럭저럭 참을 수 있었다. 하지만 그가 주문한 먹음직스런 스테이크가 나왔을 때는 웬수 같은 놈의 위장이 가만히 있어주질 않았다.

꼬르륵~

나이프질을 하던 찬의 눈길이 탁자 아래 감춰진 그녀의 배로 툭 하니 떨어졌다.

"배 안 고프다며?"

"아, 하하. 너네 병원 가기 전에 길에서 떡볶이를 사 먹었는데, 그게 잘못됐나? 계속 요동을 치네."

"그러게 다 늙어서 무슨 군것질이냐."

그리고 찬의 입속으로 쏙 들어가는 탐스런 육질을 보는 순간 자영은 자신이 이성이 완전히 날아가 버리는 것을 느꼈다. 다른 이들이 없었다면 얼굴에 철판 깔고 그의 접시를 빼앗아 한입에 털어 넣고 말았을지도 모를 일이다. 그러나 마침 나타난 종업원이 주스 잔을 탁자 위로 내려놓는 바람에 자영은 다행인지 불행인지 찬의 먹는 모양만 지켜보게 되었다.

그녀는 찬에게서, 정확히 말하면 찬의 스테이크에서 시선을 떼지 않으며 더듬더듬 빨대를 입술 사이에 끼웠다.

"설마 다이어트 하냐?"

의식도 하지 못한 채 주스를 쭉쭉 빨아들이고 있던 자영은 찬의 갑작스런 물음에 놀라 캑캑거리며 잔을 내려다보았다. 이미 음료는 바닥을 보이고 있었다.

"내, 내가 그런 걸 왜 해!"

"다행이네. 여자들 다이어트 하면 무지하게 신경질적이잖아. 게다가 넌 안 그래도 떽떽거리는데 거기서 더하면 큰일나겠다 싶어서."

"뭐!"

저도 모르게 높아진 언성에 주위 사람들의 눈길이 그들에게 쏠렸다. 그에 쑥스러운 미소를 머금었던 자영은 다시 찬을 쏘아보았다. 그럼에도 그는 느긋하게 스테이크를 썰어 혼자서 잘도 먹고 있었다. 으~ 얄미워.

그런데 그녀의 속엣말이 들린 것도 아닐 텐데, 아직 접시의 음식이 채 절반도 사라지지 않았는데 갑자기 찬이 냅킨을 탁자 위로 던져 놓으며 자리에서 일어나는 것이 아닌가. 자영은 의아한 눈초리로 그가 하는 양을 지켜보았다.

"예전엔 괜찮았던 것 같은데, 주방장이 바뀌었는지 음식이 별로야."

"어?"

"일어나. 나가자."

"어딜?"

낮도깨비 같은 녀석이라 생각하면서도 자영은 주춤주춤 일어나고 있는 자신을 깨닫지 못했다. 탁자를 사이에 두고 마주 선 찬은 예의 그 삐딱한 웃음을 흘리며 그녀를 바라보고 있었다.

"배는 불러도 술은 마실 수 있지? 어차피 술배랑 밥배랑은 따로 아냐?"

그러더니 다짜고짜 계산대를 향해 가 지갑을 꺼내놓는 것이었다. 황당함에 잠시 그대로 섰던 자영은 부랴부랴 그를 쫓아가 카드를 집어 드는 손을 척하니 막아섰다. 어쨌든 약속은 약속이니까 자신이 사는 것이 옳다고 생각했다. 쬐금 아깝긴 하지만. 하지만 찬은 유유히 그녀의 손길을 비켜내며 다시 종업원에게 카드를 내민 후 슬쩍 허리를 숙여 작게 속삭였다. 그는 종업원이 들을세라 그저 소리 낮춰 얘기한 것이겠지만, 분명 자영에겐 속삭이는 것처럼 들렸다.

"됐다. 내가 오자고 했는데 별로였으니까 이번 건 무효로 쳐줄게. 대신 술 사."

무미건조한 어조임에도 뜨거운 숨결이 고스란히 귓가에 와닿았다. 저도 모르게 붉어진 뺨을 감추려 그저 고개만 끄덕인 자영은 영수증에 사인을 한 찬이 성큼성큼 먼저 레스토랑을 걸어나가자 다행이라고 여겼다. 괜히 그를 의식하는 듯한 이런 모습 따위는 보여주고 싶지 않았으니까.

주차장으로 내려가자 찬은 차에 시동도 걸지 않은 채 기대어 서 있었다. 자영은 조금 전까지 후끈거리던 뺨이 부디 진정되었길 기원하며 아무렇지도 않은 표정을 지으며 그를 향해 다가갔다.

"안 가?"

"바로 길 건너편에 있는 '보글보글' 텐트바 보이지? 먼저 가 있어. 곧 갈게."

"야, 넌 어디 가는데? 응?"

물음이 끝나기도 전에 홱 몸을 돌려 사라지는 찬의 뒷모습에다 대고 큰 소리를 질러보았으나 소용없었다. 무슨 급한 일인지 그는 레스토랑의 주차장에 그녀를 버려둔 채 종적을 감추었다. 조금은 약해졌던 찬에 대한 방어벽이 다시 단단히 굳어갔다. 자영은 입술을 삐죽이며 찬이 말했던 텐트바를 바라보았다. 워낙에 여유없이 살아서 그런 것도 있지만 왠지 사람 많은 곳에 가면 주눅이 드는 관계로, 나이에 어울리지 않게도 젊은 문화를 그다지 접해보지 못했다.

그런데 저곳에 나 혼자 들어가 있으라고? 하찬 그 녀석은 역시 몰라도 너무 모른다. 내가 겉모양만 봐서 무서울 것 없어 보인다고 속도 그런 줄 아는 모양이다. 칫.

괜히 바닥의 보도블럭을 툭툭 건드리며 그렇게 한참을 기다려 보았지만 찬의 기척은 좀처럼 느껴지지 않았다. 그렇게 길에서 의미없이 시간을 죽이고 있노라니 슬슬 오기가 발동했다.

안 해봐서 그렇지 못할 것도 없지. 그렇지 않아? 감자영, 네가 무서운 게 어딨어? 그랬으면 근 십 년을 혼자서 이 험한 세상 어떻게 헤쳐 왔냐? 그냥 부딪치고 보는 거지.

그녀 속에서 결심이 서자마자 마치 기다렸다는 듯 신호등이 녹색으로 바뀌었다. 젊은이들의 물결이 길 건너편으로 스르륵 밀려가는 것을 보며 자영은 스스로에게 '아자!'를 외치며 그들의 뒤를 따랐다.

보기엔 그래도 은근히 따지는 게 많은 감자임을 잘 알고 있었다. 보나마나 허접한 도시락을 내밀면 이런저런 타박을 해댈 게 분명했기에 찬은 괜찮은 도시락 전문점을 찾아 압구정 곳곳을 누비고 다녔다. 하지만 이미 저녁 시간이 훨씬 지난 터라 도시락집은 거의 영업을 마친 후였다. 결국 시간이 계속 지체되자 찬은 하는 수 없이 편의점제 도시락을 선택할 수밖에 없었다.

숨이 턱에 닿도록 뛰어서 텐트바에 도착한 찬은 구석 자리에 콕 처박혀 있는 감자를 보고서야 숨을 편안하게 고를 수 있었다. 자영에게로 가기 전 그는 영업 준비에 여념이 없는 주인 아줌마의 뒤로 가 허리를 슬그머니 껴안으며 음흉한 목소리를 냈다.

"여전히 장사 잘되네, 아줌마."

"어? 이게 누구야? 하찬, 왜 그동안 뜸했어!"

같은 과 선배였던 인희는 포장마차를 하던 남자랑 눈이 맞아

3학년 때 학교를 중퇴하고 살림을 차려 버린 그야말로 학교의 유명 인사였다. 게다가 그녀가 강남에서 꽤 유명한 이 텐트바의 사장이 되기까지 겪은 우여곡절은 책 한 권을 쓰고도 남을 정도였다.

"누구랑 왔어? 여친?"

찬은 인희의 물음에 비밀이라는 손 신호에 이어 다음에 얘기하자는 눈짓을 보낸 후 자영이 앉은 테이블로 걸어갔다. 그녀는 이미 소주와 안주를 시켜 먹고 있었다. 안 먹은 척하고 있었지만 그녀 앞자리에 꽤 많이 쌓여 있는 홍합 껍데기는 숨길 수 없는 증거물이었다.

"너 이런 데 자주 와? 난 솔직히 이런 시끄러운 덴 별론데. 너도 매일 나처럼 시끄러운 곳에서 근무해 봐. 이런 데가 좋은지."

그가 앉자마자 심드렁하게 자신의 의견을 피력하는 자영이었다. 찬이 뭐라고 대답을 하려는데 호기심을 참지 못한 인희가 그들 사이로 끼어들었다.

"안녕하세요? 전 이 보글보글바 사장 강인희라고 해요. 찬이 학교 선배죠. 어머~ 찬이가 여자랑 단둘이 온 건 처음인데. 두 사람 정말 잘 어울려요."

그에 어색하게나마 간단히 자신의 소개를 마친 자영은 추가 주문을 받고 인희가 돌아서자마자 그에게로 상체를 숙이며 이를 갈듯 속삭였다.

"선배가 운영하는 곳이라고 왜 진작 얘기 안 했어?"

"말할 짬도 없었잖아."

그리고 그는 애써 태연한 표정을 지으며 곁자리에 놓아두었던 도시락을 탁자 위로 올렸다. 그녀 앞에 하나. 그 앞에 하나.

동그래진 자영의 시선이 그와 도시락을 번갈아 훑었다.

"뭐, 뭐야, 이거?"

"아무리 밥배랑 술배랑 따로라도 기본 베이스는 깔아줘야지. 안 그래?"

그러면서 도시락의 덮개까지 열어주는 찬이었다. 그답지 않은 자상한 행동에 속에서 뭔가가 울컥 치밀어 올라 자영은 고맙다는 말도, 잘 먹겠다는 말도 할 수가 없었다. 그저 젓가락을 쥔 채 고개를 숙이고 있을 뿐.

"혼자일수록 더 잘 챙겨 먹고 다녀야 해. 그래야 덜 서러운 법이야."

젠장, 왜 이 상황에서 고 닥터 목소리가 떠오르는 거냐고.

머리 속을 맴도는 상원의 음성을 지워내기 위해 아이처럼 도리질을 친 자영은 번쩍 고개를 들어 눈앞의 남자를 응시했다. 그때까지 그녀의 정수리를 바라보고 있었던 것인지, 흠칫 놀란 기색을 숨기지 못하며 찬은 헛기침을 해댔다. 자영은 평소보다 조금은 가라앉은 목소리로 물었다.

"이거 사러 갔다 온 거야?"

“야, 빈속에 술 먹었다가 지난번처럼 내가 업고 가는 불상사라도 생기면 어떻게 하냐. 일종의 방지책이라고 쳐.”

하여튼 말 참 얄밉게 한다. 그런데 우습게도 이제 익숙해 버린 것인지 그것이 그다지 기분 나쁘지가 않다. 괜히 태연한 척하는 저 표정에 정이 간다고 할까. 뭐? 정이 가? 감자영, 너 진짜 고 닥터한테 차인 후로 완전 맛이 갔구나, 갔어. 저 싸가지없는 놈한테 정이 간다니.

자영의 시야 속으로 소주병이 확 들어온 것은 그때였다.

그래, 해이해진 자신의 정신을 바로잡는 데는 술이 최고지.

그녀는 찬의 잔과 자신의 잔에 차례로 술을 따랐다.

“베이스는 술 마시면서 깔아도 될 거야? 그치?”

찬에게 동의를 강요하며 자영은 소주잔을 높이 들어 올렸다. 떨떠름한 표정으로 그 역시 잔을 들자, 그들은 별다른 건배 제의 없이 약속이라도 한 듯 첫 잔을 한 번에 깨끗이 비워냈다. 목구멍으로 술이 완전히 넘어가기 전, 젓가락으로 도시락의 돈까스 한 점을 집어먹은 자영은 자신의 잔을 말없이 채워주는 찬을 물끄러미 바라보았다. 뛰어와서일까. 옆얼굴에 붙은 그의 긴 머리칼 끝이 땀으로 젖어 있었다.

“궁금한 게 있는데…… 지난번에 네가 묻지 말라고 단호하게 거절했던 거…… 기억해?”

“그건 이미 다 알았잖아. 너네 학교 경비 아저씨가 우리 아버지 하지만 씨라는 거. 뭐가 또 궁금한데?”

"왜 학교에서 아버지랑 부딪쳤을 때, 그렇게 차갑게 대했어? 상원 오빠 약혼식에도 나타나지 않고."

이야기에 빠져 있느라 자영은 그의 잔을 채워줄 생각 같은 건 하지 못했다. 찬이 마치 갈증이 나는 사람처럼 소주 몇 잔을 연거푸 들이켰을 때야 손을 내밀어보았으나 이미 한참 늦은 후였다.

"그게 왜 그렇게 궁금한데?"

찬의 무뚝뚝한 물음에 딱히 대답할 말을 떠올리지 못한 자영은 장난 섞인 대꾸를 했다.

"십육 년의 앙금이 조금 걷히고 나니까, 관심이라도 생겼나 보지 뭐."

그가 말도 안 된다는 듯 피식 웃어주길 바랐다. 그러나 작은 움직임 하나 없이 진지하게 그녀를 응시하고 있는 찬의 눈빛은 자영의 숨을 콱 막히게 했다. 결국 그의 시선을 먼저 피한 건 그녀였다.

"대학 들어감과 동시에 집을 나왔어. 형들처럼 가업을 이어주길 바라셨던 아버지와 수의사가 되고 싶었던 나 사이의 골은 너무 깊어서 대화로 메워질 수 있는 성질의 것이 아니었거든."

버럭 화라도 내든지 귀찮다는 표정이라도 짓든지 해야 하찬 같을 텐데. 너무도 쓸쓸한 표정을 짓고 있는 그를 보며 자영은 마음속 깊이 위로해 주고 싶다는 생각을 했다. 하지만 그전에 궁금한 것이 하나 더 있었다.

"왜…… 그렇게 수의사가 되고 싶었는데?"

술을 다시 한 잔 들이킨 찬의 가라앉은 눈빛은 그녀를 비켜나 아주 먼 곳을 보고 있는 것 같았다. 그리고 중얼거림 비슷하게 흘러나온 짧은 대답.

"누가 우는 모습을 다시는 보고 싶지 않아서."

"뭐야? 네가 수의사가 되지 않으면 누가 슬퍼한단 거야?"

"훗, 순서는 좀 바뀌었지만 대충 맞아."

뜻 모를 말을 중얼거린 찬은 한동안 말없이 도시락을 먹기만 했다. 그를 따라 젓가락을 다시 든 자영은 다운된 분위기를 바꾸기 위해 애써 밝은 목소리를 냈다.

"이야, 하찬. 은근히 멋있다? 수의사가 된 데 그런 이유가 있었단 말이지? 괜히 샘난다야. 난 그냥 등록금 제일 싼 대학 고르다 보니 교대에 간 건데."

하지만 찬은 웃지 않았다. 고개도 들지 않았다. 그저 기계적으로 젓가락만 움직일 뿐. 그런 그의 모습을 보고 있노라니 자영은 처음으로 지만이 미워졌다. 단순한 경비 아저씨인 줄 알았을 때는 인자하기 짝이 없는 사람인 줄 알았는데, 속에는 세속적인 욕심을 가득 안고 있었다니. 누군가를 위해 수의사가 되고 싶다고 하는 아들의 꿈을 하찮게 치부해 이토록 깊은 상처를 남기다니.

자영은 저도 모르게 자신의 도시락에 얹어져 있던 김밥 하나를 들어 찬의 젓가락 위에 올려주었다. 굳은 표정으로 자신을 바라보는 그를 향해 자영은 변명 비슷한 말을 급히 쏟아냈다.

"너, 김밥 다 먹었네. 난 아까도 말했잖아. 배 별로 고프지 않다고."

정말 이상하게도 좀 전까지 무지하게 움찔거리던 위장이 잠잠하다. 원인 모를 포만감을 느끼며 자영은 턱을 괸 채 찬의 먹는 모습을 조용히 지켜보아 주었다.

대리운전 기사에게 요금을 지불하고 돌아선 찬은 곧장 집으로 들어가지 않고 그녀의 곁으로 다가왔다.

"데려다 줄게."

헉, 진짜 이놈 이상하다. 오늘따라 왜 이렇게 다정한 거냐고.

"야, 누가 들으면 웃어. 길만 건너면 바로 내 집인데 뭘 데려다 주냐. 그냥 들어가, 꽤 취한 것 같은데."

나름대로는 생각한다고 웃으며 한 말인데, 찬의 표정에 약간의 불쾌감이 감돌았다.

"누가 취해? 겨우 소주 몇 잔에? 웃기지 마라, 감자."

그는 다짜고짜 그녀의 손을 잡더니 횡단보도로 잡아끌었다. 그 손바닥을 통해 전해오는 열기가 그녀의 온몸으로 퍼져 나가 마침내 얼굴까지 뜨거워지도록 만들었다. 자영은 애꿎은 날씨 탓이라 여기며 그를 따라 총총걸음을 걸었다.

이내 건물 앞에 이르렀지만 찬은 손을 놓지 않았다. 이만 갈게, 라고 말을 하며 그녀에게서 멀어지지도 않았다. 그저 알 수 없는 눈길로 내내 그녀를 내려다보고 있을 뿐이었다.

"왜, 왜 그래? 내 얼굴에 뭐 묻었어?"

그가 이렇게 위압적으로 느껴진 것은 처음이다. 저도 모르게 찬에게서 점점 물러나던 자영은 등에 와 닿는 차가운 느낌에 자신이 의도치 않았지만 벽에 기대어 섰다는 것을 알 수 있었다. 대답없이 찬은 갑자기 손을 놓았다. 그가 돌아서 갈 것이라고 생각하고 안도의 한숨을 내쉬려던 찰나, 그의 손이 그녀의 팔을 타고 어깨를 움켜잡자 자영은 목을 움츠리며 주위를 둘러보는 척 극성스런 행동을 해 보였다. 그것은 어색한 분위기를 무마해 보려는 나름대로의 궁여지책이었다.

"너 정말 왜 이래? 이러다가 학부모라도 지나가면 어쩌려고. 여긴 내가 다니는 학교의 학군이라고!"

낮은 외침으로 지금의 심정을 토로해 보았지만 찬은 요지부동이었다. 되레 그녀에게 더욱 다가서 빙그레 미소를 머금을 뿐이었다.

"더 잘됐네."

"뭐?"

그제야 두려움이 확 끼쳐 왔으나 그녀가 도망가는 것보다 그의 움직임이 더 민첩했다. 커다란 손이 뒷머리를 받치고 다른 손이 그녀의 허리를 붙잡아 꼼짝달싹도 할 수 없게 되자 목소리마저 나와주질 않았다. 앙칼지게 한마디 쏘아붙여 줘야 하는데, 이게 뭐야. 왜 이렇게 바보같이 구는 거니, 감자영. 너 왜 불쾌하다는 생각조차 하질 않는 건데?

입을 벙긋거리며 무엇이라도 말해 보려던 자영은 자신에게로 내려오고 있는 찬의 얼굴을 보며 눈을 휘둥그렇게 떴다. 벌려져 있던 입술 사이로 물컹한 무엇인가가 파고들어 알코올 기가 남아 있는 그녀의 입 안 곳곳을 쓸고 있었다.

"음."

놀라움으로 인해 그녀에게서 흘러나온 의성어를 쾌락의 신음으로 여긴 것인지 그는 더욱 깊게 입술을 부딪쳐 왔다.

혼란스러운 머리를 애써 움직인 자영은 지금 찬이 자신에게 하고 있는 이 행위가 다름 아닌 매체를 통해서만 접해왔던 '키스'이며, 이것이 자신의 첫키스라는 사실을 정리할 수 있었다. 그러자 갑자기 이렇게 멍하니 있어선 안 되겠다는 생각이 들었다. 처음이니만큼 상대가 누구든 간에 멋진 기억으로 남아야 했다. 그녀는 그의 품에 어색하게 놓여 있던 팔을 들어 찬의 목을 껴안았다.

그녀의 갑작스런 태도 변화에 놀란 듯 그의 온몸이 잠시 경직되는 것이 느껴졌다. 하지만 자영이 용기를 내어 그의 혀끝을 건드리자, 쉽사리 자극을 받은 찬은 좀 전보다 훨씬 더 적극적으로 그녀의 입 안 곳곳을 애무하기 시작했다. 키스가 계속될수록 그녀의 머리 속 생각들은 하나둘씩 물러나고, 중요한 건 오로지 그를 조금 더 깊이 느끼는 것뿐이었다. 그들이 어떤 장소에 머물고 있든, 시간이 얼마나 늦었든 더 이상 신경 쓰이지 않앉다.

그렇게 서로를 통해 호흡을 하는 것에 얼마나 몰입해 있었을까. '쪽' 하는 민망한 소리와 함께 찬이 고개를 들었지만 그 후로도 자영은 한동안 이성을 차릴 수가 없었다. 그녀는 멍한 시선으로 가로등을 등지고 선 찬을 올려다보았다. 이젠 꿈인지 현실인지조차 분간이 힘들었다. 그는 미소와 함께 그녀의 부은 입술을 엄지손가락으로 쓸며 중얼거렸다.

"이만큼 했으면, 동네 사람들 중 한두 명은 보지 않았겠어?"

정신이 번쩍 드는 것 같았다. 조금씩 머리 속에 차가운 이성이 깃들기 시작했다. 벽에 기대지 않고 홀로 꼿꼿이 일어난 자영은 조금 전까지 자신이 알지 못하는 환상의 세계를 선사했던 찬의 매력적인 입술을 노려보았다.

"오늘부터 감자의 주인은 나 하찬임을 공포하노…… 헉!"

마치 판사라도 된 듯 거만하게 판결을 내리려던 찬의 정강이를 자영은 있는 힘껏 걷어차 주었다. 그가 다리를 붙잡고 한 발로 깡깡거리는 틈에 자영은 얼른 품에서 벗어났다.

"누가 누구의 주인이라는 거야? 허락도 없이 키스한 주제에."

떨려서 나오는 음성이 너무도 마음에 들지 않는다.

자영은 일그러진 표정으로 찬이 자신을 노려보는 것에 상관없이 후닥닥 뛰어서 계단을 올라갔다. 그의 키스에 심장이 흔들렸음을 인정하고 싶지 않았다.

그건 그저 저 녀석이 워낙 테크닉이 좋아서였을 뿐이라고. 절대 저놈이 좋아서가 아니란 말이지.

떨리는 손으로 인해 열쇠를 제대로 구멍에 맞추기조차 어려웠다. 몇 번의 시도 끝에 어렵사리 문을 연 자영은 현관문을 단단히 걸어 잠근 후 즉시 자리에 무너져 내렸다. 거친 숨결 사이사이로 자영은 스스로를 향해 소리쳤다.

"이러니 여자의 마음은 갈대라느니 어쨌다느니 그런 소릴 듣는 거라고! 감자영! 이씨…… 그런데 도대체 여자의 마음은 갈대라고 누가 그래? 어떤 자식이 그런 소릴 한 거야! 여자는 절대 흔들리면 안 된다는 거야! 뭐냐고!"

핸드백을 집어 던진 자영은 두 손으로 머리칼을 흐트러뜨리며 무릎 사이에 얼굴을 묻었다. 키스를 하는 동안 느꼈던 그의 살내음과 숨소리, 그리고 그만이 가진 촉감이 아지랑이처럼 떠올라 그녀를 혼란스럽게 했다. 단순히 테크닉에 빠졌다고 하기엔 첫키스의 기억 속에서 '하찬' 이라는 존재가 차지하는 비중이 너무 컸다.

4... 남 주기 싫으면 네가 가질래?

왜 하필 덥디더운 6월에 운동회를 한다고 해서, 이 생고생을 하는 것인지 모르겠다. 운동회 전 주는 총연습에 매여 그야말로 매일매일이 죽음이었다. 게다가 6학년의 연습 시간은 과학 시간에 배운 대로라면 남중고도가 가장 높은 열두 시 이후 땅이 데워져 기온이 가장 높아진다는 시간인 두 시, 즉 6교시!

"이러다 찐 감자 되겠다, 젠장."

헛, 미쳤다. 나 스스로를 그 변명에 대입시키다니. 진짜 더워서 정신이 어떻게 되어버렸나 보다. 자영은 도리도리 고개를 내저었다.

사실, 뜨거운 6월의 태양 아래 마치 개 떼들처럼 운동장을 질

주하고 있는 남학생들의 필드 게임을 지켜보는 자영의 머리 속
은 몽롱하기 짝이 없었다. 그것을 사정없이 쏟아 붓고 있는 태
양열 에너지의 과잉 작용 때문이라 치부해 보아도, 그녀 본인은
알고 있었다. 가끔 깜빡깜빡하긴 했지만 제대로 돌아가기는 하
던 머리가 완전 고장이 나버린 것은 찬과 키스를 한 그날 이후
라는 것을. 자신의 이런 무기력증은 햇빛 아래 장시간 계속된
운동회 연습 때문이 아니라는 것을.

　게다가 가끔 찬의 얼굴을 보면 몽롱한 취기와 함께 키스를 했
던 그 순간이 너무도 명확히 떠올라 고개가 더 더욱 무거워지는
자영이었다. 그를 피하고 싶어도 누리의 치료를 위해 어쩔 수
없이 매일 한 번은 병원을 방문해야 했다. 그때마다 그녀는 찬
을 철저히 외면했다. 그녀의 거북함을 읽은 것인지 그도 별다른
말을 건네지 않았다.

　땀에 불은 솜처럼 무거운 몸을 이끌고 교실로 돌아온 자영은
청소도 생략한 채 아이들을 집으로 돌려보냈다. 처리해야 할 공
문이 있었지만, 교실에 홀로 남겨지자마자 그녀는 운동복을 갈
아입지도 않은 채 책상 위에 쭈욱 널브러지고 말았다.

　“후, 이제 살겠다.”

　열어놓은 창문에서 그래도 아직은 시원한 바람이 불어 들어
와 잔뜩 오른 자영의 땀을 식혀주었다. 체온의 하강과 동시에
달디단 잠이 솔솔 내려앉았다. 잠시잠깐의 수면 속으로 빠져들
려던 순간, 그녀의 머리 속으로 스며든 건 그와 묘하게 얽혀 있

는 자신의 영상이었다. 오던 잠이 화악 달아나 버렸다.

"으윽! 안 돼!"

비명을 지르다시피 하며 자영은 벌떡 상체를 일으켰다.

똑똑.

당황한 것도 잠시, 참으로 적절한 순간 그녀를 제어해 주며 들려온 노크 소리가 고맙게까지 느껴졌다. 자리에서 벌떡 일어난 그녀는 아무 일도 없었다는 듯 표정을 관리하며 앞문을 향해 목소리를 높여 대답했다.

"네."

뜻밖에도 쭈뼛거리며 문 사이로 고개를 내민 이는 찬과 닮은 작은 얼굴, 진이었다.

"어, 진아. 아직 안 갔니?"

"선생님한테 할 말이 있어서요."

자영은 예전에 비하면 경계심을 많이 푼 진의 모습을 보며 새삼 흐뭇함을 느꼈다. 그녀는 자신의 앞으로 다가와 선 아이에게 가까이 있는 의자를 권한 후 맞은편에 앉았다.

"진이 얼굴이 좋구나? 애들 말로는 지은이랑 수학여행 이후로 사귄다고 하던데, 잘되어가는 거야?"

장난스레 물은 말에 진의 거무스름한 얼굴이 달아올라 더욱 검게 보였다.

"그래, 좋은 친구로 지내면 좋지 뭘."

자영은 아이의 마른 어깨를 툭툭 두드려 주며 그쯤에서 지은에 관련된 화제를 접었다. 그리고 그녀는 진이 말할 준비가 될 때까지 기다리기로 했다. 왠지 혼란스러워 보이는 아이의 눈빛에 불안해졌다. 경솔하게 용건을 물을 수가 없었다.

"아빠가 날 미국으로 보내겠대요."

"어?"

바보처럼 되묻고 말았다. 뜬금없이 미국이라니. 이 아이가 무슨 소리를 하는 것인가 싶어서 자영은 한동안 말을 잇지도 못했다.

"성이 삼촌이 미국에 있거든요. 아무래도 할아버지가 아빠한테 내가 학교 땡땡이치고 그런 거 일러바친 것 같아요."

건조한 말투로 얘기하고 있었지만 진의 눈빛은 젖어 있었다. 말없이 아이를 향해 좀 더 다가앉은 자영은 진이 자세히 털어놓아 주길 바랐다. 감정이 격앙된 아이의 어조는 계속 이어졌다.

"아빤 날 위해서라고 하지만, 난 그렇게 생각 안 해요. 분명 내가 보기 싫어서 아주 멀리멀리 보내 버리려고 그러는 거라고요."

"진아."

그녀가 더 말할 새도 없이 진이 자영의 손을 잡으며 매달렸다. 처음이었다, 이토록 간절한 눈빛으로 아이가 자신의 도움을 요청한 것은.

"선생님, 난 가고 싶지 않아요. 여기 있을래요. 찬이 삼촌이랑 그냥 여기 있을래요."

“진이 네 마음을 아버지께 말씀드려 봤어?”

그녀는 젖은 진의 눈매를 엄지손가락으로 쓸어주며 조용히 물었다. 그러자 한숨과 함께 진은 고개를 끄덕였다. 아이의 풀죽은 음성이 자영의 가슴 깊이 파고들었다.

“그래도 안 된대요. 가야 한대요.”

소리없이 흐르던 아이의 눈물은 이제 흐느낌이 되어 터져 나왔다. 도저히 자신을 억누를 수 없어진 자영은 와락 진의 어깨를 당겨 품에 안았다. 아이의 눈물이 옷자락을 적시고 있었지만 개의치 않았다. 아들을 떼어놓으려고만 하는 하윤이라는 남자에 대한 원망으로 자영의 몸과 마음은 차갑게 굳어가고 있었다.

“이제 학교 열심히 다니려고 그랬는데. 으어어엉.”

“선생님이 아버질 한번 만나볼까?”

그녀의 제안에 진의 울음소리가 점점 잦아드는가 싶었다. 하지만 아이는 희망이 아닌 절망이 깃든 눈초리로 고개를 내젓는 것이었다.

“안 될 거예요.”

“왜?”

“아빠는 할아버지 대신 병원 일을 해야 하기 때문에 엄청 바쁘거든요.”

아마 진의 의식 속에 아버지는 ‘바쁜 사람’ 이라 각인된 모양이다. 지난번 상원의 약혼식 때도 이 비슷한 말을 했음을 자영은 기억해 냈다.

“그래도 아들의 선생님이 찾아왔다고 하면 만나주시지 않을 까?”

“몰라요. 내가 찾아갔을 때마다 아빤 언제나 자리에 없었으니 까.”

사회적인 지위가 높다거나 경제적 능력이 뛰어나다고 해서 좋은 아버지가 될 수 있는 건 아니다. 그건 하나의 조건일 뿐. 그러나 하지만 씨의 장남은 아무래도 아버지로서 역할을 너무 우습게 보고 있는 듯싶다. 그에게 그걸 일깨워 줘야만 했다.

“엄마는 아빠가 사람을 외롭게 만든다고 그랬어요.”

진의 작은 얼굴에 그림자가 어렸다. 채워지지 않는 그리움이 드리운 그림자.

자영은 우선 아이를 안정시켜야겠다고 생각하며 진의 손을 더욱 꼭 쥐어주었다.

“진아, 지금은 아무 걱정 말고 쉬어. 선생님이 찬이 삼촌이랑 의논해서 해결 방법을 찾아볼게.”

“정말이요?”

아이의 눈에 드리워진 불신을 걷어주고 싶었다. 자영은 빙긋 이 미소를 지으며 새끼손가락을 내밀었다. 아무 반응 없이 그것 을 물끄러미 바라보기만 하던 진은 그녀가 몇 번을 재촉하자 마 지못해 그것에 자신의 손가락을 걸어왔다.

“약속한 김에 도장, 복사, 사인까지 해야지.”

그들의 엄지손가락, 손바닥이 차례로 맞닿고, 그녀의 검지손가락이 진의 손바닥에 감자영이라는 세 글자를 썼다. 그녀의 단순하기 짝이 없는 사인과 같은.

"진이 너 선생님을 믿으니까 이런 얘기 한 거지? 알아."

자영은 자리에서 일어나는 진의 어깨를 감싸며 나란히 앞문으로 걸어갔다. 조금 전까지 찬으로 인해 혼란스러웠던 머리는 이제 진을 어떻게 하면 미국으로 보내지 않을 수 있을지 생각하느라 복작여 대고 있었다.

"네. 선생님이 이렇게 말씀해 주실 줄 알고 있었어요."

미소와 함께 대답을 하는 진이었다. 자영의 가슴속에서 감동의 물결이 찰랑여 댔다. 그 와중에 아이는 가방을 열어 뭔가를 내밀었다.

"애 선생님이 키우는 개 맞죠?"

그것은 애견샵에 전시된 새끼 강아지를 찍은 사진이었다. 설마 하고 눈을 커다랗게 뜬 자영은 진의 손에서 그것을 받아 꼼꼼히 살펴보았다. 황색 페키니즈가 흔하지 않기도 했거니와 갈색 눈 하며 깊이 패인 주둥이 부근의 주름 하며 그건 분명 누리의 어릴 적 모습이었다.

"그런 것 같은데? 그런데 이 사진 어디서 났니?"

"삼촌 방에서 사진첩을 보다가 발견했어요. 다른 건 다 사람 사진인데 이건 좀 특이하기도 했고, 삼촌 병원에서 본 선생님 강아지랑 비슷하게 생긴 것 같아서요. 선생님 강아지 맞아요?"

"으응, 맞는 것 같아. 그런데 삼촌? 찬이 삼촌?"

자신의 음성이 높아지고 있다는 것을 자영은 진의 당황한 표정을 통해 깨달았다. 겨우 깊은 한숨으로 들썩이는 속내를 진정시키던 그녀의 귓가에 진의 당연하다는 듯한 대답이 들려왔다.

"그럼요."

멍하니 서 있는 그녀를 이상하다는 듯 바라보던 진은 말을 이었다.

"그럼 그 사진 선생님 거 하세요. 삼촌은 어차피 모를 거예요."

그럼에도 자영이 대꾸가 없자 아이는 '안녕히 계세요'라는 인사를 남기고 교실을 나갔다.

얼마 후 정신을 차려보니 진이 준 사진을 거의 구기다시피 쥔 채 그녀는 홀로 멍하니 의자에 앉아 있었다. 교실 벽에 걸린 시계의 바늘이 다섯 시가 가까워졌다는 것을 발견한 자영은 가방을 들고 자리에서 벌떡 일어났다.

마음을 혼란하게 만드는 이 의문을 어서 빨리 해소해야 했다. 그 누구도 아닌 찬을 통해서. 교실을 나서는 자영의 발걸음에 다급함이 묻어났다.

혼자서 병원을 운영했을 때는 근무 시간에 출장을 나오는 것은 생각도 못했는데, 대성이 가세함으로서 그도 손님들도 한결 편안해졌다.

"하 선생, 잠깐만 기다려! 이거 마시고 가!"

차에 시동을 걸던 찬은 집 밖까지 달려나오는 차씨 할아버지를 발견하고 차창을 내렸다.

"괜찮습니다. 목마르지 않아요."

"내가 괜찮지 않아서 그래. 근데 줄 거라고는 우유뿐이네."

한사코 괜찮다는 말을 해보았으나 역시 거절이 용이치 않았다. 하는 수 없이 우유를 들이킨 찬이 빈 잔을 내밀자 할아버지의 표정이 눈에 띄게 밝아졌다.

"번번이 내가 자네 볼 면목이 없네. 이렇게 구석진 데까지 찾아와 주는 것도 고마운데, 진료비도 받질 않으니."

"아니에요. 제가 좋아서 하는 일인데요 뭘."

오래전부터 알고 지내온 차씨 할아버지는 허름한 가건물에서 유기견들을 돌보며 생활하고 있었다. 할아버지의 수입이라고는 나라에서 받는 보조금과 모은 폐지를 팔아 얻는 것이 다였지만 늘 밝게 생활하시는 좋은 분이었다. 그는 할아버지를 진심으로 존경했다.

찬은 미소와 함께 고개를 숙여 보인 후 차를 출발시켰다. 진돗개의 새끼가 거꾸로 나오는 바람에 꽤 오랜 시간을 그곳에서 지체했다. 몸은 피로했지만 수술이 성공적이라 기분은 여느 때보다 상쾌했다.

뻣뻣한 뒷목을 주무르던 찬은 휴대폰의 깜빡임을 발견하고 그것을 집어 들었다. 수술 도중엔 전화를 받지 않는다는 철칙으로 인해 차에 폰을 두고 내렸었는데, 그사이 메시지가 온 모양이다.

〈묻고 싶은 말이 있어. 전화 줘.〉

발신인은 '감자'였다. 그는 키스 이후 차갑게 그를 외면하던 자영을 떠올리며 그녀가 왜 전화를 했을지 병원으로 가는 내내 짐작해 보았다. 하지만 머리 속은 혼란만 더해갈 뿐 해소가 되지 않았다. 더 이상 참지 못한 찬은 단축 다이얼을 눌렀다.

[지금은 고객이 통화 중이오니…….]

가만히 통화 종료 버튼을 누른 그는 병원으로 전화를 넣어보았다.

"김 간호사, 나 하찬입니다. 혹시 거기 감자영 씨 와 있습니까? 네? 갔어요? 누가 와요? 네? 탤런트 방서라요?"

자영이 수학여행에서 초등학교 동창인 민희를 만났다며 그녀가 탤런트 방서라임을 알고 있었냐는 질문이 갑자기 떠올랐다. 아무 말 없이 통화를 끝내려던 찬은 갑자기 전화기 건너편에서 들리는 잡음에 눈살을 찌푸렸다. 그리고 이내 터져 나온 다급한 은주의 목소리로 보아 그건 수화기가 넘겨지는 와중 생겨난 소음이었던 모양이다.

[찬아! 아, 아니, 원장님. 저 성은주예요. 저기, 감자영 씨 말인데요. 병원 맞은편에 있는 커피숍으로 방서라 씨랑 함께 갔거든요? 근데 아시다시피 자영이랑 민희, 아니, 방서라 씨는 그다

지 초등학교 때도 친했던 사이가 아니었고…… 혹시 지금 어디
세요?]

"고마워."

찬은 횡설수설하는 은주에게 간단한 한 마디만을 내뱉은 후
전화를 끊었다.

"뭐, 사실 나도 몰랐어. 알았어도 먼저 찾고 싶은 친구도 아닐
뿐더러 별로 친하지 않았으니까."

"네 다리 건 거 정말 나 아니라고. 민희가 뭘 보고 선생님께
일렀는지 모르지만 그때 무지하게 황당했었어."

자영이 했던 말들이 귓가에서 끊임없이 리플레이되는 가운데
원인 모를 불안함을 느끼며 액셀러레이터를 깊숙이 밟는 자신
을 찬은 깨닫지 못했다.

자영은 전화도 받지 않고 메시지에 대한 답도 없는 찬을 병원
대기실에서 기다리며 화를 삭이고 있었다. 자신이 왜 화를 내고
있는 건지 정확히는 모르겠지만, 그냥 화가 났다. 그러던 와중
걸려온 전화는 민희였다. 수학여행 이후 연락이 없길래 그러려
니 했는데, 뜻밖이었다.

[나 지금 네 집 앞이거든. 좀 나올래?]

마치 어제 만났다 헤어진 사람처럼 너무도 태연한 음성이

었다.

"뭐, 뭐 어디?"

설마 탤런트 방서라가 이 변두리 동네까지 친히 왕림을 하셨단 말야? 단순히 날 보기 위해? 믿을 수 없어진 그녀는 자리에서 벌떡 일어났다. 꺼진 불도 다시 보자. 확인 또 확인. 커다랗게 눈동자를 확대한 자영은 유리벽을 통해 좁은 길을 가득 메우듯 들어선 고급 승용차를 볼 수 있었다.

"어? 진짜네? 나 지금 맞은편 동물병원에 있어."

[그래, 그럼 내가 그리 갈게.]

자영은 순순히 그러라 대답했다. 그때는 몇 분 후 갑자기 병원에 나타난 민희, 아니, 탤런트 방서라로 인해 어떤 혼란이 야기될지는 생각조차 해보지 않았다. 그저 단순히 자신이 편하기 위해 내뱉은 말이었다.

딸랑 하는 소리와 함께 고급스런 향수 내음이 실내에 감돌기 시작하자, 자영은 고개를 돌려 그 주인공을 바라보았다. 붉은색 원피스를 세련되게 입고 검은색 선글라스를 낀 민희가 그녀에게 손을 흔들며 인사를 하고 있었다.

"안녕."

짧은 순간 병원 내부에 쑥덕임이 일었다. 그리고 얼마 지나지 않아 대기실에 앉아 있던 손님들뿐 아니라 길을 지나던 행인들, 그리고 심지어는 미용사들과 간호사, 의사인 대성까지 모두 민희에게 사인 공세를 퍼붓자 자영은 묘하게 기분이 나빠졌다. 그녀는 사람들을 억지로 밀어내며 민희에게 턱짓으로 건너편의 커피숍을 가리켰다.

"조용한 데로 가자."

은주에게 누리를 부탁한 후 자신의 뒤에서 하이힐 소리가 들려오는지 주의해서 듣는 것을 잊지 않으며 자영은 병원을 나섰다. 길을 걷는 동안에도 사람들의 이목이 자꾸만 민희를 향해 집중되는 것이 인식되어 상대적으로 스스로가 초라하게 느껴졌다.

커피숍으로 앞서 들어간 자영은 거의 손님이 없다는 것에 만족감을 느끼면서도, 혹시나 싶어 가장 구석진 자리를 택해 앉았다. 곧 예의 그 숨도 쉴 수 없을 정도로 강렬한 향수 냄새에 이어 민희가 그녀 앞에 모습을 드러냈다.

"내 집까지 웬일이야? 바쁘지 않은 모양이다?"

"겸사겸사."

"뭐?"

"거기 찬이 병원인 거 알아. 우리 초등학교 동창 하찬. 맞지?"

그냥 단순한 물음이라기엔 왠지 느낌이 좋질 않다. 지금 이 순간 철렁하는 가슴은 십육 년 전과 똑같다. 선생님 앞에서 자신을 몰아세우던 민희, 그 눈에 깃든 적대적인 감정, 그리고 자신을 보던 찬의 무심한 눈빛.

과거의 기억들이 흑백필름처럼 그녀의 시야를 차례로 스치고 지나갔다. 그 후 뭐라고 민희가 이야기를 하는데, 제대로 들리지 않았다. 그저 벙긋벙긋하는 입 모양이 멈추면 고개를 끄덕여 주는 것이 다였다. 뭔가 석연치 않은 기분이었다.

"감자!"

그렇게 한동안 멍하니 과거의 일을 떠올리고 있던 자영은 날카롭게 들려온 부름에 놀라 정신을 차렸다. 언제 온 것인지 구겨진 셔츠 차림의 찬이 그녀를 내려다보고 있었다. 민희가 아닌 오직 그녀만을. 바보처럼 그제야 마음이 스르륵 가라앉는 자영이었다.

"왔어?"

"여기서 뭐 해? 할 말 있다며? 가자."

그의 재촉에 자영은 선뜻 일어나지 못했다. 찬을 향해 눈빛을 고정하고 있는 민희에게서 숨길 수 없는 소유욕이 드러나 보여 개운치가 않았다.

"찬아!"

조금 전까지 눈 속에서 번뜩이고 있던 불쾌한 빛을 깨끗이 비워내며 민희는 자리에서 일어났다. 그 몸짓에는 배우다운 극적임이 있었다. 지금 반색을 하며 찬의 왼팔을 붙드는 민희의 표정에는 오로지 반가움의 감정만이 그득했다.

"누구?"

무심하기 짝이 없는 그의 물음에 자영은 홀로 크득 웃고 말았다. 그러나 민희는 아랑곳하지 않았다. 전혀 물러날 기미가 보이지 않았다. 되레 입술을 예쁘게 삐죽이며 그를 흘겨볼 따름이었다.

역시 만만치 않다, 방민희.

"나 몰라? 어쩜 그래? 좋아한다고 고백한 날 받아줬잖아. 너도 나 좋아한다고. 기억 안 나? 그때가 아마 네 생일이었을 거야."

스스로도 의식하지 못할 정도로 간절한 눈빛으로 자영은 찬을 바라보았다. 그가 특유의 냉랭한 표정으로 '내가 언제?' 이렇게 대꾸해 주었으면 하고 바랐다. 하지만 눈에 띄게 변해가는 찬의 표정에 자영의 가슴속에서 뭔가가 쿵 하고 내려앉았다. 그들이 공유한 추억 속에 끼어들지 못하는 것이 약 올랐다. 반면 후련한 기분도 들었다. 이제야 십육 년 전 늘 그녀를 냉랭하게 대했던 민희의 마음이 무엇이었는지 조금은 알 수 있게 되었으니까.

그때의 민희는 찬을 좋아했던 것이다! 그렇다면, 혹시 지금도?

생각이 거기까지 이르자 왠지 더는 그곳에 있고 싶지 않아졌다. 너무 씩씩해 의자를 밀치다시피 하며 그녀는 자리에서 일어났다. 그러자 얽혀 있던 그와 민희의 시선이 동시에 자영에게와 닿았다.

"두 사람 할 얘기가 많을 것 같은데, 난 먼저 갈게."

팔을 붙잡는 찬의 손길이 느껴졌지만 그것을 그대로 뿌리치며 자영은 커피숍을 나왔다. 은근히 그가 뒤쫓아 나와주길 기대하는 나약하기 짝이 없는 마음을 억누르며 그녀는 성큼성큼 거리로 발을 내디뎠다.

감자영, 너 지금 뭐 하는 시추에이션이야? 모두 올 스톱! 네 마음은 어찌 그리 간사하냐. 고 닥터한테 붙었다가, 이젠 하찬한테 붙으려고? 얼른 제자리에 갖다 놔!

키스 한 번에 그의 여자 친구라도 된 듯 구는 자신이 너무도 못나게 느껴져 참을 수가 없었다. 당장 크게 소리라도 지르지 않으면 가슴이 터져 버릴 것 같았다. 혼자만 있을 수 있는 곳이 없을까 생각해 보던 자영의 머리 속에 학교 뒷산에 떠올랐다. 수학여행으로 인해 간단하게나마 1학기 현장학습을 갔던 장소였다.

오늘은 꼭 서예학원을 가려고 했지만—가는 날보다 빼먹는 날이 더 많은 학원이다—이런 혼란스러운 심리로는 도저히 서예가 써질 것 같지 않아 자영은 강습을 째기로 마음먹었다. 그녀는 산을 향해 천천히 걸었다. 그러다 가방 속의 사진이 떠오른 자영은 지퍼를 열어 그것을 꺼내 들었다.

왜 찬이 이것을 가지고 있었을까. 혹시 진이가 상원 오빠의 방에서 찾은 걸 잘못 기억하고 있는 건 아닐까.

생각이 끝을 모르고 물고 이어지자 결연한 표정으로 사진을 가방에 쑤셔 넣은 자영은 방향을 틀어 왔던 길을 다시 내려갔다. 소리를 지르는 것보다 가슴속에 맴도는 이 의문을 푸는 것이 갑자기 더 중요하게 느껴졌다. 게다가 그것을 해결해 줄 이가 찬을 제외하고 한 사람이 더 있다는 것을 그제야 깨달았기에 더 머뭇거릴 것도 없었다.

사랑니치과의 계단을 오르는 자영의 표정은 비장하기 짝이 없었다. 들어서자마자 그녀는 아무 말 없이 간호사들을 지나쳐 진료실의 문을 두드렸다.

"아니, 도대체 무슨 짓이에요!"

뒤에서 그녀의 팔을 잡아끄는 손길을 뿌리치며 자영은 문을 벌컥 열고 들어갔다. 유란과 다정하게 차를 마시고 있는 상원의 모습은 자영의 마음에 그 어떤 동요도 일으키지 못했다.

"할 말이 있어."

"자영이 왔구나? 좀 앉아."

자신의 의자까지 내어주며 일어나는 유란이었다. 하지만 그런 상대를 본 척 만 척하며 자영은 분명한 어조로 덧붙였다.

"오빠하고만 얘기하고 싶어."

상원이 뭐라고 말을 하려 했지만, 그의 어깨를 잡으며 제지한 유란은 '편하게 얘기해'라는 자상한 한마디를 던지고 사라졌다. 참으로 서유란다웠다.

"그동안 왜 치료받으러 안 왔어? 설마 며칠 사이에 술 마신 건 아니지?"

텐트바에서 찬과 술잔을 기울이던 자신의 모습이 떠올라 뜨끔했지만—그 이후의 일까지 떠올라 당혹스럽기까지 했지만—애써 태연한 척하며 자영은 상원의 맞은편에 자리를 잡고 앉았다. 지금은 사랑니 따위보다 더 중요한 일이 있으니까.

그녀는 가방에서 구겨진 사진을 꺼내 책상 위로 내밀었다. 그것에 손가락 하나 갖다 대지 않고 지켜보는 상원의 눈썹이 비정상적으로 꿈틀거렸다.

"진이가 줬어. 이 사진을 오빠 방이 아닌 찬이 방에서 찾았대. 어떻게 된 거야?"

자영은 빙빙 돌리지 않고 본론부터 치고 들어갔다. 들고 있던 잔을 내려놓으며 상원은 대답 대신 물었다.

"커피 줄까?"

"됐어. 아직 저녁 전이야."

"그럼 샌드위치라도 만들어줘?"

"됐다니까! 그런 친절 따윈 그만둬. 내가 원하는 건 질문에 대한 답이라고!"

그녀의 언성이 높아지자 상원은 깊은 한숨을 내쉬더니 의자에 편안하게 몸을 기댔다. 그에게서 흘러나온 믿기지 않는 성질의 말이 자영의 뒤통수를 치고 지나갔다.

"네가 짐작하는 대로야. 찬이었어."

"뭐?"

어떻게 저렇게 평온하게 얘기할 수 있을까. 어떻게.

생각 같아서는 자리에서 일어나 상원의 옷자락이라도 잡고 흔들고 싶은 기분이었다. 거짓말하지 말라고. 무슨 소릴 하는 거냐고.

“네 부모님 돌아가신 다음날이었나? 갑자기 어딘가에서 강아지 한 마리를 데리고 와서 찬이 녀석이 그러는 거야. ‘얘 이름은 온 세상이라는 뜻으로 누리라고 지었어. 세상을 잃은 사람에게 세상이 되어줄 거야’. 그리고 부탁하더군, 내가 선물하는 것처럼 너한테 주라고. 자기가 주면 네가 받지 않을 것 같다면서. 더 놀라운 얘길 해줘? 그 자식, 친절하게도 말야. 내가 너한테 무슨 말을 해야 할지도 가르쳐 주더라. ‘네게 가족이 되어줄 거야. 네게 새로운 세상이 되어줄 거야’라고. 네가 그렇게 잊지 못하는 그 말. 이젠 대충 어떻게 돌아가는 스토리인지 알겠니?”

순간적인 현기증으로 인해 탁자 위 누리의 사진이 흐릿하게 보였다.

“지금…… 나 놀리는 거야? 오빠가 이런 농담도 할 줄 알아?”

“언젠가는 알게 될 거였어. 너무 늦지 않은 거였으면 좋겠는데.”

중얼거림과 같은 상원의 말을 더는 듣지 못하고 사진을 집어든 자영은 의자를 쓰러뜨리다시피 하며 일어났다.

“여기 오는 게 아니었어.”

“그래, 찬이한테 직접 확인하는 게 좋았을 거야.”

언제나 상원이 친절하다고 생각했다. 그런데 오늘 본 그는 참으로 무심하다.

유유히 커피를 들이키는 상원을 노려보던 그녀는 가는 씩씩거림을 토해내며 그곳을 나왔다. 젠장, 목구멍이나 확 데어버려라!

　그녀의 험상궂은 표정에 유란과 간호사들의 눈길이 집중되는 것이 느껴졌지만 그것을 깨끗이 무시한 자영은 후닥닥 계단을 내려왔다.

　그렇게 성급하게 구는 것이 아니었다. 자신의 경솔한 행동을 후회하며 자영은 애초 가기로 한 뒷산을 향해 다시금 걸음을 옮겼다. 오늘은 정말 소리라도 내질러 속에서 꿈틀대는 이 모든 것을 토해내야 할 듯싶었다. 그러고 나면 비록 영원히는 아니겠지만, 마치 약속이라도 한 듯 한꺼번에 터져 버린 이 모든 사건들이 조금은 가볍게 느껴지지 않을지 바라고 또 바라보는 자영이었다.

　"으아아악! 으아아악!"

　자영은 목이 아파 침을 제대로 삼킬 수 없을 때까지 소리를 지르고 또 질렀다. 시끄럽다느니, 그만두라느니 참견하는 사람이 없어서 자유로운 반면 외로웠다. 게다가 생각했던 것만큼 속이 시원하지도 않았고, 생각이 옅어지는 것도 아니었다.

　그렇게 한바탕 난리를 쳤더니 기운이 쭉 빠져 버렸다. 그녀는 야트막한 산의 정상에 위치한 벤치에 앉아 멍하니 자신이 살고 있는 동네의 풍경을 바라보았다. 머리 속엔 여전히 혼란스런 생각주머니를 품은 채.

　좀 전부터 삐삐거리고 있는 것의 정체가 휴대폰이라는 것을 알고 있었지만 팔을 움직여 그것을 꺼내 드는 것조차 귀찮았다.

하지만 그것이 계속적인 소음을 내 혼자만의 고요한 시간을 방해할 때에는 어쩔 수 없어진다.

액정 화면에 찍힌 숫자를 보는 순간 놀라움으로 자영의 턱이 헤벌어졌다.

저녁을 걸렀더니, 헛것이 보이나?

〈부재중 전화 10건.〉

발신자를 후닥닥 검색해 보니, 줄줄이 '하찮은 녀석'이란 이름뿐이었다.

이런, 미친!

새삼 그녀에게 뭐라도 되는 것처럼 구는 놈의 행동에 짜증이 솟구치는 바람에 자영은 휴대폰을 가방 속으로 휙 던져 버렸다. 곧 마치 그녀의 화를 부채질이라도 하듯 들려오는 벨소리.

자영은 그것이 원수라도 되는 양 노려보다가 전화를 받았다. 하지만 그녀가 대꾸도 하기 전에 지독히도 쾌활한 물음이 먼저 터져 나와 귀를 거슬렸다.

[어디냐?]

"그거 물어보려고 전화를 열 통이나 했냐!"

고함을 빽 내지르고 말았다. 하지만 역시 상대는 하찬이었다. 그는 전혀 상처받은 기색 없이 똑같은 물음을 내뱉었다.

[어디냐고!]

젠장, 이놈은 기회주의자적인 사오정 기질을 타고났다. 더는 말싸움을 할 기운도 없을뿐더러, 어차피 찬과 할 얘기도 있었기에 자영은 자신의 현 소재를 가르쳐 준 후 통화를 끝냈다.

찬이 오기까지는 한참 시간이 있을 것이라 여긴 자영은 가방에서 다시 누리의 어릴 적 사진을 꺼내어 휴대폰의 불빛에 비춰 보았다. 이때는 자신이 누리를 만나기 전이라고 생각하니 괜히 마음이 이상했다.

모처럼 조용히 어둠 속에서 내내 사진만을 내려다보고 있던 그녀의 귓가에 부르릉 하는 거센 엔진 소리가 다가든 것은 불과 얼마 후였다.

설마 하는 눈빛으로 뒤를 돌아본 자영은 익숙한 사륜 구동 한 대가 오르막을 올라 벤치 주변에 멈춰 서는 것을 지켜보며 놀라움을 금할 수가 없었다.

바보 감자영! 여기까지 차가 올라올 수 있다는 것을 넌 한 번도 생각해 보지 못했지?

그래! 난 뚜벅이족이라 걸어서밖에 안 와봐서 몰랐다! 왜!

그녀는 속에서 싸움질을 계속해 대는 두 개의 '자영'을 구석에 찌그러뜨린 후, 헤드라이트를 그대로 켜둔 채 자신에게 다가오는 찬을 짐짓 진지한 눈초리로 지켜보았다. 그녀 옆에 당당하게 버티고 선 그에게서 놀리는 듯한 물음이 들려왔다.

"오늘따라 왜 이렇게 우울해 보이지, 감자?"

"난 뭐 우울하면 안 돼?"

"혹시 민희 때문이라면 걱정 마. 다 옛날 일이니까."

저 젠체하는 눈빛 좀 보라지. 으~ 얄밉다. 얄미워 죽겠다.

치밀어 오르는 분노를 잠재우지 못한 자영은 들고 있던 사진을 홱 찬의 어깻죽지로 던져 버렸다. 사실 저 뺀질거리는 면상에 보기 좋게 적중시키려고 했는데, 놈의 꺽다리같이 큰 키 때문에 여의치가 않았다. 그에게 맞고 벤치로 떨어진 사진으로 찬의 손가락이 뻗어졌다. 별반 표정의 변화 없이 가늘게 뜬눈으로 그것을 지켜보기만 하던 그는 그녀의 명령조 말에 슬쩍 고개를 들었다.

"설명해 봐."

팔짱을 척하니 낀 자영은 지금 자신의 모습이 따악 '아이들을 훈계할 때의 선생님'이라는 것을 모르고 있었다.

"이거 어디서 났어?"

"진이한테 받았어. 네 방에 있었대. 그리고 말 돌릴 생각일랑 마. 이미 상원 오빠한테 확인 받고 왔으니까."

그녀의 선전포고를 듣고서도, 그저 어깨만 으쓱한 찬은 벤치에 털썩 자리를 잡았다. 민희 얘기를 할 때의 가벼운 분위기는 이제 사라지고 그녀를 외면하고 앉은 찬의 온몸에서는 상당한 근엄함마저 풍겨오고 있었다.

"그게 뭐가 그렇게 중요한데?"

한참 후 한숨을 쉬듯 중얼거리는 그였다.

흥, 그래. 남의 일이니 대수롭잖다 이거지?

화르르 타오르는 분노를 참지 못한 자영은 즉각 쏘아붙였다.

"나한테는 중요해!"

"난 그저 가족을 잃은 너한테 새로운 가족을 만들어주고 싶었을 뿐이야."

"그러니까 왜! 왜 그런 생각을 했냐고! 네가 왜 내 생각을 했느냐 말이야!"

"그냥! 네가 또 울겠지 생각하니까 미치겠더라!"

예전에 냉장고가 하늘에서 떨어져 사람이 죽는 황당한 스토리의 영화를 본 적이 있다. 제목도 기억나지 않지만. 비유를 하자면 지금 그녀의 심정이 딱 그랬다. 언제나 그녀를 못 잡아먹어서 안달난 사람처럼 보였던 찬이었는데, 그가 지금 하는 말은 마치…… 마치…… 날 좋아한다는 것 같잖아!

"누가 우는 모습을 다시는 보고 싶지 않아서."

왜 수의사가 됐냐고 물었을 때 그가 했던 대답이 연이어 떠올라 자영의 머리 속을 어지럽혔다. 언제나 튼튼해서 탈이었던 그녀는 지금 이 순간 현기증을 느끼고 있었다. 믿을 수 없게도 무지막지하게 건강한 자신이 아주 연약한 영화 속 여주인공이 된 것 같았다.

"나 지금 무지 황당한 거 알아? 초등학교 시절 넌 나의 원수라고 생각했는데, 그것도 아니었다고 그러고…… 외려 누리를

선물한 사람이 너였다니. 진짜, 헛이다. 헛. 여태 세상 헛살았나
봐.”

그가 들어주길 바라고 한 말이 아니었다. 그저 미친 사람처럼
구시렁거리던 자영은 넋이 빠진 얼굴로 찬을 바라보았다. 이왕
이렇게 된 거 뻔뻔해지기로 작정을 한 그녀는 꿀꺽 침을 삼킨
후 입을 열었다.

“너…… 누가 우는 모습을 보고 싶지 않아서 수의사가 됐다고
그랬지? 혹시 그 누구가 나야?”

그러자 눈에 띄게 당혹스러워하는 그였다. 그 모습을 보고 있
노라니 비상식적인 통쾌함이 밀려들어 자영은 희미한 미소마저
머금었다. 그런 그녀를 황당하게 바라보다가 버럭 고함을 내지
르는 찬이었다. 그것이 무안함을 감추기 위한 오버액션이라는
것을 알기에 그다지 기분이 상하지는 않았다.

“넌 무슨 기집애가 수줍음이라고는 없냐!”

“대답해, 이 거짓말쟁이에 사기꾼 자식아.”

“그래, 너였어. 그리고 말은 똑바로 해. 이 모든 건 눈치가 둔
탱이인 네 탓이지, 내가 일부러 속인 게 아니라고.”

“닥치고 이실직고나 해!”

등을 퍽 하니 내려치는 그녀의 거친 재촉에 눈살을 찌푸리면
서도 찬은 비교적 침착한 어조로 이야기를 시작했다.

“아마 운동장 사건이 있고 얼마 지나지 않아서였을 거
야…….”

찬의 옆모습이 점점 축소되며 배경이 흑백으로 변해갔다. 어느새 십육 년 전으로 돌아간 그녀의 가슴은 낯선 설렘으로 두근거리고 있었다.

하교를 하는 찬의 기분은 오늘도 어김없이 우울하기 짝이 없었다.

이 모든 것이 다 포악하고 촌스런 짝 감자 때문이다. 아버지에게 모처럼 선물 받은 필통을 망가뜨린 데다, 달리기 시합 때 다리를 건 것으로도 모자라 오늘은 그의 우산까지 가져가 버렸다. 진짜 웃기는 애다. 버젓이 자기 우산 놔두고 왜 남의 것을 탐내냐고!

"아마 너희들 우산이 똑같은 거라 자영이가 헷갈렸나 보다. 어쩌겠니. 오늘은 그냥 쓰고 가렴."

담임선생님의 타이름에 못 이기는 척 교실을 나오긴 했지만, 보면 볼수록 살이 삐죽 튀어나온 이 찢어진 우산의 흉물스러움에 짜증이 났다. 화가 나 쿵 하고 한 발을 내디딘 찰나 마침 그곳에 고여 있던 물웅덩이로 인해 구정물이 찬의 정강이까지 튀었다. 더러운 것을 체질적으로 싫어하는 그였기에 절로 비명이 터져 나오려 했지만 도로변에 쭈그리고 앉아 비를 맞고 있는 소녀를 보는 순간 찬은 그것을 속내로 꿀꺽 삼킬 수밖에 없었다.

그 아이는 다름 아닌 그를 이렇게 만든 원흉, 감자영이었던 것이다. 오호라, 너 잘 만났다 싶었다. 물에 빠진 생쥐 몰골을 한 찬은 씩씩거리며 자신의 원수 같은 짝을 향해 다가갔다. 거지발싸개보다 못한 우산을 홱 집어 던진 그는 손을 허리에 척하니 올려놓고서 가느다란 등을 향해 고함을 내질렀다.

"야! 감자! 일어나!"

"흐흐흑."

헉! 이게 왜 우는 거야. 아직 할 말의 십 분의 일도 하지 못했는데. 설마 저 둔한 머리로 선수를 치겠다 이건가? 어? 그러고 보니 내 우산도 안 보이잖아. 혹시 이거 어디 팔아먹은 거 아냐? 씨이, 외할머니가 새로 사준 건데. 또 잔소리 듣게 생겼잖아!

그렇게 씩씩거리며 계속 그녀를 노려보던 찬은 마침내 심상치 않은 분위기를 깨닫고 팔을 스르륵 내려놓았다. 자신이 잘못 짚은 건가 싶은 불안감에 이어 평소와 너무도 다른 짝에 대한 걱정이 조금이나마, 아주 조금이나마 들었다. 그에 찬은 미세하게 떨리고 있는 자영의 어깨 너머로 고개를 쭈욱 내밀었다. 그리고 보았다. 그녀의 발치 아래 뻣뻣하게 누워 있는 강아지 한 마리를. 찌푸려졌던 얼굴이 금방 펴졌다. 다급한 동작으로 찬은 자영의 곁으로 가 앉았다. 그 아이가 자신의 악마 같은 짝 감자라는 것은 지금 중요치 않았다.

그제야 그의 존재를 느낀 걸까, 아님 혼잣말일까. 아이는 슬프게도 중얼거렸다.

"죽었어."

"아, 아냐. 병원에 데려가 보자."

의사인 아버지는 언제나 그에게 말했다. 생명은 소중한 거다. 쉽게 포기해서는 안 된다.

그것을 거의 가훈처럼 받들며 커온 찬이었기에 지금도 그는 강아지에게로 손을 뻗으려 했다. 하지만 울먹이는 자영의 목소리에는 그를 제지하는 뭔가가 있었다.

"조금 전까지 살아 있었는데, 이젠 숨이 끊어졌어. 몸이 딱딱해. 흑, 내가 동물병원 의사였음 응급처치라도 해줄 수 있었을 텐데…… 그럼 살 수도 있었을 텐데……."

울먹울먹 자책 어린 자영의 말이 찬의 가슴에 콕 와서 박혔다. '내가 동물병원 의사였음……' 그 말을 듣는데, 속에서 뭔가가 확 치솟아올랐다. 가까스로 울먹임을 참느라 어색해진 음성으로 찬은 물었다.

"네 개야?"

"응. 매일 놀이터에서 혼자 떨고 있길래 너무 불쌍해서, 며칠 전에 키우려고 데려왔어. 근데 떠돌던 게 버릇이 되어서인지 앤 집에 가만히 못 있더라. 오늘도 도로 건너편에서 날 발견하고 뛰어오다가…… 차에 치였어. 그 순간 내질렀던 비명이 자꾸 생각나."

감자의 커다란 눈에서 쉴 새 없이 떨어지고 있는 눈물은 빗물 속에 섞여들었지만, 찬에겐 명확히 보였다. 마치 다른 색으로 칠해진 것처럼. 쾌활하다 못해 폭력적이기까지 한 감자의 낯선 모습에 적응하지 못한 탓일까. 그의 심장이 콩닥거렸다. 자신을

보는 그의 눈빛이 달라지고 있다는 것을 깨닫지 못한 채 자영은
씁쓸한 어조로 말을 이었다.

"나처럼 외로워 보여서, 동생 삼으려고 했었는데."

"너도 동생이 없구나?"

"너도?"

반색을 하며 묻는 자영에게 찬은 거세게 고개를 끄덕여 주었
다. 처음으로 이 아이와의 사이에서 공통점을 찾아낸 이 순간이
왜 이리 기쁜 것인지 모르겠다.

"묻어주자."

그의 제안에 눈물을 닦은 자영은 걱정 가득한 눈빛으로 주위
를 둘러보았다.

"어디에?"

"내가 좋은 장소를 알아. 그전에, 잠깐만."

자리에서 벌떡 일어난 찬은 자영에게 그대로 있으라는 말을
몇 번이고 건넨 후 두 손으로 머리를 가리고 빗줄기 사이로 뛰
기 시작했다. 강아지를 묻어주기 위해선 상자가 필요했다. 비를
맞으며 근처의 상점들을 둘러본 그는 결국 과일가게 아주머니
에게서 꽤 튼튼한 상자를 얻을 수 있었다. 십삼 년 인생 처음으
로 뭔가를 해냈다는 성취감에 기뻤다. 축축하기 짝이 없어 죽어
라 싫어했던 비를 맞는 것도, 옷이 더러워지는 것도 중요하게
생각되지 않았다.

상자가 젖지 않도록 품에 꼭 안은 찬은 다시 뛰기 시작했다.

이윽고 자영의 뒷모습이 보이자 그는 미소를 머금으며 더욱 뜀박질의 속도를 높였다. 하지만 누군가에 의지해서 일어나는 자영을 보는 순간 찬은 자리에서 굳어지고 말았다. 감자의 어깨를 붙잡고 있는 교복을 입은 소년, 그는 다름 아닌 그의 외삼촌 상원이었던 것이다.

저도 모르게 전봇대 뒤로 물러선 찬은 상원의 손에 조심스레 들린 길고 예쁜 선물상자를 바라보았다. 그것과 대비되어 자신이 들고 있는 과일 박스가 너무도 투박하게 느껴졌다. 그것을 등 뒤로 숨긴 찬은 자영이 상원과 함께 우산을 쓰고 어디론가 사라지는 것을 그저 지켜보아야만 했다.

비록 짧은 순간이었지만 자영과 마음의 교감을 이루었다고 생각했다. 그래서 뭔가를 해주고 싶었는데, 결국 그는 어떤 것도 해주질 못했다. 감자의 강아지를 살려놓지 못하는 건 당연한 것이고, 심지어 좋은 곳으로 보내주지도 못했다. 무능력한 자신이 정말 싫었다.

홀로 남은 찬의 기억 속에 자영의 중얼거림이 반복적으로 들려오고 있었다.

"내가 동물병원 의사였음 응급처치라도 해줄 수 있었을 텐데…… 그럼 살 수도 있었을 텐데……."

그것은 그녀의 눈물과 더불어 그 후로 오랫동안, 아니, 영원히 그를 놓아주지 않는 삶의 신념이 되었다.

  찬의 말을 듣는 동안 머리 속이 점차 개어가는 것 같았다.

  예전 그런 일이 있었음은 알고 있었지만, 그녀의 기억 속에 찬의 존재는 없었다. 아마 당시 워낙 정신이 없었던 탓일 게다. 가슴 한쪽이 저리는 것을 애써 억누르며 자영은 조용히 뇌까렸다.

  "부르지 그랬냐. 그럼 같이 묻어주러 갔을 텐데. 그랬음 정말 좋았을 텐데."

  "넌 삼촌을 좋아했잖아. 아니…… 지금도 좋아하는 건가?"

  저따위 자신없는 물음은 정말 하찮답지 않다. 딱딱한 껍질을 벗은 그는 의외로 상처받기 쉬운 연약한 면을 드러내고 있었다. 그것이 이상스레 자영을 화나게 만들었다.

  "바보냐, 너? 나 차였잖아. 기억 안 나?"

  "어쨌든…… 널 속이려고 속인 건 아냐. 그냥 난 정말 네가 삼촌이랑 잘되었으면 하고 바랐어. 고 닥터도 널 좋아하는 거라고 생각했었거든."

  "은근히 소심하네."

  상원을 가슴에 담았던 오랜 세월 동안, 자신을 지켜보아 준 찬의 마음을 생각하니 괜히 심장이 저릿해져 왔다. 코끝이 찌릿해져 왔다. 마음이 보답받지 못했을 때 어떤 심정인지 누구보다 잘 알기에. 그런 나약한 모습을 숨기려 자영은 찬에게 괜한 타박을 놓았다.

"만날 틱틱거리더니, 정체가 탄로날까 봐 그랬냐? 응, 밴댕이?"

"으아! 내가 이래서 너한테 말하기가 조심스러웠다고!"

"훗, 그래 봐야 이젠 늦었어."

짐짓 거만한 표정으로 다리를 꼬고 앉은 자영은 눈을 깔고서 찬을 지켜보았다. 붉어진 낯빛으로 어쩔 줄 모르는 그를 데리고 노는 것도 나름대로 재미가 있었다. 하지만 계속 그러는 건 너무 잔인한 행동이라는 생각이 든 자영은 자세를 바로잡으며 자신의 지금 심경을 솔직히 털어놓았다.

"그런데 나…… 지금은 좀 많이 혼란스럽고 그래서……."

"알아. 당장 강요할 생각은 없어. 다만 밀어내진 마. 나도 무진장 용기를 내서 너한테 다가서려고 하는 거니까."

"그, 그래."

뭐라 말할 수 없이 어색한 분위기. 멀뚱멀뚱 밤하늘만 바라보던 자영은 침묵을 깨기 위해 또다시 민희라는 별로 개운치 않은 화제를 끄집어냈다.

"방서라 양과는 무슨 얘길 했는데?"

커피숍에서 찬을 보자마자 민희가 했던 말들이 귓속을 아리도록 콕콕 찌르고 지나갔다. 무릎 위에 놓였던 그녀의 주먹이 거세게 쥐어졌다.

"훗, 은근히 신경 쓰이는 눈치네. 그냥 옛날이야기 했다니까."

“뭐? 둘이 엄마아빠놀이 한 얘기?”

헉, 미쳤다. 이게 웬 유치찬란하고도 모자라 왕질투 섞인 발언이란 말인가.

할 수만 있다면 지렁이가 되어 흙 속으로 꼬물꼬물 기어들어가고 싶은 심정이었다. 그나마 날이 어두워 표정을 들키지 않을 수 있어 그녀는 그 충동을 억누를 수 있었다.

“아, 그거? 그 일의 배후 인물 역시 바로 감자 너지. 네가 외삼촌 병문안 간다고 내 생일파티 땡땡이치는 바람에 홧김에 아마 그랬던 것 같아.”

가만있어 보자. 병문안이라니. 무슨?

그러고 보면 정말 찬은 그 옛날 일인데도 기억 못하는 것이 거의 없는 반면, 그녀는 세월이 갈수록 하나씩 까먹어 이젠 거의 기억하는 것이 없을 정도다. 자신의 덜 떨어지는 기억력이 심히 부끄러워지는 자영이었다.

“삼촌 맹장 터져서 입원했었잖아. 기억 안 나냐? 네가 교회에서 엄청 잘생긴 오빠 만났다고 학교에서 내내 떠들어댔을 땐, 그게 내 외삼촌인 줄 정말 몰랐어. 그런데 비 오던 그날 외삼촌이랑 함께 있는 널 보고 알았지. 그리고 네가 삼촌을 좋아한다는 걸 안 건, 삼촌의 맹장 수술 덕분이었어. 너 그 전날 극심하게 오버하며 걱정하더니, 결국 학교도 하루 안 나왔었잖아. 간호해 줘야 한다고. 그 일로 감자영이 소망중 킹카 뒤꽁무니 따라 다닌다고 학교에 소문도 쫙 돌았었지.”

“뭐? 정말이야?”

그런데 왜 아무도 그녀에게 그런 소문을 얘기해 주지 않았을까. 찬의 마지막 말이 뇌에 던진 충격이 꽤 컸다. 한 번에 그때의 일을 좌라락 떠올리는 자영의 얼굴이 불그스름해졌다.

“아, 그 즈음이 네 생일이었구나. 근데 하찬, 너 나한테 초대장 준 적도 없잖아.”

“뭐? 너한테 직접 주기 쑥스러워서 부반장한테 부탁했었어, 몇 명 애들한테 좀 주라고 명단까지 적어서.”

또다시 민희다. 언제나 의혹의 가운데는 방민희 그녀가 있었다. 자영은 결연한 표정으로 고개를 내저었다.

“받은 적 없어.”

뭐라고 입을 열려던 찬은 그저 침묵을 유지하는 편을 택했고, 그것은 자영도 마찬가지였다. 과거는 말이 없는 법이다. 진실은 진실대로, 거짓은 또 거짓대로. 그런데 도대체 그들 사이에는 얼마나 더 많은 거짓이 도사리고 있는 걸까. 그것을 알아가는 것이 겁이 나는 자영이었다.

물끄러미 달을 바라보고 있는 그녀의 손등 위로 따스한 체온이 겹쳐지고 있었다. 그 느낌이 참 든든했다. 이런 게 예전엔 미처 몰랐던 사람의 정이라는 것일까.

“오늘 진이한테 얘기 들었어.”

이제 그만 과거 동굴로의 여행은 스톱하고 싶다. 그제야 진이의 얼굴을 떠올린 자영은 깊은 죄책감을 느끼며 화제를 돌렸다.

그녀의 마음을 읽은 듯 찬의 조용한 대꾸가 들려왔다.

"무슨 얘기?"

"초등학생은 유학이 안 되니까, 아마 어학연수를 말씀하시는 거겠지?"

"너 지금 진이 얘기 하는 거 맞냐?"

정말이지 찬은 모르고 있는 눈치다. 알고 있으면서 방관하는 거라면 호되게 야단 좀 쳐주려고 했더니. 내심 다행이라고 생각하며 자영은 한숨 섞인 대답을 내뱉었다.

"너네 큰형님께서 하나뿐인 아들내미를 멀리 미국으로 보내고 싶으시단다. 그것도 학기 중에."

"뭐? 윤이 형님이? 갑자기 왜?"

"모르지. 내가 그분 머리 속에 들어갔다 나와보질 않아서. 어쨌든 확실한 건 진이는 가기 싫대. 여기서 너랑 살고 싶다면서 울더라."

그녀의 손을 잡고 있던 그의 손아귀에서 힘이 스르륵 빠져나가는 것이 느껴졌다. 그 손을 왠지 그대로 놓아버리기가 싫어 자영은 도망가려는 찬의 손끝을 세차게 부여잡았다.

"그래서 한번 만나뵈려고 그래."

"소용없을 텐데?"

진이와 똑같은 말투, 똑같은 표정이었다. 그에 거센 실망을 느낀 자영은 그의 손을 던지듯 놓으며 일어났다.

"알았어! 됐으니까 넌 신경 꺼라. 내가 알아서 할 거야. 역시 하찮 너의 정체는 밴댕이었어!”

홱 몸을 돌린 자영은 거침없이 산을 내려가기 시작했다. 혹시나 다급하게 달려와 그가 자신을 붙잡아주지 않을지 귀를 등 뒤로 쫑긋 세운 채로. 하지만 꽤 오래 걸어 내려간 것 같은데 뒤에선 아무런 소리도 들려오지 않았다.

젠장! 다리도 무지 아프고, 배도 고픈데.

자리에 주저앉고 싶은 것을 억누르며 자영은 자존심 하나만으로 숨을 헉헉거리며 걸었다. 그녀의 귓가에 타이어의 마찰음이 들려온 것은 한참 뒤였다.

속으로는 반가워 죽을 지경이었지만, 자영은 보란 듯 외면했다. 자신의 옆에 멈춰 선 자동차의 창유리가 내려가는 것을 알았지만, 무시하고 무조건 전진했다. 악으로, 깡으로. 그러자 그녀의 걸음 속도에 맞추어 차도 서서히 움직였다.

“타!”

네가 뭐라고 제안을 해줘야지, 이 멍충아.

그의 외침을 못 들은 척하며 자영은 계속 걸었다. 그러자 찬에게서 좀 더 높은 음성이 터져 나왔다.

“타라고!”

난 속도 없는 줄 아니, 그리고 내려와서 넙죽 좋아라 하고 타게?

그녀는 더욱 걸음을 재촉했다. 종아리가 욱신거리고 있었지만 그런 내색조차 할 수가 없었다. 하지만 참는 자에게 복이 있나니!

"젠장! 나도 설득은 해볼게. 하지만 잘될 거라는 보장은 절대 없어."

체념 어린 그의 말이 들려오는 순간 자영은 반색을 하며 홱 돌아섰다.

"정말? 정말 그렇게 해줄 거지?"

"그러니까 그만 타라, 감자. 나 내일 일찍부터 수술 잡혀 있어."

그리고 보니 그의 얼굴에 '피곤'이라는 두 글자가 가득하다. 자신의 볼일을 마치고 나니 이제야 그것이 보인다. 참 이기적이다, 나란 인간은.

미안한 마음에 벨트를 매기 전 자영은 차를 출발시키는 찬의 옆모습을 흘끔거렸다. 몇 번의 망설임 끝에 그녀는 그에게로 슬며시 몸을 기울였다. 그리고 미처 찬이 알아채기 전에 그 마른 뺨에 가볍게 키스 자국을 남기고 아무 일도 없었다는 듯 제자리로 돌아온 그녀였다. 만족 어린 미소와 함께. 그런데! 역시 사람은 하던 대로 하고 살아야 한다는 말이 맞나 보다!

끼이익!

차가 급정거를 하는 바람에 자영의 고개가 앞으로 홱 쏠렸다 다시 뒤로 쿵 하고 처박혔다. 아픔으로 눈물마저 글썽이며 그녀는 이 소란의 주범인 찬을 노려보았다.

"우이씨, 뭐야. 상 받았으면 기분 좋게 가야지! 뭐가 불만인데!"

“이게 네 대답이라 생각해도 되니?”

그의 표정도, 눈빛도 제대로 보이지 않았지만 그 목소리에 깃든 간절함만은 분명히 읽을 수 있었다. 제대로 숨을 내쉴 수가 없었다. 호흡을 가다듬으며 그녀는 잠시 머뭇거렸다.

이제 그를 생각해도 분노가 치민다거나 짜증이 난다거나 하는 감정은 없었다. 되레 같이 있으면 편안하고 조금은 재미있다는 생각까지 하고 있었다. 십육 년 전 그들의 첫 만남은 분명 부정적인 것이었지만 그것이 요 몇 달 새 점점 퇴색되어 사라졌음을 자영은 깨달았다. 어쩌면 새로운 시작의 가능성이 싹을 틔운 것인지도 몰랐다. 그녀 자신도 모르는 사이에.

“아직은 잘 모르겠어. 하지만 이젠…… 네가 싫진 않아.”

그래, 마음이 가는 대로 따르자.

그녀의 간단하지만 솔직한 대답이 차 내부를 메우자, 찬에게서 깊은 한숨이 흘러나왔다. 그것이 어떤 의미인지 몰라 순간 당황했지만, 이어 그녀를 와락 껴안는 그의 손길에서 느껴지는 안도감에 자영의 표정도 풀려갔다.

“감자야.”

“이씨! 뭐야!”

분위기를 확 깨는 변명의 부름에 자영은 그를 밀쳐 내며 몸을 일으키려 했다. 하지만 족쇄처럼 그녀를 감은 그의 팔은 좀처럼 풀릴 생각을 하지 않았다.

“나 지금 너한테 무지하게 고마운 거 모르지? 엄청나게 기쁜 거 모를 거야."

"하, 하찬. 나, 나 너 좋아한다고 말한 거 아닌데."

당황해서 더듬거리는 그녀의 귓가에 구 년 전과 똑같은 두 문장이 들려왔다.

"그것만으로도 족해. 앞으로는 내가 네 가족이 되어줄게. 네 전부가 되어줄 거야."

누리를 건네면서 상원이 했던 말.

눈을 감고 있노라니 지금껏 수십, 수백 번 반복되었던 기억 속의 그 장면에서 차츰 상원이 지워져 가는 것이 느껴졌다. 그 것은 조금은 어색하고 무뚝뚝하지만, 누구보다 진실한 찬의 모습으로 바뀌어져 가고 있었다. 구 년의 세월을 넘어 지금 그가 내뱉고 있는 고백을 통해.

하루를 좀 더 빨리 시작한다는 것은 꽤 기분 좋은 일이었다. 지각대장 그녀로서는 아주 드문 경험이긴 했지만.

이렇게 일찍 출근을 한 것은 어찌 보면 찬 덕분이었다. 어젯밤 이런저런 생각으로 잠이 오질 않아 내내 뒤척이기만 하다 보니 동이 텄고, 이제 잠자긴 틀렸다 싶어서 자리를 박차고 일어날 수 있었던 것이다.

중앙 현관으로 발을 들여놓기 전 바라본 시곗바늘은 일곱 시 오십 분을 알리고 있었다. 자그마치 한 시간이나 일찍 출근을 한 것이다. 피곤하긴 했지만 흐뭇한 미소를 지으며 현관문을 열려던 그녀는 그것이 꼼짝도 하지 않음을 모진 체험을 통해 깨달았다. 단단한 문에 부딪힌 왼팔이 찌리릭 고통을 호소해 오고 있었다.

이렇게 되면 문을 두드려 열어달라고 할 수밖에 없어진다. 그렇다면 누구한테? 당연 하지만 씨한테지. 이 시간에 학교를 지키는 이는 그분뿐이잖아.

자영의 표정이 흐려졌다. 상원의 약혼식 이후, 아니, 정확히 말해 지만이 그녀의 인사를 본 척 만 척한 후부터 자영은 애써 그를 피하고 있었다. 그건 그냥 껄끄러운 걸 싫어하는 성격 탓이다. 하지만 지금은 싫든 좋든 지만을 맞대면해야 했다.

"아저씨, 문 좀 열어주세요!"

더 이상 머뭇거리고 있을 순 없어 주먹으로 유리 문을 내려치며 자영은 지만을 불렀다. 이에 마치 기다렸다는 듯 숙직실에서 슬리퍼를 끌며 그가 나오고 있었다. 지만은 그녀를 보고도 별다른 아는 척을 하지 않았다. 문만 열어주고 그냥 들어가려는 지만에게 자영은 묘한 섭섭함을 느꼈다. 그것은 질책 깃든 말이 되어 터져 나왔다.

"아저씨, 도대체 왜 그러세요?"

그녀의 부름을 예상치 못한 듯 지만의 어깨가 흠찔 굳어지는 것이 뒤에서도 보였다.

"제가 찬이랑 친구라고 해서, 예전의 감 선생이 아닌가요?"

"조심스러워진 건 사실이지."

“그럼 저도 그래요. 그냥 경비 아저씨가 아니라 친구 아버님이시니까. 게다가 그 유명한 상지병원 원장님을 지내셨다구요?”

비꼬는 듯한 그녀의 물음에 지만은 천천히 뒤를 돌아보았다. 주름진 눈가에는 어떤 감정도 드러나 있지 않았다. 그 표정이 찬과 너무 비슷해 보여 가슴이 철렁 내려앉는 자영이었다. 하지만 그런 감정을 애써 드러내지 않은 채 그녀는 지만을 향해 시험성의 질문을 던졌다.

“제가 찬이 친구라서 이렇게 대하실 만큼, 찬이가 그렇게 싫으신 건가요?”

“그 아이가 그러던가, 내가 저를 싫어한다고?”

지만에게서 한 번도 보지 못한 불쾌한 낯빛에 자영은 당황했다. 하지만 그 위로 겹쳐지는 찬의 상처받은 눈빛이 자영에게 용기를 주었다.

“아뇨, 찬인 그런 말 한 적 없어요. 그리고 아저씨가 찬일 싫어하지 않는다는 거 아니까 이렇게 여쭙는 거예요. 그동안 개 보고 싶으셨잖아요. 병원장까지 지내신 분께서 굳이 이 변두리 학교 경비 일을 자청하신 이유…… 찬이 때문 아닌가요?”

“넘겨짚지 말아요.”

부정하고 있었지만 지만의 목소리에 가는 떨림이 일어나는 걸 자영은 느꼈다. 그녀는 후들거리는 자신의 오장육부에 기를 불어넣으며 좀 전보다 더욱 강하게 밀어붙였다.

"찬이랑은 의절을 하셨다고 해도, 걘 상원 오빠와 진이와 함께 살고 있으니 사모님 통해서 소식은 언제고 들을 수 있으셨겠죠. 덕분에 이 동네에 개업을 하는 것도 아셨을 테고. 어차피 퇴직하신 마당에 소일거리도 할 겸, 그냥 오가며 찬이 얼굴도 한 번씩 보고 싶으셔서가 아닌가요?"

"허어! 감 선생님!"

"참견이 지나쳤다면 죄송해요."

스스로가 생각하기에도 지금 자신이 하는 언행이 정말 병 주고 약 준다 싶었다. 그만 하자 하면서도 교실을 향해 돌아서는 순간 떠오른 진이의 얼굴은 자영을 또다시 지만에게로 이끌었다.

"진이 어학연수 문제는 어떻게 된 거죠? 하윤 씨한테 아저씨께서 뭐라고 그러신 건 설마 아니죠?"

"내가 그랬소."

딸꾹.

엄마야! 내가 어떻게 저 거구가 들어서는 것을 못 보고 못 들을 수가 있었을까.

갑자기 지만의 뒤로 스윽 모습을 드러낸 교장선생님의 존재에 온 신경이 놀란 모양이다. 뭐 훔쳐 먹은 것도 없는데 공포의 딸꾹질이 시작되었던 것이다. 젠장, 딸꾹질을 하면 좀처럼 멈추지 않는 그녀로서는 상당히 괴로운 하루가 될 것 같은 불길한 예감이 들었다.

"교, 교장선생님, 오셨어요? 딸꾹."

"내가 검진차 병원에 갔다가 윤이한테 말했어요. 왜? 진이가 제 할아버지 탓을 하던가? 이 일과 지만 형님은 아무런 연관이 없어요. 알겠어요, 감 선생?"

'님' 자가 빠졌군. 열대성 저기압 태풍보다 더한 황수창성 저기압이다. 피하는 게 상책이다. 하지만 순간 밀려든 의아함은 그녀를 물러나지 못하게 했다.

"죄, 죄송합니다. 딸꾹. 그런데 두 분…… 이전부터 잘 아시는 사이신가요?"

"나와 같은 고향 출신의 형님이오. 여태껏 난 형님의 신세만 졌지. 그래서 형님이 한낱 초등학교의 경비 자리를 원한다고 했을 때, 기뻤소. 내가 뭐라도 해줄 수 있어서."

뜻밖에도 교장선생님은 자초지종을 차분히 그녀에게 설명해주셨다. 유독 경비 아저씨에게만 황 교장선생님이 맥을 못 추는 것을 진작 의심했어야 했는데. 자영은 두 노인 사이에서 어쩔 줄을 몰랐다.

"그러셨군요. 저, 저기…… 아저씨, 잘 알지도 못하면서 의심해서 죄송해요."

지만은 그저 짧게 고개만 끄덕이고 말았다. 대답을 한 건 오히려 황 교장선생님 쪽이었다.

"됐으니까 냉수나 한 사발 마시고, 딸꾹질이나 어떻게 좀 해요."

"네."

마치 엉덩이를 차인 들소마냥 자영은 후닥닥 계단을 뛰어올라 갔다. 도대체가 민망해서 아마 더 있으라고 했어도 그 자리를 지킬 수는 없었을 것이다. 자영은 아무 죄 없는 입술을 손바닥으로 찰싹찰싹 올려붙였다. 그것은 그녀의 즉각적인 사고에 따라 움직였을 뿐인데. 이건 명백한 책임 전가였다.

"몰라. 몰라. 몰라."

그녀는 고개를 내저으며 컵에 따라진 찬물을 한 번에 쭉 들이켰다. 숨을 참은 채. 그래 봐야 딸꾹질이 멈출 확률은 거의 오분의 일이었지만. 즉 그녀의 딸꾹질은 다섯 번 이상은 물배를 채워야 멈출까 말까 하는 엄청나게 지독한 끈기를 자랑한다. 자신을 이렇게 만든 황 교장선생님이 있는 일층을 찌릿 노려보며 또다시 물 잔을 입술로 가져가는 자영의 눈가에 눈물이 맺혔다. 당장이라도 화장실로 뛰어가고 싶은 불쾌한 포만감을 참느라 눈자위에 잔뜩 힘이 들어간 까닭이었다.

하윤이라는 남자 앞에서는 그 상대가 누구든 정말 별볼일없는 사람이 되고 만다.

미안함을 무릅쓰고 오후 진료를 모두 대성에게 맡긴 찬은 부랴부랴 병원을 찾았건만, 바쁘다는 핑계로—아니, 핑계가 아닌 사실인지도 모르지만—좀처럼 시간을 내주지 않는 형이었다. 여느 때 같으면 그렇게 앉았다가 한 시간도 채 못 기다리고 그는 자리를 박차고 일어났을 것이다. 하지만 오늘은 그럴 수가 없었다. 마지못해서긴 하지만 그가 윤을 설득해 본다고 얘기했을 때 아이처럼 좋아하던 자영의 모습이 눈에 밟혀 자신의 기분만 앞세울 수가 없었다.

세어보진 않았지만 적어도 커피를 대여섯 잔 비웠을 때 즈음 문이 열리고 절도있는 구두 굽 소리가 들려왔다. 돌아보지 않아도 그가 상지병원장 하윤이라는 것을 알 수 있었다. 오랜만에 만난 동생을 보고서도 이렇다 할 인사도 없이 책상 뒤로 돌아간 윤은 차트에 시선을 박은 채 심드렁하니 물었다.

"여기까진 웬일이냐? 왜? 또 진이가 무슨 말썽을 피우니?"

"서울에서 멀지도 않은데 뭘. 그리고 진이 요즘 잘해. 얼마나 잘하는지 몰라."

약간 과장적인 대꾸를 해보았지만 역시 윤의 관심을 끌기엔 역부족이었다. 결국 찬은 어울리지도 않는 오버액션 따윈 그만두고, 평소처럼 딱 끊어지는 어조로 본론을 끄집어낼 수밖에 없었다.

"형, 진이 어학연수 말인데, 다시 생각해 줘."

"결국 그 얘기니? 넌 상관 마."

"왜? 형 아이니까 형 마음대로 결정해도 된다고 생각하는 거야 뭐야? 진이가 뭘 원하는지는 최소한 생각해 줘야 하잖아!"

다그치려 한 건 아닌데, 말이 그렇게 나와 버렸다. 그와 동시에 보고 있던 차트를 탁 소리가 나게 덮으며 윤이 고개를 들었다. 투명한 얼음같이 차가운 눈동자가 그를 향해 와 박혔다.

"뜻밖이구나. 언제나 남의 일엔 관심조차 없는 놈인 줄 알았더니."

"진이는 남이 아니야. 조카잖아."

"그런데 그따위로 방치했니? 난 내 아들이 쓰레기화되는 건 참을 수 없다."

"쓰, 쓰레기화? 말이 너무 심한 거 아니야?"

자신과 좀 다르다고 해서 오물 취급하는 형의 저 태도는 예전부터 그랬지만, 오랜만에 대하니 도저히 참을 수가 없어졌다. 찬은 성질을 주체하지 못하고 자리에서 벌떡 몸을 일으키고 말았다. 금방이라도 두 주먹을 날릴 듯 불끈 쥔 채.

"학교는 수시로 빼먹고, 친구들이랑 싸움질이나 하고. 그게 쓰레기가 아니고 뭐지?"

"씨발! 그럼 형처럼 재수없게 완벽해야 사람이냐? 그맘 땐 다 그런 거 몰라."

"난 안 그랬어."

"난 그랬어!"

그의 거친 대꾸에 윤은 코웃음을 쳤다. 그것이 마치 '그러니까 너도 쓰레기란 거다'라는 뜻으로 다가와 찬의 기분을 하염없이 추락시켰다. 그는 이것이 정말 마지막이라 스스로를 타이르며 심호흡을 한 후 다시 한 번 형을 설득하기 위해 노력했다.

"형수가 사고를 당한 건 우연이었어. 그걸 진이 탓을 하고 있는 건 아니지? 그 일로 누구보다 상처 입은 건 진이야. 그러니까 학교 땡땡이치고 그런 건……."

"나도 살아!"

윤의 언성이 높아지는 건 그가 태어난 이래 한 번도 본 적이 없다. 그런데 지금 철두철미함과 냉정함의 대명사 하윤이 고함을 지르고 있었다. 멍해진 얼굴로 찬은 낯익은 얼굴이지만 낯선 느낌을 주는 남자를 바라보았다.

"형?"

그간 겉으로는 드러나지 않았던 상처가 선연히 윤의 표정에 떠올라 있었다. 윤도 그런 무방비의 표정을 지을 수 있다는 사실조차 찬은 그동안 알지 못했다.

"나중에 네 형수 만났을 때 부끄럽지 않기 위해서라도, 난 진이를 잘 키워야 해."

열 살이나 터울이 나는 탓에 그들 사이의 대화는 거의 '단절'이었다. 그렇기에 이렇듯 윤이 그 앞에서 속을 드러내 보이는 것도 처음이었다. 평상시의 철인 하윤이 아닌 그저 나약한 중년 남자에게는 어떻게 대꾸를 해야 할지 몰라 찬은 한참을 머뭇거렸다. 그러던 와중 갑작스런 노크 소리와 함께 벌컥 들어선 이의 얼굴을 마주한 순간 그는 그나마 떠오르던 말도 잊어버리고 말았다.

"가, 감자?"

뜻밖에도 낯선 음성이 들려오자, 의사 가운을 입은 중년 남자를 향해 결의에 찬 눈빛을 보내고 있던 자영의 몸에서 힘이 쭈욱 빠져나갔다.

"너, 너?"

그녀는 통통한 손가락과 어울리지 않게도 엄청나게 빠른 손짓으로 왜 전화를 받지 않았냐는 제스처를 그를 향해 취해 보였다. 그러나 찬은 보일 듯 말 듯 한 손을 들어 보이더니, 자신과 똑같이 닮은 남자에게로 고개를 돌려 버리는 것이었다.

뭐야, 저 자식.

하는 수 없이 자영 역시 그와 같은 곳으로 시선을 두어야 했다. 이곳을 찾은 본연의 목적을 스스로에게 상기시키며.

"안녕하세요? 전 진이 담임 감자영입니다. 드릴 말씀이 있어서 실례를 무릅쓰고 찾아왔어요."

남자의 표정이 지나치게 차갑긴 했지만, 이미 예상한 일이었기에 그녀는 또랑또랑한 목소리로 자신의 신분을 밝힌 후 고개를 꾸벅 숙여 보였다. 그러자 조금 전까지 책상을 방패 삼아 서 있던 윤이 자영의 앞으로 걸어나왔다.

"앉으시지요."

그의 손짓 한 번에 자영과 찬은 말 잘 듣는 어린이처럼 나란히 앉았다. 그 맞은편으로 자리한 윤은 자영에게로 곧장 시선을 두었다. 심장이 푹 내려앉을 정도로 냉랭한 눈빛이다.

"혹시 찬이랑 같은 내용의 말을 하러 오신 거라면, 헛걸음을 하셨습니다, 선생님."

“예에?”

찬과 윤을 번갈아 살피던 그녀의 시선이 마침내 만만한 찬에게로 와서 멈추었다. 그는 여전히 자신의 형에게서 눈길을 떼지 않으며 낮은 목소리로 대답해 주었다.

“형이랑 진이에 관한 얘기 중이었어.”

“아니, 얘긴 끝났다. 선생님 모시고 그만 돌아가라.”

아무리 뾰족한 바늘이라도 들어갈 수 없을 정도로 단단한 음성이었다. 그녀 속에서 심술 뿔이 삐죽삐죽 치솟고 있었다.

“진이 아버님, 전 아직 얘기 시작도 못했는데요?”

어찌 보면 맹랑하다고까지 느껴질 그녀의 대꾸에 윤의 미간이 천천히 구겨졌다. 하지만 자영은 그가 반응할 시간을 주지 않고 후다닥 할 말을 내뱉었다.

“진이는 한창 정서가 형성되어 가고 있는 나이예요. 너무 빠른 유학이나 어학연수는 기초도 제대로 안 된 집에 태풍이 불어 닥치는 경우라고 봐야지요. 자칫 아이들을 더 혼란스럽게 할 수 있어요. 그래서 도리어 한국에서보다 방황도 더 많이 하잖아요. 우리나라 것도 제대로 모르는데 다른 나라의 것이 제대로 습득될 리가 없죠. 제고해 주세요.”

“그런 원론적인 이야기는 나도 알고 있습니다.”

이 사람, 무안하게도 더 이상 말을 잊지 못하게 잘라내 버린다. 아무래도 ‘선생님’이라는 입지에 걸맞게 이성적으로 이야길 해서는 도무지 통할 것 같지 않다. 쳇, 차라리 잘됐다. 교양, 이성 이런 건 어차피 나랑 맞지 않으니까.

손바닥으로 거의 탁자를 내려치다시피 하며 자영은 음성을 높였다.

"진이는 가기 싫대요! 삼촌이랑 살고 싶다고 했어요!"

"감 선생님, 지금 뭐 하자는 겁니까? 아무리 담임교사라 해도 이건 지나친 참견 아닌가요? 그만 돌아가 주십시오. 더 이상 시간을 내어드릴 수가 없습니다."

"아빠는 할아버지 대신 병원 일을 해야 하기 때문에 엄청 바빠요."

풀죽은 진의 목소리가 어딘가에서 들려왔다. 이에 더욱 투지가 불타오르는 자영이었다.

"진이는 아버지가 자길 미워해서 어딘가로 보내 버리려 한다고 생각해요."

자리에서 몸을 일으키던 윤이 스르륵 고개를 돌려 그녀를 돌아보았다. 그의 눈에 어린 감정은 그녀가 잘못 보지 않았다면 분명 당혹스러움이었다.

"아빠는 엄마가 죽은 걸 자기 탓으로 여긴다고 했어요. 계속 저렇게 오해의 골이 깊어지도록 두실 건가요?"

"진이가 그런 말을 했어?"

가만히 지켜만 보고 있던 찬도 놀란 듯 묻고 있었다. 자영이 그에게 짧게 고개를 끄덕여 주자, 이번엔 찬이 나섰다.

"형, 이대로라면 형수 보기 당당하긴커녕 더 부끄럽지 않겠어?"

비꼬는 것이 분명한 물음이었지만, 윤에겐 들리지 않는 모양이다. 그는 그저 허공을 멍하니 바라보고 앉았을 따름이었다. 아무래도 그녀의 말이 꽤나 충격이 된 듯하다. 본의 아니게.

"저기……."

미안하다는 말을 하려다가 그것도 좀 우습고 해서 머뭇거리고 있는데, 팔을 턱 부여잡는 찬의 손길이 느껴졌다. 그녀가 마주 보자 그는 고개를 가볍게 가로저었다. 그것을 제지의 뜻으로 이해한 자영은 조용히 입을 다무는 편을 택했다.

"형, 우리 갈게."

막무가내로 잡아끄는 찬에 의해 자리에서 일어나긴 했지만 그대로 이끌려 나가지 않으려고 자영은 안간힘을 쓰며 버텼다. 갈 때 가더라도 마지막 당부의 말은 전하고 가야 했다.

"꼭 다시 생각해 주세요. 부탁드립니다. 그럼 안녕히 계세요."

더듬더듬 인사까지 덧붙인 자영은 그제야 후련한 표정으로 돌아섰다. 찬과 함께 나란히 방을 나서던 그녀는 문을 닫기 전 알 수 없는 충동으로 뒤를 잠깐 돌아보았다. 짧은 순간이었지만 자영의 시야에 좀 전과 달리 약간은 긴장을 푼 윤의 모습이 보였다. 이마에 손을 짚은 채 그는 아주 깊은 생각에 잠겨 있었다.

의외로 소탈한 면이 있는 녀석이다.

자영은 자신이 즐겨 찾는 학교 근처의 허름한 분식점에서 찬과 함께 저녁을 먹으며 생각했다. 하고 다니는 것과 달리(?) 불결한 걸 엄청나게 싫어하고, 성격도 워낙 강해서 이런 덴 죽어도 안 들어올 줄 알았더니. 별로 내키는 기색은 아니더라도 찬은 그녀와 함께 김밥과 떡볶이, 그리고 순대와 오뎅 국물을 먹어주었다.

"맛있지?"

그건 거의 물음이 아닌 반협박에 가까운 말이었다. 김밥을 입에 넣은 채 우물거리고 있던 찬의 고개가 생각없이 끄덕여졌다. 그도 그럴 것이 그의 시선은 내내 뜯어진 벽지며 때가 앉은 탁자를 훑고 있었던 것이다.

"근데 표정은 왜 그래? 지난번엔 네 단골집에 갔으니까 오늘은 내 차례가 맞잖아."

"누가 뭐래? 맛있다고 몇 번을 말해야 하냐?"

"칫."

떡볶이 국물에 순대를 푹 담갔다가 건져 낸 자영은 그것을 숟가락에 받쳐 찬에게 건넸다.

"먹어봐."

그의 눈이 튀어나올 듯 커지는 것을 속으로 즐기며 자영은 팔을 더욱 길게 뻗었다.

"자고로 이렇게 먹어야 맛난 거야! 먹어보라니까."

"내가 알아서 먹을게."

"야! 다른…… 애들은 이렇게 해주면 다 좋아라 해."

하마터면 '남친'이라고 할 뻔했다. 혼자 얼굴을 슬쩍 붉혔다가 삐친 척 젓가락을 내려놓으려던 자영의 손목을 찬이 움켜잡았다.

"아, 알았어."

그는 스스로 그녀의 손을 움직여 빨갛게 물이 든 순대를 덥석 집어 물었다. 찌푸려졌던 찬의 표정이 그렇게 몇 번을 오물거리는 동안 차츰 펴졌다.

"괜찮지?"

그녀의 물음에 찬이 어색하게나마 미소를 돌리는데, 벨소리가 작은 가게 안을 울렸다. 아까부터 계속 그를 찾는 전화. 아마도 병원이 많이 바쁜가 보다. 발신자를 확인한 찬의 표정이 다시 굳어졌다.

"네. 네? 알겠습니다. 지금 근처예요."

전화를 끊자마자 젓가락을 내려놓고 티슈로 입술을 닦는 그에게 자영은 벌써 몇 번째 묻고 있는 물음을 또 물었다.

"병원이야?"

"이번엔 진짜 가봐야 할 것 같은데?"

"그래. 그런데 이거 남겨놓고 가려니까 좀 아깝다. 절반도 채 못 먹었는데."

안타까운 표정으로 음식을 내려다보고 앉아 있던 그녀는 팔꿈치를 붙잡는 찬으로 인해 하는 수 없이 자리를 떠야 했다.

"병원 가서 더 맛있는 거 시켜줄게."

"그래…… 응? 뭐? 나도 같이 가자고?"

맛있는 거라면 사족을 못 쓰는 그녀로서는 당연히도 긍정의 대답을 내뱉었건만, 생각을 해보니 그게 아니었다. 내가 왜 동물병원에 가야 하고, 왜 거기서 밥을 먹어야 하지? 오늘은 누리 치료도 없는 날인데. 그녀의 망설이는 기색을 눈치챈 듯 찬이 어울리지 않게 조금은 애교스런 어조로 말했다.

"나 오늘 네 말 잘 들었잖아."

"어? 그, 그건 그렇지. 솔직히 네가 그렇게 빨리 하윤 씨를 만날 줄은 몰랐거든."

"그러니까 같이 밥 먹어줘. 혼자 먹으면 맛없어."

"야, 네가 왜 혼자냐? 거기 대성 씨도 있잖아, 이제."

우격다짐도 아니고…… 막무가내로 우겨대던 찬은 그녀의 대꾸에 더 이상 할 말이 없었던지 입을 다물어 버렸다. 어찌 보면 조금 귀여운 면이 있는 녀석이다. 훗.

결국 자영은 선심을 쓴다 생각하고 그와 함께 병원으로 향했다. 워낙에 짧은 거리인지라 차에 타자마자 곧장 도착이었다. 문을 열고 내리려는데 어깨를 붙잡는 손길에 그녀는 의아한 눈길로 찬을 올려다보았다.

"왜?"

"차비 주고 가."

이게 진짜! 골고루 웃긴다!

"뭔 차비? 버스 한 정거장도 안 되겠구만!"

"아니, 그런 차비 말고, 여기."

"뭐? 웩!"

입술을 내미는 찬을 보며 자영은 구역질 하는 시늉을 해 보였다. 저렇게 진지한 얼굴로 저렇게 기름기 흐르는 멘트를 줄줄 해대다니. 이 녀석 며칠 사이에 완전 맛이 가버린 모양이다. 이럴 줄 알았으면 일말의 희망도 심어주질 않는 건데 그랬다.

그녀는 찬의 옆얼굴을 손바닥으로 쓰윽 밀어내며 슬금슬금 주변을 살폈다. 그러자 아니나 다를까, 병원 유리벽에 따개비처럼 다닥다닥 붙은 저 수많은 눈들이라니. 그녀는 숨이 넘어갈 듯 놀라고 말았다.

"저, 저……."

더듬더듬 말도 잇지 못한 채 손가락을 들어 그곳을 가리키는 그녀를 따라 찬의 시선도 이동했다. 그러나 그는 그녀와 달리 전혀 당황한 기색을 내비치지 않고 당당하게 그들을 바라보았다.

"우리가 뭘 하긴 했냐? 가자."

그리고 먼저 내린 찬은 성큼성큼 병원 안으로 들어가 버렸다. 하지만 자영은 그처럼 그렇게 태연할 수만은 없었다. 안 그런 척해도 은근히 부끄러움을 많이 타는 그녀였던 것이다.

"으~ 이럴 땐 같이 가줘야지. 뭐야, 하찬. 너 점수 마이너스 10점이다. 짜샤."

사람들의 시선을 피하며 차에서 내린 자영은 그냥 집으로 뛰어가 버릴까 잠시 생각했다. 하지만 '혼자 먹으면 맛없어' 라고 했던 찬의 말이 이상하게 가슴에 자꾸 맺혀 그럴 수가 없었다. 그녀는 홀로 심호흡을 몇 번 한 후 병원 문을 열었다. 딸랑 하는 도어벨 소리가 오늘따라 유난히 크게 들렸다.

"왔어?"

당연히 미용실에 있어야 할 은주가 바로 문 앞에서 그녀를 반겨주었다. 왠지 음흉한 미소와 함께. 반가움보다 와락 부담감이 밀려와 자영은 친구에게서 움찔 물러났다.

"뭐, 뭐야. 왜 이래?"

"너 언제부터 원장님이랑 그랬던 거야?"

"뭘? 우리가 뭘 했다고!"

찬이 했던 말을 고스란히 흉내 내보았으나 친구는 전혀 알아먹는 기미를 보이지 않았다.

"다 봤거든?"

"야, 성은주. 너 진짜 이럴래?"

사람들의 재미있다는 시선이 자신을 향하는 것을 보지 않아도 알 수 있었기에, 자영은 친구의 팔을 홱 잡아끌며 낮게 속삭였다. 그제야 은주는 밥맛이라는 눈짓으로 그녀의 뒤쪽을 가리키는 것이었다. 목덜미를 타고 벌레 한 마리가 기어오르는 것 같은 기분이 들었다. 그 끔찍함에 치를 떨며 자영은 은주의 시선을 따라 움직였다.

애완견을 안은 키 큰 여자와 그 여자의 옆의 소파에 다리를 꼬고 앉은 민희를 보자마자 자영은 표정을 구길 수밖에 없었다.

"안녕? 또 보네?"

뭔가에 억눌린 음성으로 민희는 미소 짓고 있었지만, 그것이 가식이라는 것은 누구라도 알 수 있었다. 그제야 자영은 지나치다 싶었던 은주의 행동이 바로 민희에게 보여주기 위한 생쇼였음을 깨달았다. 이놈의 기집애. 나중에 두고 보자.

"야! 자주 본다야! 그런데 나야 이 동네 산다 쳐도, 탤런트 방서라가 또 여긴 무슨 볼 일이 있어 오셨어?"

저도 모르게 단단하게 팔짱을 낀 자영은 민희가 했던 그대로 가식이 풀풀 날리는 미소를 지어 보였다.

"아, 강아지가 좀 아파서. 찬이한테 봐달래려구."

어이가 없어 코웃음이 나오려는 것을 겨우 눌러 참은 그녀는 겨우 비틀린 한 물음을 내뱉을 수 있었다.

"어머, 너네 동네에는 동물병원이 없나 보구나?"

"아니, 동물병원은 많아도 괜찮은 의사가 없거든. 찬이만큼."

두 사람의 시선이 공중에서 한 치의 밀림도 없이 팽팽하게 부딪쳤다.

솔직한 심정은, 도대체 속셈이 뭐냐고 따져 묻고 싶었다. 그 말이 입천장까지 간질간질 올라왔지만 자존심이라는 놈이 그것을 막아섰다.

“그러는 넌? 보아하니 아픈 강아지를 데려온 것 같진 않고…… 여긴 웬일이야?”

그녀의 주변을 얄밉도록 꼼꼼하게 훑어보며 묻는 민희였다. 딱히 대꾸해 줄 말이 없어 자영은 매니저의 품에서 부들부들 떨고 있는 새끼 시추를 가만히 들여다보기만 했다. 갑자기 저 강아지가 민희의 것이 맞는지도 의심스러워졌다. 매니저에게 안긴 강아지를 한 번도 바라본다든지 만져 준다든지 하는 일말의 애정 표현도 없는 걸 보아하니, 개를 그다지 좋아하는 것 같지도 않는데 말이다.

“나 보러 온 거야. 내가 같이 저녁 먹자고 했거든.”

곁에서 그들의 대화를 고스란히 듣고 있던 은주가 앞으로 나서서 그녀를 변호해 주었다. 그에 민희는 알아모시겠다는 듯 미소를 짓더니 시계와 진료실을 번갈아 들여다보며 중얼거렸다.

“왜 이렇게 오래 걸려? 곧 촬영 있는데. 야, 들어가서 나 바쁘니까 먼저 좀 봐달라고 그래.”

야? 쯧쯧, 아무리 저보다 어린애라 해도 매니전데, 예의없는 저 말투 좀 보라지.

미간을 찌푸린 채 명령을 내리는 민희를 자영은 못마땅하게 노려보았다. 그 말이 떨어지기가 무섭게 개를 안고 진료실의 문을 두드리는 매니저 역시. 그녀는 마치 방민희, 아니, 방서라의 충실한 종처럼 수의간호사들의 제지에도 아랑곳없이 문을 열고 있었다. 그들의 무례한 행각에 앉아 있던 주변 사람들은 할 말을 잃은 듯 입을 벌리고 있었다. 그것은 자영과 은주 역시 마찬가지였다.

그러게 누가 이렇게 멀리까지나 오랬냐. 진짜 웃기는 짬뽕이야.

갑자기 진료실의 문이 열리자, 찬이 황당함이 깃든 얼굴로 상대를 응시하는 것이 보였다. 고개를 숙인 여자가 뭐라고 말을 건네자, 그 역시 침착한 표정으로 뭐라고 말을 받았다. 그리고 얼마 지나지 않아 어쩔 수 없다는 듯 다시 민희의 매니저는 밖으로 나왔다.

그럼 그렇지. 하찬이 누군데 그깟 친구라는 연줄로 거저 먹으려 드냐.

자영과 은주는 회심의 미소를 서로 교환했다.

"곧 엘리자베스 차례거든요? 조금만 기다려 주시겠어요?"

구겨진 표정을 감추지 못하면서 퉁명스레 부탁하는 김 간호사의 말에 자영은 웃음을 참느라 어쩔 줄을 몰랐다. 푸앗, 이름이 개 이름이 엘리자베스가 뭐냐. 엘리자베스가. 고운 우리말 놔두고. 누리, 얼마나 좋아?

그런 그녀를 외면하며 민희의 매니저는 다시 원래의 자리로 돌아와 섰다. 그 행로를 따라 시선을 옮긴 자영은 곁에 여전히 인형처럼 앉은 민희를 관찰하듯 바라보았다. 꽤나 분이 끓어오를 텐데도 톱 탤런트의 명성을 지키려는 듯 그녀는 여전히 도도한 표정을 견지하고 있었다. 재촉 덕분일까. 민희의 기다림은 잠시였다.

"엘리자베스 데리고 제1진료실로 들어가세요."

말이 끝나기가 자리에서 일어난 민희는 별로 내키지 않지만 어쩔 수 없다는 듯 매니저에게서 시추를 넘겨 받았다. 어정쩡한 자세로 개를 안은 민희는 자영이 보란 듯 찬바람을 횡 일으키며 찬이 있는 진료실로 의기양양하게 들어갔다. 조금 전까지 찌푸려져 있던 그녀의 표정은 진료실로 들어서는 순간부터 화사한 미소로 바뀌어져 있었다. 그 후 탁 하고 자영의 시야를 가리는 야속한 문.

그저 진료일 뿐인데 민희와 찬이 한공간에 있다는 사실이 괜히 신경 쓰였다. 자영은 자신의 등을 은주가 칠 때까지 한동안 그 자리에서 내내 닫힌 문만 바라보고 있었다.

"정말, 저녁 같이 할래?"

"응? 으응, 그러자."

찬이 했던 말을 순간 떠올렸지만 왠지 은주에게 약속이 있다고 말을 할 수가 없었다.

"그럼 잠깐만 기다려. 곧 정리하고 나올게."

은주가 미용실로 사라지고 난 다음 둘러보니, 꽤 많던 손님들도 다 가고 대기실엔 그녀 혼자뿐이었다. 소파에 앉아 애견잡지들을 뒤적거리고 있던 그녀의 귓가에 달칵 문 열리는 소리가 들렸다. 반색을 하며 고개를 들었으나 소리의 주인공은 찬이 아닌 그 맞은편 방에서 나온 대성이었다. 그녀의 입가에 잠시 맺혔던 미소가 싹 사라졌다.

하지만 대성은 그녀를 보지 못했다. 그저 미용실이 있는 방향을 꽤 오랫동안 기웃거리는 일에 몰두해 있을 뿐. 그러다 실망스런 눈빛을 감추지 못하며 다시 진료실로 들어가려는 대성이었다. 누굴 찾는 걸까. 괜한 호기심으로 자영은 자신의 존재를 알렸다.

"대성 씨, 뭘 그리 열심히 보세요?"

"자, 자영 씨, 언제 왔습니꺼?"

동그란 얼굴에 가득한 건 분명 당황스러움이다.

"아, 좀 전에요. 은주랑 밥이나 한 끼 할까 하고."

대성이 묻지도 않았는데, 굳이 설명을 덧붙이는 스스로가 구차하게 느껴졌다. 하지만 왠지 그가 자신을 찬의 여자 친구라고 오해하는 것이 불편하게 생각되었다. 그 순간 대성이 그녀의 곁으로 와 앉았다.

"그냥 솔직하게 찬이 보러 왔다 카믄 되지 멀 그래 변명을 해 샀습니꺼? 에구…… 자영 씨도 은근히 부끄럼이 많네예."

"정말 아니거든요?"

"그래예? 자영 씨 찬이랑 사귀는 거 아니었으예?"

그는 꽤나 놀란 듯했다. 안경 뒤의 좁은 눈매 사이로, 만난 후 처음으로 눈동자가 제대로 보였으니까. 대성이 알면 충격받을 소리인지는 모르겠지만.

“네, 아니에요.”

아직은.

설렁설렁 잡지를 넘기는 척하며 자영은 짧게 대답했다. 대성이 그녀의 불편한 기색을 눈치채고 그만 화제를 돌려주었으면 하는 마음에. 하지만 그는 꽤 눈치가 없는 사내였다. 아니면 엄청 성격이 집요하거나. 몇 번의 확인사살까지 대성은 서슴지 않았다.

“진짜로예?”

“네.”

“정말이지예?”

“네.”

“확실한 거지예?”

“네, 그렇다구요! 우리 안 사귀어요! 그냥 친구라니까 도대체 왜 그러세요!”

안 그래도 찬에게 알랑방귀를 껴대고 있을 민희를 생각하니 속이 뒤집어질 지경인데, 대성마저 이렇게 사람을 괴롭혀 대니 성질을 도저히 억제할 수가 없었다. 자영은 잡지를 던지다시피 탁자 위에 놓으며 대성이 이제 다시는 묻지 못하도록 언성을 높여 확실하게 자신의 의사를 전했다.

그러자 상대는 꽤나 놀란 듯 그토록 술술 내뱉던 말도 잊은 채 상체를 뒤로 젖혔다. 그것에 만족감이 드는 것도 잠시였다.

진료실 문간에 민희와 나란히 서 있는 찬의 모습이 그제야 보여 순간 자영은 숨을 쉬는 것도 잊어버릴 정도로 놀랐다.

내가 했던 말들을 모두 들었을까, 아님 못 들었을까? 왜 저렇게 표정 변화가 없는 거야, 저 자식?

자영은 손을 비틀어대며 어쩔 줄을 몰랐다. 민희가 찬에게로 돌아서며 콧소리를 내는 것에도 별로 신경이 쓰이지 않을 정도였다.

"그럼 우리 엘리자베스 정말 괜찮은 거지?"

"응."

민희를 내려다보는 찬의 얼굴에 잠시 웃음기가 드리워진 것도 잠시, 고개를 들고 그녀를 보는 표정은 다시 무뚝뚝해져 있었다.

"연락할게."

뭐, 뭐라고? 여, 연락?

자영의 상식이 도저히 이해할 수 없는 그 한 마디만을 남기고, 진료비 계산도 하지 않은 채 민희는 횡하니 매니저를 대동한 채 병원을 나가 버렸다. 황당한 표정을 짓고 있는 것은 그녀뿐만이 아니었다. 황당함을 넘어서 투지마저 어린 눈동자의 김 간호사는 진료실로 들어가려는 찬의 뒤에다 대고 물음을 던졌다.

"워, 원장님, 엘리자베스 진료비는?"

"그냥 둬요. 그저 상담 정도였으니까. 그리고 그만 퇴근들 하세요.”

뒤도 돌아보지 않은 채 찬은 문을 닫고 들어가 버렸다. 어쩔 수 없다는 듯 그에게서 시선을 돌려 병원 밖을 내다보는—아마도 민희의 차가 빠지는 것을 지켜보는 모양이다— 김 간호사에게서 흘러나온 못마땅한 중얼거림은 자영에게까지 분명히 들릴 정도로 컸다.

“으이구, 개 이름이 엘리자베스가 뭐냐. 촌스럽게. 요즘 영국 귀족들도 그런 이름 안 짓겠다.”

상황이 이렇지 않았다면 크게 웃음을 터뜨렸을 자영이지만, 지금은 저 문 안에 있는 남자가 신경이 쓰여 작은 근육조차 움직일 수가 없다.

“자영 씨, 거짓말했네예.”

“네?”

알 만하다는 듯 웃으며 일어나는 대성 때문에 기분이 더욱 추락했다. 마침 가방을 메고 미용실에서 나온 은주가 아니었다면 그에게 한바탕 화를 폭발시켰을지도 모를 일이었다. 그건 대성도 마찬가지인 것 같았다. 뭐라고 더 얘길 하려는 눈치였으나, 은주의 등장에 금방 표정이 헬렐레해져서는 그녀에게는 이제 신경도 쓰지 않았다.

칫, 기다리는 사람이 바로 은주였나 보군. 하여튼 은주 저건 남자가 끊이지 않고 꼬인다.

대성이 은주에게 관심이 있다는 사실을 질투하는 것이 아니다. 그냥 지금은 모든 것이 못마땅했다. 홱 진료실로 들어가 버린 찬에게 신경이 쓰인 까닭이다.

"은주 씨, 퇴근할라꼬예?"

"네? 네에."

떨떠름한 은주의 대답에도 굴하지 않고서 대성이 계속 이런저런 말을 시키는 바람에 그들은 그렇게 계속 서 있어야 했다.

그러는 사이 간호사와 미용사들이 인사를 하며 하나둘 병원을 빠져나갔다. 퇴근 시간을 기다리고, 칼같이 지키는 건 어디든 같은 모양이다. 불과 몇 분 사이에 병원엔 은주와 자영, 대성, 그리고 진료실에 틀어박혀 있는 찬 이렇게 네 사람만 남게 되었다.

"그만 갈……."

더는 참을 수 없다는 듯 은주가 그녀를 잡아끄는데, 절대 열리지 않을 것처럼 꾹 닫혀 있던 진료실 문이 열리고 가운을 벗은 찬이 나타났다. 뜻밖에도 그녀를 곧장 바라보며 그는 거침없이 말을 내뱉었다.

"어디 가냐? 밥 시켜. 진이도 내려오라고 해뒀으니까."

지금은 그의 명령조의 말투가 불쾌하다기보다 외려 반가웠다. 괜히 아까 일 때문에 혼자 어쩔 줄 몰라 하던 중이었는데, 그가 삐치지 않아 다행이다 싶었다. 어떻게 된 일이냐고 속삭이며 옆구리를 찌르는 은주를 외면한 채 자영은 나름대로 다정한 어조로 찬에게 물었다.

“뭐 먹을래?”

“알아서.”

그리고 어디론가 횅하니 나가 버리는 찬의 뒷모습을 바라보는 자영에게로 은주의 새된 목소리가 날아들었다.

“야! 너 뭐야! 뭐! 같이 밥 먹자고 그래놓고, 하찮은 녀석 한마디에 그냥 홱 돌아서기니?”

“야! 너! 하찮은 녀석이 뭐냐. 엉? 그냥 찬이라고 그래. 사람들 앞에서는 원장님이라고 꼭꼭 부르고!”

“뭐, 뭐야?”

괜히 은주가 찬을 함부로 취급하는 게 싫었다. 자신의 입에서가 아닌 다른 사람의 입에서 ‘하찮은 녀석’ 이라는 별명이 들리는 게 싫었다. 자신도 모르게 화를 버럭 낸 자영은 금세 미안한 마음이 들어, 얼굴이 붉으락푸르락해지는 은주에게 다가서려 했지만 대성이 먼저 친구를 어미 닭처럼 감싸는 바람에 그럴 수가 없었다.

“어이구마! 자영 씨, 진짜 웃기네예. 조금 전에는 안 사귄다 해놓고, 와 그래 흥분하는데예? 뭐 우리 은주 씨가 틀린 말 했어예?”

엄마마? 우리 은주 씨? 이렇게 황당할 수가.

마치 은주가 자신에게 구타라도 당한 양 괜찮냐고 묻는 대성도 대성이지만, 거의 그의 품에 안기다시피 한 채 고개를 끄덕이고 있는 성은주 저년은 진짜…… 어이가 없다. 졸지에 자영만 이상한 여자가 되어버렸다.

에라, 모르겠다. 은주한테 못난이 애인이 생기든 말든 지금은 신경 쓰고 싶지 않다.

소파에 털썩 주저앉은 자영은 어쩌면 삐쳤을지도 모를 찬의 기분을 조금이라도 풀어줄 요량으로 영어 단어를 찾듯 열심히 탁자 여기저기를 기웃거리며 음식점 스티커를 찾기 시작했다. 아주 진지하게, 무지 세밀한 작업을 하는 것처럼.

때로는 약간의 저자세도 필요한 법이다. 그 '때로는'이 바로 지금이다.

운동회 당일은 마치 한여름 같았다. 구름 한 점 없이 화창한 하늘을 교실 창을 통해 자영은 원망스레 올려다보았다. 그 다음 으로 운동장에 몰려 있는 아이들의 무리를 눈으로 훑은 그녀는 마치 임무를 맡은 스파이처럼 결연한 표정으로 운동복의 지퍼 를 잠갔다.

"준비 완료."

홀로 중얼거린 그녀가 교실 문을 잠그고 나가기 전, 낯익은 목소리가 귓전을 울려댔다.

"너…… 무슨 생각으로 날 밀어내지 않은 거지?"

병원에서 대성, 은주와 함께 밥을 먹은 후 그녀를 집 앞까지 데려다 준 그가 돌아서기 전 한 말이 또다시 머리 속을 맴돌고 있었다.

“나 혼자 그냥 밀어붙이는 건 싫어. 생각할 시간을 줄게.”

그러고 벌써 일주일이 지났다. 누리 때문에 병원을 찾아 일상적인 이야기를 나누고, 가끔 저녁을 같이 먹긴 했지만 그다지 깊은 대화를 나누지는 않았다. 왠지 찬과의 사이에 거리가 생긴 것 같은 기분이 들어 서운함을 억누를 수가 없었다.

하지만 자영은 성급하게 쫓기듯 대답하긴 싫었다. 충동적인 결정으로 나중에 후회하는 일을 만들고 싶진 않았다. 호감이 사랑으로 발전될 가능성은 50%. 만약 서로가 서로에게 실망하고 등을 돌리게 되면 어떻게 하지? 그러면 조금은 편해진 찬과의 관계도 완전 망가지게 된다. 그건 싫었다. 언제부터 찬에게 이렇게 의지하게 되었는지 모르겠지만 그가 상원처럼 그녀를 외면하고 떠난다면 이번엔 정말 견딜 수 없을 것 같았다.

“아~ 모르겠다.”

홀로 붕붕 고개를 저어대던 자영은 등 뒤에서 들려온 음악 소리에 몸을 돌렸다. 이건 분명 잠가둔 책상 서랍 속의 휴대폰의 벨소리였다. 후닥닥 달려가 서랍을 연 자영은 울고 있는 그것을 집어 들었다. 낯선 번호에 거부감을 느꼈으나 결국은 받고 마는 그녀였다.

“네.”

[감자영 선생님? 저, 진이 아빠입니다.]

지난번과 달리 꽤나 예의 바른 어조에 다른 사람인 줄 알았던 자영은 ‘진이 아빠’ 라는 말에 ‘아’ 라는 깨달음의 감탄사를 흘렸다. 다행히도 너무 크지 않게.

안 그래도 윤에게서 연락이 없어 다시 한 번 더 전화를 하든 방문을 하든 해야 할 것 같다고 생각을 하던 중이었다. 하루하루 시들어가는 진을 보며 그 결심이 굳어지던 참이었는데, 마침 걸려온 전화가 반갑기 짝이 없었다.

"어머, 안녕하세요!"

[오늘 저녁에 좀 뵐 수 있을까요? 진이 문제 때문에 드릴 말씀도 있고.]

"오늘 운동회인데, 구경 안 오세요?"

[네, 제가 오전에는 통 시간이 안 나서. 선생님 퇴근 후 제가 학교 앞으로 가겠습니다. 찬이 병원 맞은편에 커피숍이 있는 걸 본 것 같은데 거기 어떻습니까?]

진이가 또 실망하겠군, 이라고 생각한 것도 잠시 거부감이 와락 밀려드는 건 그 커피숍에서 민희를 만났던 기억 때문이었다. 하지만 안 좋은 일은 금방 잊는 게 좋다. 재수없는 얼굴을 머리 속에서 가까스로 밀어낸 자영은 그곳이 최적의 장소라는 것만은 인정했다. 사적으로 학부형이랑 밖에서 만난다는 것이 좀 그렇긴 했지만, 그가 찬의 형이라는 것을 생각하면 뭐 못할 일을 하는 것도 아니었다.

"네, 좋아요."

전화를 끊은 후 도대체 윤이 무슨 말을 하려는 것인지 신경이 쓰인 탓에 자영은 잠시 멍하니 서 있었다. 이 찜찜한 기분으로 하루를 보낼 걸 생각하니 조금 전 자신의 결정이 후회스러워졌다. 이럴 줄 알았으면 그냥 전화로 물어볼 걸 그랬다 싶었다.

자신이 넋을 놓고 있는 줄도 몰랐던 자영은 앞문이 드르륵 열리는 소리에 놀라며 등을 곧추세웠다. 상당히 투지 어린 눈빛으로 세희가 그녀를 바라보고 있는 것을 발견한 자영은 안도의 한숨을 내쉬었다.

"뭐야, 노크도 없이. 놀랐잖아."

쿵 소리가 나도록 문을 닫은 세희는 체육복 위로 팔짱을 끼며 그녀를 향해 다가왔다.

"이 배신녀! 너, 내가 지금 무슨 소리를 듣고 오는지 알아?"

다 알고 있다는 듯한 세희의 말에 순간 뜨끔했지만, 자영은 서랍을 잠그는 척, 아니, 진짜 잠그며 친구를 외면했다. 그러나 바싹 코앞까지 다가와 앉는 세희의 눈빛을 피할 순 없었다.

"방금 운동회 문제로 상의하느라 우리 반 학부형이 왔다 갔는데, 네가 아무래도 요 앞 동물병원 수의사랑 사귀는 것 같다고 그러더라? 그게 만약 사실이라면 넌 정말 망할 엑스다. 그 왕꽃 미남 수의사! 내가 먼저 찍었잖아!"

아, 요즘 왜 일진이 이런지 모르겠다. 아직 찬과의 사이에 확실한 건 하나도 없는데, 수시로 이런 태클이 들어오니. 짜증이 확 치밀어 올랐지만 그래 봐야 남는 건 친구 사이의 깨진 우정뿐일 것을 알기에, 자영은 성질을 참고 있는 그대로의 사실만 털어놓기로 했다.

"그냥 친구야."

"친구? 그럼 왜 진작 얘기 안 했어?"

"너한테 얘기할 정도로 걔랑 친한 사이 아녔으니까."

"그럼 지금은?"

집요하게 물고 늘어지는 세희였지만 자영은 시계를 흘끔 바라보고서 친구의 어깨를 툭툭 두드렸다. 이미 시곗바늘은 운동회 시작 시간을 넘어 있었던 것이다.

"세희야, 우리 지금 늦었다. 다음에 얘기하자."

"야! 진짜 대답 안 할 거야?"

친구에겐 미안했지만, 아직 확실한 건 아무것도 없었기에 대답하기도 좀 그랬다. 교실 밖까지 따라나와 구시렁대는 세희의 존재에 아랑곳없이 자영은 경쾌한 걸음으로 계단을 내려와 그야말로 전광석화와 같이 운동장으로 달려나갔다. 펄럭이는 만국기와 청백의 물결이 가을 운동회, 아니, 초여름의 운동회의 시작을 알리고 있었다.

운동회의 단골손님이자 가장 관람객들의 호응이 큰 종목은 바로 6학년 여학생들의 '손님 찾기'이다. 그녀의 초등학교 시절부터, 아니, 어쩜 그 이전부터 계속되어 온 이 달리기의 룰을 모르는 사람은 거의 없을 것이다. 혹시나 모르시는 분들을 위해 잠시.

출발선에서 동시에 출발한 아이들은 중간 지점쯤에서 각자

바닥에 놓인 쪽지를 주워 읽는다. 그리고 그 속에 적힌 지령대로 사람을 찾아 데리고 함께 골인지점으로 내달리면 되는 아주 단순하지만, 한 번쯤 관람객들이 '혹시 내가?'라는 기대를 품게 하는 묘한 매력을 가진 그 '손님 찾기'가 이제 시작되려 하고 있었다.

여학생들을 데리고 출발선으로 이동하며 자영은 주위를 흘끔거렸다.

조금 전, 6학년 남학생들의 달리기 경기 중 결승선에서 아이들을 정리시키고 있던 자영은 진이의 달리는 모습에 카메라 렌즈를 고정하고 있는 찬을 얼핏 보았었다. 하지만 워낙 거리가 멀었고, 아이들이 떠들어대는 통에 그를 제대로 살피지 못했다. 아무리 그러지 않으려고 해도 무심결에 그녀의 눈길은 수많은 사람들 중에 찬을 찾고 있었다.

"뭐 해? 감 선생, 여긴 내가 볼 테니까 중간 지점에서 도우미 애들이 제대로 하는지 점검이나 해."

두리번거리는 그녀가 못마땅한 듯 부장선생님이 등을 떠다밀었다. 5학년 여학생들이 쪽지를 놓고 있는 곳으로 가서 자영은 비슷한 류끼리 놓을 것, 뛰는 인원수에 맞게 놓을 것 등등의 주의사항을 전달한 후 물러섰다. 얼핏 출발 신호가 들렸던 것이다.

"와아아~!"

함성과 함께 달리기가 시작되었다. 그러자 사람들이 트랙 주변으로 모여들었다. 대부분이 자신의 아이가 뛰는 모습을 좀 더 가까이에서 보기 위한 어머니들이었지만, 간혹 아이들과 같이 뛰고 싶어 신발 끈을 단단히 졸라매고 있는 아저씨들도 있었다.

트랙 안의 모습도 가지가지였다. 쪽지를 펴자마자 망설임없이 군중 속을 파고드는 아이들이 있는 반면, 어쩔 줄 몰라 발만 구르는 아이들도 있었다. 가끔은 아예 지령에 맞는 사람을 찾을 수 없어 혼자 터덜터덜 결승선으로 향하는 모습도 보였다.

금방 6학년 2반의 차례가 되었다. 예전에는 반 대항으로 하는 것이 보통이었지만, 요즘은 지나친 과열 경쟁을 막기 위해 같은 반끼리 뛰는 것이 대부분이었다. 자영은 아이들에게 그저 손으로만 파이팅이라는 제스처를 취하며 경기를 조마조마하게 지켜보았다. 여학생 1조가 끝나고, 2조가 출발했다.

그 속에는 진이의 여자 친구인 지은의 모습도 보였다. 평소 운동을 잘하지 못하는 지은은 꼴등으로 처져 있었다. 마치 초등학교 때 자신을 보는 것 같아 안타깝기 짝이 없었다.

그런데 쪽지를 펴자마자 전후좌우를 살피던 지은이 그녀의 손목을 홱 잡아채는 순간 그런 생각은 휘리릭 날아가 버렸다. 쓰고 있던 선 캡과 함께! 공포! 오직 그것뿐이었다!

"엄마야! 너 왜 이러니?"

"선생님, 같이 뛰어주세요!"

쪽지를 볼 짬, 망설일 짬도 없었다. 자신만한 덩치의 아이가 잡아끄는데 힘으로 당해낼 수도 없었을뿐더러, 사람들의 시선이 일시에 쏠려 있는데 못 뛴다고 버틸 수도 없는 노릇인지라 자영은 열심히 다리를 놀리기 시작했다. 초등학교 때 이후로 이렇게 많은 사람들 앞에서 달려보긴 처음이었다.

다행히도 지령을 보고 나서 출발은 지은과 그녀가 가장 빨랐다. 하지만 그들의 속도로 보건대 언제든 따라잡힐 운명임에 분명했다.

"헉헉."

운동장 한 바퀴가 이렇게 긴 줄은 미처 몰랐다. 원래 잘 못 뛰기도 하지만 워낙에 오랜만인지라 자영은 지은에게 끌려가다시피 하고 있었다. 그러다 결국 한 팀에게 추월을 허용하고 말았다.

"제엔장!"

숨이 찬 와중에도 자영은 욕설을 중얼거리며 힘을 쥐어짜 보았지만, 묵직한 두 다리는 생각만큼 움직여 주지 않았다. 그녀의 시선이 앞서 가고 있는 팀의 뒷모습을 향했다. 왠지 아이의 손을 잡고 있는 키 큰 남자의 너른 등이 눈에 익었다. 설마! 믿을 수 없어 확대된 그녀의 시선이 셔츠 자락을 휘날리며 코너를 도는 남자의 옆모습을 포착하는 순간, '헉' 하는 놀라움의 신음이 바짝 마른 입술 사이로 흘러나왔다.

그는 찬이었다. 그녀가 알았던 왕싸가지 하찬이 초등학교 운동회에서 저렇듯 진지하게 뛰고 있다는 사실을 믿을 수 없었지만 어쩌겠는가, 사실인 것을.

이렇게 된 이상 절대 지고 싶지 않았다. 질 수 없었다.

상대가 찬이라는 것을 깨닫자 그녀의 전투욕이 배가되었다. 이제 자영은 지은의 손을 더욱 단단히 틀어쥐며 결승선을 향해 마치 한 마리의 들소처럼 돌진하기 시작했다. 결승선의 하얀 테이프가 마치 붉은 천처럼 보였다.

하지만 흥분이 너무 지나쳤던 것일까. 결승선을 얼마 앞두지 않고서 스텝이 엉켜 버렸다. 그녀는 바보들이나 한다는 자신의 발에 자신이 걸려 넘어지고 말았다. 지은까지 덤으로 끌어안은 채.

"으아아악!"

주위에 일순 정적이 흘렀다. 아픔보다 부끄러움으로 자영은 자리에서 일어날 수가 없었다. 어서 가자고 팔을 끌어당기고 있는 지은을 외면한 채 자영은 운동장에 널브러져 있었다. 그들 곁으로 뒤처져 있던 팀들이 차례로 스쳐 지나갔다.

"난 몰라, 아앙."

지은의 울음소리에 정신이 번쩍 드는 자영이었다. 고개를 들려던 그녀의 시야 속으로 커다란 손이 들어오는가 싶더니 몸이 번쩍 들려졌다. 자신도 모르는 사이에 거꾸로 흔들리고 있는 시야. 규칙적으로 오통통한 아랫배를 눌러오는 단단한 뼈.

오! 마이 갓!

그녀는 어느새 하찬의 어깨에 대롱대롱 매달려 관중들에게 볼거리를 제공해 주고 있었다. 찬의 오른쪽으로 함께 손을 잡은 지은과 지은의 단짝인 반장 수림의 모습이 보였다.

"야! 하, 하찬! 너 미쳤지? 내려놔! 내려놓으라고!"

그녀의 외침에도 찬은 아랑곳하지 않으며 더욱 속도를 높일 뿐이었다. 그리고 마침내 그들이 결승선에 도착했을 때 이례적으로 수림과 지은의 팔목에는 같은 숫자의 도장이 찍혀졌다.

〈3.〉

자신을 업고 뛴 찬보다 외려 더 숨을 헐떡이며 자영은 땅으로 내려섰다. 그에 의해.

찬에게 무슨 짓이냐고 화를 내려고 하는데, '3' 이라는 숫자 앞에 어쩔 줄 모르고 좋아하는 지은을 발견한 순간 자영은 저도 모르게 빙그레 웃고 말았다. 자신과 찬에게 쏟아지는 사람들의 호기심 어린 시선은 잠시 접어두고라도 아이가 기뻐하는 걸 보니 절로 행복해졌다.

그녀는 마음을 바꿔, 고맙다는 말이라도 하려고 돌아보았는데 찬은 이미 그곳에 없었다. 다급하게 그를 찾아보았으나 워낙에 많은 사람들로 인해 여의치가 않았다. 그러다 소매를 끄는 손길에 고개를 돌린 자영은 지은이 가리키는 방향으로 고개를 돌렸다.

"진이 삼촌, 저기 있어요."

손가락 끝에 걸린 찬의 뒷모습은 사람들 사이로 절반쯤 사라진 후였다. 부르려 했지만 목소리가 닿을 수 없는 거리였고, 시기도 지금은 적절치 않은 것 같아 그만두었다. 또다시 그에게 빚을 진 것 같아 마음이 괜히 무거운 자영이었다.

"이래도 아무 사이가 아냐? 그냥 친구야?"

이를 갈듯이 속삭이는 음성은 세희였다. 선 캡 아래로 보이는 친구의 이글거리는 시선은 6월의 태양보다 더 뜨거웠다. 언제나 생기를 잃지 않았던 그녀의 혀가 움직일 생각조차 하지 않았다. 지은이 주는 선 캡을 반갑게 받아 쓴 자영은 시야를 확보함과 함께 침묵이라는 도피처를 선택했다. 비록 세희는 절대 그녀를 놓아주려 하지 않았지만.

불행히도 그녀의 적은 세희뿐만이 아니었다. 그날 오후 내내 자영은 세희뿐 아니라 다른 선생님들의 질문공세에 시달려야 했다. 그 멋진 남자는 누구냐느니, 어떤 사이냐느니. 진짜 그렇게 아무런 대꾸도 못하고 식은땀만 흘린 건 감자영 이십구 년 동안 처음이었다.

운동회가 끝난 후 집으로 가 대충 씻긴 했지만, 여전히 자신에게서 매캐한 흙먼지 냄새가 나는 것 같았다. 아마 머리를 감지 못해서일 것이다. 곧 만날 사람이 사람이니만큼 괜히 신경이 쓰이는 자영이었다. 하지만 머리를 감고 늦게 가는 것보다는 약속 시간을 맞추는 게 나을 것 같아 자영은 부랴부랴 윤이 말한 커피숍으로 향했다.

내부로 들어가자마자 그녀는 곧장 윤을 발견할 수 있었다. 창가에 앉은 그는 말을 걸기가 미안할 정도로 독서에 빠져 있었다. 숨을 고르고 윤에게로 다가간 자영은 주춤주춤 의자에 앉으며 헛기침으로 자신의 존재를 알렸다.

"오셨습니까?"

왠지 이전과는 조금 달라진 듯한 분위기였다. 여전히 근접하기 어려운 사람 같긴 했지만, 눈빛이 조금은 살아 있는 느낌이라고 할까. 윤의 자리 앞에서 풍겨오는 재스민 차의 향이 너무 좋아 자영은 다가온 종업원에게 같은 것으로 주문을 했다. 늘 화장품 냄새 같아서 싫다고만 생각했었는데.

"네. 그런데 무슨?"

"지난번 선생님과 찬이의 말을 듣고 나름대로 신중하게 생각을 해보았습니다."

자영은 저도 모르게 침을 꿀꺽 삼키고 윤의 입술 움직임을 놓치지 않으려 눈을 크게 떴다.

"역시 어학연수 문제는 제가 물러날 수가 없을 것 같습니다."

"네?"

내가 너무 과한 기대를 하고 있었던 것일까. 정말 이대로 그냥 포기해야 하는 걸까. 깊은 절망감으로 인해 자영의 어깨가 축 처졌다. 그것이 윤에게도 보였던 모양이다. 그는 황급히 말을 이었다.

"하지만 학기 중이 아니라 방학을 이용해서 갈 생각입니다.

저도 같이요."

"지, 진이 아버님?"

"언어만 배울 것이 아니라 그냥 우리 부자가 많은 이야기를 할 수 있는 시간을 만들어보려고요. 진이가 그런 생각을 하고 있을 줄은 정말 몰랐는데. 선생님이 말해 주지 않았다면 그냥 계속 전 저대로, 진인 진이대로…… 그렇게 골은 점점 깊어졌겠죠."

쓸쓸한 미소를 짓는 윤에게 자영은 동정심을 느꼈다. 처음엔 정말 대단한 사람 같아 부담스럽기까지 했는데, 이렇게 보니 그가 너무 작게 느껴졌다. 그래서 더…… 정이 갔다.

"잘 생각하셨어요. 정말 고맙습니다."

"되레 제가 감사하지요. 너무 늦지 않게 관계를 바로잡을 기회를 주셨어요."

윤이 고개를 깊숙이 숙여 보이자 낯설면서 부담스러웠다. 두 손을 내저으며 괜찮다는 시늉을 해 보이던 자영은 윤이 갑작스레 주제를 바꾸는 물음을 던지는 바람에 몸을 굳혔다.

"그런데 한 가지 여쭤봐도 되겠습니까?"

그녀는 '무슨?'이라는 뜻을 담은 눈빛으로 그를 바라보았다.

"찬이 녀석은 뭔가에 그렇게 열성적인 놈이 못 됩니다. 그런데 갑자기 찾아와 진이에 대한 부탁을 하다니 무척 놀랐습니다. 그날 제 눈에는 선생님과 찬이가 꽤나 가까운 사이처럼 보였고, 나름대로 유추를 해본 결과 아마 선생님의 부탁으로 찬이가 절

찾아온 게 아닌가라는 생각을 하게 되었죠. 아닙니까?”

마치 거짓말 탐지기와 같은 눈빛은 그녀가 진실을 말할 수밖에 없도록 했다. 자영은 비록 모기 소리만하게지만 ‘맞아요’ 라는 답변을 했다.

“그럼 이건 찬이 형으로서 묻는 건데, 혹시 제 동생과 교제 중이신지?”

허걱! 아직 사귀기도 전에 이게 도대체 몇 번째 질문인지 모르겠다!

자영은 차마 대성에게 했던 것처럼 벌컥 성질을 낼 수도, 세희나 다른 선생님들에게 그랬듯 회피할 수도 없어 한동안 머리속으로 생각을 굴리다가 최대한 점잖게 빙 둘러서 대답을 했다.

“그냥 지금은 아직 확실한 게 없어서 말씀을 못 드리겠어요.”

“음…… 그렇군요.”

역시 윤이다. 그는 대성이나 세희처럼 이런저런 부수적인 질문들은 하지 않았다. 그저 그녀의 말에 깨끗이 수긍을 할 뿐. 그들 사이의 대화가 잠시 소강 상태를 이루었을 때 고맙게도 종업원이 차를 가져왔다. 그들은 약속이라도 한 듯 동시에 재스민 차를 한 모금씩 들이키고 다시 서로를 바라보았다.

“솔직히 놀랐습니다. 진이가 선생님한테 그렇게 많은 얘길 했을 줄이야. 절 닮아 그런지 남에게 쉽게 마음을 열어보이는 녀석이 아니거든요.”

“훗, 상대에게 마음을 열어보이게 하는 건 쉬워요. 그냥 솔직

해지면 된답니다. 제가 한 일이라고는 엄마 이야기를 하기 싫어
하는 진이에게 먼저 돌아가신 제 부모님 얘길 한 것밖에는 없어
요.”

스스로가 한 말에 혼란했던 머리 속 안개가 화악 걷히는 기분
이었다. 솔직…… 하게?

“그래요. 오늘은 아무래도 진이를 집으로 데려가야겠습니다.
가서 아이와 같이 한침대에서 자고, 솔직하게 터놓고 얘길 해봐
야겠어요.”

어색한 미소를 머금으며 윤이 이야기를 하고 있었지만, 그것
은 너무 멀리서 들리는 것 같았다.

“나 혼자 그냥 밀어붙이는 것 싫어.”

어둠 속에서 들려온 찬의 목소리에 왜 대답해 주지 못했을까.
너 혼자만 그러는 게 아니라고 왜 그를 붙잡아주지 못했을까.
난 뭘 두려워한 거지? 이렇게 어정쩡거리다 찬이를 잃으나, 느
낌이 시키는 대로 움직이고서 잃으나 결과는 똑같잖아. 바보,
감자영.

운동장의 인파 속으로 사라지던 그의 뒷모습이 떠올랐다. 갑
자기 가슴이 누가 잡고 누르는 것처럼 갑갑해졌다. 마음이 너무
조급해졌다. 실례인 줄 알면서도 자영이 벌떡 몸을 일으키자 의
자가 바닥으로 콰당 하고 넘어졌다.

"저, 죄송한데요. 먼저 가봐야겠어요. 해야 할 중요한 일이 생각났거든요."

"네? 네, 그러세요. 그럼."

"진이랑 잘되길 빌게요. 어학연수 전에 꼭 연락주세요."

윤을 두고 총총걸음으로 커피숍을 빠져나오는 자영의 보폭은 점점 더 넓어졌다. 횡단보도 앞에 서서 자영은 바로 건너편에 있는 동물병원의 내부를 기웃거리며 찬을 찾아보았으나 오늘따라 그의 그림자조차 보이질 않았다. 파란 불로 바뀌자마자 다시 달음질을 시작한 그녀는 숨을 고르지도 못한 채 병원 내부로 들어섰다. 그녀의 등장이 상당히 요란스러웠던 모양인지 앉아 있던 사람들의 시선이 모두 쏠리는 것에도 아랑곳없이 자영은 김 간호사에게로 다가갔다.

"원장님 계세요?"

원래 우울한 얼굴에 더 우울한 인상을 드리운 채 앉아 있던 김 간호사가 뿌루퉁하니 입을 열었다.

"아뇨."

"네? 그럼 어딜 가셨는데요?"

"삼층에 올라가셨어요."

그리고 이가 갈린다는 듯 낮은 속삭임을 덧붙이는 김 간호사였다.

"그 '여시'랑 같이요."

자, 잠깐. 여기서 여시라 함은 설마…… 설마 방서라, 아니,

방민희는 아니겠지? 그렇죠, 김 간호사? 제발 그렇다고 얘기해
줘요, 네?

그녀의 간절한 눈빛에도 불구하고 이어져 나온 김 간호사의
말은 잔혹하기 짝이 없었다.

"남자 꼬시는 방법도 참 가지가지더만요. 뭐, 졸업앨범을 잃
어버렸다나 어쨌대나. 굳이 지금 그걸 보고 싶다고 어찌나 앙앙
대던지. 귀에 딱지 앉는 줄 알았어요. 오늘 퇴근하기 전에 병원
입구에 왕소금을 좀 치든지……."

가만히 두면 김 간호사의 불평은 끊임없이 이어질 것 같았다.
이미 찬의 행로를 다 파악한 이상 그대로 듣고만 있는 건 시간
낭비였기에, 자영은 '고맙다' 는 한 마디만을 남기고 다시 쌩하
니 병원 문을 열고 나왔다.

코너를 돌아 삼층으로 오르는 대문 앞에 선 자영은 벨을 누르
려 하였지만, 문이 열려 있는 것을 보고서는 '급습' 에는 외려 최
적의 조건이다 싶어 얼씨구나 하며 계단을 올랐다. 자신의 발
아래서 고통받는 민희의 모습을 상상하면서 그녀는 디디는 발
걸음마다 있는 힘을 다했다. 상대를 위협할 잔혹한 표정을 짓는
것도 잊지 않았음은 물론이다.

계단의 끝에 이른 자영은 현관문의 손잡이에 손을 올려놓았
다. 그것을 쾅쾅 두드리고 또 흔들려고 결심을 굳게 먹었는데,
기운 빠지게도 그마저도 열려 있었다. 거칠 것 없이 문을 열고
안으로 들어간 자영은 지독히도 고요한 내부 공기에 잠시 머뭇

거렸다. 그러나 시야를 계속해서 어지럽히는 찬과 민희의 야릇한 영상은 그녀에게 계속 전진할 힘을 주었다.

"찬아, 나 예전부터 널 좋아했어. 알지?"

"그럼."

"흐흐흑. 그동안 정말 네가 그리웠어."

그리고 풀썩 찬의 품에 안기는 한 마리의 여우. 그 여우가 뒤에서 웃고 있는 줄도 모르고 그저 등을 토닥여 주는 한 마리의 곰 같은 찬. 으악! 정말 생각만 해도 미칠 것 같았다! 경험이라고는 쥐뿔도 없으면서 어디서 보고 들은 건 있어 가지고 떠오르는 장면도 참 가지가지였다. 별로 말로 옮기고 싶지 않은 기분 나쁜 것들만 한가득.

게다가 시선을 뚝 떨어뜨리는 순간 맞대한 야시시한 새빨간 색의 하이힐은 그녀의 투지가 불붙도록 하는 촉매제가 되어주었다.

입술을 앙다물고 신발을 던지다시피 벗은 자영은 거실을 가로질러 첫 번째 방의 문을 벌컥 열어젖혔다. 그러자 마주 대한 무척 사무적이고 깔끔하게 정리가 잘된 광경은 아무래도 방 주인이 상원인 듯한 짐작을 하게 해주었다. 가차없이 문을 닫고 곧장 옆의 방문을 열려고 하는데, 갑자기 반대편에서 들려오는 여자의 간드러진 웃음소리에 자영은 손의 움직임을 멈췄다. 별로 예리하지 못한 청각이지만, 지금은 오직 '방민희'라는 여우를 잡기 위해 곤두서 있었기에 자영은 확신할 수 있었다. 바로 그들이 세 번째 방에 함께 들어앉아 있음을.

기세 좋게 이곳까지 오긴 했는데, 막상 목표물을 눈앞에 두고 보니 망설여졌다. 자영은 몇 번 심호흡을 한 뒤 벌컥…… 이 아니라 빼꼼이 문을 열었다.

찬과 민희는 침대 위에 있었다. 그러나 참 다행인 건 그녀의 상상 속에서처럼 누워 있거나 옷이 민망하게 흘러져 있다거나 하진 않았다. 그저 나란히 앉아 뭔가를 정말 열심히 내려다보고 있었다. 그녀가 선 자리에서는 그들의 뒷모습밖에 보이지 않아 잘은 몰라도, 올라오기 전 들었던 김 간호사의 말로 추측하건데 그것이 졸업앨범임을 알 수 있었다.

"어머, 영순이 표정 좀 봐. 애 지금 뭐 하는 줄 알아?"

"글쎄."

"명동에서 미용실 하잖아. 나 거기 자주 가. 제법 머리도 잘하거든."

건전하게 옛 친구 이야기를 하는 건 좋다 이거다. 그런데 꼭 저렇게 딱 붙어 앉아서 귀를 핥아먹을 듯 속삭여야 하냐고! 분을 참지 못해 자영은 저도 모르게 꽉 쥔 주먹으로 열린 문을 쿵쿵 내려쳤다. 그건 노크가 아닌 거의 파손의 의도를 담고 있었다.

"엄마야!"

갑작스런 그녀의 등장에 화들짝 놀라며 거의 찬의 목을 껴안다시피 하는 민희였다. 그에 후닥닥 그들에게로 달려간 자영은 사슬 같은 민희의 두 팔을 확 풀어냈다. 불륜에 빠진 남편과 상대를 잡으러 온 아줌마인 양 자신의 모습이 좀 추한 것 같았지만, 타고난 성질이 이런 걸 어찌하겠는가.

"가, 감자영! 네가 여기 왜 있어? 놀랐잖아!"

지독히도 연약한 몸짓으로 심장을 부여잡은 채 민희가 내쏘는 말에 자영은 대꾸도 없이 슬쩍 찬을 돌아보았다. 그러다 마주친 의아함 깃든 눈빛을 외면하며 자영은 다시 민희를 보았다.

"왜? 나는 동창 아니냐? 나도 모처럼 앨범이나 볼까 하고."

"넌 집에 가서 보면 되잖아!"

"사실은 나 앨범을 어디에 뒀는지 몰라. 이사하면서 싼 짐을 아직 덜 풀었거든. 아마 그 상자 중 어딘가에 들어 있을 텐데."

이런 천연덕스런 거짓말이 어디서 이리 술술 나오는 걸까. 자영은 스스로에게 놀라면서도 애써 태연한 표정을 지으려 노력했다. 그리고 그녀는 찬과 민희 사이의 빈틈을 비집고 들어가 결국 앨범을 붙잡은 채 앉고야 말았다.

"애들아, 너희들 보고 있던 거 마저 보자."

그녀의 제안이 끝나기도 전에 갑자기 찬이 스륵 몸을 일으켰다. 그는 청바지 주머니에 엄지손가락을 걸친 채 그녀들을 마주보고 섰다.

"나 배고픈데, 너희들은 어때?"

"어, 안 그래도 나도 배고팠어. 어디 이 주변에 괜찮은 음식점 있니?"

민희의 대꾸에 찬은 난감한 표정을 지었다. 그것의 의미를 쉽사리 해석한 자영은 금세 말을 받았다.

"그냥 집에서 먹지 그래? 곧 진이도 올 거잖아."

오늘은 아무래도 진이를 집으로 데려가야 될 것 같다던 윤의 말이 번뜩 떠올랐지만, 아직 찬은 모르는 것 같았기에 자영은 그에게 미안한 마음을 억누르고 어쩔 수 없는 거짓말을 했다. 하지만 그건 100% 선한 의도를 담은 거짓말이었다. 악의 무리를 무찌르기 위한.

"라면도 괜찮아?"

잠시 머뭇거리던 찬이 내뱉은 말이 자신과 민희를 시험하는 것같이 들렸다. 속으로 한바탕 크게 웃은 자영은 자신만만하게 대답했다. 민희의 럭셔리한 옷차림을 흘끔거리며.

"그럼~ 그런데 민희는 좀 곤란하지 않겠어? 아무래도 라면보다야 스테이크가 '방서라'의 품위에 맞을 텐데?"

"아니, 나 라면 무지 좋아해. 워낙 살이 안 찌는 체질이라, 일부러 살 찌우려고 자기 전에 한 개씩 끓여먹고 잘 때도 있는걸?"

우와! 저런 얄미운 발언을 술술 하다니!

자영이 민희를 살기 어린 눈으로 째려보는 사이 이미 찬은 방을 나서고 있었다.

"도와줄까?"

라며 찬을 따르려는 민희의 스커트 자락을 자영은 저도 모르게 무릎으로 꽉 눌렀다. 그리고 예상했던 결과 대로 민희가 미끄덩하고 균형을 잃는 순간 그것을 놓아 바닥으로 처참하게 꼬꾸라지도록 만들었다.

쿠당. 요란한 소리에 그녀의 입가에 사악한 미소가 떠올랐다 사라졌다.

"아야야."

바닥에 주저앉아 부딪친 무릎을 살펴보며 울상을 짓는 민희에게 자영은 애써 걱정스런 표정을 지어 보였다. 자신이 조금 심했다는 생각이 들어 약간은, 아주 약간은 미안하기도 했다.

"어머! 괜찮니? 그러게 조심하지 그랬어."

"야!"

빽 하는 고함 소리에 자영은 사실 별로 놀라지도 않았건만 가슴을 쓸어 내리는 척하며 뒤로 물러나 앉았다.

"깜짝이야. 왜 그래?"

"너야말로 왜 그래? 참 방해하는 방법도 가지가지다?"

"방해? 내가 졸업앨범 같이 보자는 게 그렇게 방해가 됐니?"

"너 정말 둔치구나? 넌 먹고 죽을래야 죽을 시간도 없는 내가 왜 자꾸 이 허접한 동네에 들락거린다고 생각해?"

오호, 이제 본격적으로 음흉한 속셈을 드러내시겠다?

우아하게 치마를 털며 일어나는 민희를 따라 자영 역시 몸을 일으켰다. 맨바닥에 그들이 마주 보고 서자 초등학교 때와 달리 민희의 눈높이가 그녀보다 훨씬 위에 있었다. 그것이 기분 나쁜 자영이었다. 그녀는 슬쩍 뒤꿈치를 들며 방어적으로 팔짱을 척 하고 꼈다. 그런데 갑자기 들려온 물음에 자영의 몸에서 힘이 털썩 빠져나가 그들의 눈높이 차이가 원래대로 돌아오고야 말 았다.

"너 찬이 좋아하니?"

"뭐, 뭐?"

"지난번에 병원에서 분명히 그랬잖아, 사귀는 거 아니라고. 그런데 왜 그래?"

너무도 또박또박 그녀가 하는 행동이 합리적이지 않음을 짚 어주고 있는 민희는 마치 초등학교 시절의 냉철해 다가설 수 없 었던 부반장으로 돌아간 듯했다. 언제나 인간미없이 너무 완벽 해서 그녀가 약간 주눅 들어 마지않던. 자영이 계속 대답을 미 적거리자 민희는 승리감이 가득한 미소를 짓더니 다시 말을 이 었다.

"솔직히 말할게. 나 초등학교 때부터 찬이 좋아했어. 늘 보고 싶었고. 지금이라도 잘해보고 싶어. 상처는 한 번으로 족해."

여기서 말하는 상처란 얼마 전 겪은 이혼을 말하는 것이리라. 민희의 작은 얼굴에 그늘이 드리워졌다. 그럼에도 불구하고 자 영은 마냥 가여운 마음을 품을 수가 없었다. 내 코가 석 자인데 뭘!

"방민희! 너 초등학교 때 공부 되게 잘했는 줄 알았는데, 국어 엔 영 젬병이구나?"

도발적인 그녀의 발언에 눈꼬리를 바싹 올리며 위압적으로 내려다보는 민희였다. 그에 자영은 얄미울 정도로 환한 미소를 머금으며 친구에게 안됐다는 표정을 돌렸다.

"사귀지 않는다고 했지. 누가 좋아하지 않는다고 했어?"

"서, 설마…… 넌 찬이랑 초등학교 때부터 원수였잖아."

믿을 수 없다는 듯 립스틱이 곱게 발린 입술을 부르르 떨며 민희가 다가섰다. 마치 한 대 치기라도 할 듯 굉장한 기세로.

"아! 그거? 거의 오해가 풀렸어."

"오해? 오해라구?"

거친 목소리를 내는 민희는 왠지 더 이상 아름다운 탤런트 방서라 같지 않았다. 감정이 온전히 드러난 얼굴은 예전처럼 그저 평범해 보였다. 자영은 눈에 띄게 긴장하고 있는 민희를 보며 역시 의심스럽다는 생각을 했다.

"감자!"

얼른 머리를 굴려 덫을 한번 놓아볼까 하던 그녀는 갑자기 문밖에서 들려오는 부름에 우뚝 멈춰 섰다. 마침 더 물러날 곳도 없었다. 자신도 모르는 사이에 민희의 기에 눌려 벽이 있는 곳까지 후진을 한 것이었다. 이게 뭐야. 톰과 제리 놀이도 아니고.

민희에게서 휙 비켜선 자영은 승리의 미소를 씨익 돌려준 후 방문을 열었다. 여느 때 같으면 '감자'라는 별명을 부르는 찬을 향해 구시렁거리며 욕설이라도 퍼부어야 정상일 텐데 지금은 외려 의기양양 반갑기까지 하였다.

문이 열리는 소리에, 한쪽 다리에 체중을 실은 채 씽크대 앞에 서 있던 찬이 그녀를 돌아보았다.

"여기 와서 파랑 양파 좀 썰어라."

우쒸, 저게.

누군 공주처럼 방에 모셔놓고, 왜 하필 나냐. 칫.

기대에 차 있던 마음이 폭삭 짜부러 들었다. 자영은 뿌루퉁해진 얼굴로 퉁탕거리며 그의 옆으로 가서 섰다. 이미 양파와 파는 깔끔하게 손질되어 도마 위에 가지런히 놓여 있었다.

"방에서 너무 조용하길래 누구 하나는 죽은 줄 알았다."

그거 농담이냐, 놀리는 거냐.

진지하기 짝이 없는 얼굴로 그런 말을 하는 찬을 자영은 찌릿 째려보았다. '자영 VS 민희'의 빅 매치가 시작된 주 원인이 찬 때문이라는 생각이 불현듯 들었던 것이다. 그럼에도 그는 그녀를 돌아보지 않았다.

그에 굳은 얼굴로 고개를 팍 숙인 채 자영은 양파 써는 일에 몰두했다. 십 년 가까이 혼자 산지라 칼질쯤은 아무것도 아니었다. 빠른 손놀림으로 그것을 순식간에 퍼펙트하게 처리한 자영은 손을 씻고 다시 방으로 들어가려 했다. 민희에게 할 말이 아직 마무리 지어지지 않았던 것이다. 뭔가 확실히 해둘 필요가 있었다.

하지만 다급한 그녀의 마음도 모른 채 팔을 붙잡는 찬이었다.

"야, 어딜 가."

"왜? 뭐 시키실 일이라도 남으셨나요, 하찬마마?"

그러지 않으려고 했는데, 또 감정을 숨기지 못한 채 자영은 비꼬는 물음을 내뱉고 말았다. 말을 받는 찬의 입가가 약간 기울어졌다.

"감자, 삐쳤어? 겨우 파 좀 썰라 그랬다고?"

"그래! 나 지금 무지 화났으니까 건들지 마."

"그러면서 여긴 왜 올라와? 운동회 하고 피곤하지도 않아?"

무뚝뚝한 한마디와 함께 썰어놓은 파와 양파를 라면 냄비에 집어넣는 찬이었다. 찌릿 그의 넓은 등을 노려보며 자영은 입술을 삐죽거렸지만 딱히 쏘아줄 말이 없었다. 그의 말에서 풍긴 뉘앙스처럼 누가 초대한 것도 아닌데, 이곳까지 뻔뻔하게 들어온 자신이 순간 너무 초라한 진드기처럼 느껴졌던 것이다.

게다가 그가 그녀에게 질려 버려 민희에게 마음을 주기 시작한 거라면, 민희 혼자 저러는 게 아니라면 자신은 진짜 울트라 캡숑 진드기로 전락하고 말 것이라 생각하니 두려워졌다. 갑자기 그냥 돌아서 이 집을 뛰쳐나가고 싶어졌다. 하.지.만.

"찬아, 혹시 액체 파스 같은 거 없을까?"

힘이 쭉 빠진 목소리를 내며 방에서 나오는 민희를 보는 순간, 사슴같이 변해가던 자영의 눈매가 다시 매서워졌다.

"왜? 다쳤어?"

아무리 다쳤다고는 하나, 그녀가 보기에는 다분히 의도적인 동작으로 민희는 살짝 치마를 들어 올리고 있었다. 걱정스런 물음과 함께 가스레인지 불을 끄고 여우에게로 쪼르르 달려가는 찬을 보는 자영의 눈동자에 마침내 화르르 불길마저 일었다.

"응."

찬이 엄지손가락으로 다친 무릎을 만지작거리자, 아랫입술까지 파르르 떨며 민희는 금방이라도 울음을 터뜨릴 듯한 표정을 지었다.

"어쩌다 이랬어?"

그의 물음에 괜히 그녀의 눈치를 보는 척 민희는 머뭇거렸다. 속에서 뭔가가 후두둑 끊어지는 듯한 느낌이었다. 역겨움을 참을 수 없어진 자영은 무뚝뚝한 음성으로 사실을 털어놓았다. 민희가 상황을 더 자신에게 유리한 쪽으로 바꿔놓기 전에.

"나 때문에 넘어졌어."

갑작스레 떠오른 예전의 악몽은 자영을 그저 순순하게 당하고 있지만은 않게 했다. 그런 그녀를 돌아보는 찬의 눈빛은 그저 덤덤했다. 그가 적대적으로 자신을 보지 않아 안심을 하던 와중 찬에게서 나온 흘러나온 냉정한 말은 자영의 가슴에 큰 상처를 만들며 와 박혔다.

"파스 없는데…… 감자, 네가 나가서 좀 사 와라."

눈물이 핑 돌았다. 도대체 왜 이렇게 서러워지는 것인지.

그녀는 아무런 대꾸도 없이 거의 그 집을 뛰쳐나오다시피 했다. 주책맞게도 눈물이 흘러내려 계단이 거의 보이지 않았다. 대문을 열고 병원을 지나 바로 옆 건물에 있는 약국까지 어떻게

간 것인지 모르겠다. 아마 그저 본능적으로 걸었던 것 같다. 그래도 정신은 조금 있어서 문을 열고 들어가기 전 자영은 대충 눈물을 훔쳐 냈다. 그러나 인자한 표정의 약사를 마주하는 순간 다시 뭔가가 울컥 치밀어 올라 그녀는 결국 울먹울먹 말을 내뱉고야 말았다.

"저, 저기 애, 액체 파스 있어요? 소염진통제 같은 거……."

"어머, 아가씨 엄청 아픈가 보네. 어디 많이 다쳤어요?"

걱정 가득한 약사의 눈빛에 자영은 그만 소리 내어 엉엉 울고 말았다.

나도 오늘 무리해서 다리도 아프고, 팔도 아프단 말이야. 나쁜 하찬.

"흐흑, 네."

게다가 마음도 엄청 아파요.

고개를 끄덕이는 그녀를 향해 파스 함께 물 한 잔이 내밀어졌다. 한참 눈물을 흘리고 있던 자영의 눈에 의아함이 스며들었다. 어머니를 닮은 미소가 약사의 얼굴에 깃들어 있었다.

"마시고 기운 내요. 집에 가서 파스도 바르고."

"고, 고맙습니다."

자영은 떨리는 손으로 물을 한 번에 들이켰다. 그제야 메말랐던 몸에 수분이 돌기 시작하면서 정말 기운이 나는 것 같았다. 그녀는 자신의 조금 전 행동이 바보 같았음을 인정했지만, 후회하지는 않았다. 약사 보기가 조금 민망해서 그렇지 한바탕 울고 나니 속이 후련해졌던 것이다. 그녀는 다시 한 번 손으로 얼굴을 쓱 문질러 닦고는 약값을 지불했다. 어색하게나마 약사에게 감사의 인사를 전한 자영은 약국을 나왔다.

하지만 진짜 불편하고 어색한 것은 자신의 추한 꼴을 봐버린 약사를 마주하는 것도, 엉망이 된 얼굴로 약국을 나와 병원을 지나쳐야 하는 것도 아니었다. 마치 삼십층처럼 느껴지는 삼층을 오르는 계단을 지나 다시 찬과 민희의 얼굴을 아무렇지도 않게 마주해야 한다는 것, 그것이 자영을 부담스럽게 했다.

"젠장. 난 왜 이 모양일까."

언제나 큰소리 뻥뻥 치면서 결정적인 순간에는 겁쟁이처럼 움츠러드는 자신이 정말 싫었다. 그리고 그토록 두려워하면서도 결국 내키지 않는 걸음을 하고 마는 것도.

아까와는 달리 묵직한 모래주머니를 단 양 자영의 다리는 무거웠다. 끝나지 않길 빌었지만 계단은 결국 끝이 났다. 그 정상에서 마주한 것은 활짝 열린 현관문이었다. 나올 때 분명히 닫았던 것 같은데. 기억을 되새김하느라 미간을 찌푸린 채 그녀는 집 안으로 들어갔다. 즉시 자영의 시선이 현관에 놓여 있던 하이힐을 찾았지만 그것은 감쪽같이 사라져 있었다. 혹시 자신이 잘못 본 것인가 싶어서 고개를 내저으며 눈을 깜빡이느라 그녀는 소파에 누가 앉아 있는 것도 알지 못했다.

"약을 어디 공장에서 만들어오냐?"

퉁명스런 목소리에 자리에서 뛰다시피 하며 거실로 오른 자영은 자신을 노려보고 있는 찬을 발견하고 가슴을 쓸어 내렸다. 그러면서도 그녀의 시선은 그의 주변을 샅샅이 훑고 있었다. 얄밉도록 호리호리한 실루엣이 보이지나 않는지 싶어서.

"민희 갔어."

주머니에 손을 찔러 넣은 채 자리에서 일어난 찬은 그녀에게 식탁으로 오라는 손짓을 보냈다. 그에 자영은 아무 말도 없이 그가 차려놓은 라면 그릇 앞으로 가서 앉았다.

"많이 불었다. 먹자."

"여기."

목소리가 잠긴 줄도 몰랐는데. 자영은 그 짧은 말을 하는데도 목이 제법 아픈 것을 느끼며, 찬의 앞으로 약 상자를 내밀었다. 마침 젓가락으로 라면의 면발을 집어 올리던 찬의 움직임이 움찔 멈추었다. 그는 팔을 스르륵 내리며 그녀의 눈을 똑바로 쳐다보았다.

"감자영."

숨이 멎는 듯하였다. 찬이 자신의 이름을 이렇게 정식으로 불러주는 건 자주 있는 일이 아니었던 것이다. 아니, 거의 없었던 일이다.

"내가 착각하게 만들지 마."

사 인용 식탁에 마주 앉은 지금은 별로 떨어져 있지 않은 그들의 거리만큼 그의 작은 표정까지 너무도 자세히 보였다. 그것은 그에게도 마찬가지일 터, 사소한 눈꺼풀의 깜빡임까지 신경이 쓰였다. 떨리는 속내를 감추려 어금니를 꾹 깨문 자영은 눈썹만 들어 올려 되묻는 시늉을 해 보였다.

"조금 전까지 네 행동…… 질투 많고 의심 많은 마누라 같았던 거 알아?"

"그, 그건 민희가…….."

"홋, 그렇게 남 주기 싫으면 네가 가지면 되잖아. 안 그래?"

그의 직설적인 물음은 그녀의 혀를 굳어지게 만들었다. 보지 않아도 자신의 얼굴이 붉어졌음은 뜨거워진 체온을 통해 느낄 수 있었다. 손을 들어 올려 열기를 식힐 겸 감추고 싶었으나 그럴 기운조차 없었다. 그의 눈빛이 건 지독한 흑마술에 걸려 버린 듯했다.

"여전히 네 대답 기다리고 있어. 하지만 더 이상 마라톤은 싫다. 지금껏 너무 긴 코스였거든."

그녀가 여전히 침묵을 지키고 있자, 찬은 의자를 밀며 일어났다. 변명과 같은 말을 남긴 채.

"불어서 도저히 못 먹겠다."

"싫어!"

스스로도 놀란 짧은 외침. 그것에 그녀의 뒤에서 찬의 걸음이 멈추는 것이 느껴졌다. 하지만 자영은 그를 돌아보지 않았다. 이렇게 등을 보인 자세가 솔직하게 마음을 터놓고 이야기하기는 훨씬 쉬울 것 같았다.

"네가 민희랑 단둘이 있는 거 싫어! 단순히 남 주기 싫어서 이러는 게 아냐. 나…… 아무래도 말야, 널 좋아하는 것 같아. 아니, 좋아해.”

네가…… 언제나 나만 봤으면 좋겠어!

차마 뒷말까진 잇지 못했지만 으아, 정말 자존심 왕창 버린 너무 솔직한 고백이다.

자신의 말이 끝나고 조금의 후회를 하며 눈을 질끈 감고 만 자영이었다. 그리고 한참 동안 그에게서는 어떤 인기척도 느껴지지 않았다. 아무래도 자신이 끔찍해진 모양이다. 하긴 잘나지도 못하면서 엄청 콧대 세우고, 단순무식하게 흥분 잘하는 데다가 이젠 뻔뻔하기까지 한 나 같은 애 따위 싫어졌을 만도 하다.

왈칵 눈물이 쏟아지려 했지만 자영은 억지 미소로 그것을 참으며 일어나려 했다. 그러나 때를 맞춰 어깨로 내려앉은 그의 팔과 그의 향기는 그녀를 자리에서 굳어지게 만들었다. 울면서도 미소 짓게 만들었다.

“젠장, 무슨 여자가 프러포즈를 그렇게 무지막지하게 하나?”

그의 속삭임에 눈물을 쓰윽 닦아낸 자영은 바락 대꾸했다.

“프, 프러포즈는 무슨!”

“감자! 이제부터 너 내 거다.”

마치 선서를 하듯 말한 찬은 그녀의 턱을 가만히 잡아 자신을 돌아보게 만들었다. 아까 울어서 엉망으로 화장이 번졌을 거라는 깨달음이 번뜩 머리를 스쳐, 자영은 마구 도리질을 쳤지만 그는 놓아주지 않았다.

"도장 찍자."

동의도 하지 않았건만 그의 입술이 그녀의 입술을 부드럽게 내리눌렀다. 어색한 자세로 그의 키스를 받던 자영은 종래에는 온전히 몸을 돌려 찬에게 자신의 마음을 되돌려 주었다. 그제야 뭔가 허전했던 속이 꽉 채워지는 기분이었다.

키스가 깊어질 무렵, 갑자기 뭔가 생각났다는 듯 그녀에게서 떨어지는 찬이었다. 순간 밀려드는 허전함을 자영은 가까스로 숨겼다.

"너 지금 다리 무지 아프지? 운동 안 하다가 갑자기 근육을 쓰면 개네들도 놀란다고."

"응?"

내 속에 들어왔다 나간 것도 아닌데 어찌 저리 잘 알까 싶었다. 자영은 찬이 자신이 사 온 소염진통제를 개봉한 뒤 발치 아래 주저앉는 것을 가만히 지켜보았다.

"뭐, 뭐 하려고?"

"보면 몰라? 약 발라주려고 그러지."

청바지를 다짜고짜 걷어 올리려는 그의 행동에 당황해서 자영은 마구 발길질을 해댔다.

"됐어, 됐어. 내가 바를게."

그가 자신의 다리를 만지는 것은 물론 보는 것마저도 쑥스러웠다. 토종 무처럼 생긴 그것을 자랑하듯 내보일 수는 없는 노릇이었다. 그러나 찬은 요지부동이었다. 그는 그녀의 발을 잡아 자신의 무릎 위에 고정시키고서는 바지를 걷어 올렸다. 그녀가 미처 거부할 새도 없이 파스를 듬뿍 찍은 손이 정강이를 주무르기 시작했다.

"아아."

근육들이 찬의 손길 아래 풀려가고 있었다. 그것이 생각보다 너무 시원해서 부끄러움도 잊은 채 자영은 자신도 모르게 묘한 신음을 흘리고 말았다. 그러다 볼을 붉히며 금방 입을 다물긴 했지만.

그럼에도 묵묵히 찬은 고개를 숙인 채 그녀의 아픈 다리를 주물러 주는 일만 몰두해 있었다. 그런 그의 정수리를 내려다보며 자영은 느꼈다. 참 안락하고 편안하다고. 그것은 예전 부모님에게서나 느꼈던, 가족에게서나 느낄 수 있는 감정이었다.

그런 깨달음이 들자 그가 들을 수 없도록 자영은 조용히 중얼거렸다.

"찬아, 이제부터라도 나…… 네 전부가 되도록 노력할게."

그녀의 입가에 만족스러운 미소가 번져 갔다.

눈엣가시 같은 존재였던 자영이 밖으로 나가자마자 민희는 찬의 앞으로 쓰러졌다. 아니, 엄밀히 말해 쓰러지는 척하는 시늉이었지만 그는 걱정 가득한 표정으로 그녀를 단단히 붙잡아주었다. 만족감이 깃든 미소를 짓지 않기 위해 노력하며 민희는 멀쩡한 안구에 물기를 그러모았다.

"이런 말은 정말 하고 싶지 않았는데, 나 정말 자영이가 무서워."

이렇다 할 반응 없이 찬은 그녀를 물끄러미 바라보기만 했다. 마치 계속해 보라는 듯.

"예전이나 지금이나 걘 날 너무 싫어해. 마치 내 앞길을 막으려고 작정한 사람처럼 굴어.”

“그래?”

아주 짧은 물음이었지만 그것이 마치 맞장구처럼 들리는 민희였다. 그것은 그녀가 계속 말을 잇도록 하는 도화선이 되어주었다.

“뭐랬는 줄 알아? 나보고 너한테 더 이상 접근하지 말래. 나 같은 위치에 있는 사람이 뭐가 아쉬워서 너한테 계속 치근덕대냐고.”

찬의 손이 자신의 팔에서 떨어지는 것도 인식하지 못한 채 민희는 스스로가 만든 감정의 물살에 급속도로 휘말려 가고 있었다.

“6학년 때도 그랬어. 내가 널…… 좋아하는 걸 알고는 괜스레 널 괴롭혀 대더라. 그깟 책 좀 없어졌다고 네 필통에 화풀이한 것도 그렇고, 운동장에서 너 돌에 걸려서 넘어졌던 날 기억하지? 그거 아마 나 보라고 그랬을 거야.”

“뭐?”

갑자기 자리에서 스르륵 일어난 찬이 물었다. 오싹한 한기를 느낀 민희는 주춤거리며 그를 올려다보면서도 애처로운 눈빛을 띠는 것을 잊지 않았다.

“내, 내가 널 좋아한 거 설마 몰랐던 건…….”

“돌에 걸려 넘어지다니? 그때 너 선생님한테는 분명 감자가 내 다리 걸었다고 하지 않았어?”

예기치 못한 지적이었다. 사소한 실수가 올가미가 되어 그녀를 죄는 것 같았다. 가까스로 숨을 몰아쉬며 민희는 변명처럼 대꾸했다.

"그, 그건 교실에 들어가면서 알았어. 거기 돌이 있는 걸 그제야 봤거든."

"으음."

그는 이제 그녀에게서 완전히 돌아서 식탁에 걸터앉았다. 팔짱을 낀 채 그녀를 내려다보는 눈길에는 한줄기 따사로움도 깃들어 있지 않았다.

"네가 왜 나한테 이제 와 이런 말을 하는 것인지 궁금한걸?"

"널 좋아해, 찬아. 그래서 난 자영이랑 네가 가까이 지내지 않았으면 해."

"내가 왜 좋은데?"

"어?"

민희는 순간 대꾸하지 못했다.

그를 왜 좋아하는 걸까. 도통 알 수가 없다. 그렇다면 기억을 거슬러 올라가 그를 처음 본 순간부터 되짚어보자. 전학생 소개할 때까지만 해도 찬은 별달리 그녀의 시선을 끌지 못했다. 새카만 얼굴에 보이는 건 하얀 자위뿐인, 키만 멀대같이 컸던 남학생은 그녀의 스타일이 아니었다.

아마 그에게 호기심을 느끼기 시작한 건 첫 수업 후였을 거다. 그렇게 된통 당했으면서도 찬의 눈빛이 간간이 자영에게 머무는 것을 발견했을 때, 시간이 흐를수록 그가 감자 같은 짝에게만 관심을 두고 있는 것을 알았을 때 그것이 괜히 샘나고 싫었다. 발단은 거기서부터였다.

그래서 무작정, 오기라도 그를 좋아하기로 마음먹었다. 자영이 하는 건 자신도 분명 할 수 있으니까. 도대체 자신이 자영보다 못한 게 무어란 말인가.

"확실히 단언할 수 있는데, 너 나 좋아하는 거 아냐."

그녀가 생각을 정리하고 있는 동안 찬의 단정적인 한마디가 찬물을 끼얹듯 날아들었다.

"네 마음 아니라고 함부로 얘기하지 마!"

그에 민희는 파르르 떨며 무릎이 아픈 환자답지 않게 너무 생생한 자세로 일어나 섰다. 그러자 '너 아픈 거 맞냐'는 듯 의구심 어린 눈빛으로 찬이 그녀를 내려다보았으나, 민희는 의식하지 못했다. 그는 이성적인 어조로 설명하듯 읊조렸다.

"함부로 얘기하는 거 아니야. 다만 좋아한다고 해서 무슨 수를 써서라도 그 사람을 자기 것으로 만들려는 행동은…… 진심이 아니라는 거지. 불쾌하게 여기진 마. 내 경험상 하는 말이니까."

"무슨 수를 써서라도 자기 것으로 만들려 한다니? 설마, 설마 내가 그랬단 말이니?"

"널 의심하긴 싫지만 찜찜한 게 한두 가지가 아니라서. 음, 하나만 물어보자. 그때 내 생일파티 초대장 너 감자한테 전달

했니?”

생각지도 못한 암초였다. 당황하여 주춤주춤 뒤로 물러나던 민희는 소파에 무릎 뒤를 부딪치는 바람에 털썩 쿠션 위로 주저 앉았다. 그럼에도 불구하고 그들의 시선은 여전히 맞닿아 있었다.

“그, 그건…… 깜빡했었어.”

“운동장에서의 일도? 네 말대로라면 넌 교실로 들어가다 내가 넘어진 자리에 있는 돌을 보았다고 했어. 내 눈엔 발견되지도 않았지만. 그럼 그전에 자영이가 다리를 걸었다고 한 건, 확실히 보지도 못했으면서 그저 짐작만으로 선생님과 내게 거짓말을 했단 거잖아. 설사 악의가 없었다고 해도, 나중에라도 왜 사실대로 말하지 않았어? 자영이가 아니라고, 네가 잘못 본 거라고 그렇게만 말했어도 좋았잖아.”

“무, 물론 처음엔 짐작이었어. 하지만…… 돌은 누군가에 의해 일부러 놓여진 거였고, 그런 짓을 할 사람은 자영이밖에 없다고 생각했어! 그래서 말하지 않은 거고! 너한테 그런 악감정을 가진 아이, 자영이밖에 없잖아. 널 넘어뜨린 범인은 그 아이가 분명하다고!”

“감자는 아냐.”

너무도 뚜렷한 확신이 어린 목소리는 민희를 절망케 했다. 잔인하게도 찬은 그런 그녀의 눈을 똑바로 바라보며 단정 지었다.

“내가 알아. 감자는 아냐.”

“너 설마…… 설마?”

“그래, 나 감자 좋아해. 그리고 내가 좋아하는 감자는 그렇게 치밀하고 계획적인 애가 아니야. 그건 누구보다 내가 잘 알아.”

자신의 앞에서 감히 자영의 편을 들다니. 어이없는 걸 떠나 어찌나 비참한지 눈물이 터질 것 같았지만 민희는 어금니를 악물며 참아냈다.

“홋, 치밀하고 계획적이라? 꼭 나 들으라고 하는 소리 같네?”

“오랜 옛날 일 들춰 가지고 이렇다 저렇다 말하고 싶지 않아. 그리고 날 걱정해 준 건 고마운데, 자영이에 관해선 네가 오해하고 있는 부분이 많은 것 같다.”

“찬아!”

“무릎 괜찮은 것 같아 보이는데, 혼자 갈 수 있지? 멀리 안 나 갈게.”

지극히 예의를 차린 어조였지만, 그건 명백한 내쫓음이었다. 황당함으로 자신의 입이 쩍 벌어져 있었다는 것을, 찬이 가스레인지를 향해 다시 돌아서고 한참 뒤에야 민희는 알아차렸다. 도저히 자존심만은 버릴 수 없었던 그녀는 자신을 추스르며 그곳을 나와야 했다. 그러나 현관을 나서기 전 민희는 당당하게 한마디를 남겼다.

“내 행동에 대해 후회 안 해. 그때도, 지금도.”

꿈쩍도 하지 않고 있지만 그는 분명 들었을 것이다. 요지부동 같아 보이는 찬의 등을 바라보며 민희는 속에서만 홀로 말을 덧붙였다.

'그러니까 포기 못해. 상대가 감자영이라면 더 더욱.'

계단을 내려가는 그녀의 귓가에 오래된 환청이 들려왔다.

"엄마가 일하는 식당 감 사장님 딸 자영이 있지? 걔 너랑 같은 반이라더라. 그러니까 잘해야 한다, 민희야."

비록 어려운 형편으로 인해 식당 일을 하긴 했지만 그녀의 어머니는 무척이나 자존심이 센 사람이었다.

"으이구! 이번에도 2등이니? 1등은? 뭐? 자영이? 넌 걜 한 번을 못 이겨? 어떻게 자영이는 빠지는 데가 없니? 공부도 잘하고, 친구 관계도 좋고. 감 사장님은 무슨 복이 그렇게도 많을까? 장사도 갈수록 잘되고, 자식농사까지 풍년이니. 에구, 내 팔자야."

대문을 와락 연 민희의 입술 사이에서는 어느새 거친 숨이 뿜어져 나오고 있었다. 생각하지 않으려 했지만, 잔인하게도 연이어 그녀의 기억 속에서 고개를 내민 이는 6학년 때 담임인 김희연 선생님이었다.

"민희야, 미안하구나. 전교회장 선거에 나가고 싶은 네 의사는 충분히 존중하고 싶다만, 반 아이들이 저렇게 자영이가 나갔으면 하니 이번엔 네가 양보하는 게 어떻겠니?"

기사를 부르려 휴대폰을 누르는 민희의 손가락들이 처절한 떨림을 토해내고 있었다.

"자영아, 남아서 선생님 좀 도와줄래?"

"자영아, 이거 6반 선생님 갖다 드리고 오렴."

"자영아!"

"자영아?"

뒤섞여 들려오는 선생님과 어머니의 목소리가 하나같이 내뱉고 있는 것은 세상에서 그녀가 가장 듣기 싫은 그 이름이었다. 자동 반복 재생되는 그 음성들을 민희는 고개를 흔들어 떨궈냈다. 초조할 때면 나오는 버릇대로 손톱을 잘근잘근 물어 씹으며 그녀는 전화기 건너편에서 응답이 있기를 기다렸다. 하지만 들려오는 건 전화를 받을 수 없다는 기계음이었다. 그러자 기다렸다는 듯 회심의 미소를 지으며 또다시 자신을 짓누르려는 과거의 망상으로 인해 민희는 희미한 비명을 지르며 휴대폰을 보도블록 위로 내동댕이쳐 버렸다.

확대된 그녀의 동공 위로 산산조각이 난 폰의 잔해들이 펼쳐졌다. 여느 때 같으면 조금은 만족감이 들거나 후련해야 할 텐데, 그녀의 가슴 정중앙을 때리고 지나가는 결정타로 인해 그것조차 여의치가 않았다.

"나 감자 좋아해."

고통과 함께 답답함이 엄습했다. 끊임없는 메아리로 되돌아오는 그 말을 피하기 위해 민희는 미친 듯이 뛰었다. 그렇게 큰길까지 나간 그녀는 거칠게 팔을 휘둘러 택시를 잡아타고는 자신이 있어야 할 곳으로 향했다. 자신을 이렇게 만든, 오랫동안 자신이 잊고 있었던 끔찍한 감정을 되살려 준 자영을 증오하며.

세상이 너무 아름다워 보여요~

그녀와는 다른 세상에 사는, 주로 사랑에 빠진 여인들이 하는 멘트였다. 그땐 그런 말을 듣거나 보면 '저것들이 누굴 놀리나' 또는 '왕닭살이네' 라며 눈살을 찌푸리기도 했었지만 지금은 절. 대. 공감이다. 흐흐흐.

침대에 누워서도 배시시, 화장을 하면서도 배시시, 심지어는 괄약근에 엄청 힘을 주면서도 찌푸린 표정으로 배시시다. 그러 다 보니 모든 것이 좋고 즐겁다. 늘 조금은 무거웠던 학교 가는 발걸음이 찬과 도장을 찍었던 그날 이후 내내 가볍다.

주룩주룩 내리는 초여름의 비도 그녀의 기분을 다운시키지 못했다. 비가 내리면 무조건 싫고 짜증나던 자영이었는데, 오늘 은 '시원~하다' 라는 긍정적인 생각부터 드는 것이다. 자영은 신발장 구석에서 자고 있던 커다란 우산을 쓰고 학교로 향했다. 자신의 유일한 레크레이션 곡 '학교 가는 길' 을 흥얼거리며.

"오늘 아침 버스에서 만난 그 애, 날 보고 호박꽃이래~ 주먹 코에 딸기코에 못생긴 얼굴~ 너는 뭐가 잘났니~ 흥!"

그 노래를 부르노라니 지난달의 학부모 공개수업이 떠올랐 다. 생각지도 못했던 찬의 등장과 그의 도움으로 파워포인트 자 료를 무사히 복구해 수업을 마쳤던 일. 그러고 보면 그의 도움을 입은 것이 한두 번이 아니지만, 새삼 고마워지는 자영이었다.

괜히 그의 목소리가 듣고 싶어져, 그녀는 찬에게 전화를 해볼까 말까 잠시 망설였다. 매일 아침 동물병원을 지나면서 하는 고민이었다. 그와의 관계에 약간 변화가 오긴 했지만 먼저 전화를 거는 것은 여전히 쑥스러웠다. 지금 역시 얇은 점퍼 주머니 속에 폰을 몇 번이고 만지작거리다가 결국은 안 하는, 아니, 못하는 자영이었다.

아마 곧 편안해지는, 곧 그 애 곁이 내 자리 같아지는 날이 오겠지.

비가 와서인지 학교 주변에 아직 아이들의 모습이 많이 보이지 않았다. 교문을 들어선 자영은 중앙 현관에서 우산의 물기를 탈탈 털어낸 후 그대로 교실로 돌아서려 했다.

하지만 스탠드 부근에서 불쑥 모습을 드러낸 커다란 동물로 인해 흠칫 놀란 그녀는 그 자리에서 굳어버리고 말았다. 일반인들이 보통 늑대개라 부르는 거대한 말라뮤트종이 목줄을 질질 끌며 화단을 어슬렁거리고 있었다. 얼마 전 TV에서 보도된 모 어린이집 아이가 말라뮤트에게 물려 숨졌다는 뉴스가 떠올라 자영의 마음이 불안 초조해졌다.

이제 곧 아이들이 점점 더 많이 등교를 할 시간인데, 개가 저렇게 있으면 위험한 상황이 생길 수도 있다. 아이들뿐 아니라 개에게도.

“저리 나가!”

안타까움으로 휘이 손을 휘저어보았지만 개는 그녀 따위는 안중에도 없는 듯 펄쩍펄쩍 뛰기 시작했다. 그러자 쇠로 된 목줄이 바닥에서 흡사 춤을 추듯 흔들렸다. 그것으로 보아 아마도 주인이 있는 개 같은데, 도망을 친 듯했다.

“아니! 저놈의 개새끼가!”

갑자기 뒤에서 들려온 목소리는 지만의 것이었다. 그녀가 미처 말릴 새도 없이 그는 전투적인 몸짓으로 현관 밖으로 뛰어나왔다. 멍하니 있던 자영은 지만이 개를 향해 달려가 교통 지도용 깃대를 마구 휘둘러 대는 것을 보고서야 사태를 파악할 수 있었다. 기함을 토하며 지만의 뒤를 쫓아간 그녀는 그야말로 풍차 돌리기를 하고 있는 그의 팔을 턱하니 붙잡았다.

“아저씨, 그만 하세요! 개가 흥분하면 애들한테 달려들지도 모른다구요!”

“그럼 감 선생님은 뭐 따로 해결책이 있어요? 이렇게 두고만 보다가 애들이 더 위험해질 수도 있다고요! 게다가 교장선생님이 학교에 개똥 굴러다니는 거 얼마나 싫어하시는지 몰라요?”

“자, 잠깐만요. 아직 주사님 안 오셨죠?”

짧게 고개를 끄덕이는 지만이었고, 자영은 홀로 어떻게 해야 좋을지 생각에 잠겼다. 그렇게 비를 맞고 선 그들을 향해 지나던 아이들의 이상하다는 시선이 다가붙자 자영도, 지만도 다시 현관으로 올라갔다. 개는 여전히 화단 주위를 어슬렁거리고 있었다. 가끔 개를 발견하고 다가서는 아이들에게 어서 교실로 들어가라고 주의를 주는 일 외에는 그녀가 별달리 할 수 있는 일이 없었다. 생각에 생각을 해보던 자영은 휴대폰을 꺼내 지역 관할 경찰서로 전화를 넣어보았다.

"여기 초등학교에 늑대개가 들어와서 아무리 나가래도 안 나가거든요? 목줄이 있는 걸로 봐서 주인 있는 개 같은데, 등교하는 아이들이 많아서 너무 위험한 상황이에요. 어떻게 좀 해결해 주실 수 없을까요?"

그러나 그녀의 용건을 말없이 듣고만 있던 상대방의 짧은 대꾸.

[그래요? 119로 한번 전화해 보시죠?]

성질을 꾹 눌러 참은 자영은 어쩔 수 없이 119의 숫자를 눌렀다. 하지만 119 역시 그녀의 용건을 들어주더니, 다분히 귀찮다는 기색으로 말을 받는 것이었다.

[상황이 그렇게 위험한가요? 아무래도 저희들이 출동하는 데 시간이 좀 걸리고, 주인이 있는 개라면 진압하는 과정에서 다칠 수도 있거든요?]

그 뒤로 계속 이어지는 119의 변명 같은 말, 그리고 아이들 주변으로 어슬렁거리는 개와 또다시 깃대를 휘둘러 대는 지만의 모습이 뒤섞여 자영의 화를 폭발시켜 버렸다.

"그러니까, 결론은 못 오시겠다는 거네요? 알겠습니다."

다분히 감정이 섞인 어조로 상대의 말을 자른 자영은 전화를

확 끊었다. 대신 주사님이나 공익요원을 찾아 안으로 들어가려
던 그녀는 갑자기 울리는 휴대폰 벨소리에 놀라 그것을 다시 집
어 들었다. 상황이 상황인지라 번호도 확인할 겨를 없이 그녀는
전화를 받았다.

[아니, 왜 전화를 마음대로 끊으십니까?]

따지고 드는 이 목소리는 분명 119다. 게다가 이어지는 말은
진심에서 우러나는 것이 아니라 '네가 그렇게 땍땍대니까 그래,
나도 내 의무는 다 해주겠다' 이런 뉘앙스를 물씬 풍겼다.

[대원들 지금 출동하려고 하거든요? 어디 초등학교죠?]

씨발, 진짜 욕 나온다. 서른 해 가까이 살면서 처음으로 119
호출한 건데 이런 더러운 꼴을 당할 줄은 몰랐다.

'됐거든요'를 내뱉으려던 자영은 통화 중 다른 전화가 걸려
와 액정을 흘끔 바라보았다. 여느 때보다 반가운 사람, 찬이었
다. 짜증을 숨기지 못하고 자영은 대꾸했다.

"아, 정말 됐어요. 저희끼리 알아서 해결할게요."

[정말 괜찮으시겠습니까?]

그 말은 걱정이 되어서가 아니라 혹시라도 나중에 그녀가
'119가 어쩌고저쩌고' 하면서 문제 삼지 않을까 싶은 우려 때문
인 듯싶었다. 오기가 불쑥 치밀었다. 큰 사고라도 나면 두고 보
라지.

"네에!"

[그럼 알았습니다.]

또 마음대로 전화를 끊었다느니 어쨌다느니 할까 봐 상대의 대꾸가 있을 때까지 잠시 기다렸던 자영은 더는 참지 못하고 명확하게 한마디를 덧붙였다.

"그런데요. 저 같은 사람 없으면, 119도 없거든요? 그쪽이 보기에 사소한 문제도, 전화한 사람 입장에서는 굉장히 긴급할 수도 있는 거잖아요. 전 잘 모르지만요, 어디든 부르면 달려와야 하는 게 119 구조대원이 할 일 아닌가요? 그쪽에서 온다 해도, 이젠 이쪽에서 노땡큐네요."

[뭐, 뭐라고요?]

"당신이랑 이러고 있는 동안 상황 종료되었다구요!"

그녀는 상대가 대꾸할 시간을 주지 않고 통화를 끝냈다. 이번에 또 119가 전화를 걸어오면 그녀도 가만있지 않으리라 생각했다. 자영은 얼른 통화 대기 중인 찬의 전화를 받았다.

"응."

[설마, 오늘도 지각이냐?]

휴대폰을 통해서 아스팔트를 때리는 빗소리를 들은 모양인지 찬이 대뜸 물어왔다. 기분 나빠할 여력도 없었다. 자영은 이제 조회대에 올라가 쿵쿵거리고 있는 개를 바라보며 깊은 한숨을 내쉬었다. 그러자 역시 하찬답게도 그는 무슨 문제가 있음을 한눈에, 아니, 한귀에 알아차렸다.

[감자, 왜 기분이 별로지?]

그에 자영은 하소연 비슷하게 거대한 말라뮤트의 등장과 싸가지없는 119의 처사까지 줄줄이 읊어놓았다. 어떻게 해결해야 좋을지 모르겠다며 투정 섞인 한마디까지 내뱉은 자영의 시야에 마침 휘적휘적 걸어오는 박 주사의 모습이 보였다. 와락 반가움이 밀려와 커다랗게 손까지 흔들며 자영은 그를 반겼다.

"나 이만 전화 끊어야겠다."

[중앙 현관이니?]

"응."

짧은 대꾸 후 찬과의 대화를 종료한 자영은 비를 맞으며 박 주사에게 달려가 자초지종을 이야기했다. 역시 사람 좋기로 유명한 그답게 박 주사는 이렇다 할 망설임 없이 그녀가 이끄는 대로 따라주었다. 하지만 그 역시 개를 보는 순간 그 엄청난 덩치에 놀란 듯 헉 하는 신음 소리와 함께 주춤하는 것이 느껴졌다.

"그, 그런데요, 감 선생님. 잡는 건 잡는데, 잡아서 어떻게 하실 건데요?"

"그건 나중에 생각해 보구요. 우선은 잡기라도 해주세요."

지만은 곁에서 못마땅한 시선을 보내고 있을 뿐 박 주사 혼자 개의 목줄을 붙잡으려 노력하고 있는데도 잡아줄 생각도 하지 않았다. 아무래도 그는 무척이나 개를 싫어하는 것이 틀림없다. 그것이 선천적인 성향인지 후천적인 경험 탓인지는 몰라도.

"거칠게 하지 않으면 개도 물진 않을 거예요. 덩치가 커서 그렇지 난폭해 보이진 않잖아요."

주룩주룩 오는 비를 맞으며 자영은 박 주사를 열심히 회유(?) 했다. 오늘따라 왜 이리 지나가는 남선생님들도 없는지 모르겠 다. 아마 다들 주차장을 통해서 뒷문으로 출근한 것이겠지만, 해도 너무한다!

"잠깐만요. 민승이 좀 데리고 나올게요. 아마 왔을 거예요."

공익근무 요원의 도움 없이는 무리일 거라 판단했는지, 아님 정말 무서워서 그러는 것인지 박 주사는 그녀의 절실한 눈빛을 모른 척하며 학교 안으로 들어가 버렸다.

"그러니까 애초에 몽둥이로 몰아내자고 했잖아요."

지만의 질책이 들렸지만 자영은 대꾸할 기운조차 없었다. 어 깨를 축 늘어뜨린 채 그녀는 그저 개가 아이들에게 해코지만 하 지 않기를 빌 뿐이었다. 그러던 중 운동장에 고인 물을 타이어 가 가르는 소리와 함께 요란한 엔진 소리가 들려왔다. 가늘게 뜬 눈을 교문에 고정한 자영은 눈에 익은 사륜구동을 발견하고 는 '설마' 하는 심정으로 그것을 바라보았다. 곧 차가 조회대 앞 에 멈춰 서고, 계단을 올라오는 발소리에 이어 지평선에 떠오르 는 해처럼 찬의 모습이 드러났을 때는 죽상이었던 그녀의 얼굴 이 환하게 밝아졌다.

"차, 찬아?"

지금 이 순간 찬이 마치 백마 탄 왕자님처럼 멋있어 보였다. 아니, 그보다 더. 헝클어진 머리와 구겨진 셔츠 차림에도 불구 하고 그녀 자신의 눈에는 최소한 그랬다.

"쟤야?"

그가 턱짓으로 개를 가리키자, 자영은 고개를 거세게 위아래로 흔들었다. 그리고 거침없이 개에게로 다가가는 찬이 혹시라도 다치진 않을까 싶어 그녀 역시 그의 뒤를 조심스레 따랐다. 그런 그녀의 뒤로 지만의 발자국 소리도 들려왔다.

"착하지?"

그는 등 뒤에서 거대한 개껌을 꺼내 우선 놈의 시선을 끌었다. 배가 고팠던지 개가 그를 향해 꼬리를 흔들며 달려들자 찬은 그녀가 뭐라 말할 사이도 없이 차로 뛰어갔다. 그는 개껌을 이용해 자신의 뒤를 따르는 개를 열려진 트렁크 안으로 유인했다.

"헉!"

저러다 달려드는 개를 피하지 못해 다치는 건 아닌지 걱정이 되었다.

하지만 다행히도 그녀가 우려하는 일은 일어나지 않았다. 개껌에만 정신이 팔린 나머지 놈이 차 안으로 넙죽 뛰어들자마자 그는 쾅 하고 트렁크 문을 닫아버렸다. 그리고 손을 턴 찬은 이번엔 천천히 계단을 올라 다시 그녀의 앞에 섰다.

사색이 되었던 그녀의 얼굴이 그제야 스륵 펴졌다. 조금 전까지 가망없어 보였던 일인데, 그가 하는 걸 보니 너무도 단순하게 느껴졌다. 새삼 찬이 다시 보였다.

"어떻게 하려고?"

"우선은 병원에서 맡고 있다가 주인이 나타나면 찾아주는 거고, 아님 구청에 신고해야지."

이제 자영은 어색하게나마 미소 짓고 있었다.

"올 줄은 몰랐어. 그것도 이렇게 금방."

"짜식. 네 목소리, 아까 완전 공포의 도가니탕이었다."

"그, 그랬나?"

그의 손이 그녀의 머리에 잠시 내려앉았다가 다시 떨어졌다.

"나한테 기대도 안 넘어지니까 기대. 잊었냐, 너 이제 혼자 아니라는 거?"

왠지 눈물이 와락 쏟아지려고 하는 것을 뚫어져라 그들을 바라보고 있는 지만의 시선을 의식하고 자영은 애써 웃었다.

"참, 윤이 형 마음 돌렸더라. 네 덕분이야."

돌아서기 전 찬이 한 말과 슬쩍 보여준 미소에 콩닥거리던 자영의 가슴이 따스하게 물들어갔다. 상승한 체온 때문인지 절로 붉어지는 뺨을 두 손으로 감싸며 자영은 가볍게 도리질을 쳤다.

찬에 대한 마음이 언제 이렇게 커져 버린 것인지 점점 숨기기가 힘이 든다. 이런 자신의 모습이 낯설면서도 쑥스러웠지만, 그의 말대로 이젠 혼자가 아니니까. 든든한 아군이 생긴 듯해서 좋았다. 아무리 어려운 일이라도 해치워 낼 수 있을 것 같은 자신감이 불끈불끈 솟아났다.

드르륵.

교무실 문이 열리고 몇 명씩 무리를 지은 교사들이 쏟아져 나오기 시작했다. 그 중간쯤에 끼인 자영과 세희의 얼굴엔 똑같은 지루함이 어려 있었다.

"거의 매주 하는데 무슨 전달 사항이 저리 많다니?"

교직원 회의를 마치고 나오는 길, 언제나 세희는 그녀의 귓가에 속삭인다. 또 버릇처럼 맞장구를 치려던 자영은 자신들의 곁을 스쳐 지나가는 교장선생님을 발견하고 '흡' 숨을 멈추었다. 그를 본 세희 역시 혀를 낼름 내밀며 작게나마 당황스러움을 표현했다. 눈짓으로 '못 말린다'는 기색을 전달한 자영은 친구와 함께 나란히 교실로 향했다.

"아! 날씨 좋~다! 이런 날은 드라이브 가면 짱인데. 음, 영화는 또 못 본 지가 어언 몇 주야?"

'놀아줘! 놀아줘!'라는 뜻이 명백히 숨어 있는 세희의 중얼거림이 들려왔으나 자영은 못 알아들은 척하며 꿋꿋이 앞만 보고 걸었다. 생각 같아서는 '난 이제 너랑 놀아줄 군번이 아니거든?'이라고 자랑을 하고 싶었지만 친구가 심한 충격으로 몸져누울까 싶어 그럴 수도 없었다. 안 그래도 운동회의 일 이후 계속 세희의 레이더가 그녀 주변을 뱅글뱅글 돌며 경계하고 있는 것이 느껴지는데.

"감 선생, 우리 오늘 같이 영화나 보러 갈까? 새로 개봉한 영화가 엄청 많던데."

"엉?"

찬과의 사이에 대해 대충 무마시켜 놓긴 했는데, 결국 올 것이 오고야 말았다. 되묻고도 한동안 벌린 입을 다물지 못하던 자영은 세희의 다급한 눈길에 어쩔 수 없이 대답을 해야 했다.

"나 약속있는데."

"약속? 감자영이? 야야! 너 서예학원 가려고 그러지? 새삼 뭔 범생같이 굴고 그러냐. 그냥 하루 째!"

또다, 또! 무지하게 그녀를 한가한 사람인 양 취급하는 저 말투! 으~ 하루 이틀 당해온 것도 아니면서 부글부글 화가 치밀어 올라 참을 수가 없다. 그래, 좋다 이거야! 오늘 나 공식 발표한다! 계단을 오르다 말고 멈춰 선 자영은 빙글거리는 민희를 향해 짐짓 거만한 시선을 던졌다.

"진.짜.로. 약속있거든? 그것도 남자랑!"

"뭐, 뭐? 너, 너 서, 설마?"

"미안하다, 소세희. 왕꽃미남 수의사랑 나 사귄다."

"크읍! 컥!"

튀어나올 듯 커진 눈으로 요상한 소리를 내는 세희의 등을 자영은 가볍게 두드려 준 후 그 자리를 벗어났다. 나비처럼 유유히. 혹시 친구가 기가 막혀 쓰러지지나 않았는지 돌아보고는 싶었지만, 왠지 쑥스러워 그대로 외면하는 수밖에 없었다.

교실로 들어서자마자 그녀의 눈에 띈 건 책상 위에 놓인 작은 상자였다. 리본까지 곱게 묶인 걸로 보아 선물 같은데, 자영으로서는 출처를 아는 바가 없어 고개가 갸웃해졌다.

"뭐지?"

중얼거림과 함께 의자에 앉은 자영이 상자의 뚜껑을 열려다 보니 편지 같은 것이 툭 떨어졌다. 바닥에서 그것을 집어 들어 다시 책상 위에 올려놓은 그녀는 우선 열려진 상자 속을 들여다보았다. 하얀 솜의 중앙에 놓인 물건은 다름 아닌 비즈로 만든 휴대폰 줄이었다. 그것을 집어 들자 끝에서 대롱거리는 작은 액자가 시선을 끌었다. 그 안에서 어색하게나마 웃고 있는 얼굴은…… 다름 아닌 진이었다. 하진.

예기치 못한 물건으로 인해 당혹스러움을 감출 수 없어진 자영은 바람이 빠진 풍선 같은 소리를 내며 미소 지었다. 그리고 상자를 놓은 그녀는 곁에 방치되어 있던 편지를 펼쳐 들었다. 약간 삐뚤긴 하지만 애써 바르게 쓰려 노력한 흔적이 보이는 글씨는 분명 진이의 것이었다.

〈감자 선생님께.

나는 어른들은 전부 약속을 잘 안 지키는 줄 알았거든요? 그런데 선생님을 만나고 나서부터 생각이 달라졌어요. 아빠한테 잘 말해 줘서 정말 고마워요.

그리고 한 가지 궁금한 게 있는데요. 정말 찬이 삼촌 좋아하는 거 아니죠? 나는 선생님이 삼촌이랑 사귀는 거 반대예요. 이건 정말 비밀인데, 삼촌 무지 깔끔한 척해도 집에만 있으면 세수랑 양치도 잘 안 하고, 늦잠꾸러기에 게으름뱅이거든요. 그러니까 사귀지 마세요. 아셨죠?

그럼 이만 줄일게요.

참, 이 휴대폰 줄은 제가 직접 만든 거예요. 꼭 달고 다니셔야
해요.〉

편지를 읽는 동안에도, 다 읽고 난 후에도 그녀는 도무지 웃
음을 참을 수가 없었다. 녀석은 나름대로 진지하게 쓴 글일 텐
데, 그녀의 눈에는 그저 귀여운 투정으로밖에 보이지 않았다.
자영은 원래대로 편지를 고이 접어 상자 속에 넣은 후, 휴대폰
줄을 꺼내 당장 폰에 달아보았다. 약간 조잡하긴 해도 진이가
이 작은 구슬을 끼느라 얼마나 고생을 했을까 생각하니 무시할
수가 없었다. 사진 속에서 어색하게나마 웃고 있는 아이의 얼굴
역시.

"고맙다, 진아."

사진을 향해 인사를 건네고 가방에 휴대폰을 넣으려 할 때였
다. 손바닥 안에서 드르륵 울리는 진동으로 인해 자영은 반사적
으로 슬라이드를 올렸다.

"네."

[나다. 퇴근하고 병원에 들렀다 가.]

상대가 찬이라 반가운 반면, 갑자기 병원에 들렀다 가라니 의
아하면서도 섭섭해졌다. 왜 밖에서 보자고 하지 않지? 그럼 오
늘 데이트는 생략이란 말인가? 그렇다고 자존심 상하게 '오늘

은 데이트 안 해?' 라고 물을 수도 없고.

"어? 어, 그래."

[누리 약 떨어질 때 안 됐어? 병원은 매일 안 와도 약은 매일 먹여야 하잖아.]

이런.

그는 누리를 걱정하고 있었던 것이다. 찬의 사려 깊음과 자신의 치졸함을 대조해 반성해 보며 자영은 더듬더듬 대답했다.

"으응."

[약은 잘 먹이고 있어?]

찬의 물음에 가슴이 뜨끔해져 왔다. 사실상 저녁엔 귀가가 늦고, 아침엔 출근 준비를 하느라 시간에 쫓기다 보니 요즘 누리에게 통 신경 쓸 겨를이 없었다. 변명 같기는 하지만 사실이었다. 선뜻 대답을 하지 못하던 자영은 자신이 그런 행동엔 찬의 탓도 있다고 자위하며 버럭 큰 소리를 내질렀다. 그와의 데이트가 늦은 귀가의 대부분의 원인이었으니.

"그, 그럼! 당근이지!"

[알았다. 그럼 퇴근 후에 보자. 대성이랑 은주랑 같이 저녁 먹기로 했으니까 그렇게 알고.]

"뭐?"

이것들이! 심심하면 끼어들려고 발악이다.

못마땅한 그녀의 되물음에도 불구하고 전화는 끊어졌다. 그 후 괜히 집에 혼자 있을 누리가 신경 쓰여 어떤 일도 손에 잡히지 않았다. 그런 그녀는 앞문이 폭발적인 기세로 열리는 것에 놀라 번쩍 고개를 들었다.

"야! 이 나아쁜! 그럼 왜 운동회 날 그러고 나서도, 굳이 아무 사이 아니라고 발뺌한 건데?"

교실로 쳐들어온 이는 세희였다. 상대가 누군지 확인을 한 자영은 안도의 한숨을 내쉬며 대답했다.

"그땐 아직 관계가 명확해지기 전이었는걸."

"그럼 도대체 언제부터인 거야?"

마지막 남은 동지마저 솔로 탈출을 선언한 것이 크나큰 충격인 듯 세희는 그 후 찬과 그녀의 관계에 대해 조목조목 물으며 땍땍거렸다. 그럼에도 자영은 친구의 말을 받아주는 둥 마는 둥 하며 다른 생각에 사로잡혀 있었다.

아무래도 오늘은 병원에 들러 약을 받자마자 곧장 집으로 가야겠어. 하루쯤은 누리랑 보내도 괜찮잖아.

그렇게 생각을 하니 마음이 편해졌다. 흘끔 시계를 돌아보니 어느새 퇴근 시간이었다.

"이제 카운트타운 일 분이거든. 얼른 교실로 가라. 내일 보자, 친구야~"

"야! 감자영! 너 정말 비싸게 굴래? 얼른 풀스토리 공개 안 해?"

"다음에! 다음에 하자고. 나 오늘 좀 바쁘다."

계속되는 세희의 닦달에도 굴하지 않으며 자영은 얼른 가방을 챙겨 학교를 나왔다. 뻔뻔스레 자신의 교실 열쇠를 교무실에 갖다 놓으라고 친구에게 던져 주는 여유까지 부리며.

그녀가 병원에 도착했을 때 진료 중인지 찬의 모습은 보이지 않았고, 대성과 은주는 같이 소파에 앉아 잡지 같은 걸 보며 깔깔거리고 있었다. 처음엔 대성을 엄청나게 기피하던 은주였는데, 최근 들어서는 부쩍 친해진 모습을 보인다. 물론 그들이 따뜻한 기류를 형성하는 것이 싫진 않았지만, 함께 있는 걸 보면 왠지 미녀와 야수가 떠올라 우습기도 했다.

"오셨어요?"

방민희라는 공동의 적으로 인해 손쉽게 우호관계를 형성한 김 간호사가 그녀를 반갑게 맞아주었다. 그제야 대성과 은주의 시선도 자영을 향했다.

"어? 일찍 퇴근했구나?"

은주의 인사말에 자영은 고개를 짧게 끄덕였다. 그리고 미용용 앞치마와 마스크를 벗고 있는 은주와 적막감이 도는 미용실을 번갈아 보며 물었다.

"오늘은 미용 예약이 많이 없었나 보네?"

"응. 올림픽 축구 예선전 하는 날이라 그런가?"

은주가 대성을 흘끔 바라보자 그는 마치 기다렸다는 듯 맞장구를 쳤다.

"아무래도 그렇지예. 진료 손님도 저녁 시간 되니까 발길을 딱 끊어뿌네예."

참 장단이 잘 맞는다. 외양의 언밸런스와는 상관없이 그들은 꽤나 잘 어울린다는 느낌이다. 그에 비하면 찬과 그녀는 외양도 외양이지만, 자신이 생각하기에 별로 조화롭지는 못한 것 같다. 그런 결론에 이르자 괜히 우울해졌다. 잠시 멍하니 서 있던 자영의 의식을 점점 가까워지는 익숙한 목소리가 일깨워 주었다.

"…아침저녁으로 꼭 약 먹이시고요. 다음 주에 한 번 더 오세요."

개를 안은 나이 든 중년 여자가 밖으로 나가자마자 그녀의 곁으로 다가오는 찬을 자영은 멀거니 응시했다.

"감자, 배고파? 기운이 없어 보이는데?"

빙그레 웃는 찬이 왜 이다지도 얄미운 건지 모르겠다. 샐쭉한 표정으로 자영은 그를 향해 내쏘았다.

"만날천날 밥! 밥! 내가 뭐 밥밖에 모르는 줄 알아? 약이나 얼른 줘. 집에 갈래."

그러자 표정이 조금 굳어지는가 싶더니 그는 아무 말 없이 조제실로 들어가 버리는 것이었다. 그녀의 성격을 짧은 시간 겪어 본 것도 아닌데 새삼 왜 저러나 싶었다. 어찌할 줄 모르고 서 있던 그녀의 어깨 위로 손 하나가 턱하니 걸쳐졌다.

"야, 감자영. 너 왜 히스테리 부리고 그러냐? 안 그래도 찬이 오늘 어머니라는 사람이 찾아와서 만난 이후로 계속 기분 별로란 말야."

은주의 설명을 듣고 난 다음 자영이 제 머리를 쥐어 박아본들

이미 물은 엎질러진 후였다. 그녀는 찬이 나오길 조마조마한 마음으로 기다리며 은주를 바라보지도 않고 물었다.

"여기에 오셨다고?"

"응. 진료실 문 걸어 잠그고 한참 얘기하던데? 얼핏 들었는데 언성이 높아져서 밖으로까지 새어나오더라."

왜 진작 말 안 해줬냐고 은주에게 핀잔을 주려는데 마침 찬이 나왔다. 그녀에게 약을 건네면서도 그는 시선을 마주치지 않았다.

"토요일쯤 시간 날 때 누리 데려와. 요즘 기침은 좀 어때?"

"응, 그냥 괜찮아."

그녀와 장난을 치거나 뛰고 난 후가 아니면 누리가 캑캑거리는 모습을 거의 못 본 것 같아 자영은 고개를 끄덕였다.

"그럼 가."

매몰차게 돌아서 버리는 찬이었다. 그런 그를 붙잡을 수가 없었다. 어머니의 일을 아는 척하며 뭐라 말할 수도 없었다. 그대로 바보처럼 섰던 자영은 결국 속 좁은 놈이라 그를 욕하며 그곳을 나오는 편을 택했다. 어쩌면 그와의 관계에서 여전히 당당하지 못한 자기 자신에게 화가 났던 건지도 모르겠다.

은주의 부름에도 자영은 걸음을 멈추지 않았다. 그녀의 굳어진 얼굴은 집에 도착해 자신을 반기는 누리를 보는 순간부터 스르륵 풀려갔다. 누리와 있으면 아무리 우울한 일이 있어도 미소 짓게 된다. 하지만 그녀를 보고 지나치게 흥분한 개가 캑캑거리며 가쁜 숨을 토해내자 자영의 표정이 다시 어두워졌다. 그녀가 해줄 수 있는 일은 그저 누리가 진정되길 기다리는 것밖에 없었다.

"누리야, 괜찮아?"

한참 후 누리의 숨이 다시 정상 궤도를 찾기 시작하자 자영은 가루약을 물에 타 떠먹였다. 얼핏 가방 속에서 휴대폰의 진동이 느껴졌지만 모른 척하며 그녀는 개를 내려놓고 욕실로 들어갔다. 샤워를 마치고 나와 대충 빵으로 저녁을 때운 자영은 차를 한 잔 타서 느긋하게 책상 앞에 앉았다. 늘 그렇듯 컴퓨터의 전원을 가장 먼저 켠 그녀는 메일을 확인하고 이런저런 사이트를 돌아다니며 눈요기를 했다.

그렇게 모처럼 여유롭게 시간을 때우고 있던 그녀의 귓가에 폐가 찢어질 듯 심하게 기침을 토해내는 소리가 들려왔다. 자영은 거의 마우스를 던지듯 내려놓으며 눈으로 누리를 찾았다. 개는 비틀거리며 거실로 나가고 있었다. 잔뜩 구부러진 등과 계속되는 컥컥거림이 아무래도 심상치가 않았다.

"왜, 왜 그래?"

미친 듯이 누리에게로 달려간 자영은 입으로 숨을 쉬는 개의 혓바닥이 짙은 보랏빛으로 변해 있다는 것을 알아차렸다.

"산소 공급이 안 되어서 그래."

지난번 누리의 눈꺼풀을 들춰 눈동자를 살핀 찬이 실핏줄이 보랏빛인 걸 보고 했던 말이 번뜩 떠올랐다. 다급함으로 어쩔 줄 모르면서도 나름대로 자영은 조심스레 누리를 안아 들었다. 상황이 상황인지라 그녀는 트레이닝복 차림 그대로 집을 나서면서 휴대폰으로 찬에게 전화를 걸었다. 하지만 늘 몇 번의 신호 후 들려오던 그의 목소리는 오늘따라 나타날 생각을 하지 않는다.

[지금은 전화를 받을 수 없으니…….]

"망할 자식! 도대체 전화 안 받고 뭘 하는 거야!"

하지만 지금 상황에서 선택권은 오직 하나뿐이었다. 죽이 되든 밥이 되든 어쨌든 병원까지 누리를 데리고 가보는 것! 신발을 대충 구겨 신은 자영은 뛰듯이 계단을 내려갔다. 그녀의 품에 안긴 누리는 숨이 금방이라도 끊어질 것처럼 컥컥거리고 있었다.

"조금만 참아, 누리야. 조금만."

건물 밖으로 나와 간절한 눈빛으로 맞은편의 병원을 바라보았지만 역시나 그곳은 어둠 속에 잠겨 있었다. 순간 기운이 쭉 빠졌지만, 자영은 희망을 버리지 않고 다음 순번인 삼층을 올려다보았다. 그곳에 불이 켜져 있음을 발견한 그녀는 그 즉시 신호 같은 건 무시하고 횡단보도를 건넜다. 그리고 망설임없이 삼층의 벨을 눌렀다.

[네. 어? 선생님?]

진이의 목소리였다.

"응. 진아, 혹시 삼촌 있어?"

[아뇨. 오늘 좀 늦는다고 그랬는데. 보나마나 친구들이랑 또 술 마시겠죠 뭐.]

좀 심하다 싶은 진의 말투를 나무랄 여력도 없었다. 짧게 알았다는 말만 남긴 자영은 휘청거리는 걸음으로 돌아섰다. 그녀는 여전히 힘겨운 숨을 몰아쉬고 있는 누리를 안은 채 병원 문 앞에 쭈그리고 앉았다.

급격하게 오르락내리락하는 작은 갈비뼈와 약한 박동을 하는 심장을 느끼고 있노라니 자꾸 무서운 생각이 들었다. 아직 준비도 되지 않았는데, 급작스레 누리가 자신의 곁을 떠날까 봐 두려워 죽을 지경이었다. 부모님이 그랬던 것처럼. 그럼 정말 세상에는 그녀 혼자만 남게 되는 것이다. 아, 이제는 찬이 있긴 했지만 그와 누리는 그녀에게 조금은 다른 의미였다.

자신의 눈에서 쉴 새 없이 흘러내린 눈물이 누리의 털 위로 떨어지는 것을 보고 자영은 손등으로 눈가를 쓱 닦아냈다.

"주사 맞고 치료 받으면 예전처럼 다시 좋아질 거야. 조금만 참아, 누리야."

지나가는 사람들의 시선이 흘끔흘끔 그녀를 향하는 것이 느껴졌지만 지금은 부끄러움 같은 걸 따질 수도, 따지고 싶지도 않았다. 누리의 숨결이 점점 더 거칠어져 갈수록, 자영의 이성도 저 아래로 점점 침몰해 갔다. 도저히 냉정을 견지할 수가 없었다.

"어흐흑!"

어린애 같은 소리와 함께 펑펑 쏟아진 눈물이 시야를 가렸다. 건강할 때의 누리는 그녀가 울면 품에 안겨 걱정스런 표정으로 뺨을 핥아주곤 했었다. 그런데 지금은 축 늘어진 채 겨우 가쁜 숨만 이어갈 뿐이다. 그런 사실이 잔혹하게 가슴을 파고들어 자영을 더욱 슬프게 만들었다. 그녀의 울음이 더욱더 커졌다.

"어어엉! 어어엉! 나쁜 놈 하찬! 도대체 어디 있는 거야~!"

"감 선생님?"

익숙한 부름에 그녀의 울음이 뚝 멎었다. 눈물에 투영되어 흐릿하게 보이는 사람은 분명 지만이었다. 하지만 이 시간, 그는 분명 학교에 있어야 한다. 환영인가?

그녀의 눈빛이 묻는 바를 알아차린 듯 곧 지만의 대답이 이어졌다. 그것은 요즘 학교에서 보이는 그의 차가운 태도에 비하면 아주 양호한 성질의 것이었다.

"오늘 하루 쉬기로 했어요. 그런데 감 선생님은 여기서 왜 이러고 있습니까?"

뜻밖에도 꽤나 사려 깊은 음성이다. 지만과 자신 사이에 찬이라는 존재가 끼어들기 이전처럼. 그 깨달음이 그녀의 약한 곳을 건드리고 지나갔다.

"누, 누리가 많이 아프거든요. 흐흑. 그, 그런데…… 흐흑. 찬이가 연락이 안 되어서."

한번 터진 울음은 좀처럼 멈출 기미를 보이지 않았다. 설움에 복받쳐 숨을 들이키는 자영의 목소리가 절로 떨려 나왔다.

"누리는 나한테 정말 가족 같은 앤데…… 절대 잘못되면 안 되는데……."

누리에게서 시선을 떼지 않으며 울먹거리는 그녀의 곁으로 따스한 체온이 다가들었다. 너무 울어 따가운 눈망울을 들자 바로 코앞에 지만의 인자한 얼굴이 보였다.

"아무 일 없을 거예요. 괜찮을 테니까 울지 말아요."

"네."

지만의 앞에서 자영은 저도 모르게 착한 아이처럼 대답을 했다. 희미한 미소마저 머금은 채. 그러나 곧 누리의 숨이 더 급하고 격해져 보는 이가 더 고통스러울 정도로 변해가자 평온을 찾았다 싶던 자영의 얼굴이 또다시 일그러졌다. 누리를 보듬어 안은 그녀는 자신이 무슨 말을 하는지도 모르고 울면서 마구 고함을 쳐댔다.

"우어어엉~ 하찬 이 나쁜 놈! 어어엉~ 나 우는 거 보기 싫어서 수의사가 되었다고 해놓고선! 이렇게 울리냐! 엉? 우어어엉~ 우리 누리 혹시라도 잘못되면 나 다신 너 안 봐! 어어어어엉~ 가족이 되어주겠다고? 순 말뿐인 녀석! 우어어엉~"

"가, 감 선생님! 진정해요, 진정해. 이러다 사람 하나 잡겠네."

그녀의 어깨를 토닥여 주는 주름진 손길에도 자영은 울음을 그칠 줄 몰랐다. 누리에 대한 걱정에 찬에 대한 원망이 얹어져 그녀를 광폭하게 몰아갔다. 그러나.

"감자?"

놀랍게도 그 부름 하나에 자영의 곡소리가 언제 그랬냐는 듯 뚝 멈추었다. 청바지 주머니에 손을 찔러 넣은 채 그들을 내려다보고 있는 찬을 보며 자영은 이성을 차릴 겨를도 없이 후다닥 그에게로 달려갔다. 거의 강제적으로 찬의 등을 병원을 향해 떠밀며 자영은 소리쳤다.

"빨리 문 열어! 얼른 열어!"

"왜 이래?"

미친 듯 몰아붙이는 그녀를 어리둥절하게 바라보며 찬은 미적거렸다. 잠시 후 그녀의 품에 안겨 늘어져 헉헉거리고 있는 누리를 발견하고서야 사태를 파악한 그는 신속하게 움직이기 시작했다. 놀랍도록 빠른 동작으로 병원의 문을 연 찬은 그녀에게서 거의 누리를 빼앗다시피 안아 들었다. 진료실로 개를 데리고 들어가는 찬의 뒤를 자영은 자신을 부축해 주는 지만의 손에 의지해서 따라갔다.

"좀 잡아봐."

주사기를 집어 든 찬은 그녀에게 누리의 앞몸을 내밀었다. 자영은 여전히 헉헉거리고 있는 개를 붙잡으며 그가 뒷다리에 주사를 놓는 모양을 멍하니 내려다보았다.

"언제부터 이랬어?"

"오늘 저녁에 약 먹이고 나서 갑자기. 이씨, 근데 너 어디 갔었냐?"

생각하니 괘씸해서 참을 수가 없었다. 괜히 혼자 삐쳐서는 연락도 없고. 나쁜.

"내가 전화했었잖아. 문자도 넣었는데."

뭐야, 삐친 게 아녔어? 그제야 내내 가방에서 울리던 진동 소리를 기억해 내는 자영이었다. 할 말이 없어진 그녀는 흠흠거리며 자유로운 한 손으로 젖은 눈가를 닦아내는 척했다.

"어, 어쨌든 누리도, 나도 숨넘어가는 줄 알았단 말야!"

뭐 낀 놈이 성낸다고. 괜스레 언성을 높이던 자영은 곁에서 들려오는 인기척에 흘끔 눈치를 살폈다. 지만이 그녀 옆에서 그들이 하는 양을 고스란히 지켜보고 있었던 것이다. 그제야 찬은 지만을 발견한 듯 고개를 슬쩍 숙여 보인 후 횅하니 검사실로 들어가 버렸다. 곧 산소호흡기를 들고 나타난 그는 이제 조금씩 진정이 되어가고 있는 누리의 입가에 그것을 씌워주었다. 개의 머리를 한번 쓸어준 그는 그녀도 지만도 외면한 채 말을 꺼냈다.

"누리 나이도 있고 해서 그냥 약물로 치료해 보려고 했는데, 아무래도 안 되겠다. 수술을 생각해 봐야겠어."

"수술? 천식이면 목구멍, 기도 아냐? 그걸 수술한다고?"

"비정상적으로 좁혀든 부분을 넓히는 수술이지. 위험 부담이 많아."

언제 그랬냐는 듯 약간의 컥컥거림 이외에 누리는 평상시와 같은 모습으로 돌아와 있었다. 산소호흡기에 의지해 있는 개를 내려다보는 자영의 눈시울이 또다시 뜨거워져 왔다.

"가망성은?"

"50대 50."

잔인한 놈이다.

최소한 '충분히 가능성이 있어' 라든지 '내가 어떻게든 살려 놓을 거야' 등의 말로 그녀를 위로해야 하지 않는가 말이다. 어떻게 저렇게 사무적인 목소리로 객관적인 사실만을 털어놓을 수 있는 것인지. 하여튼 하찬, 저럴 때 보면 정말 만정이 떨어진다.

"못난 놈!"

뭐라고 쏘아주려고 했으나 갑자기 그들 사이로 끼어든 지만이 찬의 가슴팍을 밀치며 소리치는 바람에 자영은 뒤로 밀려나고 말았다. 늘 바다 같고 산 같았던 지만이 흥분하는 모습은 처음 보았다. 너무 놀란 탓에 벌어진 입을 다물지 못하던 그녀는 부자가 대치하는 양을 그저 관망할 뿐이었다.

"왜 확신을 못해! 그렇게 집에서 두 팔 걷어붙이고 말려도 이 일을 하겠다고 뛰어든 건 네놈 아니냐? 그럼 보란 듯이 최고가 되어야지 그게 무슨 말이야! 순 돌팔이 같은 녀석!"

"아, 아버지?"

지만에게서 일격을 당하는 바람에 찬의 손에서 산소호흡기가 떨어졌다. 하지만 그는 자신의 아버지에게 신경이 집중된 탓에 그 사실도 깨닫지 못하는 듯했다. 어쩔 수 없이 산소호흡기를 얼른 붙잡아 누리의 입가에 가져가며 자영은 다시 닮은 부자에게로 시선을 두었다.

"감 선생님은 네 친구이기도 하지만 내 친구이기도 해! 이 개, 완전히 고쳐 놔! 남아일언중천금 모르냐? 감 선생님 우는 모습 보기 싫으면 알아서 하라고!"

자영의 얼굴이 화르륵 달아올랐다. 이런, 아무래도 자신이 아까 너무 흥분해서 망발을 한 것 같다. 지만은 그 말들을 하나도 빠짐없이 기억하고 있었다.

"나도…… 조금은 네놈을 인정할 수 있게 말이다."

작은 목소리지만 분명히 지만에게서 흘러나온 그 한마디는 찬의 잔잔하던 눈빛에 파문을 만들어냈다. 찬과 지만의 맞붙은 시선은 한참 동안 떨어지지 않았다. 그사이 진료실 안을 메운 것은 오직 누리의 가쁜 숨소리뿐이었다. 결국 시선을 먼저 피하며 몸을 돌린 쪽은 지만이었다.

"가, 가시게요?"

돌아서는 지만의 뒷모습이 너무 안쓰러워, 자영은 자신이 끼어들 자리가 아닌 걸 알면서도 부르고 말았다. 확실하진 않아도 지만을 바라보는 찬의 눈빛에서 그녀와 같은 마음을 읽었기 때문일까.

"그래요. 가족을 잃지 않길 바랄게요."

그녀에게 씁쓸하게 웃어준 지만은 완전히 진료실을 벗어나기 전 뒤도 돌아보지 않고 알 수 없는 말을 덧붙였다. 아마도 찬이 들으라고 하는 소리 같았다.

"네 어머니 말은 신경 쓰지 마라. 난 지금껏 네가 한 선택 중 이번 것이 제일 마음에 든다."

묵묵히 걸음을 옮기는 지만의 뒤로 찬의 약간 떨리는 음성이 따라붙었다.

"네, 선택을 한 이상 지켜야지요. 돌팔이라는 소리 안 들으려면."

도무지 무슨 소리인지. 두 사람을 번갈아 바라보던 자영은 시야에서 지만이 사라지자, 찬에게로 오롯이 시선을 주었다.

"무슨 말이야? 오늘 어머니가 찾아오셔서 뭐라 그랬어? 그리고 넌 무슨 선택을 했는데?"

"산소호흡기 떨어지겠다. 잘 받쳐 들고 있어. 누리 약 지어가지고 나올게."

그리고 사라지는 찬의 등을 향해 자영은 혀를 쭉 내밀었다. 사람의 마음이 얼마나 간사한지 조금 전까지 미칠 듯했던 심정은 나아진 누리를 보며 이제 장난칠 기운까지 차려졌다.

"감자!"

조제실에서 들려온, 이제 너무 익숙해서 화도 안 나는 변명.

"왜! 약속도 안 지키는 하찮은 녀석아!"

"하하하."

토라짐으로 단단히 굳은 그녀의 대꾸에 찬은 놀랍게도 너털 웃음으로 응수했다. 그것이 황당하고 기분 나쁘기보다 그가 아버지와의 갑작스런 대면으로 머리가 어떻게 된 것인가 싶어 걱정이 슬 밀려왔다.

"결혼하자."

흡!

'ㄱ' 자로 시작되는 저 단어는 분명 신랑은 턱시도를, 신부는 웨딩드레스를 입고 딴딴따따 하는 그 예식을 말하는 것이 분명하렷다. 그렇다면 이건 설마 프, 프러포즈?

그녀의 손에서 산소호흡기가 툭 하고 떨어졌다. 당황한 눈으로 자신을 올려다보는 누리로 인해 황급히 그것을 집어 들어 다시 개의 입가에 씌워주는 자영의 손이 덜덜 떨리고 있었다.

"결혼하자, 서른 되기 전에! 대답 안 해?"

미친! 이 상황이 마음에 들긴커녕 못마땅한 것 투성이인 자영이었다. 먼저! 그냥 결혼하자면 결혼하자지, 나이 얘긴 왜 들먹이는 건데? 또! 무슨 프로포즈를 이런 좁아터진 진료실에서, 그것도 얼굴도 안 보여주고 기습적으로 하냔 말이다. 게다가! 난 울어서 퉁퉁 부은 얼굴에 트레이닝복 차림인데. 젠장. 이건 아니다. 정말 아니다. 그리고! 우린 아직 여느 연인들처럼 멋지게 사귀지도 못했다고!

"으아악! 하찬! 너, 너! 이왕 할 거면 좀 제대로 하지 못해! 내가 못살아!"

그녀의 비명 소리가 진료실 안을 가득 메웠다.

약을 짓고 있던 찬은 등 뒤에서 들려오는 자영의 경악스런 반응에 쓸쓸한 웃음을 지었다. 당연히 예상했던 일이지만, 혹시라도 반색을 하며 그녀가 예스라고 말해 주지 않을까 기대했던 자신이 바보처럼 느껴졌다. 그건 그야말로 꿈이었던 모양이다.

하얀색 약사발 위로 오전 나절 다녀간 어머니의 일그러진 표정이 다시 떠올랐다. 약을 가는 소리에 겹쳐 넌더리난다는 어조의 고함 소리가 여전히 생생하게 들려왔다.

"너 자영이라는 애랑 만나고 다닌다는 게 사실이야? 상원이가 걜 거의 보호자처럼 돌봐줄 때도 내 내심 못마땅했지만, 불쌍한 인생 구제한다는 셈치고 참았다. 그런데 뭐? 네가 그 앨 좋아한다고? 사랑한다고? 미쳤구나, 아주 미쳤어. 사람 치료하는 숭고한 일 마다하고 냄새 나는 동물이랑 붙어 살겠다 집을 뛰쳐나갈 때부터 네놈이 정상이 아님은 이미 알고 있었지만, 이건 해도 해도 너무하잖니? 도대체 언제까지 이 어미 속을 썩여야 정신 차릴래? 당장 헤어져!"

그도 안다. 이런 자리에서 이렇게 갑자기 자영에게 결혼을 얘기해선 안 되는 것임을.

하지만 어머니와의 만남 이후 마음이 너무 조급해졌다. 하루라도 빨리 자영을 곁에 두고 온전하게 지켜주고 싶었다. 그래서 생각해 낸 방법이 바로 결혼이었다. 이 방면으로 도통 문외한인 그의 머리가 떠올린 단 하나의 단어.

그래도 아버지가 자신의 선택을 지지해 주신다고 하니 그나마 다행이었다. 앞으로 자영과 어머니 고상희 여사를 어찌 설득할지를 생각하느라 정신이 빠진 그는 다 갈아진 약을 빻고 또 빻아댔다. 자영이 높다란 음성으로 자신을 불러댈 때까지.

냉랭하기 짝이 없는 음성으로 전화를 받는 찬이었지만, 민희는 거의 매달리다시피 하여 그를 불러냈다.

홀로 탁자에 앉아 커피를 들이키는 그녀의 시선은 허공을 가로질러 아주 먼 곳을 향하고 있었다. 찬과의 약속 시간보다 조금 일찍 카페에 도착한 그녀는 고상희 여사를 찾아간 그날의 일을 되새김해 보고 있었다.

상희가 찬과 자영의 발전된 관계를 알게 된다면 파르르 떨 것은 예상했던 일이다. 그 효과를 노리고 어렵사리 찬의 집까지 방문한 것이었으니까.

하지만 자신까지 탐탁하지 않게 여길 줄은 몰랐다.

"그런데 민희 양도 찬이 동창이라고 하지 않았어요? 이런 얘길 나에게 하는 이유가 뭐지? 혹시 찬이 좋아하나?"

그렇다는 그녀의 답변에 상희의 고상하기 짝이 없는 얼굴이 약간 굳어지는 것을 민희는 느낄 수 있었다. 연예계에서 산전수전 공중전까지 다 겪은 그녀에게 사람들의 표정을 읽어내는 건 비교적 쉬운 일이었다.

"이런 말 한다고 서운하게 여기지 말아요. 찬의 배우자로서 그저 동창 방민희라면 몰라도, 연예인 방서라는 감 선생보다 외려 더 거북스러워요. 나는 우리 집안이 세상의 이목을 집중시킨다거나, 시끄러운 일에 휘말려 드는 건 원치 않아요."

세상 돌아가는 소식에 어두울 것 같은 상희가 한 말에 허를 찔린 것 같았다. 그녀의 이혼에 대해 이미 다 알고 있다는 듯한 뉘앙스였다. 이건 도둑이 제 발 저리는 경우일까, 아님 정말 상희가 모든 걸 꿰뚫어 보고 있는 걸까.

"어쨌든 미리 얘기해 줘서 고마워요. 조심해 돌아가요."

그리고 홱 하니 방으로 들어가 버리는 상희였다. 마치 자리에서 굳어버린 것처럼 민희는 그러고 소파에서 한동안 일어나지 못했다.

똑똑.

탁자를 두드리는 소리에 그녀는 생각에서 벗어날 수 있었다. 그녀의 시야 속에 언제 온 것인지 찬이 서 있었다. 한껏 뭇 남자들에게 거의 100% 먹히는 매력적인 미소를 머금어보았으나 그에겐 통하지 않았다. 찬은 그것을 본 척 만 척하며 맞은편에 앉았다. 다가온 종업원에게 그는 오렌지주스를 부탁했다.

"할 말이란 게 뭐니?"

그의 집에서의 그날 이후 찬은 자신에게서 더욱 멀어진 듯하다. 그것이 서글픈 반면 더한 결의가 생겨났다. 그 누구도 아닌 자영이라면 이대로 그를 보낼 수 없다는. 지금까지 그랬던 것처럼 무슨 수를 써서라도 그를 잡아야 한다는.

"나 네 어머니 만났어."

일그러지는 짙은 눈썹 아래 가느다란 눈매로 그는 그녀를 노려보았다.

"너였구나."

언뜻 듣기에는 무덤덤한 대답이었지만, 그 속에서 민희는 이미 상희가 찬을 찾아갔음을 읽어낼 수 있었다.

"왜 그랬니?"

"몰라서 물어? 나 너 좋아한다고 했잖아. 내 힘으로 안 되면 네 어머니의 힘을 빌어서라도 잡고 싶었어."

"그래서 고상희 여사께서는 좋아라 하시던가?"

아닐 것이라는 결론을 깔고 있는 물음. 그는 자신의 어머니가 어떤 성격의 소유자인지 잘 알고 있는 것이다. 그녀의 무응답에 찬은 태평스레 의자에 팔을 걸쳐 놓으며 피식 웃었다.

"어차피 아시게 될 일이었어. 그러니까 상관없어."

"과연 자영이도 상관없을까? 너네 어머니가 자길 그렇게 거품 물고 반대하는 거? 걔 아직 모르지?"

"설마, 너?"

순간 그의 눈에 살기가 번뜩인다고 느낀 것은 자신의 과민 반응일까. 섬뜩하면서도 씁쓸해졌다.

"걱정 마. 그날 이후 자영이 만난 적 없어. 그렇게 네 뒤통수치는 짓 하고 싶지도 않고…… 아직은 말야."

어렵사리 말을 덧붙인 민희는 고개를 숙여 우울한 미소를 숨겼다.

"아직은?"

"네 어머니도 안 되면 다른 방법이라도 써봐야 하잖아."

차가운 유리 같았던 그의 눈동자가 이글거리기 시작했다. 무슨 소리냐는 듯한 눈빛. 민희는 입가만을 기울여 웃으며 애써 차갑게 대답했다.

"너랑 자영이 사이에 믿음이 얼마나 존재한다고 생각해? 어머니의 반대를 알면 걔가 어떻게 나올지 몰라서 숨기기에만 급급한 네 태도로 봐선…… 거의 없다고 봐도 될 것 같은데?"

"함부로 말하지 마!"

그의 언성이 높아졌다. 흠칫 놀란 나이 어린 종업원이 겨우 잔을 놓고 물러날 정도로. 찬은 찬 음료를 한 번에 들이킨 후 숨을 깊게 내쉬고 들이쉬었다. 그제야 조금 진정된 듯한 그를 보며 민희도 커피를 한 모금 입에 물었다. 커피 향이 목구멍을 넘어가는 것과 동시에 그녀는 미소를 머금은 채 애써 아무렇지도 않게 말했다.

"내일 아침이면 지금 이렇게 둘이 마주 앉아 있는 모습의 사진들이…… 아마 연예정보 신문 1면에 실리게 될 거야. 그래, 너 지금 내 계략에 보기 좋게 걸려든 거야."

잔잔하기 짝이 없는 그녀의 음성에 잠시 미간을 찌푸리고 있던 찬은 곧 사태가 어떻게 돌아가는 것인지 깨달은 듯 자리에서 벌떡 일어났다. 그에 탁자가 흔들리며 놓여 있던 빈 음료수 잔이 바닥으로 떨어졌다.

쨍그랑.

깨진 유리가 사방으로 튀었다. 그 와중에 아마 치마 아래 드러난 자신의 다리에 파편 하나가 와 박힌 듯했다. 이상스레 따끔거렸던 것이다. 하지만 민희는 고개를 떨구지 않았다. 그저 자신을 잡아먹을 듯 내려다보고 있는 찬을 향해 시선을 마주할 뿐. 억눌린 그의 목소리가 그녀의 목을 졸라대는 듯했다.

"방민희, 난 그래도 널 친구라고 생각했는데."

"나에게 친구란 건 의미가 없어. 내가 원하는 건……."

"그만! 듣고 싶지 않다. 갈게."

야속하도록 단호하게 돌아서 나가는 찬을 붙잡지 않으려 민희는 휴대폰을 꺼내 들었다. 덜덜 떨리는 손가락으로 그녀는 익숙한 번호를 눌렀다.

"신문사에 보냈어?"

전화기 건너편에서 들려온 대답에 민희는 알 듯 모를 듯한 미소를 지었다. 이내 그것을 내려놓으며 그녀는 중얼거렸다.

"자영이만 행복해질 권리 같은 건 없어. 나도 한 번쯤은 그 애가 못 가진 걸 가져볼 수 있는 거잖아."

빼앗긴 건 어머니와 선생님의 관심과 사랑으로 족하다. 찬이까지 빼앗기는 건 자신에게 너무 가혹한 일이다. 조금씩 흔들리

던 그녀의 눈동자는 입술이 앙다물어짐과 동시에 결연하게 빛
나기 시작했다.

　아파도 너무 아프다.
　사랑니가 난 곳이 부어올라 턱을 제대로 움직일 수 없을 지경
이었다. 그때 이후 상원의 병원을 찾지 않은 것을 이제야 후회
해 보는 자영이었으나 이미 사태는 최악으로 치달아 있었다. 만
화에서처럼 정말 턱을 천으로 싸 묶고 싶은 것을 눈물로 눌러
참은 그녀는 오늘은 필히 치과에 가 이놈을 처단해 버리고 말겠
다는 의지를 불태웠다.
　그리고 하루 종일 수업을 어떻게 했는지 기억도 가물가물이
었다. 한 끼라도 굶으면 세상이 무너지는 줄 알았던 그녀가 치
통으로 인해 점심까지 걸렀다. 결국 수업을 마친 후 세 시에 조
퇴를 한 자영은 상원을, 아니, 사랑니치과를 찾았다. 진료 의자
에 앉아 입을 벌리고 있는 그녀에게 상원의 질책이 날아들었다.
　"감자영, 너 그러게 왜 그동안 병원 안 왔어!"
　"아아어(바빴어)."
　젠장, 이렇게 하고서 어떻게 대답을 하라고! 상원을 찌릭 째
려보며 자영은 어눌하게나마 대꾸를 했다.
　"오늘 뽑자."
　"어? 우으거 아 아아아아어(부은 거 다 가라앉았어)?"
　명확하지 않은 그녀의 발음을 용케도 알아듣는 상원이었다.

"어쩔 수 없어. 이대로 두면 더 안 좋을 것 같으니까."

간호사에게 그녀를 엑스레이실로 데려가라는 지시를 내리며 상원이 자리에서 일어났다. 허걱, 오늘은 마음의 준비가 되지 않았는데. 눈물을 머금어보았지만 차라리 아픈 것보다는 낫다고 생각하며 그녀는 병원에서 하라는 대로 성실하게 따랐다.

그리고 얼마 후, 발치의 순간.

기분 나쁜 고통이 잇몸에 엄습하고, 턱 부근에 마취 기운이 도는지 부자연스러운 느낌이 들었다. 삐걱삐걱. 이상한 소리에 이어 금방 자리에서 일어나는 상원이었다.

"아 오아어(다 뽑았어)?"

"응. 그대로 솜 물고 있어. 다섯 시간 동안은 뭐 먹지 말고. 나머지는 간호사들이 상세하게 안내해 줄 거야."

생각했던 것만큼 아프지 않았다. 외려 속이 후련했다. 자리에서 일어나 진료실을 나오려는 그녀를 붙잡은 건 상원의 가라앉은 한마디.

"나 청첩장 나왔다."

이상하다. 그가 결혼을 한다는데도 이상하게 무덤덤하다. 하지만 아직 고개를 돌려 웃어줄 순 없었다. 그건 억지웃음이 될 것이 뻔하니까.

"우, 우아애(추, 축하해)."

바보 같은 발음으로 돌아서지도 않은 채 축하 인사를 건넨다는 것이 좀 그랬지만, 자영은 그렇게 했다.

"너도 찬이랑 잘되길 바란다. 누나도 시간이 지나면 누그러질 거야."

무슨 말이지? 절대 돌아보지 않으리라 생각했던 자영은 조금 전의 다짐이 무색하게 홱 몸을 돌렸다. 꾹 다문 입과는 반대로 그녀의 눈동자는 커다랗게 확대되어 상원을 향했다.

"우으 아이야(무슨 말이야)?"

그녀의 즉각적인 반응에 상원은 당황한 안색이 되고 말았다. 잠시 어찌해야 좋을지 모르겠다는 듯 머뭇거리던 그는 어깨를 으쓱하며 모호한 대답을 흘렸다.

"찬이가 말하지 않았나 보네. 직접 들어."

기분이 찜찜했다.

며칠 전 동물병원으로 찾아온 지만과 찬의 알 수 없는 대화, 그리고 찬의 낮도깨비 같은 청혼, 조금 전 상원이 했던 말과 어우러져 그녀를 무겁게 내리눌렀다. 더 물어보고는 싶었지만 이를 빼고 난 직후인지라 마취가 서서히 풀려가며 퍼져 가는 통증에 그녀는 입을 다물어야만 했다.

"참, 자영아. 너 아랫잇몸에도 사랑니 나기 시작한 거 알아?"

"응?"

상원의 손가락이 자신의 턱 아래를 가리키고 있었다. 자영은 설마 하는 공포스런 표정으로 그런 그를 응시했다.

"나이 서른에 두 번째 사랑니가 나다니, 너도 참."

상원이 은은한 미소를 지으며 농담처럼 얘길하자, 괜히 부끄러워져 자영은 실팍한 어조로 대꾸하고 말았다. 명확하지 못한 발음에 눌려 제대로 전달되지 못했지만.

"아으 아오에. 으우 아오이어으(말은 바로 해. 스물 아홉이거든)."

"훗, 그래. 어쨌든…… 사랑니는 말이다, 사랑을 할 만한 때가 되면 나는 거래."

그러다 불현듯 아주 오래전 상원이 했던 말이 떠올랐다. 그 숨은 뜻을 짐작해 보던 그녀의 얼굴이 붉어졌다. 사랑을 할 때? 지금이 바로 그때란 말인가?

턱 근육이 아리기도 했고 괜히 쑥스러운 분위기를 무마하기 위해 자영은 그저 손을 들어 상원에게 안녕을 고한 후 병원을 나섰다. 두 번째 사랑니. 두 번째 사랑. 그렇게 생각하자 그녀의 볼이 달아올랐다.

애써 고개를 내저은 그녀의 걸음은 무의식적으로 누리와 찬이 있는 일층 동물병원으로 향했다. 오늘 드디어 누리가 수술을 하게 된다. 그동안 내내 개의 건강은 좋지 않아 찬이 약과 주사를 써가며 다스려 왔다. 수술을 하더라도 조금 상태가 호전되고 난 후여야 한다고 해서 그저 치료에 누리가 잘 따라와 주길 바라며 지켜보기만 했었다.

수술을 앞둔 지금 누리가 나이가 많은 탓에 각종 장기들, 특

히 심장이 좋지 않아 위험 부담은 여전히 안고 있지만, 자영은
그다지 걱정이 되지 않았다. 누리를 지켜주고 고쳐 줄 사람이
찬이라서, 찬이 자신보다 더 누리를 아낀다는 것을 알고 있기
에.

자신이 조퇴를 한 터라 모처럼 그가 한가한 시간을 맞출 수
있었다. 병원 문을 열고 들어선 자영은 김 간호사에게 인사를
하고 찬의 진료실을 고갯짓으로 가리키며 '있냐?'는 무언의 질
문을 던졌다. 자리에서 일어나며 그녀를 맞아주던 노처녀 간호
사의 얼굴에 안타까움이 어려 있었다. 그리고 왠지 모를 안쓰러
움까지.

"어쩌죠. 지금 출장 진료 나가셨는데."

"에? 어이오요(예? 어디로요)?"

"어? 이 뽑았어요? 아팠겠다."

진심으로 걱정 어린 시선을 보내던 김 간호사는 잠시 대화의
주제를 잊은 듯 보였다. 그러다 그녀가 아무 말도 없이 바라보
기만 하자 짧은 깨달음의 감탄사를 흘린 후 말을 이었다.

"아…… 적어도 이 주일에 한 번씩은 무료 봉사로 방문하시는
곳이 있거든요. 그냥 '차씨 할아버지네'라고 하시던데요."

새삼 찬이 다시 보였다. 바쁜 와중에 좋은 일까지 하는구나
싶어서 그가 자랑스럽기도 하고, 그에게 부끄럽기도 했다. 자신
은 명색이 아이들 가르치는 일을 하고 있으면서도 사회봉사란
말만 할 뿐이지 실천은 하지 못했던 것이다.

"앉아서 좀 기다리세요. 한두 시간 후면 오실 거예요."

자신을 향해 계속해서 보내어지는 동정 가득한 눈초리가 의아했지만 자영은 그저 고개를 끄덕여 보인 후 누리가 있을 입원실로 걸음을 옮겼다. 투명한 유리벽을 사이에 두고 그녀는 작은 공간에 앉아 있는 개를 마주했다. 산소가 내부로 주기적으로 공급되고 있어서인지 누리의 숨은 비교적 고르고 차분했다. 그녀를 알아본 누리는 비틀거리면서도 가까이 다가와 섰다.

오늘만 지나면 곧 나아질 거야, 누리야. 난 누구보다 찬이를 믿어. 구 년 전이 그랬듯이 그 애가 다시 널 내게 보내줄 거라고 믿어.

괜히 코끝이 시큰거렸다. 누리에게서 시선을 떼지 못하며 그곳을 지키고 서 있던 그녀의 등 뒤로 인기척이 느껴졌다.

"와, 왔어? 차 한 잔 줄까?"

마스크를 턱까지 내린 은주가 왠지 떨떠름한 표정으로 자신을 내려다보고 있었다. 그에 고개를 흔든 자영은 자신의 턱을 가리키며 아프다는 시늉을 해 보였다.

"헉! 드디어 뽑았어?"

은주는 사랑니가 나지 않았다. 열 명 중 한 명 꼴이라는 희귀한 인종. 그러니 그녀의 아픔을 절대 결코 이해할 수 없을 것이다.

"뭐 먹으면 안 되겠네? 그럼 앉아서 신문 보지 말고 애견 잡지 봐. 오늘 기사 거리 없더라. 나 미용 손님 기다리고 있어서."

굳이 신문을 보지 말라는 신신당부를 하며 미용실로 사라지는 은주가 이상스러웠다. 소파에 앉아 애견 잡지를 보려던 자영의 눈이 탁자 아래 곱게 개켜져 있는 신문으로 뚝 떨어졌다. 탁자 위에 그것이 널브러져 있던 친숙한 평소의 광경과는 달랐다. 하지 말라면 더 하고 싶은 게 사람 심리인지라, 자영은 판도라의 상자라도 여는 양 그것을 쓰윽 꺼내 들었다. 누구도 그녀의 행동을 지켜보는 이는 없었다.

정말 볼 기사 거리 없네.

그렇게 홀로 중얼거리며 정치면과 경제면을 차례로 훑던 그녀가 연예면을 척하니 펴들었을 때 입이 저절로 벌어졌다. 분명 자신의 시야를 가득 메우고 있는 얼굴은 찬과 민희였다. 혹시라도 자신이 잘못 본 건 아닌지 눈까지 비벼가면서 자영은 끝까지 기사를 읽어 내렸다. 그러는 동안 그녀는 속내로 쉴 새 없는 욕설을 중얼거렸고, 종래에는,

"어이 이어 아유 어이 으에이 이아아 아 이어(어디 이런 삼류 저질 쓰레기 허위 기사가 다 있어)!"

라며 신문을 바닥에 내동댕이치고야 말았다.

세상에. 제목도 유치찬란하다. 〈새로운 애인과 밀회 중인 방서라〉라니! 허거거거거걱이다! 그리고! 누가 누구 애인이라는 거야! 또라이들!

"봐, 봤어요? 에구, 보나마나 그 허위 기사예요. 신경 쓰지 말아요."

대걸레를 빨아가지고 화장실에서 나오던 김 간호사가 자영과 그녀의 발치에 구겨진 채 떨어져 있는 신문을 번갈아 바라보며 더듬더듬 위로를 건넸다. 팔짱을 낀 채 씩씩거림을 토해내고 있던 자영은 그에 거의 고함을 치듯 대꾸했다.

"으어요! 아여아요(그럼요! 당연하죠)!"

"흥분하지 말아요. 잇몸도 아플 텐데."

안 그래도 잇몸 사이에 끼워진 솜이 말을 할 때마다 비척거려 꽤 쓰라렸다.

그녀는 그를, 자신에게 보여준 그의 마음을 믿었다. 그럼에도 마음 한곳을 검게 물들이며 자라나는 의심의 싹을 완전히 잘라낼 수는 없었다. 오늘만 해도 무료 봉사를 갔다는 게 허울 좋은 거짓말이면 어쩌지라는 생각만 해도 아찔했다.

그녀는 더듬거리는 손길로 전화기를 꺼내 들었다. 찬의 번호를 눌렀지만 역시나 그는 전화를 받지 않았다. 자영은 거칠게 슬라이드를 내리며 다시 팔짱을 꼈다.

"안 받으세요?"

김 간호사의 물음에 그녀는 고개를 짧게 끄덕이며 아무것도 없는 정면을 노려보았다. 그녀의 심상치 않은 기운에 뒤로 조금씩 물러나던 김 간호사는 마침내 애견호텔 내부 청소를 핑계로 후닥닥 문 뒤로 숨어버렸다.

방민희, 꼬리 열여덟 개 달린 십팔미호 같은 계집애!

만약 바로 눈앞에 앉아 있다면 동네 아줌마들처럼 머리채라도 잡아 흔들고 싶은 심정이었다. 자신의 영역을 침범당한 듯 아주 기분이 더러웠다. 그런데 설상가상이라고 왜 하찬 이놈은 전화를 안 받는 거냐고! 불쾌감에 의심이 더해져 그녀는 거의 자폭하기 일보 직전의 폭탄이 되어 있었다.

점점 붉어지는 얼굴, 꽉 쥐어지는 주먹, 그리고 들썩이는 엉덩이를 참지 못해 벌떡 일어나려던 자영을 옆 자리에 던지다시피 두었던 휴대폰의 벨소리가 끌어당겼다.

뭐야!

그것을 낚아채다시피 손에 든 그녀는 액정 화면에서 지금 심정으로는 뼈째 갈아 마셔도 시원찮을 인간의 이름을 발견하고 슬라이드를 기세 좋게 밀어 올렸다. 오호라. 너 잘 걸렸다. 호랑이도 제 말 하면 온다 이거지? 응?

[기사 봤니?]

"으애(그래)."

더 길게 뭐라고 확 쏘아주고 싶었지만 잇몸에 솜을 끼고 있는 지금 상황에선 어쩔 수가 없었다.

[만나자. 너한테 할 말도 있고.]

어, 그래? 나도 너한테 할 말 많거든?

상대가 보지 못할 것을 알면서도 고개만 끄덕이던 그녀는 이어진 제안에 미간을 찌푸렸다.

[이리로 와줄래? 우리 졸업한 초등학교야.]

같은 서울 시내지만, 제법 먼 거리다. 그냥 평소처럼 가까운 커피숍에서 만나면 될 텐데, 굳이 날도 더운데 거기까지 가야 하나 싶었다. 그녀가 망설이는 틈에 민희는 거의 통보식으로 약속 장소를 다시 한 번 주지한 후 전화를 끊었다. 끊긴 휴대전화를 황당하게 바라보던 자영은 속으로 중얼거렸다.

'그래. 지금은 꼬와도 참을 수 있다 이거야. 실전에서 강하면 그만이니까.'

자리에서 일어난 자영은 누리에게 다가가 '무슨 일이 있어도 수술 전에는 돌아올게' 라는 인사말을 소곤거린 후, 병원을 나가기 전 쓰레기통에 퉤 하고 피에 절은 솜을 뱉어냈다. 꽤나 불량스러운 동작으로. 마치 민희가 앞에 있기라도 하듯 눈에 잔뜩 힘을 준 채.

평소 같으면 당연히 버스를 타고 이동했을 법한 거리였다. 하지만 자영은 아픈 이도 진정시킬 겸, 흥분된 마음도 좀 가라앉힐 겸해서 택시를 택했다. 짠순이 감자영으로서는 꽤나 획기적인 일이었다. 본인은 의식도 못하고 있었지만.

도대체 민희가 왜 이런 방법을 쓰는 건지 이해할 수가 없었다. 자신의 이미지에도 좋은 영향을 줄 리 없는데 말이다. 찬이 그렇게 좋은 걸까. 생각이 거기까지 이르자 자영의 얼굴이 어두워졌다. 이제 찬에게 조금씩 열어보이기 시작한 자신의 마음이 왜인지 민희에 비하면 하잘것없이 느껴졌다. 애브리데이 무식할 정도로 자신감에 넘치는 감자영답지 않았다. 그런 자신에게 '아자!' 를 외치며 자영은 멈춰 선 택시에서 내렸다.

부모님이 돌아가시기 전까지 살았던 동네의 어귀에 이르자 감회가 새로웠다. 집과 가게를 처분하고 학교 근처에 혼자 살 만한 원룸을 얻어 이곳을 떠났을 때가 스무 살, 벌써 구 년 전이다. 자영은 신식 건물이 많이 들어선 동네와 짙푸른 나무에 둘러싸인 학교의 전경을 둘러보았다. 최근 학교 숲 가꾸기 사업이 전국 각지에서 시행되고 있는데, 아마도 그녀의 모교 역시 그 일환으로 나무를 꽤나 심은 듯했다.

아이들이 모두 하교한 시간이라 학교는 고요했다. 교문으로 들어선 자영은 수돗가 근처에 세워진 검은 차를 발견했다. 그녀의 시선이 그 주변의 동선을 따라 이동하여 스탠드에 앉은 검은 선글라스의 여자에게까지 이르렀다. 평소와 달리 청바지에 간편한 티셔츠 차림이라 혹시나 했지만 상대는 민희가 분명했다.

민희는 그녀를 본 것 같았지만, 손을 들어 아는 척을 한다거나 인사를 건네지는 않았다. 그것은 자영도 마찬가지였다. 그녀는 뜨거운 햇살을 한 손을 들어 가리며 걸어가 민희와 같은 열, 그러나 약간 떨어진 곳에 자리를 잡았다.

"왜 굳이 여기서 보자고 했어? 가깝고, 시원한 데 다 놔두고."

여전히 잇몸이 아프긴 했지만 말을 하는 데는 별다른 지장이 없었다. 말이 약간 퉁명스럽게 나오는 건 몸의 아픔이 아니라 마음의 분노를 다스리지 못해서였다.

"그냥. 실내는 답답해서."

가볍게 대답한 민희는 선글라스를 벗었다. 그녀의 눈가에 진

그늘에 순간 마음이 약해졌으나 자영은 자신을 단단하게 다잡
았다.

"그 귀신 씨나락 까먹는 내용의 기사는 뭐야?"

"아무렇지도 않던? 찬이랑 내가 그러고 그런 사이라고 전국
에 이제 다 알려졌는데도?"

"사실이 아니잖아. 정정 기사 내보내."

"그렇게 못하겠다면? 그러고 사실이 아닌지는 어떻게 그렇게
확신해?"

"뭐? 방민희 너 이렇게 더티하게 굴래?"

자영의 높아진 언성이 텅 빈 운동장을 돌아, 어느새 메아리가
되어 되돌아왔다. 그에 놀란 그녀는 뒤편 학교 건물을 흘끔거린
후 다시금 민희를 원망스레 돌아보았다. 초연하기 짝이 없는 민
희의 음성이 훈풍 사이로 들려왔다.

"찬이 어머닐 만났어. 그분은 너희들 사이 반대해."

분노로 들끓던 몸이 서서히 굳어졌다. 믿고 싶지 않은 말이었
지만, 그것으로 모든 것이 정리되었다. 며칠 전 동물병원으로
찾아온 지만과 찬의 알 수 없는 대화, 오늘 상원이 했던 말들에
'고상희 여사의 반대'라는 공식을 대입하면 문제가 풀어졌다.

"그 녀석 어머니 굉장히 세속적인 사람이더라. 한마디로 찬인
병원장 아들이고, 넌 암것도 가진 것 없는 천애 고아라 이거지."

이어진 민희의 말이 커다란 가시가 되어 자영의 가슴을 쿡쿡
찔러댔다. 그 아픔을 애써 겉으로 드러내지 않으려 노력하며 그

녀는 물었다. 팍 쉬어버린 목소리로.

"하고 싶은 말이 뭔데?"

"이 기사 굳이 정정하지 않아도, 너희들 안 된다는 거."

"그럼 넌 돼?"

"난 자신있어, 고여사 내 편으로 만들. 넌 어때?"

민희의 물음에 자영은 대답하지 못했다. 괜한 자격지심이 그녀의 입술을 무겁게 내리누르고 있었다.

"이렇게까지 해서라도 찬이를 잡고 싶은 내 마음이 어떤지 모르겠어?"

"수단과 방법을 가리지 않는다. 그건 네 특기인가 보지? 너 십육 년 전에도 그랬잖아."

그녀의 대꾸에 민희는 씁쓸하게 웃었다. 하지만 돌아보는 눈빛만은 강렬했다.

"그래, 인정해. 하지만 후회는 하지 않아. 언제나 넌 모든 걸 다 가졌었잖아. 난 그렇게 해서라도 네가 가진 일부만이라도 가지고 싶었던 것뿐이야."

"내가 모든 걸 다 가졌다고?"

무슨 말을 하는 건지 도통 알 수가 없다. 세상의 기준에서, 찬의 어머니의 기준에서 그녀는 아무것도 가진 것이 없는 하잘것없는 수준의 노처녀에 불과한데.

"그렇게 아무것도 모르는 척 순진한 얼굴 하지 마! 왜 너만 행복해야 해!"

그녀의 되물음에 차가움을 가장했던 민희의 가면이 벗겨졌다. 자신을 죽일 듯 노려보는 시선은 섬뜩함마저 들게 했다. 친구의 기세에 위축된 것도 잠시, 그보다 더한 호기심과 억울함으로 자영은 자리를 지켰다. 진정하려 했지만 민희에게 대꾸를 하는 동안 어느새 그녀의 말투는 따지는 어조가 되어 있었다.

"네가 하는 말 하나도 모르겠다. 내가 뭘 그리 다 가졌고, 행복했는데? 부모님을 어느 날 갑자기 한꺼번에 잃는 게 어떤 기분인지 너 알기나 해? 그 사고 이후 내 인생은 반쪽짜리였는데, 어떻게 행복할 수 있었겠냐? 지금 나 굉장히 불편해. 부모님의 기억을 묻은 이 동네 따윈 다시는 오고 싶지 않았어."

"넌 그래도 내가 가지지 못한 걸 다 가졌었어."

"무슨 소리야!"

"우리 어머니, 선생님과 친구들…… 그 모든 사람들의 마음은 늘 널 향했지. 난 아무리 노력해도 네가 될 수 없었어."

목구멍이 콱 막혀 버렸다. 자영의 입술이 소리없이 벙긋거렸다. 완벽주의 부반장 방민희가 자신에게 저런 열등감을 느끼고 있었다니, 믿을 수가 없었다.

"그리고 찬이…… 그 앤 초등학교를 마치고 다시 경기도로 전학을 가긴 했지만, 그전까지 너만 바라봤어. 내 눈은 늘 그 애만 향하고 있었으니까 잘 알아."

코끝이 시리다. 눈시울이 따갑다.

민희가 알고 있는 사실을 왜 자신은 몰랐던 걸까. 그토록 오래전부터 자신을 지켜준 그의 마음을 생각하니 미안하고 또 고마웠다.

자신에게 새로운 가족인 누리를 선사해 주었을 뿐 아니라 진짜 세상 전부가 되어준 사람. 그를 생각하니 행복해졌다. 행복? 그래, 내가 의식하지 못했을 때도 찬이 곁에 있었다는 걸 안 지금 너무도 행복했다.

"그래, 네 말 듣고 보니 나 지금 무지하게 행복하다."

그녀의 떨리는 중얼거림에 민희의 잘 손질된 눈썹이 치켜올라 갔다. 저도 모르게 눈물이 그렁그렁해진 눈으로 자영은 스스로에게 맹세하듯 말했다.

"부모님의 빈자리를 찬이가 채워주었어. 그래서 더욱 그 앨 놓아줄 수가 없을 것 같아."

내가 받은 것만큼 돌려주어야 하거든. 꼭 그래야 하거든.

"왜 너만 다 가져야 하는데?"

"내게 찬인 가족이고, 전부야."

"네 가족이 되어줄게. 네 전부가 되어줄 거야."

그와 똑같은 내용의 말을 자신이 무의식적으로 내뱉고 말았다는 사실을 깨닫자마자 명치끝이 아려왔다. 그래, 찬은 자신에게 이제 누가 뭐래도 가족이었다. 그리고 세상 전부를 준다 해도 바꿀 수 없는…… 사랑이었다.

너무도 갑작스런 깨달음은 그녀의 머리 속 퓨즈가 나가 버리
도록 만들었다. 민희의 부름이 자영을 겨우 현실로 되돌려 놓았
다.

"감자영!"

마치 선언을 하듯 내뱉은 그녀의 어조는 결연하기 짝이 없었
다.

"네가 어떻게 방해해도, 찬이 어머님이 뭐라하셔도 나 후진
안 해."

"갑자기 찬일 사랑하게 되기라도 한 거야, 뭐야!"

그래, 민희가 보기엔 갑자기라 느껴질 만도 하겠다 싶었다.
하지만 자영은 찬을 좋아하고 사랑하게 된 기간이 짧다고 느껴
지지 않았다. 깨달은 건 조금 전이지만, 그 감정은 지난 이십여
년간 아주 천천히 진행되어 왔던 것 같다. 자신도 모르는 사이
에.

약간 상기된 얼굴로 자영은 조용히 뇌까렸다.

"아직 그 애에게도 하지 못한 말이야. 함부로 내뱉을 수 없
어."

"사, 사랑하는구나."

민희의 어깨에서 힘이 주르륵 빠져나가는 것이 느껴졌다. 그
모습이 왠지 처연하게 다가왔다. 하지만 동정심만으로 한 발 물
러날 순 없는 노릇이었다.

"왜 나만 다 가져야 하냐고, 행복해야 하냐고 물었지? 훗, 지

금 날 봐. 예전에 가지고 있던 건 다 잃었어. 지금껏 행복할 이유도 없었어. 세상에 나 혼자였어. 하지만 이제 나 찬이 하나 가졌다. 그 애 덕분에 행복해졌어. 내겐 오직 찬이뿐이야. 방민희…… 너 나 좀 봐주면 안 되겠니?”

자신의 눈시울이 뜨겁게 달아오르는 것이 느껴졌다. 그녀를 보는 민희의 눈동자도 조금은 붉어져 있었다. 이내 잇새로 내뱉어진 민희의 한마디가 그녀의 가슴을 파고들었다.

“참 너 얄밉다, 감자영.”

“그래. 내 친구들도 그러더라, 나보고 얄미운 짓 잘한다고.”

그녀에게서 휙 시선을 비켜내며 민희는 중얼거렸다.

“너라는 애…… 정말 미워.”

“헛. 야, 솔직히 나도 너 좋은 거 아냐. 하지만 네가 나한테 그런 피해의식을 가지고 있었다니, 약간 미안하긴 하다.”

정말 이해할 수 없는 일이지만, 오랜 세월 민희가 그렇게 생각하며 살아왔다니 동정심이 드는 것도 사실이었다.

“네가 나 좀 봐주면 안 되니? 나도 찬이 필요해. 사랑해.”

그녀가 도저히 마음을 고쳐먹을 것 같지 않자 다급해진 모양이다. 갑자기 저자세로 나오는 민희였다. 당혹스러워진 자영은 커다란 눈에 어린 간절함을 애써 외면했다. 연민으로 인해 사랑을 포기할 수는 없는 법. 암, 절대 없지.

“어쩌냐. 하찬이 막 찍어낼 수 있는 인형이면 참 좋겠는데, 걘 세상에 하나뿐이니.”

"그럼, 꼭 너만 가져야 한단 거야, 뭐야?"

가질 수 없는 것에 방방거리며 새된 소리를 내지르는 민희에게 자영은 고요히, 그러나 정확한 어퍼컷을 날렸다. 물론 말로만.

"가지다니. 그 앤 물건이 아니야. 찬인 날 사랑해. 톱 탤런트 방서라보다 얼굴도 못생겼고, 돈도 없고, 어쩌면 성격이 조금 더 좋다는 것밖에 내세울 것 없는 날. 그러니까 그저 찬이 마음이 원하는 곳에 있도록 두자."

그런 말을 하기가 조금 쑥스럽긴 했지만, 어쩔 수 없는 최후의 방어책이었다. 사, 사랑을 사수하긴 해야 할 거 아냐, 젠장.

그녀를 보는 민희의 눈동자에 불꽃이 화르르 이는 것 같았다. 마치 지옥 불처럼 그것이 자신을 옭죄어오는 것 같아 섬뜩해지는 자영이었다. 저도 모르게 슬쩍 물러나려던 그녀는 갑작스레 몸을 일으키는 민희로 인해 그나마 한숨 돌릴 수 있었다.

"일어나."

웬 명령? 자영은 온몸 가득 전의를 내뿜고 있는 민희를 의아스레 올려다보았다.

"운동장 한 바퀴다. 우승 상품은…… 하찬."

얼마 전 운동회 때의 아픈 기억이 새록새록 떠올라 정말이지 다시는 달리기 따윈 하고 싶지 않았다. 하지만 민희의 그 말이 그녀의 전투 의지를 완전 자극해 버렸다.

"저, 저게 진짜!"

자영은 먼저 운동장으로 뛰어나가는 민희의 뒤를 거센 기세로 따르기 시작했다. 트랙은 십육 년 전과 똑같은 크기고, 그녀는 그때보다 훨씬 자랐건만 여전히 그것은 길게만 느껴졌다. 죽을힘을 다해 달려도 뱁새가 황새를 따라잡을 수는 없는 법이다. 민희와의 차이는 점점 벌어져만 가고, 자영의 마음은 조급해져만 갔다.

마침내 방민희가 결승선에 이르는 모습을 보며, 자영은 뛰던 것을 멈추었다. 굳이 더할 필요가 없게 느껴졌던 것이다.

내가 이 짓을 지금 왜 하고 있나? 미쳤지. 그녀는 숨을 헐떡이며 트랙 밖으로 걸어나왔다. 못마땅한 중얼거림이 절로 흘러나왔다.

"순 지 맘대로야. 야! 방민희! 누가 그런 내기 한다고나 했냐?"

"감자영!"

등 뒤에서 들려온 민희의 부름에 자영은 미간을 찌푸린 채 돌아보았다. 결승선을 통과한 민희는 당당하게 허리에 손을 올린 채 그녀를 부르고 있었다.

"봤지? 넌 나한테 안 돼. 죽을힘을 다해 달려도."

"저게 진짜!"

"나 찬이 포기 안 해. 못해. 네가 그 애 팔짱 끼고 결혼식장에 걸어 들어가는 그 순간까지. 게임 안 끝났다고."

그래. 그래라, 그래. 우리가 언제는 대화가 통하는 사이였더냐.

방민희와 감자영은 아무래도 도저히 섞일 수 없는 존재들인가 보다. 민희와의 관계 개선에 있어서는 자포자기의 심정으로 자영은 그저 손을 휘휘 내저으며 말했다.

"네 마음대로 해. 하지만 방민희, 나도 가만히 있지는 않아. 바보가 아닌 이상."

한 치의 물러섬도 없는 감정 싸움이 계속되었다. 십육 년이라는 세월이 흘렀다. 하지만 그때와 같은 장소에서 그들은 그때와 같은 눈빛으로 서로를 바라보고 있었다. 타도 감자영! 타도 방민희!

하나, 변한 것이 있다면 이제 그들의 공공의 목표는 하찬이라는 점! 목표가 생긴 이상 무조건 달려야 했다. 무조건. 승부욕이나 애살만은 예전부터 둘째가라면 서러워했던 그녀들이니까 말이다.

수술 시간이 다 되어가는데 자영의 모습은 코빼기도 보이지 않을 뿐 아니라 전화 역시 받지 않는다. 한참 동안 진료실 입구를 서성이던 찬은 어쩔 수 없이 누리를 데리고 수술실로 들어갔다. 혹시 늦게라도 온 감자가 걱정할 것이라는 우려도 들었지만 우선은 누리를 생각해야 했다.

생명은 똑같이 소중하다는 생각으로 언제나 동물들 앞에서 최선을 다해왔다. 하지만 오늘 누리의 수술을 할 때만큼 심혈을 기울인 적은 거의 없었다. 기술도 기술이지만 그는 그보다 마음

을 다했다. 구 년 전의 건강한 어린 강아지로 되돌려 놓진 못해
도, 조금 더 누리가 자영의 곁에 머물러 주었으면 했다. 자영이
준비가 될 때까지 기다려 주었으면 싶었다.

누리는 전신마취에 이은 꽤 긴 수술을 잘 견뎌주었다. 수술
부위를 잘 봉합한 후 찬은 떨리는 마음으로 개가 깨어나길 기다
렸다. 천만다행. 누리의 굳었던 몸이 서서히 풀려가고 있었다.
파닥거리기 시작하는 개를 보고 있노라니 어찌나 기쁘던지. 그
는 지켜보고 있는 눈들이 있다는 것을 잠시 잊고 말았다.

"됐어!"

마치 세레모니를 하는 축구선수처럼 찬은 주먹을 꽉 쥐며 팔
을 공중에서 흔들며 소리쳤다. 그에 괜히 무안해진 그는 헛기침
을 하며 진료실로 들어가려 했다. 김 간호사에게 누리를 잘 지
켜보라는 말을 남긴 채.

하지만 이내 거칠게 병원 문이 열리고 시끄러운 그러나 반가
운 목소리가 들려와 그는 돌아서야 했다. 어느새 누리에게로 다
가가 무릎을 꿇은 자영은 거의 대성통곡을 하고 있었다. 한숨을
내쉬며 팔짱을 낀 그에게로 사람들의 시선이 동시에 와 닿았다.
그러더니 약속이라도 한 듯 그들은 모두 제자리를 찾아갔다. 결
국 대기실에는 찬과 자영, 그리고 쿠션 위에 뉘운 누리만 남게
되었다.

"경과는 지켜봐야 하겠지만, 수술은 잘됐어."

그의 침착한 말에 눈물콧물로 퉁퉁 부은, 그야말로 감자—동

글동글 귀여운 감자 말이다—같은 자영의 얼굴이 들려졌다.

"정말? 다행이다. 정말 다행이야. 흐흐흐흑."

도대체 뭐가 저리 서러운 걸까. 찬은 꺼이꺼이 울음을 토해내고 있는 자영을 향해 다가갔다. 쉴 새 없이 뿜어져 나오는 눈물을 보고 있으려니 가슴이 아프다. 그녀가 이러니 왜 이렇게 늦었냐고, 뭘 하느라 이제 왔냐고 야단은커녕 묻지도 못하겠다. 결국 아무 말도 없이 자영의 곁에 앉은 찬은 그녀의 작은 머리를 가슴에 안아주었다. 가운 깃이 금세 축축하게 젖어왔다.

"고, 고마워."

목소리의 떨림은 그의 마음에까지 파장을 일으켰다. 찬은 애써 미소 지으며 고개를 저었다.

"여기까지 오는 동안 얼마나 누리한테 미안했는지 몰라. 얼마나 두려웠는지…… 몰라. 정말 고마워."

"새삼스럽긴. 난 네 가족이잖아. 가족끼린 미안하다고도, 고맙다고도 하는 거 아니다."

"그래도 정말 고마운걸. 그리고……."

그녀가 말을 멈춘 그 짧은 순간 심장의 움직임마저 정지한 듯했다.

"사랑해."

머리 속에 맴돌던 수만 가지 생각들이 깨끗이 지워져 버렸다. 더럽던 유리창이 순식간에 닦이고, 그곳에 오로지 자영밖에 보이지 않았다.

그럼에도 여전히 믿을 수가 없어 찬은 울어서인지, 부끄러움 때문인지 살포시 붉어진 그녀의 얼굴을 들여다보았다.

"다시 한 번 말해 줄래?"

"칫, 부끄럽게시리. 못 들었음 말아!"

시뻘개진 낯으로 퉁퉁거리는 자영이었지만, 찬은 그런 반응이 서운하지 않았다. 오히려 자신의 앞에서 쑥스러워하는 그녀가 예쁘기만 보였다. 찬은 시선을 피하며 누리를 바라보는 척하는 자영의 턱을 돌려 자신을 향하게 했다. 가슴 벅차다는 기분이 어떤 것인지 이제야 알 것 같다. 세상을 다 얻은 듯한, 아주 커다란 사람이 된 듯한 기분이었다. 도저히 웃음을 참을 수가 없었다. 그리고 저절로 움직이는 입술을 막을 수가 없었다.

"나도."

"응?"

"나도 사랑한다고. 언제부터인지도 몰라. 그냥 널 사랑해."

그는 오랫동안 마음에만 담아왔던 말을 내뱉었다. 더 이상 망설일 이유가 없었다. 고백은 생각만큼 쑥스럽지도, 어렵지도 않았다. 그의 무덤덤한 고백에 자영의 눈가에 또다시 물기가 차올랐다. 그녀는 마치 아이처럼 그의 품에 몸을 던졌다.

"으어엉, 나 오늘만 울게. 그리고 나 오늘만 말할게. 미안해. 정말 미안해. 정말정말 미안해."

그녀의 흐느낌에 왠지 그의 눈시울까지 뜨거워졌다. 그 모습을 보이지 않기 위해 그녀의 목덜미에 얼굴을 묻으며 찬은 애써 퉁명스레 대꾸했다.

"바보 감자영, 뭐가 그렇게 미안하냐."

"그냥 다. 그냥."

마치 한 몸뚱이가 된 것마냥 대기실 바닥에 꿇어앉아 있는 두 사람에게로 병원 가족들의 숨은 시선이 향했다. 그들의 얼굴엔 하나같이 흐뭇한 웃음이, 또는 기쁨의 눈물이 맺혔다.

찬과 자영의 곁에서는 누리가 새로운 삶을 향한 생명의 날갯짓을 시도하고 있었다.

찬의 손에 이끌려 어찌 오긴 했는데, 엄청난 규모의 저택을 보는 순간부터 조금씩 죽기 시작한 자영의 기는 냉랭한 눈빛의 고 여사를 마주할 때쯤엔 팍 꺾이고 말았다. 곁에서 태연스레 신문을 넘겨보고 있는 지만의 '나는 중립이오' 하는 듯한 무심한 행동 또한 일조를 했다.

"감 선생님이 웬일이세요? 설마 우리 진이 문제로 예까지 온 건 아닐 텐데."

"어머니, 자영이 제가 좋아하는 사람입니다. 인사드리러 온 거예요."

평소 잘 안 입는 양복까지 차려입은 찬은 오늘따라 더욱 듬직해 보였다. 그는 떨고 있는 그녀의 손을 꼭 틀어쥐며 웅변을 하다시피 말했다. 그녀가 듣기엔 절절한 그 음성이었건만 그것도 고 여사에겐 씨알조차 먹히지 않은 모양이다. 희미한 코웃음을 친 찬의 어머니는 예쁘게 깎인 과일을 한 조각 집어 들어 고상하게도 씹어 먹었다.

"감 선생님, 찬이 초등학교 동창이라고 하니까 지금부터 말 놓을게요. 그래도 되겠죠?"

"네? 네, 그럼요."

"사랑을 많이 받은 사람이 많이 줄 수 있단 말 알지? 내가 워낙에 바깥 활동을 많이 하다 보니 우리 찬이한테 사랑을 많이 주질 못했어. 찬이 성격이 저리 된 건, 나 같은 새어머니를 만난 탓이 크다고 생각해. 참, 내가 새어머니인 건 찬이한테 들었지?"

'네' 라는 대답과 함께 그렇게 어머니 생각만큼 찬이 못되어먹은 놈 아니라고 변명을 하려던 자영은 자신의 움찔거림을 느끼고 손에 힘을 주는 찬으로 인해 그대로 입을 다물어야 했다. 상희의 말은 계속되었다.

"그래서 찬인 사랑을 많이 줄 수 있는 여잘 만났으면 해. 유복하게 자란 구김살없는 아가씨 말이야. 유감이지만, 감 선생은 그런 점에서 내가 원하는 며느릿감이 못 돼. 물론 두 사람이 지금 당장 결혼을 하겠다고 나선 건 아니지만, 난 안 되는 건 애초 시작도 하지 말자 주의거든. 많이 배운 사람이니, 내 말 무슨 뜻인지 잘 이해하겠지?"

어른이 묻는 말에는 무슨 일이 있어도 대답을 해야 한다고 배운 터라 자영은 떨리는 목소리나마 '예' 라는 대꾸를 했다. 실상은 상희의 말에 동조할 수 없으면서도, 자신을 대신해 찬이 나서줄 것이라는 믿음이 있었기에. 아니나 다를까, 이내 찬의 억눌린 음성이 들려왔다.

"그건 어머니 기준에서잖아요. 나한테 자영이가 그래요. 자영이가 아니면 싫다고요."

"넌 가만히 있어! 지금 감 선생이랑 얘기하고 있잖니!"

살포시 시선을 들자, 찬과 상희의 눈빛이 한 치의 물러남도 없이 팽팽하고 맞서고 있는 것을 볼 수 있었다. 좌불안석의 심정으로 어쩌지 못하고 있던 그녀는 신문 너머로 살짝 자신을 바라보는 지만을 알아챘다. 그러나 그는 자영과 마주하는 순간 다시 신문 뒤로 숨어버렸다.

정말 실망이다, 하씨 아저씨. 저렇게 야박하게 구실 줄이야. 그날 병원에서는 친구라고까지 말해 놓으시고선.

지만에 대해 치밀어 오르는 화는 이어지는 상희의 설교를 한 귀로 듣고 한 귀로 흘려보낼 수 있는 배짱을 그녀가 부릴 수 있게 해주었다. 그로서 자영은 그 자리를 꿋꿋하게 지킬 수 있었다. 언뜻 보기에 무척이나 인내심 강한 대한민국의 여인상처럼 보일 정도로.

마침 현관에서 벨소리가 울렸다. 그리고 잠시 후, 서로 손을 꼭 잡은 윤과 진이 들어섰다. 그들의 무척이나 닮은 사이좋은 부자 같아 보였다. 두 사람은 누가 먼저랄 것도 없이 자영을 보고는 반가운 표정을 지었다.

“선생님!”

진은 밀어내는 찬의 몸짓에도 아랑곳없이 그녀와 찬 사이를 파고들며 앉았고, 윤은 상희의 옆 자리를 차지했다. 순간 그나마 공포스럽던 분위기가 해소되는 것 같아 안도감이 든 자영은 숨을 깊게 들이켰다. 계속 그러고 있었다가는 어쩌면 미쳐 버렸을지도 모를 일이다.

“혹시 우리 진이가 또 무슨 문제라도?”

걱정 가득한 윤의 물음이 끝나기가 무섭게 진이 발딱 자리에서 일어나며 쏘아붙였다.

“아빠! 내가 요즘 학교에서 얼마나 잘하는데요!”

그리고 윤에게 하소연을 하듯 터져 나온 고 여사의 목소리.

“세상에, 찬이 감 선생과의 교제를 허락해 달라고 하지 뭐니.”

“네?”

지난번 윤이 물었을 때 확실한 대답을 피했던 기억이 나 자영은 자신을 향해 쏟아지는 황당하다는 시선을 마주할 수가 없었다. 그것은 진에게도 마찬가지였다.

“선생님! 무슨 말이에요? 우리 삼촌이랑 사귄다는 말이에요? 난 절대 반대예요!”

“할미도다.”

상희가 자신과 같은 편이라는 걸 인식한 진은 어느새 할머니에게로 뽀르르 달려가 품에 안기는 것이었다. 구원군을 뒤에 업었다 이건가. 자신과 찬을 번갈아 노려보고 있는 아이의 표정은 다분히 전투적이었다.

"전 좋은데요?"

전혀 뜻밖의 아군이었다. 선뜻 그들에게 힘을 실어주는 윤이 너무 반가워 자영은 눈물을 쏟을 뻔했다. 그는 예의 감정이 드러나지 않는 눈길로 그녀를 응시하고 있었지만, 그것에 담긴 속정을 알기에 얼마나 고마운지 몰랐다.

"두 사람 잘 어울리잖아요. 찬이 놈 바르게 이끌어줄 사람이 세상에 감 선생님 말고 또 있을 것 같진 않은데요?"

"형!"

다분히 항의 섞인 찬의 부름을 모른 척하면서도 자영은 애써 헤벌쭉 웃지 않으려 노력했다. 너무 좋은 티를 내서 다 되어가는 밥에 코를 빠뜨릴 순 없지 않겠는가.

"감 선생님, 현명한 분이세요. 진이의 마음의 문을 두드려 주셨고, 저랑 진이를 화해하게 만들어주셨죠. 그리고 찬이까지 사람답게 만들어주고 계시잖아요. 그렇죠?"

윤의 물음에 자영은 열심히 고개를 끄덕이다가, 찌릭 쏟아지는 고 여사의 시선에 자라처럼 목을 움츠렸다.

"현명한 사람이면 자기 주제쯤은 알아야지."

일순 거실에 침묵이 감돌았다. 곧 자신의 손목을 잡아끄는 거센 힘에 자영은 헝겊인형처럼 자리에서 일어나야만 했다. 고개를 들어보니 찬은 잔뜩 굳은 얼굴로 고 여사를 내려다보고 있었다.

"그래도 이번엔 제대로 해보고 싶었어요. 나란 놈, 언제나 부모님 뜻 어기고, 멋대로 굴어서. 이번엔 허락받고 당당하게 시작해 보고 싶었는데. 역시 안 되나 봐요. 저희들 갈게요. 더 이상 허락…… 필요없어요."

"차, 찬아!"

그녀의 목소리에 고 여사의 부름이 얹어졌지만, 찬은 돌아보지 않았다. 그에게 이끌려 현관으로 몇 걸음쯤 발을 내디뎠을까.

"거기 서라."

잔뜩 힘이 실린 지만의 명령이 그들을 멈춰 세웠다.

"감 선생, 내게 신부를 인도할 권리를 주겠어요?"

"네?"

뜻밖의 제안에 찬과 자영은 홱 몸을 돌렸다. 결혼에 '결' 자도 꺼내지 않았는데, 이미 지만은 거기까지 생각해 두고 있었던 모양이다. 기뻐해야 할지, 황당해해야 할지 알 수가 없었다.

"여보, 그게 무슨 소리예요! 도대체!"

고 여사의 고성(高聲)에 반응을 보이는 이는 진이뿐이었다. 귀를 막으며 일어난 아이는 눈물이 그렁그렁한 눈으로 그녀에게 달려와 매달렸다(매달린다는 표현이 우습긴 하다, 진이 키가 그녀보다 더 컸으니). '선생님 정말 삼촌 애인 안 하면 안 되냐'는 듯한 얼굴로. 그런 진이의 뺨을 안타까이 쓸어준 자영은 다시 지만을 바라보았다.

"내가 쭈욱 지켜본 바로 감 선생은 내 아들을 충분히 행복하게 해줄 만한 사람이오. 찬이가 부족했으면 했지 감 선생은 절대 부족한 며느릿감이 아니란 말이오."

지만이 의견을 피력하자 고 여사는 머리를 짚으며 소파의 팔걸이에 몸을 기댔다. 그에 윤은 어머니를 바로 붙잡았지만, 그녀는 아들의 손길을 단호하게 뿌리쳤다.

"난 저 애들 교제, 아니, 결혼까지 쭈욱 찬성이오. 아직은 내가 이 집안의 가장이니, 그럼 결론이 난 건가? 허허."

그 선언으로 널따란 거실 가득 찬의 환호성이 퍼져 나갔다. 그는 그녀의 팔을 붙잡고 있는 진의 존재에 아랑곳없이 자영을 두 팔로 안아 들었다. 그리고 어머니의 못마땅한 눈초리에도 굴하지 않고 팔불출처럼 웃으며 그녀를 안은 채 빙글빙글 돌았다. 그 품 안에서 자영은 부끄러우면서도 벅찬 행복감을 느꼈다. 이제 자신에게도 어쩌면 진짜 가족이 생길지도 모를 일이었다.

조수석에 앉은 자영이 오늘따라 꽤 조용하다.

십 년 가까운 시간이 흘렀음에도 여전히 부모님을 뵙는 것은 가슴 아프고 힘든 모양이다. 그렇게 생각하자 마음이 쓰여서 찬은 운전을 하는 틈틈이 그녀에게 먼저 농을 건넸지만 자영의 대꾸 또한 오늘은 별달리 재미가 없었다.

서울 근교에 위치한 절에 딸린 납골당에 도착했을 때는 정오를 넘어서 있었다. 내리쬐는 해를 피해 그늘에 차를 댄 찬은 이미 납골당 입구에서 자신을 기다리고 있는 자영에게로 뛰듯이 다가갔다. 경악스런 반응을 은근히 기대하며 그가 어깨에 팔을 두르는데도 그녀는 웬일인지 피하지 않았다. 그것이 기쁘기도 하고, 걱정스럽기도 한 찬이었다.

납골당 깊은 곳까지 걸어간 그들은 나란히 위치한 사진 앞에 섰다. 자영은 미리 준비한 두 개의 화환을 차례로 걸면서 그에게 조용히 말했다.

"내 부모님이셔. 인사드려."

그녀의 옆모습이 너무 슬퍼 보여 찬은 아무 대답도 하지 못했지만, 예비 사위로서 씩씩한 인사만큼은 누구에게도 빠질 수 없었다.

"안녕하십니까? 하찬이라고 합니다. 예전에 먼발치에서 두 분 뵌 적 있어요. 아마 저 기억 못하시겠죠? 어쨌든 지금까지 자영이 걱정되어서 편히 못 쉬셨을 텐데, 이제 그러지 마세요. 제가 이 녀석 아빠고, 오빠고, 그리고 남편까지 다 하기로 했거든요."

후두둑.

젠장, 감자를 울리려고 한 이야기가 아닌데. 자영의 큰 눈에서 떨어진 눈물이 납골당 바닥을 적시고 있었다. 찬은 인사를 하느라 내렸던 팔을 다시 올려 그녀의 어깨를 감싸 안았다.

"좋은 날 왜 우냐."

"바보, 좋으니까 울지. 이건 감동의 눈물이라고."

"괜히 부모님 오해하시게 뭐야. 내가 너 도둑질해 가는 것도 아니고."

"좋아서 운다니까. 그리고 우리 부모님 그렇게 속 좁은 분들 아니야."

그와 티격태격하는 사이 어느새 자영의 눈물이 멎어 있었다. 찬은 자신의 계획이 성공했음을 흐뭇하게 여기며 그녀와 닮아 있는 두 분의 사진을 번갈아 응시했다.

그는 그녀 모르게 속으로 몇 번이고 중얼거렸다.

감사하다고. 그리고 그곳에서 행복하시라고.

절에서 조금 더 산을 타고 오르면 있는 작은 암자.

부모님 살아생전에 함께 가끔 왔던 기억이 난다. 그곳에서 오랜만에 뵌 혜철 스님은 그녀를 보자마자 반가움을 감추지 못했다. 하지만 여전히 묵언수행 중이신지 그저 눈빛으로만 감정을 전하실 뿐이었다. 그녀의 곁에서 덩달아 합장을 하던 찬은 스님이 부엌으로 보이는 공간으로 사라지자마자 속삭였다.

"저 스님 왜 저러시냐?"

"무식해. 묵언수행이라고 몰라?"

"아! 그런데 너 여기 자주 왔었어?"

"응. 부모님이랑."

그가 더 물을까 봐 겁이 난 자영은 후다닥 부모님과 머물렀던 방으로 걸음을 옮겼다. 마치 어제 왔다 간 것처럼 여전히 기억이 생생했다. 작은 나무 문을 열자 낮은 천장과 흙벽으로 둘러싸인 간소한 내부가 드러났다. 작은 서랍장 위에 개켜진 이불 이외에 별다른 짐이 없는 것까지 예전과 똑같았다.

"변한 게 없네."

그녀의 중얼거림에 애잔하게 바뀐 찬의 눈빛이 자신에게 머물고 있다는 것을 자영은 알지 못했다.

그 후 그는 스님을 도와 나무를 했고, 자영은 밥을 지으며 시간을 보냈다. 그녀가 소담스런 밥상을 다 차렸을 때 즈음 찬이 어깨를 두드리며 나타났다.

"무슨 스님이 저렇게 힘이 세냐? 난 상대도 안 돼."

산이라 그런지 해가 긴 여름인데도 비교적 어둠이 빨리 찾아들었다.

저녁상을 물린 후, 스님은 불전으로 들어가 한동안 나오지 않으셨다. 자영은 찬과 함께 그들의 방 툇마루에 앉아 별을 바라보았다. 찬은 평소에도 말이 없긴 했지만 오늘은 피곤한지 더욱 말이 없었다.

지금이 그에게 부모님의 이야기를 들려줄 최적의 시간이라는 생각이 든 자영은 무덤덤한 어조로 말을 꺼냈다.

"나 때문이라고 생각했었어."

누군가에게 이런 얘길 하는 건 진이를 빼곤 처음이었다. 진에게 얘기를 꺼냈을 땐 아이의 마음을 움직이기 위한 목적이 있었다면, 지금은 '그냥' 이었다. 그냥 찬에게 털어놓고 싶었다.

예전엔 부모님과 얽힌 추억조차 떠올리기가 힘들었는데, 그저 피하고만 싶었는데 이제 그러고 싶지 않았다. 오늘 이 암자를 찾아 이 방에 머물 결심을 한 것도 그런 이유에서였다.

자영은 진이에게 했던 부모님의 교통사고에 얽힌 이야기를 찬에게 고스란히 들려주었다. 그녀의 어깨를 쓰다듬어 주는 커다란 손길이 느껴졌다.

"부모님을 잃었다는 사실도 사실이지만, 나 때문이라는 자책감 때문에 더 더욱 괴로웠었어. 그땐 정말이지 살고 싶지 않았는데."

"네 탓이 아니야."

"알아, 이젠. 그리고 그때 내 삶을 포기하지 않았던 걸 다행으로 생각해."

널 만났으니까.

자영은 고개를 들어 찬을 바라보았다. 수염이 자라 꺼칠한 턱과 헝클어진 머리, 그리고 잠이 와 풀어진 눈동자였지만 그녀의 눈엔 괜찮게 보였다. 정말이지 괜찮은 놈이었다. 그녀의 남자 친구…… 아니, 그녀의 남자.

자영은 알 수 없다는 눈길로 그를 뜯어보며 중얼거리다시피 말했다.

"성질만 고치면 제법 봐줄 만한 놈인데. 왜 나한테 꽂혔을까?"

"흐흐흐. 이제 감자, 너도 인정하는구나?"

"어쨌든 꽂힌 건 네가 먼저다. 알지?"

괜히 나오는 대로 말을 뱉었다. 이놈의 주둥이!

자신의 입을 원망하며 자영은 방으로 먼저 들어가려 했다. 그러나 그녀가 문지방을 넘기도 전에 뒤에서 꽉 조여지는 단단한 두 팔과 음흉하기 짝이 없는 음성.

"나 무지하게 굶었다?"

"뭐, 뭐?"

"오늘 너 완전히 내 거로 찍어버릴 거다."

"미쳤어, 미쳤어!"

자영은 비명을 지르며 그를 홱 밀쳐 냈다. 툇마루 아래로 뭔가가 쿵 떨어지는 소리가 들렸지만 그녀는 아랑곳하지 않은 채 문을 닫고 안으로 들어가 고리를 꼭 걸어 잠갔다. 그리고 한참 동안 헐떡이는 숨을 참으며 바깥 공기에 귀를 기울여 보았지만 아무런 소리도 들리지 않았다. 이거 떨어져 뼈라도 부러진 거 아냐? 걱정스런 마음에 슬며시 문을 열자 마치 기다렸다는 듯이 맹수처럼 뛰어들어 오는 그놈.

찬의 품에 안긴 채 깔아놓은 이불 위로 풀썩 쓰러진 자영에게서 비명이 터져 나왔다. 하지만 그건 이내 그의 입술에 의해 삼켜졌다. 키스가 깊어지기 전 도리질을 치며 자영은 갑자기 생각난 말을 건넸다. 이 상황에 너무도 어울리지 않는 말이지만 꼭 해야 한다 싶었다.

“나 얼마 전에 사랑니 뺐다? 무지하게 아팠어. 얘기 안 했지? 그런데 여기 또 난대.”

“그래?”

아이처럼 그녀가 아랫잇몸을 가리키자 찬은 그곳을 진지하게 들여다보아 주었다. 하지만 이내 하던 것에나 신경을 쓰자는 듯 열띤 표정이 된 그는 스르륵 입술을 내려뜨렸다. 이번엔 자영도 거부하지 않았다. 키스를 계속하며 찬은 긴 팔을 뻗어 방의 불을 껐다.

그날 밤 그들이 만리장성, 아니, 천리장성이라도 쌓았는지는 그들을 지켜본 유일한 증인인 달님만이 아실 일이었다. 유난히 달빛이 밝은 산속의 밤이었으니까.

에필로그

"감자!"

낭랑한 아이의 목소리가 공원의 잔디밭을 가득 울리고 지나
갔다. 그에 남자의 다리를 베고 누워 있던 여자도, 그 여자를 내
려다보며 거의 꾸벅꾸벅 졸고 있다시피 하던 남자도 고개를 번
쩍 쳐들었다.

"감자야, 이리 와!"

또다시 들려온 부름에 이어 샛노란 티셔츠를 입은 아이에게
로 복실거리는 하얀 털의 강아지가 달려가는 것을 보며, 자영은
피식 웃음을 흘렸다. 긴장이 풀린 그녀가 다시금 찬의 다리를
베고 눕자, 그의 손가락이 무의식적으로 그녀의 머리칼을 쓸어

넘겨주었다.

"저 변명(?)도 저렇게 들으니까 나름대로 귀엽네?"

그녀의 말에 찬의 눈빛이 반짝거렸다.

"정말? 그럼……."

"아니, 싫어. 절대 안 돼."

"어우야! 저건 널 부르는 나만의 애칭이란 말이지."

"한 번만 더 그렇게 부르면 확 개명해 버릴 거라고 했지?"

그녀의 협박에 찬은 순순히 입을 다물었다. 이제 그도 그녀에게 많이 길들여진—무슨 개도 아니고 좀 우습지만—모양이다.

"무릎은 좀 괜찮아?"

그의 물음에 잊고 있던 고통이 엄습하는 것 같아 자영의 미간이 찌푸려졌다. 그 단단한 바닥에 무릎을 찧던 순간의 기억은 할 수만 있다면 깡그리 지우고 싶었다. 아픔보다 수많은 사람들 앞에서 흉하게 미끌어졌단 사실이 얼마나 부끄러웠던지 모른다.

"그런데 그 사진 보면 볼수록 웃긴단 말이야."

"뭐? 너 죽을래?"

자영은 찬을 향해 주먹을 쥔 팔을 쳐들었다. 그러면서도 그녀는 어느새 새파란 하늘을 도화지 삼아 며칠 전의 결혼식 장면을 그려보고 있었다.

마치 그림에서 빠져나온 것처럼 아름다운 커플이었다.

결혼식이 진행되는 내내 식장 곳곳에서 탄성이 터져 나왔고, 부러움과 시샘의 눈초리들이 신랑과 신부에게 붙어 떨어지지 않았다.

"그만 봐라, 아주 신랑 뒤통수에 구멍 나겠다."

멍하니 그들을 지켜보고 있던 자영의 귓가에 찬의 질투 섞인 음성이 들려왔다. 그래, 그건 분명 질투였다. 괜히 그 사실에 흐뭇해지는 그녀였다.

"에…… 신랑과 신부는 언제나 서로를 믿고, 의지하며…… 가정의 일을 최우선으로 여기며……."

그러나 그 미소도 얼마 가지 못했다. 끊임없이 이어지는 주례사로 인해 참을성을 잃은 하객들은 심하게 웅성거렸고, 자영은 절로 나오는 하품을 손으로 막으며 주례를 하고 있는 낯익은 얼굴을 바라보았다.

황수창 교장선생님.

그녀도 몰랐던 사실이다. 황 교장선생님이 상원 오빠의 초등학교 6학년 때 담임선생님이었던 건. 벌써 몇 주 전부터 오늘 제자 주례를 봐주기로 했다며 학교 전체에 자랑을 하고 다니셨는데, 그게 상원의 결혼식인 줄은 꿈에도 생각하지 못했다. 오늘 식장에 와서 주례석으로 올라가는 황 교장선생님을 보고 얼마나 놀랐던지.

교장선생님은 날이 날이니만큼 꽤나 외모에 신경을 쓰신 듯했다. 숱이 없는 머리칼은 무스를 발라 반들반들, 회색 양복의 번쩍임은 장난이 아니었다. 일명 '갈치 패션' 이라고들 하더군.

이제 정말 그만 좀 하시지, 라고 생각할 때쯤 다행히도 주례사는 끝을 맺었다.

결혼식이 끝나고 가족사진을 찍고 나서 찬이 잠시 자리를 비운 사이, 자영은 홀로 계속되는 사진 촬영을 지켜보고 있었다. 곧 자신이 겪게 될 일들이라 생각하니 하나라도 소홀히 넘길 수 없었다.

모처럼 진지하게 뭔가에 빠져 있는 그녀의 어깨를 톡톡 두드리는 손길. 돌아보니 황수창 교장선생님의 웃는 얼굴이 보였다. 세상에, 그녀 앞에서 저렇게 우호적인 교장선생님의 표정은 처음이었다.

"감 선생님도 곧 좋은 소식 들리겠던걸?"

"네? 네."

그녀는 볼을 붉힌 채 고개를 주억거렸다. 어색한 그들 사이의 기류를 뚫고 들려온 건 전혀 뜻밖의 물음이었다.

"주례 봐줄 사람은 있나?"

"그것까지는 아직⋯⋯."

"내가 그때 봐서 스케줄이 없으면 한번 생각해 보도록 하지."

허걱! 이게 무슨 자다가 봉창 두드리는 소리란 말인가? 마치 선심을 쓰듯 제안하는 교장선생님에게 '됐거든요?' 라고 말할 수도 없는 노릇인지라 자영은 그저 어색하게 웃고 말았다. 그러다 '부케 받을 분 나오세요!' 하는 사진사의 목소리에 얼른 그녀는 교장선생님께 양해를 구하고 그 자리를 벗어났다. 상세한 말이 더 이어지지 않아 천만다행이라는 생각을 하며.

그녀는 기다란 유란의 드레스 자락을 밟지 않으려 노력하며 그 뒤로 가서 섰다. 신부와 마주 본 신랑 상원의 미소 띤 눈빛이 그녀에게 잠시 닿았다 떨어졌다. 그는 오늘 정말 멋져 보였다. 하지만 이제 그녀의 눈에 더 멋진 사람은 신랑 뒤편으로 그녀의 모습을 디지털 카메라에 담기 위해 선 찬이었다.

자영은 슬쩍 찬을 향해, 아니, 그가 든 카메라의 렌즈를 향해 손가락으로 브이 자를 그려 보였다. 카메라에서 눈을 떼지 않은 채 찬은 입으로만 미소를 지어주었다.

"한 번만 연습해 볼게요. 신부님, 거리가 있으니까 너무 약하게 던지시면 안 됩니다."

사진사의 주문이 떨어지기가 무섭게 유란의 손에서 떠난 부케는 커다란 포물선을 그리며…… 두둥! 그녀의 키를 넘어서 버렸다. 잡을 새도 없이.

멍하게 서 있던 자영의 얼굴이 '그것도 못 잡냐' 는 듯 자신을 바라보고 있는 신부와 신랑 친구들의 시선들을 의식하며 붉어졌다.

젠장, 서유란 씨. 생긴 것처럼 던지라고. 생긴 것처럼.

"신부님, 너무 세거든요. 조금만 약하게 던져 주세요. 그럼 갑니다! 제가 손짓하면 던지시면 됩니다."

사진사와 유란을 번갈아 흘끔거리던 자영은 마치 배구 선수가 공을 기다리듯 허리를 숙인 채 몸을 좌우로 흔들었다. 준비 자세는 완벽했다.

그러나 상대의 스파이크가 이번엔 너무 약했다. 바람 빠진 풍선처럼 유란의 어깨 너머로 던져진 부케는 푹 각도가 꺾이더니 드레스 자락 위로 슝 곤두박질치고 있었다.

"야, 너 꼭 받아줘. 그거 놓치면 신랑신부 잘 못산다더라."

세희의 말이 귓전을 맴도는 가운데, 자영은 엄청난 책임감을 느끼며 팔을 쭉 뻗었다. 오른손에 부케가 착 하고 감기는 순간 안도감과 동시에 희열감이 밀려들었다. 하지만 거기서 그렇게 완벽하게 마무리가 되었더라면 얼마나 좋을까. 붕 뜬 몸이 착지를 하는 순간 드레스 자락을 밟으며 그녀가 휘릭 미끌어졌고 무게중심이 순식간에 흐트러졌다. 자영은 부케를 든 채로 그대로 신부의 드레스 자락에 무릎을 찧고 말았다.

"쿵!"

식장이 무너질 듯한 울림에 이어 잠시 고요한 정적이 감돌았다. 그러나 몇 초를 못 버티고 터져 나오는 웃음소리. 그 속에서 자영은 처절한 아픔보다 더한 부끄러움을 맛봐야 했다. 부케를 든 채 비틀 몸을 일으키려던 그녀는 팔을 잡아주는 손길에 고개를 들었다. 걱정스런 기색을 드러낸 찬이었다. 하지만 붉으락푸르락한 표정을 가만 보니, 그 역시도 터져 나오려는 웃음을 억지로 참고 있는 듯했다.

"괜찮아?"

자영은 그를 밉지 않게 흘겨보며 일어나 무릎을 털었다. 저릿저릿한 고통이 밀려들었으나 차마 그곳을 내려다볼 수가 없었다. 애써 아무렇지도 않게 웃어 보일 뿐.

오른손에 단단히 잡힌 부케는 그녀의 눈에 마치 순금 트로피처럼 보였다. 어쨌든 임무는 완수해서 다행이었다. 비록 영광의 상처가 남긴 했지만.

파란만장하게 부케를 사수한 그녀에게 신랑과 신부 친구들의 환호와 격려의 박수가 이어졌다. 발그레해진 얼굴로 어쩔 줄 모르던 자영은 그들에게 가만히 부케를 들어 보였다. 그러자 더욱 높아지는 환호성에 식장 안이 떠나갈 듯했다.

너무도 잘 어울리는 찬과 자영을 모습을 흐뭇하게 바라보던 상원은 유란의 귓가에 가만히 속삭였다.

"자영이 무척 행복해 보이지? 찬이도?"

고개를 끄덕이는 유란에게 상원은 한마디를 덧붙였다.

"우리처럼."

그러자 찬이 무슨 말을 하자 활짝 웃고 있는 자영의 표정만큼이나 신부의 얼굴도 밝아졌다. 유란을 보는 그의 얼굴도. 다시 한 번 말하지만 그날의 그들은 정말 아름다운 커플이었다.

"지금쯤 두 사람 뭐 하고 있을까?"

모처럼의 한가로운 주말, 이제 곧 남편이 될 이의 다리를 베고 누운 자영에게서 물음이 흘러나왔다. 상원과 유란은 스위스로 신혼여행을 떠났던 것이다. 아닌 척했지만 속으로는 얼마나 부러웠던지.

"아마 융프라우의 스키장이겠지? 이야, 무지 시원하겠다."

찬의 목소리에서도 부러움이 묻어났다. 유난히 더위에 약한 그였기에 그 심정을 알 만했다. 그나마 오늘은 7월 들어 계속되던 더위가 한풀 꺾여 모처럼 선선했다. 이 기회에 상쾌한 바깥 공기나 쐬어보자 싶어 나온 터였다. 나와보니 정말 잘했다 싶었다. 에어컨 바람보다 훨씬 좋았다.

"아버님이랑 누리랑…… 괜찮겠지?"

또다시 스륵 잠이 밀려왔다. 학기말 업무로 눈코 뜰 새 없이 바빴던 터라 누적된 피로가 풀리는 중인가 보다. 그러던 와중 갑자기 누리에 대한 걱정으로 자영은 중얼거리듯 물었다. 그의 병원도 휴업인 오늘, 몸이 좋지 않은 누리를 집에 홀로 두긴 뭐 해서 찬의 제안대로 이 공원 근처의 그의 부모님 댁에 잠시 맡긴 터였다.

애초 계획대로 진이는 방학 동안 제 아버지와 함께 미국으로 어학연수 겸 여행을 떠났고, 상희는 사회사업으로 바쁜 터라 집에는 지만 혼자뿐이었다. 지만이 개를 싫어하는 것을 아는 자영인지라 은근히 걱정이 되었지만, 그것은 기우였다.

정원에서 책을 읽던 그의 다리 위로 누리가 뛰어들었음에도,

지만은 놀라긴 했지만 밀어내진 않았다. 그리고 나무를 가꾸는 그의 뒤를 누리가 졸졸 따라다닐 적에는 이런저런 말을 걸기도 하는 것이 왠지 예감이 좋았다.

"그럼. 아버지도 이제 누리랑 한가족이 될 연습을 하셔야지."

찬의 말을 듣고 있노라니 눈을 감은 자영의 입가에 절로 미소가 맺혔다.

"그러고 보니 그러네. 내게도 곧 가족이 무지 많이 생기겠다, 히힛."

"그래. 하지만 여전히 네 전부는 나라는 건 잊으면 안 돼."

은근히 독점욕이 강한 찬이었다. 그것이 기쁘면서도 괜히 자영은 그를 약 올리려 한쪽 눈을 슬며시 뜨며 낼름 혀를 내밀어 보였다. 그러자 마치 그녀를 벌주려는 듯 짐짓 무서운 표정을 지으며 스르륵 내려오는 찬의 얼굴.

오던 잠이 순식간에 달아나 버렸다.

"꺄아악!"

언제 누워 뒹굴었냐는 듯 자리에서 벌떡 일어난 자영은 후닥닥 잔디밭 위를 내달리기 시작했다. 잔디의 쿠션도 쿠션이지만, 구겨 신은 운동화며 밟히는 청바지가 안 그래도 느린 그녀의 달리기 속도를 더욱 느리게 했다. 결국 얼마 못 가 그에게 허리를 잡힌 채 번쩍 들려진 자영에게서 까르르 웃음이 터져 나왔다.

풀썩.

찬에 의해 자리에 다시 눕혀진 자영의 시선이 푸른 하늘을 향했다. 너무도 만족스런 이 순간, 그곳에서 자신을 지켜보고 계실 부모님이 생각났다.

'엄마, 아빠, 이제 내 걱정하지 마세요. 가족 같은 사랑을 찾았거든. 찬이 곁이라면 나 죽을 때까지 행복할 수 있을 것 같아.'

그녀의 속삭임이 끝나기 무섭게 구름 한 점 없는 하늘 위로 그림자가 드리워졌다. 마치 부모님이 보내주신 것처럼, 그녀를 굽어보고 있는 찬의 얼굴을 바라보며 자영은 가만히 속삭였다.

"가끔은 감자라고 불러도 용서해 줄게."

그녀의 퍽이나 인심 쓰는 듯한 승낙에 그의 얼굴이 환해졌다. 당장에 허용된 권한을 시험 사용해 보는 찬이었다.

"감자야, 사랑해."

그런데 우스운 건, 지금까지 그렇게 싫었던 그 변명이 이젠 그녀에게 너무도 다정한 속삭임으로 들린다는 것이었다. 자영은 자신의 예비 남편을 가만히 껴안으며 같은 속삭임을 되돌렸다.

"나도, 사랑해."

영원히.

　평범하기 짝이 없는 집안, 평범한 직업, 평범한 외모. 전 한마디로 평범한 인생을 살아왔습니다. 로맨스 소설은 그런 제 평범한 삶의 하나의 돌파구였죠. 그래서였을까요. 독자였을 적에 전 제 환상을 채워줄 만큼 강렬하고 전형적인, 그리고도 신파스러운 장르의 글들만 골라 편독했었지요. 작가가 되어서도 마찬가지였어요. 지금껏 제가 써온 소설들 대부분이 로맨스의 전형성을 그다지 벗어나지 못한 것 같습니다. 기존 로맨스에서 빼놓지 않고 등장했던 멋지고 잘생긴 재벌 남주와 신데렐라 이야기는 당연 필요조건이었죠. 음, 제가 경험할 수 없는 세계에 대한 동경이라고나 할까요?

　그렇게 몇 편의 글을 쓰다 보니, 우습게도 그토록 탈출하고 싶었던 저의 심심한 일상을 그려보고 싶어지더군요. 몇 안 되는 경험들을 그러모아서라도 그런 글을 써보자라는 생각을 했어요. 그래서 두 번째 출간작인 『비의 재회』를 수정하는 틈틈이 홈페이지에서 심심하고 일상적인 소재의 글을 연재하기 시작했습니다. 그것이 바로 여러분들이 보신 이 『감자의 사랑』이랍니다.

　보시기엔 어땠는지 몰라도, 쓰는 동안 전 참 즐거웠어요. 마음도 편안했구요.

　신파를 쓰면서는 주인공들의 감정에 이입되어 많이 힘들어했다면, 이 글을 쓰는 동안 전 그냥 여주인공 자영이가 되면 됐습니다. 자영이가 되는 건 솔직히 쉬웠어요. 평소 제 모습과 너무 닮아 있어서…… 움(혹시 이 작가 성격 꽤나 특이하네라고 놀라시는 분들 있을라나요).

대책없이 밝고 명랑하다가도 어쩔 땐 소심하고, 대찰 것 같으면서도 실수 연발에, 잘하는 것 하나 없는, 평소엔 잘 웃지만 눈물도 많은, 안 그런 척해도 꽤 순진한.

스물아홉 노처녀 초등 교사 감자영은 제 인생의 복사판입니다. 훗, 여기서도 어쩔 수 없는 작가의 욕구 불만이 표출되네요. 하찬이라는 너무 괜찮은 놈을 자영이한테 붙여준 것. 일종의 대리만족이죠. 훗, 제가 만든 자식들이지만 감자와 찬이, 생각하면 참 즐거워지는 커플입니다.

글 속에 나오는 누리와 자영의 관계, 동물병원에서의 진료 과정 등은 모두 저의 경험의 소산입니다. 불과 일 년 전 십 년을 키운 강아지 ⊘가 제 곁을 떠났거든요. 자궁 적출, 천식 치료 등등 누리와 같은 병을 몇 년 새 앓더니, 결국 세월은 어쩔 수 없는지 가버리더라구요.

제게는 동생 같은 C였기에, 충격이 컸죠. 부족한 글 속에서라도 살려두고 싶을 만큼. 그래서 누리는 감자의 곁을 지키는 걸로 이야기의 결말을 맺었어요. 가족이라고는 없는 이제 찬이 곁에 있긴 하지만 자영이가 누리마저 잃으면 너무 안 됐잖아요. '그깟 강아지쯤 뭐 어때서' 이렇게 생각하시면 어쩔 수 없지만, 십 년이라는 세월이 만들어내는 정은 사람지간이나 사람과 동물 사이나 같답니다. 동물이 사람보다 못하다는 생각은 절대 금물이에요. 외려 슬프고 외로울 때 다가와 얼굴을 핥아주는 그 작은 존재가 더 큰 힘이 될 수도 있어요.

작가 후기를 쓰는 지금, 불현듯 C가 그리워지네요.

『감자의 사랑니』는 제가 처음 도전해 보는 코믹물입니다. 첫 출간 땐 그저 설레었고, 두 번째는 솔직히 기대도 했었지요. 그런데 세 번째인 지금…… 많이 두렵습니다. 제가 즐겁게 쓴 만큼 독자 분들이 재미있게 봐주실까, 자영이와 찬이의 순수한 사랑이 독자 분들의 공감을 얻을 수 있을까. 판단은 역시 여러분께 맡겨야겠지요. 저랑 감자 커플은 그냥 기다릴밖에요.

그래도 소득이 있다면 이 글을 통해 코믹 장르도 꽤나 매력이 있다는 것을 깨달았다는 거예요. 어찌 될지는 모르지만, 능력이 된다면 또 도전해 보고 싶을 정도인데요. 음, 그런데 그게 그저 제 욕심일 뿐이라면 참아야지요.

마지막으로 또다시 그 시간이 돌아왔군요, 감사의 말씀을 전해야 할. 훗.

아마 눈 크게 뜨고 '작가 후기' 보고 계실 분들 있으실 텐데요.

저의 따스한 보금자리 〈파우더룸〉 식구들. 먼저 작가님들~ 정아미님, 소리나님, 설규연님, 최현자님, 이명우님, 엠에스님, 정경하님, 수야님, 이기린님, 유월향님. 존재만으로도 언제나 내게 힘이 되어주는 그대들입니다. 사랑합니다.

그리고 부족한 제게 많은 관심 가져 주시는 우리 파우더룸의 독자님들~ 『감자의 사랑니』 연재 중 많은 관심 보여주셨던 분들 특히 한분한분 성함 불러 드려야 하는데, 몇 분만 기억에 남아 있어서리…… 그분들만 불러드리면 또 나머지 분들 너무 서운해하실 것 같고. 우움, 이제부터 체크 잊지 않겠습니다.

또 우리 가족들과 남친, 제 친구들. 모두 항상 하는 말이지만 사랑하고, 앞으로 더욱 열심히 할게. 벌써부터 '한턱 쏴!' 라는 아우성이 들리는 것 같군. ㅎㅎ

끝으로 〈청어람 로맨스팀〉 여러분에게도 감사의 말씀 전합니다. 특히 이종민

씨, 수정하다 제가 잠에 취해 쓰러지려는 와중 마치 기다렸다는 듯 날아오는 그
대의 작가수정 파일은 정말 감동이다 못해 부담이었어요(어찌나 열심히 하시는
지……). 이번 작업은 꽤 오래 기억에 남을 것 같아요. 흐흐.

　정말 마지막으로 하고 싶은 말.
　음, 이 글을 천국에 있을 C가 볼 수 있을까요? 할 수만 있다면 저와의 기억을
고스란히 담아 보내주고 싶답니다. C야, 사랑해~

　아, 또 잊은 말.
끝까지 읽어주신 독자분들 감사드리고, 사랑합니다!
따스한 연말 보내세요~ 해피 뉴 이어!

2005년 12월 15일

따뜻한 아랫목에서 정유하

『색기』

한여름 밤.

스물하나의 고등학생 휘민과

스물여섯의 바람둥이 한강이 만났다.

거부할 수 없는 색기, 그리고 욕정.

휘몰아치는 운명처럼 사랑에 빠지는 두 사람.

● 해인 지음 값 9,000원

『거인의 정원』

학교에서 돌아온 아이들은 늘 '거인의 정원'에 가서 놀았다.

거인의 정원은 무척 넓고 아름다웠다.

그러던 어느 날, 거인이 돌아왔다.

"누구도 내 정원에 발을 들이지 못하도록 해야겠다!"

거인은 투덜거리며 정원 둘레에 높은 담을 쌓고는,

경고 표지판을 내걸었다.

● 서야 지음 값 9,000원

도서출판 **청어람**   chungeoram@chungeoram.com
☎ 032-656-4452 FAX 032-656-4453